MON BEL ANIMAL

MARIEKE LUCAS RIJNEVELD

MON BEL ANIMAL

Traduit du néerlandais (Pays-Bas)
par Daniel Cunin

BUCHET • CHASTEL

Ce livre a été traduit avec le soutien du Fonds néerlandais
pour la littérature.

Nederlands
letterenfonds
dutch foundation
for literature

Titre original : *Mijn lieve gunsteling*
Éditeur original : Atlas Contact

ISBN : 978-2-283-03576-4

Pour toi

Sonde-moi, ô Dieu, pénètre mon cœur.
Éprouve-moi et pénètre mes fantasmes.

PSAUME 139

ÉTÉ 2005

1

Mon adorable, je te le dis d'emblée : en la haute et rétive saison, j'aurais dû, rénette à la main, t'éradiquer comme l'abcès d'un sabot, j'aurais dû nettoyer la fente entre tes onglons, en retirer le fumier et les saletés afin que personne ne puisse t'infecter, peut-être aurais-je dû simplement te parer et te tailler avec un boutoir, t'absterger et t'assécher avec une poignée de sciure. Comment ai-je pu, bon sang de bonsoir, faire fi de la mise en garde martelée par mes professeurs au cours de mes études de vétérinaire, lorsqu'ils traitaient du parage des sabots, des infections du corium, de la fourbure, de la maladie de Mortellaro autrement appelée dermatite digitée, eux qui ressassaient *ad nauseam* qu'il fallait prendre garde à ne pas entailler la chair à même la vie, *ne jamais blesser la vie*, ne cessaient-ils de répéter, que dire dès lors de ma faiblesse, de ma boiterie ! L'été en question, cet été entêté, tu étais comme un veau qui se présente mal, autrement dit par le siège, dans la salle d'accouchement de mes désirs corrompus ; moi, j'étais l'affidé de la folie, je ne savais comment j'aurais pu *ne pas* te vouloir, toi, l'élue céleste, et plus je restais accroupi entre les corps fumants des groningues non sans percevoir un peu plus loin ton irrésistible présence sur l'herbe tout juste tondue où, entourée de corbeilles d'argent, tu passais des heures sous le poirier, penchée sur le manche de ta guitare toute blanche à répéter une chanson des Cranberries, plus j'espérais ardemment un déplacement de la caillette ou la nécessité de retirer un polype, histoire de m'éterniser non loin de toi, à t'écouter reprendre depuis le début quand tu te trompais d'accord ou que ta petite voix perlée et angélique atteignait une note aiguë, et qu'y succédait un silence pendant lequel je t'imaginais, les joues rouges, en train de chasser d'un souffle une mèche de cheveux de ton visage, une mèche qui ne cessait de retomber, oh ! c'était tellement beau de te voir souffler telle une enfant sur les aigrettes d'une fleur de pissenlit, les paroles que tu chantais portaient sur des chars, des bombes, des fusils, la guerre, et dans tout ce que je faisais je pensais à toi, oui, je pensais à toi quand j'enfilais un de ces gants transparents orange qui monte jusqu'à l'épaule, quand je l'aspergeais de VetGel, ce lubrifiant vétérinaire, et le glissais dans la vulve et le vagin d'une vache, ou encore quand je saisissais, d'une main, les frêles pattes d'un veau emmailloté dans une gluante membrane puis tirais doucement au rythme des contractions, tandis que, de l'autre, je frottais le flanc moite de la mère pour la rassurer, lui parlant avec douceur, déclamant parfois quelques lignes de Beckett que je ne vais pas répéter, personne n'y est sensible hormis toi et les groningues, ceci en désirant toujours plus te voir baguenauder autour de moi pendant que je passais ma blouse verte de vétérinaire, appuyais sur les boutons-pression, me mettais au travail, espérant que tu me sourirais comme tu souriais à ravir, tellement mignonne, aux garçons de ferme tout en tendons qui, pendant la pause déjeuner, à la table de la cuisine, se cachaient derrière leur mur de tartines et de sandwichs, copieusement beurrés et garnis de rondelles de saucisse fumée, sans oser se mettre le moins du monde en frais pour toi : tu étais le genre d'animal qu'ils n'avaient pas appris à appréhender, non pas dotée de quatre estomacs, mais d'un seul, insatiable, en revanche, moi, je te connaissais depuis ton plus jeune âge, je te connaissais de fond en comble, même si tu étais trop jeune pour être l'objet de mon désir et simultanément trop enflammée et trop impatiente pour accepter un surcroît de prévenances et de paternalisme, ton attitude traduisait ton souhait de te détacher de l'autorité parentale, de la ferme où tu avais grandi, baptisée De Hulst, d'après W. G. van de Hulst[1], le seul écrivain que ton père connaît et dont il a lu et relu toute l'œuvre, dont il te lisait, les jours de félicité, quelques pages, après quoi tu rêvais que tu étais une chouquette, que tout le monde avait l'eau à la bouche à l'idée de te croquer, qu'il te fallait protéger toujours plus ton corps sucré de l'appétit du roi, des gloutons et des fourmis, un rêve que

1. Willem Gerrit van de Hulst (1879-1963), instituteur et auteur d'une bonne centaine de livres édifiants pour la jeunesse dont plus de dix millions d'exemplaires se sont écoulés. L'un de ses livres illustrés narre les aventures d'un boulanger qui confectionne pour le roi des *suikerbollen*, sortes de chouquettes. *(Toutes les notes sont du traducteur.)*

j'aurais peut-être dû prendre au sérieux, me dis-je à présent que je couche ces mots bien que je n'en aie jamais eu l'intention, je me suis concentré sur ton attitude plutôt que sur ton rêve, sur la façon dont tu te détachais de la ferme, te détachais des étables attenantes dont ton père refusait d'assainir la toiture contenant de l'amiante car, n'est-ce pas, c'est Dieu qui décide si on chope ou non le cancer, ça ne saurait tenir à quelques mètres carrés de vieilles plaques ondulées, Dieu dont tu cherchais à te libérer, tu voulais Lui échapper non sans craindre Sa colère, Son jugement dernier, ce qui t'amenait à fredonner parfois, dans ton lit, ce vers du psalmiste : *Délivre-moi de mes angoisses !* Mais ce à quoi tu aspirais par-dessus tout, c'était à te libérer de ton père, habitué des sautes d'humeur, qui mariait douceur et grande sévérité, et dont tu voulais te détourner sans pour autant cesser de le chérir, de même que tu chérissais Bello, le taureau rebelle qui ne se laissait caresser que lorsqu'il venait de manger ou de couvrir une vache, Bello que vous prêtiez à l'occasion à d'autres agriculteurs en échange d'une somme pour chaque saillie, des sous qui allaient dans le pot de confiture placé sur la cheminée de la cuisine, la cagnotte cabriole qui finançait vos vacances, oui, Bello couvrait le coût de vos vacances en Zélande, et à chaque chose que votre père vous offrait, de la pâte à tartiner aux tomes de Donald Duck, il n'omettait pas de dire : *On dit merci qui ? Merci Bello !* C'est surtout dans le ton renfrogné et rebelle de ta voix que je percevais l'acharnement que tu mettais à t'extirper de toi-même, ceci lorsque ton père se proposait de remonter la fermeture éclair de ta salopette, non pour te prémunir contre le froid brouillard du matin, mais pour avoir l'occasion de te toucher encore, toi, son enfant qui peu à peu devenait trop grande pour ses mains rugueuses, calleuses et crevassées, moi de regarder les miennes qui étaient assez grandes et fortes pour serrer fermement les tiennes ; des mains d'enfants, j'en avais déjà tenu, mais c'était différent, elles se cramponnaient à moi alors que cette fois, c'est moi qui voulais en attraper une, mes doigts tressés entre les tiens, au niveau de la bague en plastique passée sur ton majeur, celle surmontée d'une coccinelle, bague un rien trop grande que tu avais choisie parmi d'autres petits cadeaux à l'invitation de l'orthodontiste après qu'il t'avait appris que tu allais devoir porter un appareil dentaire externe, horrible nouvelle qui t'avait bouleversée ; mon pouce, j'allais le faire aller et venir en rond des heures durant à la surface ta paume, tel un ruminant atteint de cœnurose. Pendant la pause-café, je n'écoutais que d'une oreille les histoires de ton père, mélange de Mick Jagger jeune et de l'acteur Rutger Hauer quand il parlait avec enthousiasme de son bétail, de la sécheresse qui touchait les champs et le canal, des récoltes qui s'annonçaient peu abondantes étant donné que la flaccidité des ombellifères empêcherait qu'on les mette dans un vase, moi d'esquisser un hochement, il n'y avait pas le moindre vase dans toute la ferme, d'ailleurs les gens qui ne ramènent ni plantes ni fleurs chez eux sont plus sujets que d'autres à des pensées moroses au sujet des récoltes, cela même quand la saison se révèle bonne et fructueuse, et moi de rehocher la tête quand il affirmait que les vaches aiment manger toujours la même chose dans les mêmes quantités, que ce sont des bêtes routinières, tout comme lui, il arrivait qu'il leur passe de la musique classique, du Chopin ou du Vivaldi, le soir venu le lait était plus riche que les autres jours, moi de plisser au bon moment ma figure en un sourire, mais de préférence, c'est de toi, rien que de toi, que je voulais tout savoir, je voulais parler de toi comme on parle des vaches, de leurs chaleurs et de leur versatilité, aussi je portais mon regard sur la pelouse où toi et ton frère sautiez sur le trampoline, où vous rivalisiez pour savoir qui de vous deux toucherait le ciel en premier, qui chatouillerait en premier Jésus, tu voulais Le crucifier sous tes chatouilles, plus tard tu devais me dire que les Romains recouraient au supplice des chatouilles pour torturer un suspect ou un condamné, ils l'attachaient et laissaient une chèvre lui lécher sans discontinuer la plante des pieds, et pendant que tu sautais sur le trampoline, de plus en plus haut, tes cheveux blonds dansaient et brillaient comme des blés autour de ton délicat visage, je voyais à quel point tu te lassais vite de ce jeu, bientôt tu fixais le lointain, au-delà des laitues luisantes et des poireaux du potager, affamée d'une autre vie, celle qui t'attendait là-bas, au-delà du *Village*, *The Village*, tu aspirais à en partir de même que la plupart des filles et des garçons de ton âge finissent, à la longue, par vouloir quitter le domicile parental, certains pour s'engager dans l'armée et devenir soldats avant de retrouver, le cœur lourd, la couleur camouflage du *Village*, mais toi tu étais certaine de ne jamais souffrir de mélancolie, tout ce que tu possédais se trouvait dans ta tête, il m'était impossible de savoir alors qu'un chez toi te faisait défaut, malgré l'existence de la ferme De Hulst que tu aimais jusque dans ses fibres de bois, et la simple idée que tu partirais d'ici, que tu partirais à vélo sur la digue Cryptogame, en slalomant entre les pavés disjoints, que tu laisserais ton père en plan, oui, à cette simple idée, tu te retournais en soupirant pour reprendre le jeu sur le trampoline, *quel dommage* dirais-tu plus tard, n'étant guère douée pour les adieux, ce que je n'ai pas tardé à remarquer : le samedi matin, tu traînassais en faisant la moue quand on venait chercher les veaux pour les transporter à l'abattoir, tu ne te lassais pas de les câliner, de les gratter derrière les oreilles, de leur glisser des mots incompréhensibles, et c'est alors seulement que j'ai vu combien tu coltinais ce sentiment de perte, j'avais envie de t'en soulager en te fournissant des anti-inflammatoires ou, mieux encore, de combler ce vide bien que nous n'échangions jamais deux phrases, alors même que, pendant ces années où je me rendais régulièrement chez vous, tu m'as à maintes reprises regardé ausculter ou inséminer une vache, tu m'apportais par exemple un seau d'eau chaude et, sur une coupelle, un bloc de savon vert pour que je me lave les mains, souillées de sang et de merde, puis tu me tendais un torchon à carreaux défraîchi sans pour autant que le moindre mot ne franchisse tes lèvres dont j'aurais aimé tâter le joli contour comme je le faisais sur des bêtes atteintes de la maladie de la langue bleue, mais toi tu n'avais pas de langue bleue, tu étais en parfaite santé et charmante par-dessus le marché, dès ce moment-là j'ai su que je serais le premier homme de ta vie, lequel te regarderais ainsi que tu désirais qu'on te regarde, à savoir comme une adulte de 14 ans, tous les jeunes de 14 ans aspirent à ce qu'on les regarde comme étant plus âgés qu'ils ne le sont, mais toi, de surcroît, tu appariais à ce désir le comportement idoine, ce qui ne m'empêchait aucunement de deviner, sous tes mouvements gracieux que l'on aurait presque pu confondre avec ceux d'une femme, la candeur de l'enfance, et c'est en de tels moments que mon amour pour toi se révélait plus fort encore, au point que parfois la tête me tournait, comme quand on vient de passer trop de temps dans une émanation de pénicilline, cette candeur ressortait plus encore lorsque tu voletais autour de la ferme en te parlant à toi-même, lorsque tu poussais des cris de petite fille quand, par une journée ensoleillée, ton père vous ciblait, toi et ton frère, avec le tuyau d'arrosage, ou encore lorsque tu passais à proximité de moi en gloussant avec tes copines, tes jambes bronzées enfilées dans des bottes cuissardes bien trop grandes, toutes agissant comme si le monde entier s'offrait à vous, toutes à l'image des guêpes qui, sous l'arbre, se délectaient de la chair juteuse des poires fendues, toutes vous étiez ces guêpes, vous étiez fortes et indestructibles, cependant je ne te voyais pas moins te débattre avec cette zone grise qui sépare la fille de la femme, osciller de l'une à l'autre, te débattre contre une personne en devenir qui n'occuperait peut-être jamais le devant de la scène, contre le sentiment de perte qui, tel un voile de brume, pendait sur tes frêles épaules, je te regardais aussi quand tu flânais seule dans les hautes herbes et le colza au bord du canal, derrière De Hulst, alors que les veaux n'étaient plus là et que leurs igloos restaient silencieux et déserts, ces box que, vêtue d'une combinaison imperméable, tu nettoierais sous peu avec le tuyau haute pression, millimètre par millimètre, pensant de la sorte effacer leur existence de tes pensées, je savais bien sûr que tu pleurais au bord du canal, je le savais tout simplement, et je n'ai commencé à vraiment t'observer qu'au début des grandes vacances, alors que tu avais 14 ans depuis exactement deux mois et dix-sept jours, et que tu étais allongée dans le foin, tenant un livre de Roald Dahl au-dessus de ta tête, *Danny, champion du monde*, pendant que je prenais tout mon temps pour laver et rincer une fourche sous le robinet sur l'un des côtés de l'étable, je savais que, pendant ces minutes, tu te sentais en sécurité, que tu te figurais être dans un monde dans lequel on te comprenait, duquel tu n'aurais jamais voulu partir, par moments je t'entendais rire, tu restais tellement longtemps dans le foin que, des heures après, la forme de ton corps y était encore visible, je posais alors une main sur les brins d'herbe séchés qui avaient emmagasiné un peu de ta chaleur, j'aurais aimé que tu te sentes toujours comme quand tu lisais dans le foin, vraiment, mais tout a changé lorsqu'un jour, le 7 juillet pour être précis, tu m'as adressé la parole, ce même jour où j'ai, pour la première fois, tracé des bâtons au crayon à papier dans le coffret du compteur afin de calculer le nombre de nuits qui me séparaient de ma prochaine visite chez vous pour effectuer le contrôle hebdomadaire du bétail, ce jeudi de juillet, alors que le vent soufflait principalement du sud-est, je fredonnais hardiment une chanson qui passait à la radio dans la salle de traite, moi qui ne fredonnais jamais rien, mais là, j'étais envahi d'une sorte de légèreté et de clarté, de divines complications justifiaient que je prolonge mon passage à De Hulst, il y avait beaucoup de vaches boiteuses, certaines atteintes de trichophyton, d'autres souffrant d'une carence en calcium, tu es entrée sans même que je t'entende et, soudain, venue de nulle part, ta voix a retenti, adossée à la cuve réfrigérateur du lait tu as dit que ce n'était pas ta chanson préférée, tes chansons préférées passaient rarement à la radio, as-tu ajouté, il te fallait les trouver par toi-même chez le disquaire de la ville située de l'autre côté de l'eau, le lac Courroux, malgré tout tu trouvais la chanson belle en raison de sa teneur dramatique et parce que la chanteuse apparaît, sur les images du clip vidéo, son mascara dégoulinant, dans un taxi Austin noir à la station de Warwick Avenue, tu n'ignorais pas qu'à ce moment-là, elle n'éprouvait pas ce que les paroles suggèrent, que ses larmes étaient fausses, dans le cas contraire elles auraient étouffé sa voix, tu n'en tirais pas moins de quoi te sentir moins seule, ceci même si tu n'étais jamais montée à bord d'un taxi, et ton visage s'empourprant légèrement, tu as poursuivi en expliquant que tu jouais parfois ce morceau et chantais devant une salle comble, assises au premier rang les personnes les plus importantes que tu connaissais, elles trouvaient ça fantastique, voire sublime, toi, tu recourais à des larmes factices, tu n'arrivais pas à pleurer sur commande, sauf quand tu pensais aux morts, mais comment penser aux morts tout en chantant, non, ce n'était pas possible, faire du vélo et penser aux morts, ça oui, tu t'en tirais, tu pédalais à fond, de tombe en tombe, pendant que les larmes dégoulinaient de tes yeux, puis l'air de rien tu t'es retournée comme si m'avoir parlé ne revêtait pour toi aucune signification, comme s'il me fallait douter d'avoir réellement entendu ta voix, me demander si je n'avais pas rêvé, tu as alors passé la main sur la cuve à lait comme s'il s'agissait du dos d'une vache groningue, j'aurais voulu te répondre, avoir le courage de dire quelque chose cet après-midi-là, mais je suis resté sans voix à l'instar de la chanteuse sur les ondes, lançant un sourire à ton dos, entendant Monsieur Météo annoncer qu'on allait au-devant d'un été réfractaire, surtout dans le nord du pays, le mot *réfractaire* ne devait prendre tout son sens que plus tard, lorsque je commencerais à me demander s'il fallait chercher dans cette haute saison l'origine de la rupture dans ma vie, si c'était ici, entre les bidons du lait pelliculé de colostrum jaunâtre, qu'avaient pris corps mes désirs et envies démentiels de toi, ou bien cela s'était-il produit plus tôt, la faille se trouvait-elle quelque part dans mes souvenirs d'enfance et d'adolescence ? Pages de ma vie que, piteux, j'ai feuilletées sur ordre des magistrats, quoi qu'il en soit, une fois rentré chez moi, sans même me changer, j'ai cherché les paroles de la chanson sur Internet, j'ai lu goulûment les phrases de « Warwick Avenue », en ai copié le texte dans un fichier Word puis souligné les passages qui, à mon sens, correspondaient au sentiment que j'éprouvais pour toi, après quoi j'ai écouté les chansons avec lesquelles j'ai grandi en en soulignant là aussi certains passages, des chansons de Patti Smith, des Rolling Stones, de Frank Zappa, de Lou Reed, oui, surtout de Lou Reed, après avoir lu que son « Walk on the Wild Side » avait été un temps boycotté, un état qui allait bientôt être le nôtre, je n'ai pu les écouter sans penser à toi, à la façon dont tu pourrais les analyser en te balançant d'avant en arrière sur tes orteils, aussi, un mois plus tard, lorsque je suis passé soigner une génisse aux pis enflés, signe d'une mammite estivale, te trouvant allongée cette fois encore dans le foin, un livre à la main, *Harry Potter à l'école des sorciers*, premier tome de la série, dont tu avais tapé le texte, à 12 ans, lettre par lettre dans Windows 95, après avoir emprunté le roman à la bibliothèque – tu le trouvais trop beau pour le rendre, mais ne voulais pas non plus risquer une amende trop salée –, je t'ai donné une enveloppe dans laquelle j'avais glissé les paroles, une enveloppe de deuil, c'est tout ce que j'avais à la maison, ces enveloppes couleur crème que je destinais aux personnes dont j'avais piqué l'animal préféré, incluant par habitude dans mon courrier le poème « Joy in Death » d'Emily Dickinson, je te l'ai donnée sans rien te dire des passages que j'avais soulignés, ça viendra plus tard, je me disais à part moi, quand, rayonnant et fier au premier rang, je t'applaudirais, sifflerais tout en criant quelque chose de Beckett, ma main en entonnoir autour de ma bouche : *Quand on est dans la merde jusqu'au cou, il ne reste plus qu'à chanter*. Et de songer : c'est elle sur scène, ma fervente fugitive, mon petit animal de luxe.

2

Kurt Cobain était mort. Depuis onze ans déjà, mais tu ne le savais que depuis une heure, après avoir écouté pour la première fois « Smells Like Teen Spirit », passant ensuite la chanson en boucle sur ton lecteur CD, affirmant que le musicien n'avait pas succombé à une overdose d'une quelconque drogue ni à une balle, mais à une overdose de succès, lequel fait croire qu'on vole, ceci jusqu'à ce qu'on se rende compte qu'on n'a pas d'ailes, de fait on dégringole illico à l'image de certains personnages de dessins animés, ceux des *Looney Tunes* par exemple : dès qu'ils s'aperçoivent qu'ils sont suspendus en l'air, ils font un plongeon dans le vide. Toi de poursuivre en disant que si jamais tu devenais célèbre, célèbre pour de vrai, tu n'oublierais jamais d'où tu viens, tu n'oublierais pas l'odeur de l'ensilage, celle de l'ammoniac, de la bouse, ni tes copines, en aucun cas, cependant tu savais déjà que tu perdrais quelque chose d'essentiel, que le succès te changerait bel et bien, tout en maintenant une autre chose en l'état, voire l'accentuerait, à savoir l'incommensurable vide qui t'habitait déjà alors, même si j'en négligeais les symptômes, moi capable de déceler une maladie chez tel animal ou l'excédent d'hormones de stress chez tel autre, j'étais aveugle parce que je voulais croire en ta résilience, parce qu'au bout du compte tu en aurais sacrément besoin, j'ai détourné les yeux tout comme quatre ans plus tôt, à l'époque de la crise de la fièvre aphteuse, quand j'avais dit à un éleveur que ce n'était rien qu'une petite grippe qui allait passer, merde alors, je ne voulais pas que tout son cheptel soit abattu, j'avais vu trop de vaches, de moutons, de cochons jetés encore à moitié vivants dans la benne à cadavres, leurs pattes secouées de spasmes en cognant les parois, sans compter que la même semaine j'étais passé chez un autre agriculteur où la pleurésie s'était déclarée ; à l'heure du déjeuner, alors que j'entrais prendre dans ma grosse sacoche mes tartines au beurre de cacahuète bien que je susse que j'aurais du mal à avaler la moindre bouchée, m'engageant dans le couloir sans me douter de rien, je l'avais vu pendu à la balustrade de l'escalier, du moins j'avais vu dans un premier temps les semelles de ses bottes cuissardes avec du fumier et de la paille encore collés dans les rainures, puis sa combinaison et ce n'est qu'ensuite que mon cerveau avait intégré la totalité de la masse sans vie, j'avais fermé les yeux, paupières crispées, pour me sauver et dans l'espoir de pouvoir encore le sauver, de rembobiner le temps pour revenir au moment où j'étais arrivé à la ferme au volant de mon utilitaire Fiat noir, j'aurais pu alors le raisonner en lui parlant comme la reine Beatrix parle à son peuple, multipliant de façon étonnante l'emploi du monosyllabe « nous », ceci avec un succès comparable au mien avec toi, cependant je ne savais pas alors ce que c'est que de perdre ce qui nous est le plus cher, je ne savais pas que dans certaines circonstances, aucun mot n'est à la hauteur de la situation, à l'abîme de ce qu'on a perdu ; cela dit, j'aurais voulu être à même de l'arracher au nœud coulant, histoire au moins de le presser contre ma poitrine comme je le faisais avec les veaux qui souffraient d'ingestion ruminale, les regardant dans les yeux pour voir comment se développaient leurs estomacs, oui, je l'aurais serré dans mes bras comme un petit veau malade et lui aurais peut-être chuchoté quelques paroles à l'oreille, empruntées à Leonard Cohen, je crois que tu saurais apprécier cela : *First of all nothing will happen / and a little later / nothing will happen again*[1]. C'est ce qui m'est passé par la tête, même si je savais très bien que l'éleveur n'aurait probablement rien compris ou voulu comprendre à ces mots anglais : quand on est enfoncé jusqu'au cou dans sa propre fosse à purin, tout ce que l'on perçoit encore, c'est la pestilence, la merde vous aspire vers le fond, non, je ne lui aurais rien dit, me contentant de le serrer dans mes bras jusqu'à ce qu'il se vide de tout sentiment d'impuissance comme les vaches se vident de leur sang puis nous serions allés nous asseoir à l'arrière de mon van, ainsi que je l'ai souvent fait avec tel ou tel client au moment de lui faire part de mes observations, j'aurais roulé une cigarette, l'aurais allumée pour la lui tendre, ses lèvres gercées effleurant mes doigts, j'aurais perçu la force qu'il mettait à tirer une bouffée

1. Pour commencer rien ne se passera et un peu plus tard ce rien se répétera.

– la cigarette se rétrécissant avant de se renfler –, à croire qu'il cherchait à se remplir les poumons d'espoir, d'autre chose en tout cas que des relents de l'abattage, peut-être en serais-je venu à fermer la double porte pour me retrouver avec lui dans l'habitacle sombre sans plus entendre les bruits, ceux des bêtes s'affaissant sur les caillebotis, nous aurions ainsi été à l'endroit où j'ai placé bien plus tard un matelas, rembourré de mousse à mémoire de forme et de mousse froide, alors que je m'éprenais à la folie de toi, mon adorable, et on aurait attendu jusqu'à ce que les camions à grappin quittent la cour de la ferme et que s'installe un silence tel qu'on se serait demandé, lui et moi, si toutes ces horreurs s'étaient effectivement déroulées, si on ne les avait pas fabulées, un peu comme il m'arrive, après avoir regardé un film de guerre, d'avoir l'impression d'être plongé moi-même dans la bataille, soupçonnant à chaque coin de rue la présence d'un soldat prêt à m'abattre, ça fait *bang bang* dans ma tête, mais voilà, il était bien pendu haut et court, et le pire c'est que ce sont les hommes du service chargé d'enlever les cadavres de vaches qui l'ont décroché de la balustrade, avec ces mêmes mains qui venaient de prendre la vie de ses bêtes, moi incapable de quoi que ce soit, abruti dans le couloir, mes tartines molles entre les doigts, et je ne sais comment, mais je les ai mangées toutes les trois, y compris la croûte que je laissais pourtant d'habitude dans ma boîte à lunch sur le couvercle de laquelle un autocollant défraîchi montrait deux cochons en train de copuler au-dessus des mots *Makin' Bacon*, croûtes dont je me débarrassais dès mon retour à la maison dans un geste de protestation infantile dont je ne m'étais jamais désaccoutumé, puis j'ai regardé ces hommes emballer l'éleveur dans une bâche agricole noire dont on recouvre en principe les fosses à maïs pour conserver cette céréale, un silobag le long des deux bras afin que le vent, qui entrait par la porte ouverte donnant sur le jardin, ne soulève pas le plastique, comme s'ils tenaient à s'assurer que le type était bien mort, à la différence de certaines bêtes, avant d'être transporté dans le corbillard ; après cette journée, je n'ai plus pu avaler de beurre de cacahuète sans que ne réapparaisse le visage bleu foncé du paysan, ses yeux exorbités, et avec toi aussi, j'ai détourné pareillement les yeux, bien qu'en cette occasion c'est moi seul que je songeais à sauver, je tenais à rester dans ton ensorcellement en même temps que j'exécrais cela, mais, diantre ! la faiblesse de ma chair, tu étais le feu qui parcourait mes reins, comment aurais-je pu le mater sans ne pas m'éteindre moi-même ? Je t'ai laissée parler et parler encore de la chanson de Cobain que tu considérais comme un cri de désespoir, de sa lettre d'adieu que tu avais lue sur Internet, tu l'estimais presque trop belle et trop lucide pour une personne qui a renoncé à la vie, il avait biffé des phrases en oubliant qu'on peut tout aussi bien tirer un trait sur le souhait de mourir, laissée parler de Teen Spirit, marque de déodorant aux États-Unis, du fait qu'une personne désespérée ne se soucie souvent pas du tout ou bien trop de son odeur et que la teneur de tout ça tenait dans une unique phrase : *I'm worse at what I do best*[1]. Au moment où tu

1. Je suis mauvais dans ce que je fais de mieux.

prononçais ces mots, tu as frissonné, sans que je sache si cela tenait aux paroles de la chanson, à la disparition du musicien que tu venais de découvrir dans ta prime adolescence, ou à cause du crépuscule qui s'élevait derrière l'étable, nous enveloppant peu à peu comme si les croque-morts du *Village* venaient se placer autour de nous, eux qui, même quand ils ne travaillent pas, se trimbalent vêtus de noir, ils ne peuvent pas prendre congé de la mort puisque la mort ne prend jamais congé d'eux, il m'arrivait de faire appel à eux quand quelqu'un voulait enterrer son animal préféré sous un pommier au lieu de le déposer au bord de la route où la société Rendac ramasse les cadavres, ils creusent une fosse, creusent jusqu'à se retrouver de l'eau à hauteur des chevilles, moi au bord de l'abîme, je tremblais, oui je tremblais, ne pouvant m'empêcher de penser à mon existence, à ma propre finitude, je venais d'atteindre l'âge biblique de sept fois sept et savais que le nombre quarante-neuf représente la perfection, la délivrance, sans compter que les disciples avaient dû attendre quarante-neuf jours avant que l'Esprit de Dieu ne se répandît sur eux, mais quarante-neuf est en même temps un nombre qui n'annonce rien de bon ainsi que le formule le psaume 49 : *Mais l'homme ne peut demeurer dans son éclat ; il est rendu semblable aux bêtes qui périssent. Telle est la voie sur laquelle ils se fient ; et leurs successeurs se plaisent à leurs discours. Ils sont poussés au Sépulcre comme un troupeau ; la mort se repaîtra d'eux.* Toutefois, ce n'était pas moi que je voulais entendre, mais toi, mon élue céleste, sans savoir quel désert, à terme, je traverserais ; en attendant, en ta compagnie, je débordais de vie, en ta compagnie j'existais, tout était moins horrible, il m'était tout à coup possible de me tenir au bord de l'une de ces fosses le sourire aux lèvres, les yeux baissés sur le début de calvitie des fossoyeurs, car j'étais incroyablement jeune et plein de fougue, tel le pommier qui refleurit chaque année, même dans le cas où la mort a été enterrée à son pied, grâce à toi, je ne cessais de me ramifier, de grandir ! Et ne voilà-t-il pas que tu m'as dit que tu aimais le prénom Kurt, que sa sonorité te faisait penser à un plat d'un pays lointain que tu dégustais par petites bouchées pour faire durer le plaisir, pour l'apprécier davantage, et qu'un jour tu voulais avoir un petit ami portant ce prénom, c'est alors qu'un voile de tristesse est descendu sur ton visage, comme si tu venais de prendre conscience de quelque chose, de quelque chose de plus profond que le simple fait de savoir qu'il y a très peu de garçons qui s'appellent Kurt, puis tu t'es reprise, adossée à la porte de l'étable, racontant que ce n'était pas la première fois que tu découvrais un artiste déjà mort : Brian Jones, Jimi Hendrix, Janis Joplin, Jim Morrison, Kristen Pfaff, Robert Johnson, Leslie Harvey. Que si leurs voix retentissaient dans ta tête avec une beauté sans pareille, cela tenait peut-être au fait qu'ils étaient morts, que voyant leur fin venir ils avaient jeté leurs dernières forces, leur dernier souffle dans leurs chansons, personne ne pouvant surpasser les morts, tu savais de quoi tu parlais, nous savions tous deux de quoi tu parlais sans pour autant mettre le moindre mot là-dessus, pas plus que sur le crépuscule de cette soirée qui, après nous avoir enveloppés, s'insinuait en nous, t'amenant à parler de plus en plus lentement du

Twenty-Seven Club, ces musiciens morts à 27 ans auxquels tu portais un intérêt incommensurable, tu avais lu comment Jones s'était noyé dans une piscine à Hartfield, comment Hendrix s'était étouffé dans son propre vomi après avoir consommé trop de somnifères et de vin, comment Morrison avait succombé à une crise cardiaque, Joplin et Pfaff à une overdose d'héroïne, Johnson à un verre de whisky empoisonné à Greenwood, la pire mort étant celle du guitariste Harvey, électrocuté, lors d'un concert qu'il donnait avec le groupe Stone the Crows, en touchant un micro qui n'était pas relié à la terre, et en réalité, on pouvait dire la même chose des autres : tous étaient déconnectés de la terre depuis longtemps. Ils avaient succombé à leur soif de célébrité, à leur ardent désir de reconnaissance, toi de dire que ce désir était une berceuse, sans cette berceuse, sans cette mélodie, un enfant erre éternellement à la recherche *du* regard, celui qui atteste son existence, c'est alors que j'ai vu que le crépuscule avait gagné tes yeux, vu que de temps en temps tu jetais un coup d'œil inattendu par-dessus ton épaule, sur la ferme, sur le vestibule éclairé, il te fallait rentrer, as-tu dit, à cause de l'obscurité et de tes devoirs et, haussant les épaules, tu as lancé un *bonsoir* sec tandis que moi, je n'étais pas à même de t'avouer que, pour toi, je désirais me prénommer Kurt, s'il te plaît appelle-moi Kurt.

3

Kurt, as-tu commencé par une journée aussi chaude que les entrailles d'un bovidé, *Kurt, faut que je te dise un truc, j'y étais, le fameux jour de septembre à New York*. Au début, je me suis demandé si tu m'appelais vraiment Kurt ou si je me faisais des idées, mais partons du principe que tu t'adressais réellement à moi de la sorte, sans détour et avec gravité, je me trouvais près des box des veaux, exerçant une telle pression sur le sac de lait en poudre ouvert qu'un nuage s'en est échappé, ça m'a amené à penser, un peu étonné, qu'il n'existe pas un seul film romantique où l'on voit de la neige en haute saison, car le spectateur se sentirait floué, il exigerait que le vidéoclub le rembourse, tout spectateur entend voir s'éclore et s'épanouir un amour réaliste de façon à s'imaginer vivre un jour la même chose, et, en raison de ce nuage, j'ai su que nous étions extraordinaires, uniques, même si je trouvais le mot *unique* tout aussi laid qu'un taureau d'élevage bien engraissé, sans me rendre compte à l'époque que je n'étais moi aussi préoccupé que par la croissance de ma carcasse, je me nourrissais en amplifiant chaque moment passé en ta compagnie, en faisant de ma passion casse-cou un veau de boucherie toujours plus affamé, tempétueux ou peu s'en faut, sans compter que t'entendre m'appeler Kurt me troublait, je veux dire : dans quelle mesure étais-je vivant dans tes pensées en un tel moment ? Étais-je destiné à ne devenir, à la longue, qu'une chanson que tu n'arriverais plus à te sortir de la tête ? Allais-tu me passer et repasser en boucle, dans le vain espoir d'inventer du neuf grâce auquel je ne perdrais rien de mon éclat et continuerais à briller ? Ou tablais-tu sur une découverte qui te rassurerait et te guiderait à travers ce fol été ? Peut-être étais-je un passage d'une des chansons, souligné pour toi mais passé jusqu'ici inaperçu à tes yeux, ou du moins dont le sens t'échappait ; peut-être étais-je moi-même passé inaperçu, toutefois je n'avais pas le temps de m'appesantir là-dessus puisque tu m'appelais Kurt et parlais de façon confuse tandis que, dans mes bottes, je me tenais dans la neige et que le soleil tapait sur mon crâne, entre béatitude et brûlante déception, tu disais que tu avais été sur place, là-bas, que tu t'étais envolée jusqu'aux Twin Towers juste après que le premier avion avait perforé l'une de ces tours jumelles, car voler, c'était dans tes cordes, non du fait d'une illusoire renommée mais en raison d'une boulette commise par Dieu, à moins que ce ne fût grâce à un don caché, tu m'as demandé ce que ça m'inspirerait de te savoir chaque soir debout sur le bord de ton lit à t'entraîner pour ton prochain vol, de savoir que tu étais le premier être humain volant, qu'un jour comme celui-ci, tu t'envolerais pour la deuxième fois, cette fois en décollant du silo à fourrage, en survolant les labours, les betteraves à sucre et les champs de blé, en survolant les eaux claires du Maelström, même si, disais-tu, je devais tenir compte du fait que tu ne reviendrais pas, pour que ça soit exceptionnel – et non pas un simple tour de passe-passe, les tours de passe-passe, on les oublie vite – il fallait que tu t'envoles pour ne plus revenir, à moins que tu ne deviennes un oiseau migrateur qui reviendrait, mais seulement en été, on te compterait au nombre des récoltes, tout le monde serait heureux de te voir, oui, ça te disait bien de savoir que les gens du *Village* tendraient le doigt dans ta direction quand tu t'envolerais, tous prétendant te connaître sans pour autant comprendre comment tu avais pu dissimuler tes ailes aussi longtemps, ils chuchoteraient que tu avais toujours été atypique, mais de là à imaginer pareille prouesse, non, ils n'avaient jamais pu le soupçonner, et ils continueraient à te suivre du regard alors que tu survolais le temple protestant, décrivais un cercle au-dessus de l'école primaire puis, au-dessus de la digue, te dirigeais vers le sud, tout ce qui se trouvait sous toi se faisant toujours plus petit, aussi petit qu'une pomme de terre disais-tu, ou plus précisément : qu'un petit pois. Ça m'en boucherait pas un coin ? Toi d'en rajouter, je pouvais voir que tu en rajoutais à la façon dont ta petite langue courait goulûment sur tes lèvres pour rendre les mots juteux, tu répétais que tu avais volé jusque là-bas en cette journée tragique de septembre, que, sous toi, tu avais entendu les cris des gens, les sirènes, et que pendant que tu volais, les paperasses des bureaux qui s'envolaient de la tour se faisaient colombes de la paix, vrai de vrai, disais-tu, des colombes, et tu as vu des gens se jeter par les fenêtres dans le vide, tu as entendu le bruit sourd de leurs corps percutant le sol comme s'il s'agissait de sacs de lait en poudre, c'est alors qu'un autre avion est arrivé et s'est engouffré dans la deuxième tour, s'il s'agissait d'un avion, tu en doutais par moments, tu croyais que c'était toi en personne qui avais percuté le gratte-ciel, tête la première, puis ton torse, puis le reste de ton corps, tes pieds, tu disais que tout était de ta faute, voyant les larmes perler derrière tes yeux, j'ai songé, putain, que t'avais tout juste 10 ans à l'époque, cependant je t'ai laissée relater les différentes fois où, dans ta tête, un avion s'écrasait sur la ferme De Hulst, tu entendais les murs s'effondrer, le verre se briser, tu voyais ton père, oui, tu voyais ton père enseveli sous les décombres de l'aile droite du bâtiment alors que c'est toi qui avais été ciblée, disais-tu, peut-être ferais-tu bien de te rendre et d'avouer sans détour : *C'était moi ce jour-là, l'avion, c'était moi ; j'ai transformé New York en un brasier, j'ai fait pleurer le monde entier, monde que je veux à présent consoler en livrant le coupable.* Ça sortait de ta bouche comme la pure vérité, mais j'étais plus convaincu encore par la détermination avec laquelle tu croyais en ton histoire et par l'époustouflante facilité avec laquelle tu es passée sans transition à la splendeur de tes ailes, à leur beauté et leur puissance stupéfiantes, des plumes hydrofuges, alors que, dans l'entrée de l'étable, en un diabolique enchantement, tu bougeais les bras, et voyant les muscles sous ta peau à chacun de tes mouvements, j'avais envie de te crier de ne jamais décoller, tu m'entends : jamais. Mais au lieu de cela, je mélangeais frénétiquement, dans un seau, de la poudre à de l'eau tiède jusqu'à ce que les grumeaux disparaissent, et je t'ai dit qu'avant de voler, il faut apprendre à atterrir, à peine avais-je prononcé ces mots que je me suis rendu compte qu'il s'agissait d'une réplique inappropriée, pontifiante de surcroît, beurk ! que je te décevais, que tu avais espéré une autre réponse, par exemple que j'applaudisse ton projet, que j'estompe sous ton crâne la catastrophe de septembre, quand tu as laissé tes ailes retomber mollement le long de ton corps, il ne me restait plus qu'à me frapper la tête, à la battre au fouet de cuisine, mon odorat a perçu pour ainsi dire le vide qui transperçait ta poitrine comme un troisième avion, de même qu'il repère à plusieurs mètres de distance un veau qui, touché par un virus, a la coulante, ton virus à toi, c'était moi, ce que tu ne pouvais encore savoir, j'aurais aimé serrer dans mes bras ton frêle corps de nymphette, après tout, ce que tu désirais, c'était d'être vue, d'être quelqu'un que l'on suit des yeux, que l'on désigne de loin, mais pas comme on te montrait du doigt au collège, de ne pas avoir besoin de t'élever trop haut pour attirer l'attention, c'était qu'une personne souhaite que tu restes ici, s'il te plaît, reste ici, sans toi les champs vont se fissurer, sans toi le Maelström sera soit envahi d'algues bleues, soit tari, par suite beaucoup d'oiseaux migrateurs ne survivront pas au rude voyage vers le sud, ils dégringoleront comme la manne, mais je ne pouvais exprimer ma pensée, il me fallait suivre le fil de la tienne et de ton horrible confession, il me fallait t'imaginer perchée là-haut, sur le silo, juste ciel ! cette simple idée me faisait frémir ! Je n'arrêtais pas de remuer mon mélange, pourtant il n'y avait plus de grumeaux depuis longtemps, et c'est alors que j'ai prononcé cette phrase, bon sang, j'ai prononcé ces mots : *Je vais t'aider à t'envoler.* Je me suis redressé comme si l'on jouait dans un film, me suis figé, le fouet à la main, du lait a dégouliné par terre, j'aurais aimé réduire les grumeaux qui stagnaient dans ta tête, mais tu t'es remise à remuer les bras, de toute leur envergure, or ton ombre pouvait laisser croire que tu étais vraiment une créature ailée, et bientôt tu t'es mise à courir dans la cour de la ferme, gloussant, et criant : *Je suis une corneille, un corbeau, je suis un héron, je suis l'oiseau que l'on craint le plus.* Pour finalement t'écraser dans l'herbe et rester là, immobile, les yeux rivés sur le ciel bleu avant de dire : *Y a un truc qui cloche chez moi, et pas qu'un peu.* Quelques futiles secondes plus tard, tu t'es relevée d'un bond et j'ai vu que l'oiseau avait disparu de ton esprit, je t'ai vue entrer, tête basse, dans l'étable où, racloir en main, tu as zigzagué sur les caillebotis pour retirer le fumier coincé entre les fentes, pendant que, sans détourner le regard de toi, je donnais du lait aux veaux, qu'aurais-je pu faire si ce n'est t'attirer vers moi, je te sauverais, mon adorable fugitive, je te sauverais inconditionnellement, c'est sans doute à ce moment-là que mes cauchemars ont commencé, lesquels te montraient en train de grimper tout en haut du silo tandis que les fossoyeurs restaient plantés à son pied, ils te fixaient, une main en visière, affirmant que tu ne pourrais être certaine de ton affaire qu'après avoir fait le grand saut, et à chaque fois que tu étais sur le point de décoller, je me réveillais en sueur, habité de l'envie de te téléphoner pour me rassurer, mais ce n'est que plus tard que tu m'as donné ton numéro en me disant de ne pas t'appeler, tu détestais le téléphone, tu en détestais les sonneries, surtout *Schnappi, le petit crocodile*, que presque tous tes camarades de classe avaient sur leur portable, le moment de raccrocher t'était encore plus pénible que le reste, comme si effectuer ce geste, c'était en fait rompre les liens du sang ou de l'amitié, et ne sachant comment mettre un terme à la conversation, tu prétextais de la friture : *Allô, allô, je t'entends pas bien.* C'est sûr, téléphoner tu n'aimais pas, ton numéro, tu ne me le donnerais que plus tard, et un jour, tout en mangeant un plat cuisiné - chou frisé, saucisse et jus de viande - alors que Camillia et mes deux fils passaient une journée en ville, j'en ai fixé les chiffres sur l'écran de mon téléphone jusqu'à ce que j'entende ta petite voix pure, ayant fini par t'avoir en ligne, au bout de quelques appels j'ai compris que quand tu décrochais, tu prononçais systématiquement ces mots : *Vous êtes sur la boîte vocale de l'oiseau. Bip.* Même si je connaissais ton numéro par cœur, je ne l'ai pas moins inscrit, à toutes fins utiles, sous les bâtons du coffret du compteur ; cet été-là, je suis venu à la ferme de plus en plus souvent pour examiner les génisses avant de me régaler de la bière régionale que ton père me servait à la fin de la journée quand la brume se posait sur les champs comme la mousse sur le pourtour du verre, je souriais poliment à chacune de ses blagues et de ses vantardises, à l'écoute de son « savoir » en matière de météo, lui s'imaginant que sa compagnie m'émoustillait alors que c'était en réalité ta présence, mon adorable, je sirotais ta petite existence oppressante et sombre, et, à la fin de la soirée, je posais les innombrables bouteilles de bière vides dans la remise à côté du tire-botte, sentant combien ça moussait et tournoyait idiotement en moi, mais je savais déjà alors, avec certitude, je savais que je t'aimais.

4

Peut-être n'y avait-il rien d'étrange à cette démarche et était-il tout à fait normal d'entrer dans un magasin de literie par cette matinée torride. J'y ai acheté le matelas le plus cher, rembourré de mousse à mémoire de forme et de mousse froide, ainsi que deux oreillers gonflés de duvet de canard, j'ai traîné le matelas à l'arrière de mon van, ai posé dessus un sac de couchage dézippé, récupéré à la maison et portant une initiale brodée, le C de Camillia, ai fait en sorte que la lettre soit du côté de la double porte afin que tu ne la remarques jamais, c'est alors que j'ai songé que la femme que j'avais était à mes pieds tandis que celle que je désirais voletait, insaisissable, dans ma tête en sueur ; j'ai épié les alentours pour voir si quelqu'un avait remarqué que je mettais le même zèle que des foulques à construire un nid d'amour, puis j'ai pris la direction de De Hulst, la poitrine remplie autant de joie que de dégoût à cause de ce que je transportais dans mon véhicule, mais tout cela a disparu dès que je t'ai vue et j'ai alors su que ce que je faisais était bien, que toi et moi étions inéluctables, que nous étions comme le pont d'une chanson, nous étions différents de tout et de tous autour de nous. Je t'ai alors regardée t'amuser à te laisser tomber sur le matelas, un exemplaire de *James et la grosse pêche* à la main, puis à me demander si je dormais là, moi de répondre oui en guise de blague, que j'étais un loup-garou, que je me garais au coin du parking un peu plus loin, parce que je tenais à dormir sous la lune, pareille à un abcès dans le ciel cette semaine-là, par la suite, tout ça ne tiendrait plus de la blague : je passerais de plus en plus de soirées, voire de nuits, sur le parking afin de te rejoindre le plus rapidement possible, le siège passager disparaîtrait sous des sacs vides de McDonald's, des barquettes de sauce américaine séchée, d'innombrables emballages de sandwichs ainsi que des canettes de Coca achetées à la station-service ; bien entendu, je voyais d'autres éleveurs que ton père, me rendais dans d'autres entreprises agricoles, mais je bâclais mon travail pour regagner le *Village*, te rejoindre, peut-être était-ce au fond tout à fait normal que tu te laisses ainsi tomber en arrière, le livre au-dessus de ta tête, et que tu poses tes pieds sur mes genoux, sur mon pantalon breneux et que, de mon côté, je te caresse précautionneusement les orteils un à un, en pinçant doucement les os, les massant comme il m'arrivait de masser la couronne du sabot d'un cheval, par instants, quand ça te chatouillait, tu retirais un peu ta jambe, il me fallait me dominer pour ne pas t'arracher le roman des mains et le balancer dans l'herbe, puis te tirer brutalement et amoureusement sur mes genoux, enfoncer mon nez dans tes cheveux encore humides, là où je te respirerais sous l'odeur du chlore de la piscine, il m'était impossible de définir ton odeur à toi, les mots que j'aurais posés dessus auraient été décevants, tu exhalais ta propre odeur et rien que la tienne, il en était ainsi et pas autrement, et tandis que je caressais ta peau pour la première fois, ta peau de la douceur d'un pis, câlinant tes orteils sous mes doigts comme pour en examiner la structure osseuse et juger si tu étais un animal en bonne santé, tu m'as dit que tu avais vu au moins dix fois *Charlie et la chocolaterie* de Tim Burton, que Willy Wonka t'avait toujours fait peur, un azimuté, car il abandonnait les enfants chiants à eux-mêmes, il les gâtait et les amadouait avec le surcroît de toutes les sucreries de l'usine sans pour autant les prémunir des dangers qu'entraîne la gourmandise, tu soutenais qu'être trop gourmand signifie qu'on manque de quelque chose, disais que tu accélérais l'image pendant les chansons parce qu'elles te retournaient l'estomac et que tu avais longtemps cru qu'un jour tu trouverais à ton tour un emballage doré dans une barre de chocolat, que tout le monde comprendrait alors qu'il te fallait partir d'ici, mais tu n'avais rien trouvé, puis tu m'apprenais dans un soupir qu'on avait enterré Roald Dahl avec, entre autres, une boîte de crayons à papier HB, son chocolat préféré de Prestat, des queues de billard et une scie électrique, que dans le cimetière de Great Missenden, des traces de pas du Bon Gros Géant mènent à sa tombe, qu'un jour tu aimerais t'y rendre pour t'allonger sur la pierre froide et lui murmurer qu'il t'avait sauvé la vie, sans m'expliquer de quelle façon, que tu avais les pouvoirs de Matilda et la politesse de Charlie, que *Les Sorcières* t'avaient empêchée de dormir des nuits entières après que tu avais vu le film en fin de primaire, l'instit avait dit que seuls les élèves au cœur bien accroché pouvaient le regarder, tu avais alors levé la main, découvrant que tu avais un cœur sacrément mal accroché, un jour tu avais entendu dire que Roald Dahl n'approuvait pas la fin du film, différente de celle du livre, Luke de souris étant redevenu un être humain, tu avais entendu dire que Dahl s'était tenu à l'entrée de certains cinémas, brandissant un mégaphone et criant : *N'entrez pas, c'est un souricière !* Tu aurais aimé qu'il se tienne de même à l'entrée de la salle de classe, qu'il proclame qu'il faut perdre son cœur à plusieurs reprises pour qu'il soit bien accroché, tu n'ignorais pas que Roald Dahl avait survécu à un crash, s'était extirpé de la carcasse de l'avion avec une fracture du crâne, laquelle expliquait son talent d'écrivain, or tu étais certaine d'avoir vécu un événement similaire, certes tu ne t'étais pas écrasée lors de ton premier vol, mais tu avais assurément pris un coup sur la tête, comment expliquer autrement un mode de raisonnement tel que le tien si ce n'est par le fait que tu avais transpercé les Twin Towers, sur la tombe de l'écrivain il te faudrait reconnaître que tu n'avais jamais lu *Fantastique Maître Renard* parce que tu n'aimais pas vraiment les renards, ils déterrent les poules pondeuses inhumées de l'autre côté du canal, non, vraiment, tu disais, les renards n'ont pas une once de savoir-vivre, en conséquence de quoi tu ne souhaitais rien lire à leur propos, et tu ne cessais de parler pendant que je te regardais, mon petit animal de luxe, je regardais le matelas épouser tes formes, matelas assez grand pour nous deux, cependant je n'osais pas m'allonger à côté de toi, pas encore, c'est alors que tu as de nouveau prononcé mon prénom tout en pétrissant mes cuisses avec tes orteils, à la manière des chats lorsqu'ils se sentent à leur aise, tu as dit : *Kurt, j'en sais rien, mais j'ai parfois l'impression que les choses ne reviendront jamais à la normale.* Tu as poussé un soupir puis reporté tes yeux sur les lignes du livre, moi de me demander quelles choses ne reviendraient jamais à la normale, mais plutôt que de te poser la moindre question, j'ai attendu que tu poursuives, ce que tu as entrepris en me parlant de la piscine à la sortie du *Village* et des garçons qui sautent du haut plongeoir pour faire impression sur eux-mêmes, sur leurs copains et surtout sur les filles, du baiser que tu avais échangé à 10 ans avec un garçon sous l'eau sans déterminer si ça t'avait plu ou si tu avais détesté, lui t'avait embrassée pour que tu lui achètes un sachet de grenouilles Haribo – il avait oublié son argent de poche –, voilà pourquoi tu l'avais baptisé Le Crapaud, il t'arrivait de repenser à ce baiser au goût de chlore et aussi un peu de petit mec, je t'ai alors demandé ce qui te passait par la tête quand tu songeais au Crapaud, tout en caressant tes chevilles et la bande blanche laissée par tes chaussures, là où le soleil n'était pas passé, te trouvant mille fois plus belle encore pâle que bronzée, pareille à de la porcelaine, c'est ainsi que je voulais te voir, comme une jouvencelle en porcelaine rien qu'à moi, j'avais relevé depuis quelques minutes que tu ne lisais plus, j'ai vu que tes joues s'empourpraient, on les aurait crues colorées par le feutre que j'utilisais pour marquer les brebis après les avoir vaccinées, tu as alors aspiré une goulée d'air avant d'affirmer qu'à chaque fois l'oiseau tue Le Crapaud, il l'avale en une seule déglutition, et tu étais soudain devenue Le Crapaud, tu ne pouvais rien y faire, tu as retiré tes pieds de mes genoux pour t'allonger sur le ventre en me disant : *C'est à moi que je pense le plus.* Moi, je ne voyais pas le rapport avec Le Crapaud, je savais uniquement que j'avais effleuré un sujet dont tu ne voulais pas parler, je n'y pouvais rien si je restais assis là avec ma balourde lubricité, ne sachant plus si je voulais te chérir ou te déchirer en lambeaux, peut-être les deux à la fois, bon sang, oui, les deux à la fois, mon pantalon crasseux me compressait le sexe, j'avais envie de caresser la plante de tes pieds sur lesquelles l'eau de la piscine avait laissé des sillons, envie de t'embrasser pour substituer dans ta tête mes mots aux lignes de Roald Dahl, mais tu semblais si loin tout à coup, à croire que tu ne faisais plus partie de mon troupeau, pourtant à ce moment-là j'étais extrêmement satisfait de la façon dont les choses se passaient entre nous et surtout de l'achat du matelas, ma Fiat ne tarderait pas à devenir notre palais d'amour, j'accrocherais des posters aux parois, un de Nirvana et un de la reine Beatrix, en avril elle était venue en visite officielle au *Village*, à cette occasion tu avais épinglé une fleur au revers du prince Willem-Alexander, je t'avais observée de loin, tu sautillais nerveusement d'une jambe sur l'autre devant le temple, tu avais peur que l'aiguille ne traverse le tissu de son costume et s'enfonce dans sa poitrine, peur de tuer le prince d'Orange-Nassau, aussi c'est les mains tremblantes et sans prononcer un mot que tu t'étais acquittée de ta tâche avant d'écrire sur le sujet un article grandiloquent pour le journal de l'école que Camillia avait corrigé et m'avait fait lire, j'ai été ému de voir comment tu avais, à l'aide de WordArt, conçu un titre en capitales sous lequel j'ai lu cette phrase : *Je suis presque engourdie par le froid, mais l'idée que je vais bientôt voir le prince Willem-Alexander me tient chaud.* À l'époque, je ne pouvais encore savoir qu'aucune idée ne pouvait te tenir chaud, que tu avais beau les penser et les écrire, tu ne les ressentais pas, que tu désirais être aux petits soins avec le prince et qu'il soit aux petits soins avec toi, mais que les petits soins ne te calmaient pas, bien au contraire, ils te faisaient prendre conscience de tout ce qu'il est possible de perdre, du deuil que tu te coltinais ; de surcroît, dès que tu aimais quelqu'un, tu perdais dans la foulée tout l'amour que tu portais en toi, la situation se révélant insupportable, tu le laissais se faner comme la fleur épinglée à un revers à moins que tu n'essaies de toutes tes forces de lutter contre la défloraison, démarche tout aussi inutile en réalité, et cet après-midi-là, après que tu avais inauguré le matelas, j'ai imaginé, mains croisées sous la tête et pieds bottés dépassant du van, que la reine s'adressait à moi depuis le poster, m'autorisant solennellement à entrer dans l'Ordre de la Fidélité et du Mérite de façon que je ne te quitte jamais, mon adorable, et que je recevrais la médaille du Sauvetage car je te délivrerais, je te montrerais ce que c'est que voler pour de bon, voilà ce à quoi je pensais en contemplant le paysage de polders, les ombellifères le long de la route, j'ai alors connu un instant de félicité comme quand, plus ou moins à ton âge, j'avais cru pouvoir être tout, une sensation que j'éprouvais de nouveau, or j'étais destiné à devenir tout ce que je ne voulais pas être, je voulais te recoller et non pas te casser, mais voilà, j'ai toujours été maladroit, et soudain, tout s'est assombri dans ma tête, il y avait longtemps que ça n'avait pas été aussi noir, j'ai vu alors le pus goutter de la lune et dégouliner sur les portières de mon utilitaire, je me suis souvenu du jour où, ayant laissé tomber le service Boerenbont de ma mère, brisé sur le sol en pierre bleue de la cuisine, j'avais dû passer la nuit dans la grange entre mes péchés et les corps chauds des cochons, nuit au cours de laquelle j'avais découvert que ces gentils cochons roses ne sont pas à même de regarder le ciel, ils ont un cou bien trop raide, j'ai su qu'aucun Dieu ne pouvait exister, c'est ça, Dieu n'existait pas, ce que j'ai dit à ma mère le lendemain matin quand elle m'a appelé à l'heure du petit déjeuner, j'ai vu que mes paroles faisaient s'enfoncer sa fourchette dans sa crêpe, elle préparait toujours des crêpes quand elle n'était pas parvenue à contenir son agressivité, ces crêpes de rabibochage avaient toujours un goût différent des crêpes ordinaires, elles pesaient plus sur l'estomac, la pâte, dans laquelle il y avait trop peu de lait, résultait d'un furieux brassage, mais je ne lui ai pas moins tenu les propos en question sur Dieu, à la suite de quoi il m'a fallu l'accompagner dans l'escalier en colimaçon jusqu'à sa chambre, en face de la mienne, où elle a ôté son tablier et sa longue jupe décente avec lenteur comme pour se donner le temps de se raviser, mais elle ne s'est pas ravisée, les cuisses écartées elle s'est assise sur le bord du lit, m'ordonnant de me placer devant elle sur mes genoux nus, comme un petit chien, j'ai d'ailleurs aboyé pour lui faire plaisir, pour la faire rire, *ouaf*

ouaf j'ai fait, mais elle n'a pas ri, elle portait ses hautes chaussettes noires cocasses, et alors que j'avais encore le goût du sucre glace sur la langue et les lèvres, elle m'a dit d'une voix rauque que je ne lui connaissais pas : *Tu ne t'arrêteras que lorsque Dieu sera revenu en toi.*

5

Adorable élue céleste, je n'ai pu m'en empêcher, je n'ai cessé de penser à ce putain de Crapaud. En pensée, j'ai posé le batracien sur ma table d'opération pliante afin de le disséquer et de voir ce que tu voyais, mais à chaque fois que je m'apprêtais à enfoncer mon scalpel dans la chair de son ventre, il tressautait et, dans un coassement, me filait entre les doigts ; il me faut reconnaître, pour être franc, que sa réaction me rendait à la fois jaloux et combatif, oh ! je sais combien c'était stupide de ma part, mais à un moment donné, j'ai commencé à te suivre quand tu empruntais à vélo la route du Trictrac pour gagner la piscine, maillot de bain, serviette et sachet de chips au paprika sous tes tendeurs, chips bientôt réduits en miettes ce qui te donnait l'impression d'en avoir plus, roulant au pas derrière toi je t'imaginais embrassant bientôt Le Crapaud, l'enfer ce n'était pas le baiser, mais le fait de savoir que pendant cet échange de salive, il n'y aurait aucune place pour moi, que ta tête serait remplie de quelqu'un d'autre : je voulais te posséder, il fallait que tu sois à moi, rien qu'à moi. Il arrivait que je m'assoupisse sur le parking près de la piscine, épuisé par ces journées, par cette course-poursuite, et c'est Le Crapaud qui me réveillait en sursaut : dans mon rêve le batracien était assis sur le tableau de bord, il coassait que je ne te posséderais jamais, que plus je croyais te posséder, moins c'était vrai, il arrivait aussi que tu sois déjà partie quand je me réveillais, ta Gazelle rouge n'était plus là au milieu des autres vélos, le plus souvent toutefois je roulais derrière toi à une distance respectable, je te voyais penchée sur ton guidon face au vent, slalomant au milieu de la chaussée, entre les bandes blanches discontinues, et si jamais on arrivait en même temps à la ferme, tu me souriais en disant *quel hasard* et je disais *tout à fait par hasard* en sondant ton visage, mes yeux se portant sur tes lèvres pour voir si elles étaient plus rouges, plus épaisses qu'à l'accoutumée, si des papillons s'envolaient de ta bouche, je n'avais pas l'occasion de te demander si tu avais vu Le Crapaud car tu gagnais directement ta chambre après avoir accompli quelques tâches dans l'étable à la demande de ton père, me parvenaient alors par ta fenêtre des paroles des Cranberries, et je frissonnais en pleine canicule à cause de cette phrase : *We must be mistaken*[1]. Non, me suis-je dit, nous n'allons pas nous tromper, j'ignorais si tu chantais parce que tu avais trouvé l'amour, ou parce que tu souhaitais le trouver, ça me donnait matière à cogiter tout en arpentant le pré au milieu des groningues et en m'efforçant d'écouter ton père qui se plaignait des envahissantes taupinières, des pièges

1. On a dû se tromper.

qu'il fallait placer, pendant un instant j'ai espéré que je finirais moi-même coincé entre deux de ces pinces, que c'en serait terminé, que, tombé dans le piège, j'avouerais à ton père que j'avais été aveuglé, aveuglé par toi et pour toi, mais que la lumière était peu à peu en train de revenir, pensées qui se sont cependant évanouies aussi vite qu'elles étaient apparues, car sur ces entrefaites tu es arrivée dans le pré, vêtue pour la première fois d'une légère robe blanche à manches bouffantes, j'ai alors louvoyé, mon élue céleste, louvoyé entre admiration, adoration et jalousie, j'ai vu que tu n'étais pas encore habituée à porter une telle toilette, que tu n'étais plus sûre d'être encore toi-même, ce qui moi ne me perturbais pas car je te devinais à travers le tissu, je m'inquiétais juste de savoir pourquoi et pour qui tu t'habillais ainsi, pour moi ou pour Le Crapaud ? D'une voix un rien timide, tu as dit que le repas serait bientôt prêt, les patates un peu trop cuites, mais la viande parfaite, puis tu m'as demandé si je voulais me joindre à vous, ton frère dînant chez un copain, il y avait bien assez pour tout le monde, tu as alors posé les yeux sur ton père qui a hoché la tête en signe d'approbation, j'avais envie d'exulter, mais je me suis contenté d'un hochement, un hochement du menton pour aussitôt te tourner le dos, ce n'est que plus tard que je me suis rendu compte combien c'était hautain et peu chevaleresque de ma part ; avant de passer à table, tu as substitué à ta robe un polo informe et un jean bien trop large : on n'aurait su déterminer, en te voyant de dos, si tu étais un garçon ou une fille, j'ai songé que tu ne le savais pas très bien non plus, car que voulais-tu dire au juste en prétendant devenir Le Crapaud ? Peu importait, j'allais t'apprendre la différence qu'il y a entre une fille et un garçon, à la façon dont j'enseignais à mes étudiants l'anatomie du bovin, une longue baguette à la main je désignerais et nommerais chaque partie de ton corps tandis que tu serais allongée sur le matelas, nue, oui, tu serais nue et je désignerais tout, de ton cubitus à ton coccyx, de sorte que tu ne te retrouves pas nue en face de moi, j'ai secoué la tête au-dessus de mon assiette où fumaient patates, escalope et haricots verts, puis je t'ai souri et, sans réfléchir, demandé, comme si aucune réponse n'eût pu m'affecter, mais en glissant une pointe d'intérêt dans ma voix parce que je savais à quel point tu y étais sensible, à un sincère intérêt pour ta personne, je t'ai demandé si tu t'étais régalée à la piscine cet après-midi, tu as hoché la tête avec enjouement, racontant que c'était merveilleux de se sentir en apesanteur, de faire du sous l'eau, que tu nageais plus vite que toutes tes copines, précisant qu'à la brasse c'est toi qui gardais le mieux les mains à moitié au-dessus de la surface, ce qui te permettait de toujours accélérer davantage, répétant combien c'était agréable de se sentir en apesanteur, mais ce n'est que plus tard que je devais saisir le poids réel de ce mot alors que tu maigrissais à vue d'œil au point qu'il n'y avait plus rien à quoi se raccrocher, certes je t'écoutais, mais sans m'empêcher de voir tes lèvres pressées à répétition sur celles du Crapaud, de voir ta petite langue tourner autour de la sienne, avec rage j'ai écrasé une pomme de terre sous ma fourchette et deviné que tu gardais quelque chose en toi, je l'ai deviné à ta façon de jeter des regards furtifs sur ton père qui enfournait sa nourriture sans lever les yeux, à la manière d'un affamé qui a peur qu'on lui enlève sa gamelle, il n'avait pas l'air de suivre notre conversation, on entendait seulement la cuillère taper contre ses dents à chaque bouchée de compote de pommes, entre ces tics et ces tocs tu as évoqué une chanson de Bonnie Tyler que tu venais de découvrir, tirée de l'album *Faster Than the Speed of Night* et intitulée « Total Eclipse of the Heart », affirmant dans ton enthousiasme que tu ne pouvais t'arrêter de l'écouter, que tu te demandais ce que ça faisait, sentir son cœur enveloppé de noir, que tu trouvais ça tellement beau et tellement vrai aussi, oui, c'est vrai, l'obscurité ne recèle que de l'amour, parfois, comme dans la chanson, tu avais l'impression de te désintégrer, et tout à coup tu t'es perchée sur ta chaise, attendant que je pose ma fourchette et concentre mon entière attention sur ta personne, tu te tenais là pour la première fois sur une scène, habitée d'un sentiment formidable, te sentant invincible, te sentant l'élue et chantant d'une voix claire et étincelante : *And I need you now tonight, and I need you more than ever, and if you only hold me tight we'll be holding on forever*[1]. J'ai alors été certain que tu étais amoureuse, sans savoir si je devais délirer de joie ou te mettre au pied du mur, te soumettre à un interrogatoire à propos de tes virées à la piscine, mais tu t'étais déjà rassise et enfournais un bout d'escalope, tu as

1. Et j'ai besoin de toi maintenant, ce soir, et j'ai besoin de toi plus que jamais, et il suffit que tu me serres fort pour que nous nous tenions pour toujours.

rougi, je me suis demandé si c'était à cause de moi, s'il te plaît dis oui, dis oui, ou si c'était à cause du Crapaud, j'étais incapable de me soustraire à un sentiment de jalousie, de me maîtriser, si bien que j'ai procédé à haute voix à un décompte des cadavres de batraciens que j'avais vus sur la route en venant ici, dont ceux, restés collés à mes pneus à cause de la chaleur et qu'il m'avait fallu gratter avec la plaque nominative en plastique épinglée à la poche poitrine de ma blouse de vétérinaire, tes joues ont alors perdu toute leur couleur, et ce n'est que lorsque tes yeux sont devenus vides et que tu as cherché sans conviction à planter les dents de ta fourchette dans un ou deux malheureux haricots verts que je me suis arrêté en concluant par cette phrase : *La plupart des crapauds ne sautent pas bien haut.* Tu ne me regardais plus, pas même après m'avoir posé la question – j'étais de ce fait dans l'incapacité de voir le sens que tu lui donnais –, il n'en demeure pas moins que tu me l'as posée juste après ce moment de consternation, tu m'as demandé : *Kurt, tu veux voir ma chambre, le nid de l'oiseau ?* J'ai porté les yeux sur ton père qui, entamant sa crème à la vanille, était tellement absorbé dans la contemplation de lui-même qu'il n'a rien remarqué, à moins qu'il n'ait estimé tout à fait normal qu'on se lève tous deux en reculant doucement nos chaises et qu'on gagne l'étage, le palier qui mène à ta chambre, et que je m'assoie là, quelque peu mal à l'aise, sur le bord de ton bureau à côté de ton manuel de maths ouvert, mon cœur s'est mis à battre la chamade devant le merveilleux et candide jardin des délices où je venais d'atterrir : papier peint bleu océan sur les murs, peluches alignées sur le lit comme autant de veilleurs de nuit, posters tirés du magazine *Hit-Hebdo* – l'exemplaire de la semaine de ta naissance que tu avais hérité du disparu –, posters de Madonna, Julia Roberts, John Stamos et du groupe de rock De Kreuners, également accroché au mur un poème de Frank Eerhart portant un dernier vers en forme de sentence : *Een zee heeft geen zeer*[1] ; sur les rayonnages, plusieurs photos en appui contre le dos des livres et contre ta collection de CD Ernest et Bart[2], sur aucune d'entre elles tu n'étais toi-même, tu avais adopté la pose de toute fille de 14 ans, aguicheuse sans connaître le sens de ce mot, elle vous veut, voilà ce que disent ses yeux, mais veut avant tout un peu plus d'argent de poche, veut quelqu'un qui la vénère, et plus encore quelqu'un qui la protège du monde, elle veut une existence grandiose tout en se croyant invisible, tout cela, je le retrouvais en toi à ceci près que tu étais plus avancée que tes copines qui figuraient à tes côtés, de vraies poupées maquillées, toi tu étais différente, tu réfléchissais aux choses avec une telle profondeur qu'au bout d'un certain temps personne, pas même moi, n'était capable de te suivre, tu étais sous l'eau, là où je pouvais difficilement t'atteindre, tu étais l'oiseau appelé à devenir célèbre, tu étais ma proie, et tout à coup, la tête m'a tourné, j'ai marmonné que je ne me sentais pas bien, qu'il me fallait partir, que j'étais désolé et j'ai gagné le palier, ai titubé dans les escaliers, suis sorti, suis monté à bord de mon utilitaire garé sur l'allée en

1. Les océans sont sans tourments.
2. Les deux marionnettes de la série *1, rue Sésame*.

gravier, et, nauséeux, ai foncé plein gaz sur la digue, tout comme le soir où, en rentrant de chez l'éleveur, j'avais cru que plus je roulerais à tombeau ouvert, plus rapidement l'image de son corps pendu s'effacerait de ma rétine, mais pas plus que lui tu ne t'es effacée, et histoire de me torturer plus encore, une fois dans mon bureau, j'ai mis la chanson de Bonnie Tyler, et bon sang, j'ai chialé, ouais, j'ai sangloté à cause de l'horrible, du monstrueux désir que j'éprouvais pour toi, à cause du Crapaud qui vivait désormais dans ta tête, même si je savais que ça ne durerait pas longtemps, le batracien, il n'allait guère faire le poids, j'allais lui rouler dessus, l'écraser avant même qu'il n'ait eu l'occasion de renfoncer sa langue dans ta bouche, et c'est ce soir-là, mon adorable, que je me suis laissé aller pour la première fois, je me suis laissé aller et, avec rage, j'ai déboutonné mon pantalon tout en essuyant sans ménagement les larmes de mes joues, je me savais perdu, ma chair était tellement faible ! J'ai essayé une dernière fois de penser aux yeux maquillés de Bonnie Tyler, à sa voix rauque, mais devant moi, je n'ai vu que toi, toi au milieu des prés dans ta robe blanche, et j'ai pensé à nous, ensemble sur le matelas, ainsi que, durant quelques secondes, à la Reine qui m'adressait quelques mots au sujet de mon action de sauvetage tout en me décorant, puis de nouveau et encore à toi, à toi, à toi !

6

Dans la poche de mon pantalon, les tickets de cinéma brûlaient comme des emballages Willy Wonka. Je devinais le bonheur sur ton visage à l'idée que tu pourrais t'éloigner durant quelques heures des champs, ceci même si ce n'était pas pour voir le film de Burton, mais pour un bien meilleur, *Ça* d'après Stephen King, joué par Tim Curry, un classique de 1990, donc antérieur à ta naissance, en réalité une série en deux épisodes projetés dans une localité voisine, connue surtout pour son château, pour un humaniste et juriste qui s'en était évadé dans un coffre, histoire dont je n'avais jamais vraiment relevé l'aspect romantique jusqu'à ce que tu m'apprennes que le bonhomme avait agi de la sorte pour retrouver sa bien-aimée, que tu évoques son stress et les risques qu'il avait courus d'ainsi se faire passer pour une pile de livres, la claustrophobie causée par le désir extrême de l'autre, même s'il avait pris soin de percer des trous dans le bois de la malle, ça va de soi, *mais quand même* tu as ajouté, il s'en était bien tiré, sachant qu'il aurait pu arriver à destination raide mort, ou pire, qu'il aurait pu être découvert vivant, car à l'époque on ne rigolait pas en matière de châtiments, mieux valait mourir de chagrin d'amour que d'être épinglé et finir décapité sur l'échafaud. Tu as précisé qu'au Moyen Âge il arrivait qu'on expédie, en signe d'obéissance, la tête du décollé à la souveraine et qu'il fallait en conséquence s'estimer heureux que les choses aient changé depuis, que plusieurs musées prétendaient posséder le coffre authentique, celui dans lequel l'humaniste et juriste avait pris la fuite, qu'en 1958 on avait donné le nom de ce dernier à un avion, avion qui, en route vers New York, s'était écrasé dans l'océan Atlantique, tous les passagers et tous les membres de l'équipage ayant péri, je savais que ces images défilaient devant tes yeux, que tu débordais d'une imagination sans fin, que tu te foutais ainsi la pétoche toute seule, moi je te voyais sur une photo, assise sur le bord du rempart du château en question, lors d'une fête d'Élia, tu étais déguisée en chevalier tandis que tes copines portaient d'affriolantes tenues de princesses, assise là en habit de chevalier, c'était la première fois que je te voyais comme ça, en joli page, les tickets brûlaient toujours dans ma poche alors que je disais à ton père, cet après-midi-là que, Camillia étant empêchée, tu aimerais peut-être m'accompagner à sa place au cinéma, bien entendu s'il était d'accord, j'ai avancé que le film pourrait t'inspirer, lui et moi étions alors assis au cul de mon Fiat, fixant les champs et constatant que les vaches avaient belle allure cette année, oui, de belles bêtes, même la n° 180 dont la boiterie ne se remarquait pratiquement plus, sans oublier les veaux qui se portaient bien eux aussi, peu de malades, je lui ai offert une Lucky Strike pour le rassurer un peu plus ; en rejetant la fumée, il m'a dit qu'il était d'accord dans la mesure où je te ramenais avant la nuit, je suis resté calme mais dans mon for intérieur j'avais envie de hurler de joie, je t'ai annoncé la nouvelle peu après, pendant ma pause-café chez vous, alors que tu remplissais ma tasse et m'offrais un biscuit rose, tu as avoué n'avoir jamais entendu parler ni de *Ça*, ni de Stephen King, moi de poser sur toi un regard incrédule : existait-il au monde quelqu'un qui n'avait jamais entendu parler de Stephen King ? Je t'ai vivement recommandé de lire l'un de ses livres, mais il s'agissait d'abord de voir la mini-série d'horreur, je savais que, fragile comme tu l'étais, impressionnée par un film aussi inoffensif que *Les Sorcières*, tu te blottirais contre moi, ne pourrais pas trouver le sommeil pendant des nuits et m'appellerais pour la première fois en me disant : *L'oiseau a peur, l'oiseau n'arrive pas à dormir.* À chaque fois que tu entrerais dans ta chambre, tu regarderais sous ton lit, puis dans ton armoire, en prenant ta douche, tu poserais un gant de toilette sur la bonde, par précaution, mais en attendant, sur l'herbe à côté de toi, moi je savourais l'idée que nous serions ensemble plus longtemps que de coutume, ceci ailleurs qu'à la ferme où des centaines d'yeux de bovins nous surveillaient, ceci loin de ton père, lui tour à tour possessif et négligent, c'est alors que tu m'as demandé si Le Crapaud pourrait nous rejoindre au cinéma, il avait lui aussi prévu d'y aller, c'est juste un copain, hein, tu as fait sur le ton le plus dégagé qui soit et dans lequel je n'ai pas moins perçu l'espoir qui t'habitait, je t'ai répondu *mais bien sûr* non sans qu'un goût de suri n'envahisse tout de suite ma bouche, j'ai essayé de m'en débarrasser en mastiquant quelques bouchées du biscuit rose tout sec, mais elles sont restées coincées dans mon gosier, j'ai toussé et annoncé que j'avais encore deux ou trois trucs à faire, je me suis éloigné puis, dans la salle de traite, j'ai appuyé ma tête contre la cuve froide, serré les poings sous le coup de la désillusion et de ce revers, mais j'ai repris le dessus en un temps record à la simple idée de pouvoir m'asseoir tout à l'heure entre toi et Le Crapaud, c'est ainsi que je suis passé te chercher en toute fin d'après-midi, après le dîner, tu attendais au bord de la route, vêtue de ta robe blanche, pareille à un angelot dégringolé du ciel, tellement belle que j'ai dû me retenir de klaxonner, l'envie d'aller au cinéma m'a abandonné sur-le-champ, je désirais uniquement m'allonger sur le matelas avec toi tout en partageant les écouteurs de ton lecteur CD, tu m'expliquerais pourquoi tu te sentais si proche des gens qui meurent un 20 avril ou sont nés un 20 avril, par exemple Steve Marriott et Hitler, puis tu mettrais « All or Nothing » et raconterais qu'au moment de ta naissance Marriott mourait dans l'incendie de sa maison dans l'Essex, probablement à cause d'une cigarette, avant d'indiquer le plus beau passage, à ton goût, de la chanson : *For me, for me, for me we're not children*[1]. Voilà pourquoi tu étais probablement née sans pousser le moindre cri, le moindre râle, comme un veau dont la tête est encore dans la membrane : au même

1. Selon moi, selon moi, selon moi, nous ne sommes pas des enfants.

moment en effet, ailleurs dans le monde, quelqu'un mourait ; pourquoi il t'arrivait de converser avec Hitler et de l'inviter dans ta tête à prendre le thé pour fêter votre anniversaire ensemble, et d'inviter aussi, par esprit de convivialité, Freud – moi de me demander comment diable tu en étais venue à penser à lui –, tu interrogeais Hitler sur ses goûts musicaux, sur les airs qui lui donnaient envie de danser, sans cependant encore lui poser des questions trop délicates, cela venait plus tard, quand tu leur servais un jus de fruits après deux tasses de café, à l'exemple de ce qui se fait à la campagne à l'occasion d'un anniversaire, ce n'est alors que tu l'interrogeais sur les atrocités qu'il avait commises, lui demandant : *Adolf, tu haïssais les Juifs ou bien tu te haïssais surtout toi-même ?* Et tu priais Freud de souligner la différence entre Hitler et toi, autrement dit ce qui faisait qu'il était mauvais et toi bonne, tu lui demandais s'il fallait craindre que tu deviennes un jour comme lui, Freud de te rassurer à la manière d'un père, tu étais heureuse qu'il assiste lui aussi à ta fête, après quoi tu embrayais sur le 4 mai, journée nationale du Souvenir, affirmant que, comme tous les Néerlandais, tu observais sans manquer les deux minutes de silence à 20 heures, où que tu te trouves, que l'idée que la guerre recommencerait si tu ne respectais pas cette tradition t'effrayait, tu pensais alors aux victimes des guerres mais aussi à Hitler, précisais-tu, car même dans l'homme habité par la plus dense obscurité, la lumière du soleil a un jour brillé, et tu terminais une fois de plus en évoquant Steve Marriott, lui qui avait un chien prénommé Seamus, un berger allemand auquel les Pink Floyd ont dédié une chanson, on entend en permanence en arrière-fond des glapissements et des aboiements, en l'écoutant, tu songeais combien Marriott manquait à Seamus, cela t'attristait, te rendait inconsolable, ce qui fait que tu étais toujours éplorée le jour de ton anniversaire, d'autant plus que tu voulais grandir sans cependant prendre une année de plus, que tu perdais inévitablement une version de toi-même, tu expliquais que toutes nos cellules se renouvellent tous les sept ans, qu'en conséquence on ne peut jamais connaître quelqu'un à fond, mais je savais au moment où tu t'es assise à côté de moi, que tu as mis ta ceinture de sécurité et que nous étions comme deux adultes qui s'apprêtent à passer une soirée ensemble, que j'apprendrais à toujours mieux te connaître, jusqu'aux extrêmes du laid et du beau, et par moments, lorsque je posais ma main sur le levier de vitesse, j'effleurais par inadvertance ton genou, c'est ainsi que j'ai vu pour la première fois le léger bombement sous ta robe, au niveau de la poitrine, tu ne tarderais pas à devenir une femme magnifique, j'en étais persuadé, je me délectais à l'idée de te voir grandir tout en espérant que ça n'irait pas trop vite, je désirais continuer de voir l'enfant, l'enfant joyeuse que tu étais et qui, dans son enjouement, ne remarquait pas l'excitation qu'elle allumait en moi ; au cinéma, je me suis en effet assis entre toi et Le Crapaud, appuyant à maintes reprises sur le bouton placé sous la tablette, tu adorais ça, une simple pression dessus et une ouvreuse sortait de l'obscurité pour nous demander à voix basse ce que nous voulions, je commandais à chaque fois un Coca pour toi ; en raison de ton naturel et de ta candeur, tu ne voyais aucun mal dans le bras que je passais autour de toi quand tu frissonnais de peur et d'effroi, et finalement j'ai posé ma main sur ton genou comme s'il s'était agi du levier de vitesse et de passer la troisième, avant de la remonter toujours un peu plus haut jusqu'à ce que mon poignet, sous ta robe, se presse contre ta culotte, tu t'es raidie, mais rien d'autre, tu ne t'es pas levée, tu ne t'es pas mise à crier, tu n'as pas appelé Le Crapaud à l'aide, tu as laissé ma main là où elle était et j'ai songé que tu désirais cela, ou plutôt je voulais que tu le désires, et j'ai interprété cela comme un *oui* quand j'ai senti le tissu contre mon poignet s'humidifier, j'ai su que je faisais fausse route, que je m'égarais dans une nébuleuse, celle de ma luxure, de mes délices, mais impossible d'y échapper, je te vénérais, mon adorable, mon petit animal de luxe, je me suis dit que si tu te raidissais, c'était à cause de l'apparition de Grippe-Sou dans le village de Derry, dans le Maine, où il tue Georgie, que c'était pour cela aussi que tu étais silencieuse sur le chemin du retour, ouvrant juste la bouche pour dire qu'un monstre ne disparaît que lorsqu'on cesse de croire en son existence, que les monstres ne sont pas armés contre ça, une idée qui te plaisait, moi j'ai eu peur d'être en l'occurrence le clown, que si tu cessais de croire en moi ou en l'existence de notre amour, je disparaîtrais à mon tour peu à peu, nous n'avons pas parlé de ma main entre tes cuisses, pour te rassurer je t'avais poussée brièvement dans les bras du Crapaud en disant que c'était un gamin sympa, l'air absent tu as fait *ouais, sympa, ouais, c'est sûr*, et quand tu es descendue, je me suis empressé d'attraper ta main, poisseuse à cause du pop-corn, la fermeté avec laquelle tu as serré la mienne m'a presque choqué, je t'ai demandé si tu voulais mon numéro de sorte à pouvoir m'appeler en cas de besoin, je l'ai noté au dos d'un prospectus McDonald's, sous la photo d'un Double Big Tasty, le même soir tu allais m'envoyer un premier texto : *Sous la pâleur du clown se cache un être dans le besoin.* Je n'y ai pas répondu, pas tout de suite, je voulais que tu languisses après moi et que tu oublies Le Crapaud, ce morveux et sa jolie bouille, qui boudait dans le cinéma, affalé à côté de moi parce qu'il n'était pas à côté de toi, mais qui pour le reste était totalement inintéressant, il ne te méritait pas, il t'aurait dévorée comme un Happy Meal : à la va-vite et sans même t'apprécier, bientôt rassasié et sans plus d'appétit pour toi, tout le contraire de moi. Après le film, à la porte du cinéma, tu l'avais serré brièvement dans tes bras, comme le font les ados, timorée pour ainsi dire, alors que j'étais le seul à pouvoir réellement t'étreindre, t'étreindre fort au point que tous tes soucis disparaîtraient, mais c'est lui que tu as serré dans tes bras avant de voleter sous l'averse subite jusqu'à la voiture, le haut de ta robe blanche devenant transparent, ce dont tu ne te rendais pas compte, mon précieux trésor, tu avais gardé le silence car trop de choses te passaient par la tête, après ton message, je suis resté allongé pendant des heures, les yeux rivés sur le plafond, Camillia à mes côtés, laquelle s'éloignait de plus en plus de moi, et dans laquelle je ne parvenais pas à te retrouver, car il n'y en a pas deux comme toi, puis pendant quelques jours, je ne me suis pas montré à la ferme, je t'ai laissée croire que je ne reviendrais jamais et quand je t'ai revue, tu étais différente, plus grande peut-être, après le film, Le Crapaud avait décidé de sortir avec Élia, ta meilleure copine, tu t'en accommodais très bien, m'as-tu dit en citant 1 Corinthiens, 13 à propos de la charité qui est amour : *Elle supporte tout, elle croit tout, elle espère tout, elle endure tout.* Ce qu'on ne pouvait dire de ta relation avec Le Crapaud, dès lors, comme je m'en doutais, tu as vraiment commencé à me *voir*, tu traînais plus souvent que d'habitude à l'étable quand je soignais une groningue souffrant de mammite, je te voyais arriver portant un seau d'eau et un pain de savon, puis tu me regardais religieusement le faire glisser entre mes mains pleines de force, moi espérant que tu avais envie d'être ce pain de savon, bien que tes silences fussent de courte durée car tu ne tardais pas à me relancer sur Stephen King, tu avais entre-temps emprunté le livre à la bibliothèque, le lisant tu avais envie de le reposer et en même temps de ne pas le lâcher, c'était une histoire tellement horrible, tu m'as dit que tu n'oublierais jamais *Ça*, que tu faisais encore des cauchemars, et quand j'ai rapporté mes affaires dans mon van, tu m'as accompagné, désireuse d'ajouter quelque chose, des paroles gentilles qui sait, mais tu n'as pas osé, j'ai jeté un regard circulaire pour m'assurer que personne ne nous voyait, pris ta main et t'ai tirée à l'arrière du véhicule, je t'ai prise sur mes genoux, tu m'as laissé faire, tu as passé tes bras autour de mon cou, posé ta tête sur mon épaule, il me semble que jamais personne ne s'est ainsi blotti contre moi, à croire que tu cherchais à disparaître en moi comme tu disparaissais sous l'eau de la piscine, me serrant fort, moi de me dire : tu as raison, sous toute cette pâleur se cache un être humain dans le besoin. Et je t'ai étreinte, bonté divine ! avec quelle force je t'ai étreinte !

7

Les nuits infernales se sont succédé cet été-là. Tel un lièvre affolé, je faisais des allers et retours entre toi et l'éleveur de bétail, me réveillais souvent en sursaut et en sueur, ma main tâtant fébrilement la table de chevet à la recherche du bouton du radioréveil, la lumière vive raboterait les bords noircis de mon cauchemar comme je procédais moi-même avec ceux d'une tartine restée trop longtemps dans le grille-pain, me persuadant que je ne courrais ainsi aucun risque d'attraper le cancer, mais bon, me disais-je de plus en plus souvent au petit déjeuner, mieux eût valu un cancer que la douleur que je ressentais la nuit dans la région du cœur et qui me faisait me tordre sous le drap non sans que je m'emploie pour ne pas réveiller Camillia, laquelle autrement s'inquiéterait et me tamponnerait le front avec un gant de toilette humide, moi je hurlerais de rage, hanté par le cancer, lui commandant d'aller se faire foutre avec son gant, que j'étais foutu, un voyage sans retour puisque je te voulais et ne voulais que toi, je n'en courais que plus vite à ma perte, la maladie s'immisce plus aisément dans un corps faible, tout le monde sait ça, et, mon Dieu, ô combien je l'étais, faible ! Et minable ! Et misérable ! Dans la couche conjugale, les dents plantées dans la taie de mon oreiller comme un lièvre touché par une décharge de plomb qui se retire dans son terrier pour y mourir, je m'efforçais de t'imaginer en train de me prendre dans tes bras et, rassurante, de me chuchoter que j'étais à jamais ton oreillard chéri, ton plus beau lot de la fête foraine, que tu me portais comme ton pull Disney préféré, j'essayais aussi de me souvenir de ton odeur, mais c'est toujours celle de la tranche de pain brûlé qui dominait, les relents du cauchemar, parfois je me glissais hors du lit pour me traîner jusqu'à la salle de bains, où, sur le rebord de la fenêtre, j'allumais une cigarette puis rejetais la fumée à travers la moustiquaire pour que Camillia ne sente rien quand elle irait aux toilettes le matin venu, quand je lui dirais que je n'avais plus peur de mourir et qu'elle rétorquerait : *Pense aux enfants.* Toutefois, il m'était impossible de lui confesser qu'il n'y avait plus qu'un seul enfant qui occupait toute ma tête, en fait je ne pouvais plus rien lui confier du tout, nous étions devenus deux vaches récalcitrantes que le hasard avait placées dans la même étable, elle ne pourrait en rien comprendre les images qui défilaient devant moi, celles montrant l'éleveur pendu non pas à l'escalier mais au silo, tout aussi bleu qu'un panicaut pendant qu'un dernier râle quittait sa bouche, long son rauque qui résonnait sous mon crâne alors que je pressais mes mains sur mes oreilles, en arrière-fond s'élevait le beuglement des vaches contaminées, acculées par les pistolets d'abattage et qui ne s'effondraient, pour certaines, qu'après plusieurs projectiles, je voyais les grappins émerger de derrière le silo au bout desquels pendouillaient, par les pattes, des moutons à moitié morts, je voyais les pasteurs auxquels il m'arrivait de faire appel quand une personne ne parvenait plus à se dépêtrer du chagrin, mais voilà, j'étais entré trop tard dans l'habitation de l'éleveur, je l'avais perdu de vue quelques minutes, à supposer que ma faim se soit manifestée plus tôt, à supposer que je me sois demandé plus tôt où il était passé, j'aurais pu le croiser dans le vestibule, une fois toutes les bêtes abattues, je l'aurais pris par la main pour le convaincre que sa ferme, certes vide, retentirait de nouveau un jour prochain des bruits et meuglements d'un nouveau troupeau, qu'il réentendrait le cliquetis des abreuvoirs, les mouvements rotatifs des brosses vertes sur le dos des vaches, le ronronnement de la cuve à lait, bien sûr il n'oublierait jamais cet épisode, durant les premières semaines il décèlerait le squelette de la mort derrière chaque nouvelle vie, il irait peut-être jusqu'à douter de Dieu, douter de moi, mais il sortirait de cette épreuve fortifié et, petit à petit, regagnerait le matin son étable avec toujours moins de plomb dans les bottes, il contemplerait là ses génisses, tant les limousines que les herefords, et ses yeux pétilleraient, il se remettrait à parler à ses bêtes comme le pasteur à ses ouailles dans l'espoir qu'elles s'en retournent chez elles pieuses et rassurées, cependant il était absurde de penser à tout cela étant donné que le bonhomme n'était plus de ce monde, dans mon cauchemar il pendouillait comme s'il avait été lui aussi abattu et que, en signe de protestation, une poignée de ses confrères l'avaient pendu au silo de même qu'un éleveur de cochons, lors d'une épidémie, pend un porcelet mort à une branche près de l'entrée de sa ferme alors que les humeurs s'écoulent encore de la charogne, par suite il y avait des exploitations où il m'était interdit de remettre les pieds, j'étais à la fois le consolateur et le tueur, la plupart des pasteurs prêchent en incitant les gens à s'agenouiller, en alléguant la volonté de Dieu quand un désastre s'abat sur la Hollande rurale, des prédications qui ne dissuadent pas nombre de paysans de se défendre par eux-mêmes et de jeter des pierres sur la police antiémeute, sur les vétérinaires, sur les employés chargés de débarrasser les animaux abattus, ils prennent exemple sur David qui en a jeté sur le géant Goliath, ce dont je ne pouvais les blâmer, l'homme opte en premier lieu pour l'autodéfense, ensuite seulement il s'agenouille, j'ai songé à Horreman, le seul pasteur qui prêche la violence physique car il élève lui-même des chevaux, il proclame en chaire s'opposer à la souffrance animale, dénonce un terrible manque d'éthique, il voit dans l'ordre officiel d'abattre des bêtes une incitation à l'autodestruction, dans certains cas d'ailleurs il avait raison, par exemple dans celui de l'éleveur que je voyais dans mon cauchemar, pendu au silo à fourrage, tandis que toi, tu étais dangereusement perchée tout là-haut, et je savais que c'était idiot, je savais depuis le début que c'était idiot, ton désir de voler, tu t'écraserais sur les dalles de la cour, mon adorable, tu t'écraserais, et je t'entendais chanter d'une voix enfantine mais vibrante de peur, au lieu d'*attrape-moi si tu peux*, tu chantais *quitte-moi si tu peux, de toute façon tu n'oses pas m'enlever*, moi je voulais crier que je ne te quitterais jamais tout en sachant que ce serait te mentir, dans ton coupe-vent tu attendais que je te rassure, ce dont j'étais incapable, c'est alors que, provocante, tu écartais les bras dans une ultime tentative de garder espoir en même temps que dans une ultime manœuvre d'intimidation, mais rien ne franchissait pour autant mes lèvres alors même que je savais pouvoir t'amadouer, n'eût-ce été que durant quelques minutes, pour ça je le connaissais sacrément bien mon texte, putain si je le connaissais, rien de plus facile que le déclamer en le farcissant de quelques mots de l'hymne 300 du *Livre des cantiques*, des mots que tu reconnaîtrais : *Je ne te quitterai pas, je resterai à tes côtés jusqu'à ce que les trompettes retentissent, des hauteurs à gauche et à droite, mille voix nous entourent, elles disent amen, amen, il ne nous reste plus qu'à chanter, Seigneur, l'affaire est entendue, je ne te quitterai pas tant que les Écritures ne seront pas accomplies.* Tu repliais alors tes ailes et te libérais de ton désir de voler, manœuvrant le grappin du silo je te cueillais et te redescendais sur la terre ferme, mais je restais muet, j'étais incapable d'ouvrir la bouche et à chaque fois que je me réveillais en sursaut, les paroles de Leonard Cohen s'imposaient à moi : *Ain't No Cure for Love*[1], et combien elles étaient justes et vraies ! C'est alors que tu décollais, j'espérais encore que tu l'emporterais sur la loi de la gravitation, cette loi de Newton, mais en réalité tu dégringolais, bien que ce ne fût pas là l'unique chose qui m'inquiétait, car, dans mes cauchemars, j'avais à vrai dire depuis peu du public qui, sur le gravier, occupait une chaise de jardin bancale et applaudissait à chaque scène effrayante, à chaque scène qui fait soupirer bien des gens ou les amène à fermer

1. Pas de remède à l'amour.

les yeux, le public en question c'était ma mère, elle a toujours eu le don de se manifester aux moments les moins propices et de garder le silence aux moments les plus cruciaux, dans mes cauchemars, d'ailleurs, elle se surpassait, assise sur cette chaise elle constituait la principale raison pour laquelle je ne pouvais te mentir, elle ne manquait pas de répéter que si je faisais le Pinocchio, elle me couperait non le nez mais la langue de son économe comme elle procédait avec les germes des rondes d'Opperdoes, et je voyais alors ma langue atterrir dans le petit panier au milieu des épluchures de pommes de terre, le goût du sucre glace, du gras des crêpes resurgissait alors sur mes papilles, si bien qu'il m'était impossible, tout à fait impossible de mentir, c'eût été te faire mal, je le savais, te blesser plus gravement que si tu avais chuté du haut du silo, voilà pourquoi je ne t'empêchais pas de tomber, pourquoi je te laissais t'écraser non sans crier que tu étais un avion, que tu allais te racheter en ce qui concerne New York, la ville qui ne dort jamais, et toi de citer un passage de *Live in New York* de Laurie Anderson, la compagne de Lou Reed, album qu'elle avait enregistré une dizaine de jours après l'attentat du 11 septembre et qui portait en grande partie sur les tours jumelles, dans la foulée l'éleveur ouvrait soudain les yeux et se mettait à sangloter, je te le jure, il sanglotait à cause de toi, mon adorable, à cause de mon agneau céleste qui s'était crashé et dont la carcasse gisait éparpillée sur le sol.

8

Tu n'étais pas sans le savoir : tu étais bizarre, mais pas au point de ne pas l'admettre, car seuls les véritables fous n'en sont pas capables, eux qui oublient ce qu'ils sont. Tu te savais étrange et singulière, en même temps tu avais de bonnes manières, tu employais un langage précis et soigné, tu continuais à me vouvoyer, même si je détestais cette habitude car elle maintenait une distance entre nous, car je ne tenais pas à être un bonhomme quelconque dans ta vie, un passant quelconque qui s'attardait un peu plus que les autres, je désirais me fondre en toi, ce que le vouvoiement empêchait, certes tu t'efforçais de passer du *vous* au *tu*, mais ta politesse contrariait cette résolution et il t'arrivait par ailleurs de te comporter de manière carrément hautaine, non par arrogance mais parce que tu cherchais à te protéger, ce qui m'amenait à penser aux mots d'Horace : *Seul Dieu peut transformer le plus bas en le plus élevé, humilier les arrogants et apporter la lumière à ce qui est resté dans les ténèbres.* Mais toi, tu étais à la fois lumière et ténèbres, à la fois grande et petite, tu t'adaptais à une vitesse éclair au scénario de la vie quotidienne, tu évoluais parmi les villageois, parmi tes camarades de classe en actrice accomplie, et, sans même croiser leur regard, tu savais ce qu'ils attendaient de toi, comment te montrer à ton avantage, ce qui te faisait dire : *Kurt, souvent il ne s'agit pas de savoir qui l'on est, mais qui ils veulent que l'on soit.* En conséquence, tu jouais la fille à son papa modèle, la copine sympa et drôle, la mignonne môme du *Village*, mon élue céleste, la musicienne talentueuse, en tout ça tu excellais, je te l'accorde, tu étais brillante, ce qui ne m'empêchait pas de souvent voir le limpide abîme qui se cachait derrière le « je » que tu jouais, le vacuum illimité qui prenait possession de toi, parfois, quand, assise sur mes genoux, au cul de mon van, tu aspirais à te faufiler en moi pour te remplir et te mettais à fixer toujours plus le vide, c'est d'ailleurs grâce à ces moments que j'ai fini par remarquer que tu parlais beaucoup de chansons, de livres et de films, mais peu de toi-même, de ta vie avec ton frère et ton père, c'est le 23 juillet que j'ai décidé de te faire visiter ma maison, Camillia séjournait chez sa sœur en Espagne, seuls les enfants étaient là, le plus grand de deux ans ton aîné, je ne pouvais deviner que quelque chose allait naître entre vous, que je t'offrais un nouveau Crapaud sur un plateau et que je deviendrais jaloux de mon propre fils le soir même quand il proposa de te ramener sur sa mobylette, non, je ne pouvais le deviner, je t'ai appâtée en te disant que c'était l'anniversaire du plus jeune, qu'un gâteau recouvert d'une épaisse couche de crème au beurre nous attendait dans le frigo, un gâteau bien trop gros pour nous trois, je me suis amusé à écarter les bras pour te montrer à quel point il était énorme, la simple idée que tu pouvais échapper quelques heures à l'odeur des vaches t'a apaisée et redonné le sourire, tu as évoqué les gâteaux de tes anniversaires, les plus beaux de tous, surtout celui à tête d'Ernie pour tes 12 ans, aux yeux et aux cheveux faits en lacets de réglisse, à la bouche en pâte de chocolat, une boule de meringue rose en guise de nez, après ce gâteau, tout a changé, as-tu dit sans expliquer pourquoi, mais comme tes yeux se sont de nouveau remplis de tristesse, je t'ai serrée plus fort encore sur mes genoux, j'ai eu envie de t'embrasser, oh ! comme je désirais sentir tes lèvres contre les miennes, mais notre premier baiser ne viendrait que plus tard, quand tu rejouerais l'actrice qui obéit à tout le monde sans oser signaler les erreurs que contient le scénario, et que je deviendrais l'erreur et m'en satisferais, je me satisferais d'en être l'erreur principale, en attendant mon projet m'aiguillonnait et je t'ai emmenée chez moi, sente du Docteur-Festus, où mes deux garçons se sont mis en quatre pour toi et se sont montrés sous leur meilleur jour, tandis que j'essayais désespérément de capter toute ton attention, mais tu ne cessais de t'éloigner pour t'approcher de mon aîné, je te voyais l'observer par-dessous tes cils, jusqu'au moment où on s'est mis à batifoler, moi m'ébattant avec mes fils sur le parquet flottant, au bout d'un moment tu as osé te joindre à nous, en réalité tu t'es assise sur moi et tu m'as chatouillé les flancs, moi ne cessant de te fixer j'ai vu pour la première fois que tes yeux n'étaient pas bleus à cent pour cent, un pourtour vert, telle une couronne d'épines, cernait tes pupilles, et à force de m'ébattre avec vous j'ai fini, au bout d'une demi-heure, par me sentir pitoyable, épave allongée par terre, éreinté et à bout de souffle, je me suis senti vieux, aussi j'ai dit que l'heure du gâteau avait sonné, or ce n'était pas l'heure du gâteau, c'était l'heure de toi et moi, bientôt assis à table je me suis senti comme un géant penché au-dessus du gâteau parmi vos gloussements et vos histoires de collégiens héroïques, je n'avais pas ma place à vos côtés, ne pouvais me figurer que tu ne t'en rendais pas compte, peut-être souhaitais-tu que je disparaisse comme tout parent dont la présence est jugée superflue par les ados, mais comme tu posais par moments sur moi un regard des plus affectueux, ça m'a donné faim, j'ai courageusement pris une bouchée de la crème au beurre durcie puis, avec les yeux d'Argus, suivi chaque regard que tu portais sur mon aîné, je n'allais pas tarder à t'emmener dans mon bureau, voilà ce que je me suis dit, je t'y emmènerais en en profitant pour t'apprendre que je n'aimais plus Camillia, mais que nous restions ensemble car nos deux garçons l'aimaient, je te demanderais sans en avoir l'air ce que tu pensais de mon fils et qui tu choisirais si tu te retrouvais sur une île déserte, moi ou lui, ce à quoi tu répondrais : *Kurt, toi et moi, nous nous trouvons déjà sur une île déserte, je n'ai plus besoin de choisir, ce qui nous différencie, c'est que nous sommes les seuls à le savoir.* Installé dans mon fauteuil de bureau, je t'attirerais sur mes genoux, on passerait en revue les vieilles photos de mon enfance compilées dans mon ordinateur, tu dirais que je n'avais pas changé du tout, tu es séduisant me dirais-tu, un vrai prince, pendant ce temps je sentirais mon excitation croître contre toi, ce dont tu ne te rendrais pas compte à moins que cela ne t'échappât encore, une attendrissante ignorance qui ne ferait que renforcer mon amour pour toi, mais voilà, nous ne sommes pas allés dans mon bureau, nous avons regardé tous les quatre un film dont j'ai oublié le titre, tu étais assise sur le canapé à côté de mon aîné, vous étiez beaux tous les deux ainsi ensemble, d'une beauté frondeuse, je vous ai regardés éclater de rire, il devait s'agir d'un film drôle alors que tu n'aimais pas les comédies parce que le plus souvent tu ne saisissais pas les blagues ou tu avais peur de ne pas les saisir, du coup, en présence d'autres personnes, tu te sentais obligée de rigoler, j'ai d'ailleurs vu que tu observais les commissures de mon fils pour imiter leurs mouvements, l'heure du dîner approchant, je t'ai emmenée chercher des frites au centre commercial du *Village*, dans mon Fiat je t'ai avoué que j'avais bien aimé quand tu t'étais assise sur moi pendant qu'on jouait, je brûlais de voir ta réaction, or tu as rougi, bon sang, tu as rougi avant de te reprendre en affirmant que tu étais la plus forte, moi d'approuver *oui, tu es la plus forte*, sur quoi tu as retroussé la manche droite de ton sweatshirt pour me montrer ton biceps tendu, on a rigolé, mais j'ai su que tu ne comprenais pas à quel point j'aimais que tu grimpes sur moi, assise comme une princesse à laquelle on rend un culte, cependant tu ne tarderais pas à le découvrir par toi-même, mon petit animal de luxe, on a acheté deux fricadelles, deux croquettes et un sachet de frites accompagné de sa mayonnaise, peu après j'ai garé l'utilitaire dans la réserve naturelle du Vieux-Bois, l'odeur de friture emplissait l'habitacle, les vitres se sont embuées, on a gardé la moitié de la nourriture pour mes fils, tu semblais tout à fait à l'aise avec moi dans ces relents de graisse, tes pieds nus en appui sur le tableau de bord, après avoir enfoncé une frite dans chacune de mes narines, j'ai meuglé pour te taquiner, toi tu t'es esclaffée, sans doute étais-tu bizarre, mais pas aussi excentrique que moi, car comment pouvais-je m'autoriser à attirer une enfant dans mes bras à renfort de frites, de fricadelles et bientôt d'une carte prépayée afin qu'elle puisse me joindre quand elle le souhaitait : n'ayant plus d'argent de poche pour recharger ton téléphone, tu l'as acceptée non sans une petite hésitation, mais aussi avec le sourire, car une carte prépayée, ça représentait tout dans ton existence d'ado, j'étais alors loin de me douter que, plus tard, au cours de la soirée, mon fils me demanderait ton numéro, ce que je n'aurais pu lui refuser sans me trahir, en conséquence, la moitié de ton crédit allait passer dans des conversations avec moi, l'autre dans des conversations avec lui, bon Dieu de bon Dieu, ma propre chair entrait en compétition avec moi, ça m'en avait tout l'air, notre portion de frites avalée, on est rentrés pour apporter le reste aux garçons, tu as joué avec eux sur l'ordinateur, je vous ai laissés et ai disparu à l'étage, ça s'est mis à marteler sec dans ma tête alors que, tourmenté, je m'attelais à quelques rapports sur des bêtes et des inspections, avant d'entendre dans mon dos, au bout d'un petit moment, ton pas doux, et de te voir apparaître en haut de l'escalier, tu as dit que le jeu était trop cool, *génial*, que mon fils allait te ramener sur sa mobylette, est-ce que j'étais d'accord, j'ai dit *O.K.* sur un ton compassé, je voulais que tu perçoives mon irritation, je voulais que tu saches que tu me mettais de nouveau sur la touche alors même que j'étais le seul à pouvoir te prendre en charge et te réceptionner dans ta chute, présent en permanence, tu as cherché tes mots, l'actrice s'efforçait de reprendre le fil du scénario en cours de réécriture, tu essayais d'éviter un refus, la tête dans mes mains, les coudes sur mon bureau je t'ai dit, cette fois sur un ton plus doux, que ça m'allait tout à fait, qu'on se reverrait à la ferme, tu es restée plantée sur place quelques secondes de plus puis tu as disparu dans la cage d'escalier, bientôt j'ai entendu le bruit du moteur de la mobylette s'amplifier, je n'ai pu m'empêcher de regarder par la fenêtre, je vous ai vus vous éloigner, tourner au coin de la sente, toi cramponnée au blouson en cuir de mon fils, un bras passé autour de sa taille, l'autre battant comme aile.

9

Quand, pendant le petit déjeuner, échafaudant une défense, j'ai résolu, lors de mes passages chez vous, de me concentrer uniquement sur les veaux, ces magnifiques et douces bêtes qui vous tètent la main avec une telle ardeur qu'elles la recouvrent de filets de salive, et, voyant par la fenêtre de la cuisine les arbustes briller dans le point du jour, j'ai resongé aux paroles prononcées par le pasteur Horreman le dimanche précédent, à savoir que Dieu nous a montré à tous la voie à suivre et qu'il nous revient de créer notre propre paradis, entre deux bouchées d'œufs au bacon, j'ai alors été envahi par l'idée que j'allais désormais revenir sur le bon chemin. J'irais jeter le matelas à la décharge, le matelas ainsi que tous mes désirs et toutes mes immondes intentions, et au moment même où je me voyais déjà en train d'élever cette défense, m'est parvenu ton message, lequel disait : Freud soutient que, tant que la vertu ne sera pas récompensée sur terre, on prêchera en vain l'éthique, pendant quelques secondes, j'ai eu peur que tu ne m'aies percé à jour, que tu ne voies le monstre se cachant derrière la vertu, toi qui connaissais presque toutes les horreurs que distillent mythes et légendes, du monstre du loch Ness au diable de Jersey en passant par le kraken et le mothman, j'ai eu peur que tu n'aies compris que, dans la salle de cinéma, ma main s'était glissée toujours plus haut dans la combe de tes cuisses non pour t'offrir ma protection, mais poussée par mon écœurant aplomb à te posséder, que tu ne te sois rendu compte que j'avais aménagé pour toi mon van en paradis d'amour, que les posters de Nirvana et de la reine Beatrix n'étaient là que pour te mettre à l'aise, toutefois, je savais par ailleurs que, depuis un jour ou deux, tu conversais dans ta tête tantôt avec Freud, tantôt avec Hitler, ce qui t'amenait à déblatérer un charabia auquel tu étais la dernière à comprendre quoi que ce soit, sans que cela ne t'empêche de réfléchir à tout dans les moindres détails, de surcroît il m'était arrivé de te voir te parler à toi-même, allongée sur une serviette de plage aux motifs de crabe, je comprenais alors que Freud, ce rebouteux des âmes, était de retour, vous parliez de New York, de toi, toujours est-il que je n'avais aucune raison de m'en faire puisqu'un deuxième message m'est parvenu dans la foulée : *Si je suis ta Bonnie, veux-tu être mon Clyde ?* J'ai poussé un soupir de soulagement, saisissant sur-le-champ que tu avais regardé le film dans lequel Faye Dunaway et Warren Beatty occupent les rôles principaux, que tu en étais pénétrée, que tu aspirais comme moi à l'amour le plus romantique, tous deux nous trouvions magnifique que celui-ci soit criblé de balles à la fin du film, magnifique surtout le dernier regard que Clyde lance à Bonnie avant qu'ils ne soient l'un et l'autre transformés en carton perforé, alors que Clyde sait pertinemment qu'il s'agit d'un piège, que le type au bord de la route n'est pas en panne, oui, dans la seconde en question, ce regard, me dirais-tu, recèle tout ce que le couple a partagé, ce qu'ils ressentent l'un pour l'autre, ils savent que l'aventure est terminée, ils le savent pertinemment, ce regard a été de nouveau filmé dans un remake de 1992, mais seuls Dunaway et Beatty étaient capables d'en échanger un pareil, de cette intensité, tu en avais déduit qu'il était insolite, aussi insolite que l'amour entre Bonnie et Clyde étant donné qu'aucun couple ne détruit autant qu'eux tout en restant l'un et l'autre entiers, et pendant qu'ils se fabriquent une carrière de héros en ne pillant que des grandes banques, ils envoient photos et poèmes à la presse, des poèmes écrits par Bonnie Parker, dont « The Trail's End » que tu lisais et relisais en entendant à chaque fois la pluie des coups de feu du film, deux smileys au large sourire suivaient ta question, futilité dont je compris bientôt l'importance, car dès que je t'envoyais un texto sans smileys, tu m'en retournais une salve jusqu'à ce que je t'en adresse un accompagné de ces petites têtes jaunes, ça te tranquillisait, les mots exerçaient un ascendant toujours plus faible sur toi, il te fallait les voir sous la forme d'images, d'illustrations, il te fallait recevoir une confirmation de chaque confirmation, si bien que je t'ai envoyé le premier de mes multiples : *Je suis impatient de te voir, ma chérie* ☺☺☺, ainsi tu savais que tel était vraiment le cas, ta question m'avait aiguillonné à tel point que j'ai terminé avec gaieté mes œufs au bacon, ayant déjà oublié pour moitié ma détermination à ériger une défense, ce souci d'ainsi me protéger ne provenait-il pas de l'idée qu'il existait une issue, qu'il m'était possible de concevoir un paradis sans toi, mais alors, pourquoi donc cette vision me paraissait-elle le comble de l'aridité et de l'abrutissement ? Pourquoi, rien que d'y penser, ça se couvrait dans ma tête comme lorsqu'une pluie torrentielle s'apprête à se déchaîner ? Pourquoi n'étais-je pas à même de me satisfaire des arbustes ou de ma sollicitude à l'égard des animaux qui se laissent docilement ausculter et caresser ? Pourquoi fallait-il que je me concentre sur la créature la plus complexe que porte la Terre ? Pourquoi, mon adorable, un paradis sans toi ne me semblait en rien un paradis mais un refuge ? Ceci alors que je n'avais jamais autant pris la fuite qu'avec toi, pris la fuite devant celui que j'étais réellement, devant Camillia qui m'a subitement lancé, alors que j'enfilais ma blouse de travail pour aller te voir et que je posais un baiser sur son front puisqu'elle m'accompagnait, à son habitude, jusqu'à la porte d'entrée, que si je la trompais, elle aimerait le savoir, pendant une poignée de seconde, je me suis immobilisé, lui tournant le dos, boutonnant au ralenti ma blouse, puis je me suis retourné d'un quart de tour, ai froncé les sourcils comme à chaque fois qu'un tiers prononce des paroles totalement inutiles, elle m'a dit que ça lui traversait l'esprit car j'étais distrait, voire absent ces derniers temps, car je rentrais de plus en plus tard et qu'on ne faisait plus l'amour, car je m'étais acheté des caleçons, or selon elle et selon son magazine féminin, il s'agit là de l'une des initiatives qui trahissent l'adultère, un mari qui s'achète lui-même de nouveaux sous-vêtements, j'ai écarté ses doutes, soufflé sur ses soupçons comme sur un flocon de poussière, je l'ai attirée contre moi, ai posé mes paluches sur ses fesses pour les malaxer sans y mettre du mien, lui ai dit que je devais partir, que j'aurais préféré rester avec elle mais, voilà, le devoir m'appelait, c'est avec le sentiment d'avoir géré la situation de main de maître que je me suis glissé derrière le volant, j'ai même siffloté l'air que diffusait la radio, à un moment donné je me suis demandé comment ces magazines féminins pouvaient savoir que les hommes ne s'achètent pas de caleçon sans une raison bien précise, il est vrai que je m'en étais offert deux ou trois que je ne portais que les jours où l'on se voyait, toi et moi. Je me suis dit qu'il valait mieux que je ne m'en fasse pas trop au sujet de mes velléités matinales d'opposer une défense à mes inclinations, elles reposaient sur la peur de me faire prendre, de voir soudain un projecteur de chantier dirigé sur moi et d'entendre une voix venue d'en haut s'exclamer : *C'est lui !* Or, j'avais retrouvé ma légèreté ainsi que l'envie de te voir, je conduisais à travers les terres, le bras gauche posé nonchalamment sur le rebord de la vitre baissée, écoutant « Losing my Religion » de R.E.M., en reprenant à tue-tête les paroles : *Like a hurt lost and blinded fool, fool*[1], si appropriées et se prêtant idéalement à être chantées à voix haute, mais c'est en arrivant à De Hulst que je me suis vraiment senti comme un *blinded fool*, découvrant la mobylette de mon fils devant chez vous, contre la haie d'ifs, j'ai essayé de paraître étonné et d'arborer

1. Comme un idiot, un idiot blessé, perdu et aveuglé.

un grand sourire quand je vous ai vus assis dans l'herbe, alors que des remarques acerbes me brûlaient les lèvres, que j'aurais aimé filer une claque à mon aîné et éradiquer mon petit animal de luxe de sa tête, puis te siffler aux oreilles : pourquoi diable m'avoir demandé d'être ton Clyde ? Comprenais-tu la portée de ce que lui et Bonnie ont partagé, abstraction faite de leur comportement criminel et meurtrier, hein ? Ils partageaient une passion l'un pour l'autre, mon élue céleste, ils partageaient le lit, ils partageaient leurs corps comme le pasteur le pain pendant le culte, ils partageaient en réalité bien plus que la simple œuvre de chair, ne voyais-tu donc pas que tu me déboussolais ? Que je ne touchais pour ainsi dire plus ma femme parce que tu étais la seule que je voulais aimer, toi et personne d'autre ? Or tu étais en compagnie de mon fils, vous êtes allés vous coucher dans le foin, ce n'est pas ma langue mais la sienne qui entrait dans ta bouche, vos éclats de rire me sont parvenus alors que, dans l'étable, j'inséminais sans ménagement une vache, j'étais terrifié à l'idée que tu allais peut-être l'inviter dans ta chambre, dans le jardin des délices qui émergeait sur mes rétines à chaque fois que je pensais à toi, toi nue sur ton lit, entourée de peluches, il me restait à te le pardonner, il me fallait te le pardonner, j'étais ton Clyde, j'étais ton Kurt, mais quelle terrible épreuve à surmonter ! J'ai alors éprouvé la même nausée que dans ta chambre, mais à présent, au lieu de me lever, je me suis assis, tête entre les genoux, je me suis assis sur la barre d'une logette pour vache, et j'ai dégueulé le bacon et les œufs, j'ai dégueulé mon système de défense, le tout juste devant mes bottes, ça a dégouliné entre les fentes des caillebotis, une deuxième vague de vomi a suivi la première, une fois mon estomac vide et la nausée dissipée, je me suis remis sur mes jambes qui flageolaient un peu sous moi, je me suis admonesté : vous vous étiez trouvés, j'allais l'accepter, mais je te montrerais que tu serais mieux lotie avec moi, j'ai rejoint ton père comme si de rien n'était, on a agrafé des étiquettes aux oreilles des veaux, j'apaisais la peur que je lisais dans leurs grands yeux noirs tout en essayant de ne pas entendre les rires étouffés qui provenaient de la grange à foin, ou plutôt je m'évertuais à les entendre car tout silence signifiait que vous étiez en train de vous embrasser, le silence d'un baiser est le plus beau son qui existe quand on est soi-même la personne embrassée, en la circonstance, comme c'était tout bonnement désagréable, j'ai décidé de gagner la grange, avant d'entrer, pour ne pas vous prendre au dépourvu, j'ai frotté la semelle de mes bottes sur les dalles, je ne tenais pas à vous voir enlacés, puis en poussant la porte j'ai toussé, je vous ai vus bondir sur vos jambes, vous avez rajusté vos habits, posé des regards ingénus sur moi, je t'ai demandé si tu voulais m'accompagner au Vieux-Bois, il se disait que les loutres s'y multipliaient, peut-être pourrions-nous nous baigner là-bas, marquant une hésitation, tes yeux sont passés de mon fils à moi, puis tu as dit que c'était d'accord, j'ai lu de la fureur dans ceux de mon aîné, mais je m'en fichais, je lui expliquerais que je voulais éviter que vous brûliez les étapes, que tu n'étais pas une fille quelconque, que tu avais parfois de déroutantes sautes d'humeur, oui, de déroutantes sautes d'humeur, que je ne cherchais pas à le contrarier, juste à l'aider à choisir en connaissance de cause, la première phase de l'état amoureux passée, l'amour suppose d'immenses efforts, mon garçon, voilà ce que je lui dirais, je le regarderais d'un air significatif, évoquerais des filles plus âgées que toi, fichtre ! j'étais satanément rusé, j'en évoquerais qui étaient plus mûres que toi, accompagnant cet adjectif d'un clin d'œil pour qu'il saisisse ce que je voulais dire, j'ajouterais que tu étais encore une enfant, mais que c'était à lui de savoir, peut-être préciserais-je que tu menais une existence trouble, un mot que j'aimais, *trouble*, mais encore une fois, la décision lui reviendrait, je plantais une graine d'incertitude en lui, je lui mentirais en assurant que je le soutiendrais, peu importe son choix, en attendant, au Vieux-Bois, je t'ai posé la question qui me démangeait depuis bien longtemps, nous nous étions enfoncés au milieu des saules rugueux, quant aux loutres, oui les loutres, on les avait oubliées si ce n'est que je t'avais raconté en chemin l'histoire de la dissection, la façon dont on détermine l'âge d'un mustélidé mort, ton visage s'était empreint d'horreur, mais en même temps tu languissais après des détails supplémentaires, je t'ai expliqué qu'on appuie sur le fourreau pénien d'une loutre morte, ainsi de sa fourrure jaillit le pénis, grand et en érection, qu'on peut alors aisément le couper, plus la loutre est vieille, plus l'os pénien est long et épais, tu as grimacé, m'a demandé ce qu'on faisait de tous ces sexes, les conservait-on dans le formol ? Une idée qui t'a fait rire, cependant, tu devais y repenser avec fébrilité à cette loutre, dans ton délectable lit, au pénis qui émergeait du fourreau, aux mots *grand* et *en érection*, tu allais pouvoir devenir, outre Le Crapaud, une loutre, mais à chaque fois que je t'interrogeais à ce sujet, tu rougissais et te détournais de moi, à l'occasion je me demandais si l'oiseau avalait mon fils comme il avalait Le Crapaud, autrement dit si tu pouvais devenir mon fils, car alors je savais que je te perdrais, quelque part en moi je refusais de savoir si tu pouvais te transformer en ma propre chair. J'avais apporté une petite collation : pêches, bananes et fraises sans oublier de la chantilly, tellement cliché celle-ci que j'ai ricané de moi-même, on a emprunté les sentiers interdits à travers les gaillets et les populages des marais, à la recherche d'un endroit hors de la vue des promeneurs, j'ai posé le sac de couchage dézippé sur l'herbe, tu t'es étendue dessus, tu m'as avoué que tes ailes te faisaient un peu mal ces derniers temps, je me suis dit que c'était parce que tu grandissais, parce que je te faisais grandir, que peut-être tu ne voudrais plus partir d'ici si je restais avec toi, et je t'ai donné la becquée, des fraises nappées de chantilly dont, pour te taquiner, j'ai pulvérisé un flocon sur ton nez brûlé par le soleil, je t'ai alors raconté que, à l'instar de Bonnie et Clyde, Kurt Cobain et Courtney Love partageaient quelque chose de spécial, que ce qu'ils partageaient était normal dès lors que l'on s'aime, puis je t'ai demandé, je t'ai demandé si tu m'aimais, tu as hoché du menton, je me suis agenouillé à côté de toi, je savais que sous la chantilly subsistait le baiser de mon fils, mais préférant ne pas y penser, je t'ai simplement dit : les gens qui s'aiment s'embrassent, le moment était venu, de même qu'à la ferme je te faisais savoir que le moment était venu de boire un café ou une bière. J'ai constaté que tu réfléchissais, que l'oiseau cogitait, aussi je t'ai dit : arrête de cogiter, *les gens qui s'embrassent n'accordent aucune place au doute*, puis je me suis penché sur toi, ai pressé mes lèvres sur les tiennes, dégusté ta résistance pareille à celle qu'oppose une brebis quand on enfonce un pistolet drogueur dans sa bouche, entre dents et abajoues, pour lui injecter un produit vermifuge, mais toi, tu étais sans défense, mon élue céleste, sans aucune défense, j'ai enfoncé ma langue entre tes lèvres et goûté la douceur de ton être, passé mes mains sur tes ailes, ensemble nous avons décollé pendant quelques secondes, puis j'ai laissé mon corps atterrir sur toi, tu ne pouvais plus bouger, j'étais d'ailleurs certain que tu ne le voulais pas, que toutes tes échappatoires, toutes tes chimères finissaient par te rendre folle, en même temps on s'ébattait, histoire que tu sentes que c'était bien, ce qu'on faisait, tu aimais t'amuser, t'ébattre, la lubricité de cette escarmouche m'a enflammé le corps, tu étais le feu de mes reins, je t'ai laissée parler du collège, de Jule, d'Élia dont tu t'éloignais peu à peu puisque vous ne fréquentiez plus le même établissement, auparavant seul un mince espace séparait vos tables, à présent plusieurs rues, des rues qui avaient toujours été là, mais qui s'étaient transformées en une carte routière froissée dans ta poche intérieure de sorte qu'elles étaient toutes devenues des sentiers tortueux, tout s'allongeait et se raccourcissait à la fois, tu as croqué dans une des pêches, le jus a coulé aux coins de ta bouche, sur ton menton, j'ai de nouveau pressé mes lèvres sur les tiennes, qui étaient collantes, et je t'ai dit qu'il était impossible d'être plus proches l'un de l'autre, tu as souri, un sourire d'une beauté assourdissante, j'aurais voulu passer l'éternité ici avec toi, mais des nuages se sont accumulés dans le ciel, le tonnerre a retenti, ça tonnait parce que nous étions allongés ici ensemble, j'ai glissé quelques mots de Beckett dans ton oreille, puis ai fredonné à voix lente, claire et aiguë : *Beckett est un peu fêlé.* Ça m'a fait rire, je t'ai relevée, on a regagné mon van en courant entre saules, éclairs et rafales de pluie, le sac de couchage tendu au-dessus de nos têtes, une fois dans l'habitacle tu as mangé dans ma main des morceaux de banane blette, mon adorable, tu mangeais dans ma main !

10

Je pensais tellement à notre baiser qu'à un moment donné il a perdu son éclat, je me suis alors mis à attendre le suivant avec avidité et voracité. Cependant, quand, dans l'herbe, j'ai frappé légèrement ton pied de ma botte – le seul contact qui passerait inaperçu aux yeux de ton père –, tu as levé les yeux, souri mollement et rétabli une distance entre nous qui a donné un arrière-goût amer au baiser, quand même je pensais éperdument à la douceur de ton être, et je t'ai vue passer exprès le bras autour de la taille de mon fils alors que vous longiez l'étable où je m'occupais des veaux, tu rigolais plus que nécessaire à ses blagues idiotes puis vous avez de nouveau disparu tous les deux dans le jardin des délices, au-dessus du séjour, certes je savais que vous étiez trop frileux, que vous vous contentiez de tout au plus effleurer les lèvres de l'autre, de vous frotter un peu l'un contre l'autre comme des vaches au tarissement, planté sous ta fenêtre, retenant mon souffle, je pouvais entendre les lattes de ton sommier grincer, rien de plus, mais ça suffisait à me rendre jaloux, j'en transpirais ! Au cou, vous portiez une affreuse chaînette de rien du tout à laquelle pendait un de ces petits cœurs que l'on brise en deux après l'achat, au cou de chacun en pendait la moitié sur laquelle figurait l'initiale de l'autre, vous étiez à cet âge où l'on entend montrer au monde entier qu'on est faits l'un pour l'autre, cependant tu ne voyais pas que toi et moi, nous n'avions pas besoin de pareille babiole, pas besoin que nos initiales pendouillent à notre cou pour sentir que nous étions faits l'un pour l'autre, nous ne faisions qu'un, nous nous portions l'un l'autre, parfois je te surprenais en train de m'épier, mais quand je portais mes yeux sur toi, tu détournais le regard, il aura fallu attendre la mort du taurillon Bowie pour que tu me laisses t'approcher, poser ma main sur toi, tu as subitement renoncé à ton attitude distante et hautaine, à genoux près de l'animal sans vie tu as chialé, tes pleurs ont fait fuir les hirondelles, tu frissonnais de tout ton corps, mon fils se tenait à côté de toi, quelque peu démuni et abattu, semblable à l'épouvantail immobile au milieu des champs, j'ai su que c'était le moment de saisir ma chance, aussi me suis-je jeté à tes côtés, une main posée sur ton dos, j'ai senti la colonne vertébrale sous ton T-shirt et t'ai caressée jusqu'à ce que tu te calmes, mon fils a baragouiné qu'il avait rendez-vous avec un copain, il s'est dégonflé et barré sur sa mobylette, toi tu t'es appuyée contre moi en murmurant : *L'oiseau a une peur bleue de la mort.* On savait tous les deux pourquoi cela t'inspirait de la peur, mais on ne l'a pas dit, on n'avait pas besoin de se le dire, j'étais le berger du psaume 49, le berger de la mort, car j'apportais pour la troisième fois un avis de décès, ton père, qui était en train de bêcher dans le jardin, ne pouvait s'apercevoir que je te tirais sur mes genoux à côté de l'igloo des veaux, te berçais d'avant en arrière et t'apaisais en te disant que Bowie avait eu une belle petite vie, que tu avais pris au mieux soin de lui, qu'il avait souffert depuis sa naissance d'un retard de croissance, oui, j'essayais de soulager ta peine alors que j'aurais préféré être un sommier grinçant, mais nous n'en étions pas encore à pouvoir nous réconforter mutuellement en disparaissant l'un dans l'autre afin d'arracher et de chasser le chagrin de nos corps, en étant le chagrin d'amour l'un de l'autre, en le balayant à force de baisers, même si j'étais en train d'embrasser tes cheveux qui sentaient l'ensilage et l'après-rasage de mon aîné, je t'ai demandé comment allaient tes ailes, tu as répondu que, la veille, tu avais pour la première fois volé dans ta chambre, que le décollage s'était bien passé, le vol aussi, mais que l'atterrissage réclamait encore de la pratique, non sans ajouter que tu n'étais pas sûre de pouvoir placer ton père devant ce fait accompli : ton départ sans retour, puis tu as caressé la tête morte de Bowie et évoqué le jour où toutes les vaches avaient été abattues, une fois les services de ramassage des cadavres partis, tu avais trouvé des queues arrachées qui traînaient sur les caillebotis de l'étable, ton père n'avait plus prononcé un mot avant l'arrivée du nouveau cheptel, tu ne te souvenais plus de la dernière fois où lui et toi vous étiez vraiment parlé, il était devenu aussi dur que l'un des blocs de sel que les groningues lèchent dans le pré pour compenser le manque de sodium de leur alimentation, moi j'ai cligné les yeux pour ne pas voir apparaître le visage bleu de l'éleveur, mais, comme bien souvent, tu es passée sans crier gare à un autre sujet, à savoir que c'était à présent officiel, Élia et toi n'étiez plus amies, elle avait trop changé, elle avait perdu son originalité à force de rouler des pelles au Crapaud, pareil tourniquet, ça finit par rendre fou, et de débagouler qu'à l'âge de 10 ans, en classe, vous aviez essayé d'évoquer le chat mort d'Élia, pointant le mur du doigt en vous disant : *Le voilà !* Il n'y avait rien à voir, mais vous teniez à tout prix à croire que le chat apparaissait devant vous, c'était vraiment dommage de perdre ainsi son originalité, toi, tu voyais devant toi tout ce que tu voulais voir, il t'arrivait depuis de voir le chat filer telle une ombre sur le mur de ta chambre, une ombre qui se transformait peu après en Twin Towers, tu voyais l'avion approcher, cela tenait peut-être au fait que tu regardais tous les soirs, avant de t'endormir, des vidéos sur le 11 septembre, figée sous ta couette tu sentais le gratte-ciel se faire perforer, le choc se répercuter dans tes membres, la chaleur ne tardait pas à roussir tout ton courage, tu as ajouté que tu te mettais alors à prier Dieu, même si tu savais que ce pour quoi tu priais était tout aussi impossible que de faire réapparaître un chat mort, en réalité tu agissais ainsi par devoir, par souci de sécurité, tu as ajouté qu'il arrive qu'un immeuble en feu nous éclaire mieux que toute autre chose, qu'au réveil tu te sentais dispose et à toute épreuve, mais cette sensation disparaissait dès que le soir commençait à tomber, le crépuscule n'était là que pour nous faire vaciller, pour nous unir au noir qui est en nous, tu as alors posé la tête sur mes genoux, de l'index j'ai caressé le pavillon de ton oreille, je t'ai dit que j'allais transporter Bowie dans une brouette jusqu'au bord de la route, tu as hoché la tête, on a posé ensemble une bâche sur le cadavre, au bout d'une heure, à cause de la canicule, les premières mouches ont commencé à tournoyer au-dessus de la brouette, tu les chassais en agitant les mains au moment où ton père s'est avancé, une fourche à bêcher dans les mains, il m'a dit que Camillia venait de téléphoner, elle me demandait de rentrer, un problème avec le coffret du compteur, marmonna-t-il, la tête ailleurs, j'ai vu le ciel s'assombrir, elle avait paraît-il avancé que je ne mettrais plus les pieds à De Hulst pour l'instant, ton père a haussé les épaules alors que moi, figé sur place, j'avais la gorge qui me brûlait, je comprenais qu'elle avait vu le numéro sous les bâtons, qu'elle l'avait composé, était tombée sur la boîte vocale de l'oiseau, elle allait se faire des tas d'idées sans toutefois imaginer de quoi il retournait au juste, toi en retrait tu avais perçu la conversation, un peu déconcertée tu m'as regardé charger mon matériel, je t'ai dit que je risquais de rester un bon moment sans te voir, sans qu'on se voie comme nous nous étions vus ces derniers temps, bien sûr on allait se croiser quand tu rendrais visite à mon fils, subitement, j'ai eu envie que votre amourette perdure car je me rendais compte que ce serait la seule façon de te garder dans ma vie, l'air triste, mais de façon théâtrale, tu as dit : *Everyone I know goes away in the end*[1]. Des paroles de Johnny Cash, je le savais mieux que personne, toutefois je n'avais pas envie de souligner de nouveaux passages d'une

1. Toutes les personnes que je connais finissent par s'en aller.

quelconque chanson, pas maintenant, en revanche j'allais écouter celle de Johnny Cash jusqu'à ce qu'on se retrouve comme on s'était retrouvés jusqu'à présent, je ne pouvais savoir que cela se produirait plus tôt qu'on ne l'imaginait, que cela ne se passerait plus seulement à la ferme, mais aussi sous le viaduc de la route d'accès au *Village* ainsi que dans mon cabinet de vétérinaire, je t'ai attirée contre moi, tu m'as dit que tu ne m'oublierais jamais, pas même quand tu serais célèbre, je t'ai répondu que tu l'étais déjà, célèbre, que tu florissais sans frein dans ma tête, que la célébrité ne reposait pas sur le nombre de fans, mais sur celui qui reste en permanence à nos côtés, peu importe le nombre de chansons merdiques que l'on compose, le fan en question reste fidèle, tout dépend à vrai dire de ce que l'on fait, on ne peut se rendre célèbre qu'en étant fier de ce que l'on fait, le succès ne vient que lorsqu'on ne s'y attend pas, tu as opiné du bonnet, cependant je savais que tu avais besoin d'être vue à travers les yeux des autres, il y avait trop longtemps que tu te regardais à travers les tiens : quatorze années, c'est une éternité dans la vie d'un enfant. Alors que je ne désirais rien tant que t'embrasser, je savais que je ne pouvais risquer de foutre en l'air quoi que ce soit, risquer de forcer le destin, après avoir jeté un œil alentour, tu m'as demandé, les joues rouges, si tu pourrais me voir un jour, me voir un jour disséquer une loutre, par simple curiosité bien sûr, j'ai hoché la tête et t'ai dit que je te ferais savoir quand cela serait possible puis je t'ai souhaité bonne chance avec mon fils, *c'est pas un mauvais gars* j'ai ajouté plein d'espoir, tu as tout à coup paru déçue sans même savoir vraiment pourquoi si ce n'est que notre discussion ressemblait à des adieux, or les adieux te rembrunissaient, couleur aussi sombre que celle de la terre nourricière de ta quête de célébrité, aussi ai-je placé mon pouce sous ton menton, l'ai légèrement relevé pour que tu me regardes, t'ai dit que l'océan est sans tourments, un sourire morose s'est dessiné sur tes lèvres, tes yeux sont devenus des perles de verre, et tu as répondu : *L'océan n'a pas de tourments parce que personne ne lui fait de mal.* J'étais à court de mots, te faire souffrir, te donner l'impression que ce jour-là tu abandonnais deux cadavres sur le bord de la route, le pauvre Bowie et moi, m'était insupportable, tu t'es retournée, les épaules tombantes ainsi que le scénario d'un adieu te le commandait, je t'ai suivie des yeux jusqu'à ce que tu disparaisses derrière les saules étêtés, jusqu'à ce que je perçoive les accords de la guitare franchir la fenêtre ouverte et étendre leur murmure sur les champs, je n'ai pas reconnu l'air, simplement discerné une teneur triste, sacrément triste bon sang, en rentrant à la maison, j'ai senti la terre trembler, soudain les maisons avaient des yeux et des bouches, les pignons se faisaient sourcils, toutes les habitations me jetaient un regard méchant, pour sa part Camillia était assise sur le canapé, elle pelait brutalement une orange, du jus éclaboussait son chemisier, elle a posé les quartiers sur la table basse, j'ai vu les moucherons se précipiter en essaim dessus, nous nous sommes retrouvés entourés d'amants de la mort, tout ce à quoi j'étais capable de penser c'était à la grande dose de vie que tu m'avais insufflée, j'ai dit à Camillia que ça ne voulait rien dire, ce numéro près du compteur, ma cage thoracique ne délivrait que des mensonges, je n'ai rien dit de l'électricité qui me traversait, juste que tu étais un oiseau dont le comportement trahissait de la tristesse, et ai prononcé cette phrase : *Il y a des gens à qui la solitude va tellement bien qu'on en oublie qu'ils ont l'impression qu'elle les rend laids et invisibles, qu'on en oublie qu'ils passent chaque matin un rouleau adhésif sur leurs vêtements pour paraître moins ternes.* Je lui ai expliqué que je t'aidais à exceller car je savais qu'elle-même, Camillia, tentait d'en faire autant avec ses élèves, de les faire briller sur leur propre écran de cinéma, qu'une telle remarque atténuerait sa rogne, nous amènerait à parler de notre fils et de toi, comme vous étiez beaux ensemble, comme vous alliez bien ensemble, en feignant l'inquiétude j'ai dit que je veillais au grain, que ces jeunes chiens fous allaient peut-être trop vite en besogne, puis j'ai glissé les quartiers d'orange dans la bouche de ma femme comme je l'avais fait avec les fraises dans la tienne, à ceci près que je m'empressais de vite retirer mes doigts pour ne pas effleurer ses lèvres, je lui ai répété que tu étais livrée à toi-même, elle a proposé d'emblée qu'on t'invite chez nous, elle préparerait son plat préféré, des tagliatelles fraîches rehaussées de citron, de sauge, de noix grillées, de parmesan, de persil et d'un rien de crème fraîche, je n'ignorais pas qu'elle aimait les oisillons blessés, voilà pourquoi je t'ai évoquée comme si tu étais un animal malade : *ailes brisées, équilibre précaire, guère d'envie de voler.*

11

Partager cela, mettre des mots sur mes cauchemars, ne s'impose aucunement, malgré tout je le fais puisqu'il me faudra m'y résoudre, il me faudra de toute façon le faire pour les magistrats qui en déduiront combien je suis tourmenté, oui, chers messieurs de la cour ! On ne peut imaginer homme plus tourmenté ! Là réside la raison principale de cette démarche, il ne s'agit pas pour moi d'excuser mon comportement, ni de montrer à quel point il m'arrive de regretter quelque chose dont je me réjouissais, il ne s'agit pas non plus que vous me preniez en pitié, oh non ! je préfère que vous me détestiez, que vous ressentiez un profond dégoût quand vous pensez à moi, néanmoins il me faut les rapporter afin que je me comprenne mieux, car je n'ai jamais eu l'occasion, le temps ni l'espace de me comprendre moi-même, de saisir d'où vient cette cassure, laquelle était là dès avant le premier baiser, avant la haute et rétive saison et même avant que je ne te rencontre, voilà que pour la énième fois, je me réveillais en sursaut au milieu de la nuit, moite de sueur froide, et au lieu de sortir fumer une cigarette, je suis resté couché, je n'ai pas tardé à dégringoler dans une idée délirante où tu es soudain apparue près du lit, tu portais comme en d'autres occasions le cardigan vert et bleu de ton frère dont tu drapais ton fauteuil de bureau dans ta petite chambre avant de te coucher, puis tu allumais durant quelques secondes ta lampe de chevet pour le regarder et te réjouir de l'enfiler au matin, tout le monde à l'école admirait cette veste comme on admire un nouvel élève avec lequel tout le monde veut jouer, dans mon rêve, tu n'avais pas 14 ans, mais plus ou moins 3, tu me demandais : *Il est mort ? Il est vraiment mort ?* Je me voyais poussant jusqu'à la route du Jabot la brouette dans laquelle on avait transporté Bowie pour y charger le corps disloqué du garçon qui gisait au pied du lampadaire, je t'entendais me demander une fois de plus s'il était mort, s'il était vraiment mort, moi je plaquais les doigts sur mes lèvres et je secouais la tête de droite à gauche en murmurant qu'il dormait, qu'il dormait d'un profond sommeil, et tu me demandais : *Combien de temps ça dure, son sommeil ? Moi, je veux jouer avec lui.* Je ne pouvais te répondre que ce sommeil durerait aussi longtemps que ta vie, non, aussi je répondais qu'on ne peut jamais savoir quand quelqu'un va se réveiller, que de toute façon, la question c'est de savoir à quel moment on est éveillé et à quel moment on dort, ce que tu ne comprenais pas, alors tu tirais sur la brouette, je me fâchais, j'étais tellement fâché contre toi que je te voyais te ratatiner dans ton joli petit cardigan, c'est en traînant le pas que tu me suivais le long de l'avenue Pencil jusqu'à la digue Cryptogame, pendant tout le trajet mes yeux étaient posés sur le jeune visage inaltéré, le garçon portait un pull rayé, une bonne dose de gel maintenait ses cheveux blonds bien coiffés séparés au milieu par une raie, on eût dit qu'une charrue y avait tracé un sillon alors même que plus rien n'allait sortir de lui, ni plantes, ni fleurs, tout à coup c'est ma mère et non plus toi qui marchait derrière moi, elle portait son éternel tablier et tapotait le cul d'une boîte de sucre glace Van Gilse, faisant blanchir toute la chaussée, peu à peu on accédait à un paysage enneigé, le froid s'installait, il commençait même à geler alors que je poussais toujours ce corps dans la brouette, je me demandais comment j'allais annoncer cette nouvelle aux proches tandis que ma mère avançait, secouant la boîte à couvercle perforé et criant qu'elle avait encore un compte à régler avec moi, que j'étais le croque-mort, que partout où j'allais j'apportais un jour ou l'autre un avis de décès, je sentais des larmes couler sur mes joues, elles coulaient sur mes joues, j'en goûtais le goût salé, et alors que je voulais me retourner pour lui faire face courageusement, c'était à présent toi qui étais là, tes bottes rouges foulaient le sucre en poudre, tu rayonnais de joie et criais qu'il neigeait, qu'il neigeait ! Je brûlais de te soulever et de te serrer contre moi parce que je savais qu'une fois que tu serais au courant du décès t'étreindre serait impossible, il me faudrait attendre de revenir des années plus tard, tu poserais alors ta tête dans mon cou, tu continuais de courir et de fouler la neige, je te criais de ne pas trop t'éloigner, mais tu courais en direction d'un homme au loin, un homme que, dans un premier temps, je ne parvenais pas à identifier, mais plus il s'approchait, plus je reconnaissais son visage bleu, celui de l'éleveur, tu le prenais par la main, te penchais au-dessus de la brouette, désignais le corps du garçon et disais au bonhomme qu'il dormait, qu'il fallait parler à voix basse, l'éleveur hochait la tête et posait sur moi un regard perçant, lui et moi on savait ce que ce sommeil signifiait, peu à peu le paysage enneigé s'estompait et, tout à coup, je te voyais allongée sur le plaid du pique-nique, sans vie, je te demandais ce que tu avais fait, ce que j'avais fait, mais tu gisais là et je ne savais pas si je t'avais mordue, si mû par mon désir de toi j'avais planté mes dents dans ta chair, mû par une faim excessive, mes mâchoires me faisaient mal et je me suis réveillé en sursaut après avoir conduit la brouette devant la porte de la ferme et annoncé en bredouillant le décès, l'effroi faisait tressaillir les terres, tout tressaillait, y compris les saules étêtés qui penchaient la tête, voûtés au bord du fossé, et au moment même où tu reparaissais, je me suis de nouveau réveillé en sursaut, cette fois je me suis laissé glisser hors du lit, sans traîner, de peur que la vision ne repose à tout moment ses griffes sur moi et ne me ramène dans cette nuit infernale, au lieu de gagner cette fois la salle de bains, je suis descendu au garage où j'ai passé la main sur le pare-chocs du Fiat, posé la tête sur le métal noir et froid et chuchoté : *Il est mort, il est vraiment mort.*

12

Je rampais insensiblement sous ta peau, à la manière de la grande douve du foie dans un bovin, une plus belle métaphore ne m'est pas venue : j'étais un parasite. Habité par cette répugnante image suintant l'auto-apitoiement, j'ai laissé un message sur ta boîte vocale après une énième vaine tentative de te joindre, le bip passé je t'ai annoncé que j'avais une belle loutre pour toi, une bête magnifique, pouvais-tu être à 16 heures à mon cabinet, rue Crépin, au *Village*, et bizarrement je me suis senti tout de suite beaucoup mieux, oui, et même le cœur joyeux, comme si j'avais été la vermine en même temps que le service de désinsectisation, j'ai enfilé mon jean bleu foncé préféré et une chemisette pour mettre en valeur mes biceps, mon corps à l'âge que j'avais me donnait entière satisfaction, des proportions parfaites, je ne manquais pas de me contempler régulièrement dans la glace pour voir ce que tu voyais, néanmoins je savais que pour toi l'image, à chaque fois, se faisait floue, que tu n'étais pas à même de retenir une image de l'autre ni d'ailleurs de toi-même, que tu te regardais souvent dans le miroir en passant sans cesse d'un extrême à l'autre, le beau et le laid, un jeu d'équilibriste qui te plongeait dans la perplexité quant à la manière d'aborder la journée, par exemple quand tu n'étais pas bien coiffée, quand tu passais des habits trop moulants ou trop amples et qu'il t'arrivait de dire au miroir : *Aujourd'hui, une fois de plus, on dirait qu'on ne va pas s'entendre.* L'air sombre, tu descendais alors à la cuisine où ton père te préparait chaque matin une tartine de pâte au chocolat, ce qu'il ne manquait pas de faire depuis des années alors même que tu aurais préféré autre chose au petit déjeuner, mais tu l'avalais pour ne pas le décevoir, pour ne pas perturber sa routine, deux fois par jour il te demandait si tu te *plaisais* à la ferme, *oui, beaucoup* répondais-tu, lui de hocher la tête d'un air approbateur, mais il y avait longtemps que, pour toi, le plaisir était rationné, ta tartine avalée, tu jetais un dernier regard au miroir avant d'enfourcher ton vélo pour aller au collège, tu voulais être jolie, ensorcelante et désirable, tu voulais être à l'image des filles les plus en vue de ta classe, ça ne t'aidait en rien que je te dise que tu étais beaucoup plus belle qu'elles, que tu étais la créature la plus charmante que j'avais jamais rencontrée, or je n'exagérais aucunement, chaque matin, dans un mélange d'espoir et de peur, tu gardais les yeux sur ta poitrine, histoire de voir si ça avait poussé, non parce que tu le souhaitais, mais parce que d'autres filles avaient déjà des seins et qu'un début de poitrine confère un certain prestige, les garçons se retournent dessus, toutefois cela allait prendre encore un certain temps avant que quelque chose de significatif ne soit visible, que tu ne demandes à Camillia de te conduire au magasin de lingerie pour que tu achètes ton premier soutien-gorge en dentelle, que tu le remplisses pour plus de la moitié avec des feuilles de Sopalin, mais on n'en était pas encore là, heureusement d'ailleurs, car je goûtais encore le paysage plat, c'est à cela que j'ai pensé en me regardant dans la glace, en passant le rasoir sur mes joues puis en humectant celles-ci de l'après-rasage Armani de mon fils, un parfum que tu aimais, une odeur de bergamote fraîche, de jasmin, de fleur de ciste et de mandarine verte ; lorsque tu es arrivée à mon cabinet avec une heure de retard, j'étais fou d'inquiétude, j'avais vu défiler devant moi toutes sortes de scénarios catastrophes : mon adorable décollant depuis le sommet du silo, mon animal de luxe découvrant que je n'étais en réalité rien de plus qu'un parasite, la transpiration mouillait ma chemisette au niveau des aisselles, il faut dire que tu étais en principe à l'heure en ce sens où tu arrivais trop tôt à tous tes rendez-vous, tu aimais attendre, attendre encore et encore, de sorte que la rencontre à venir n'était pas terminée avant même d'avoir commencé, il t'était encore possible de t'en réjouir, pourtant cette fois-ci tu étais en retard, à peine descendue de vélo, tu m'as expliqué, l'air hébété, que tu venais d'avoir une conversation avec Hitler, il s'était sans prévenir installé dans le fauteuil bordeaux du séjour où ton père écoutait les *Quatre Saisons* de Vivaldi, tantôt ça tonnait, tantôt une brise agréable soufflait, par moments tu lui imputais la vague de chaleur en cours puisqu'il mettait en boucle « L'Été », au bout de plus ou moins trois minutes, les violons, comme submergés par le mercure, devenaient complètement *crazy*, tu as ajouté que Hitler avait tenu des propos sensés, bien que *sensés* ne soit pas forcément le mot juste quand on parle de ce démagogue dépravé, il n'empêche, ils t'avaient plongée dans une assez longue réflexion, moi, je ne tenais pas à savoir ce qu'il t'avait dit, je ne voulais pas non plus voir que tu allais plus mal encore qu'avant, que tu étais en train de sombrer, pas du tout, j'ai détourné le regard et t'ai tendu deux gants médicaux que tu as acceptés non sans hésiter, puis tu as dit : *Kurt, la loutre ne va-t-elle pas se venger si on lui enlève sa quéquette ?* J'ai répondu qu'elle était morte, qu'il lui serait impossible de se venger, mais j'ai tout de suite compris que cela ne revêtait aucune importance pour toi, que tu confondais les vivants et les morts, à l'instar de ton père qui voyait systématiquement en toi le disparu, si tu tenais à ce que la loutre se venge, c'était pour continuer à croire que la mort n'était pas la fin, on s'est approchés de la table d'opération, le mammifère était d'une taille impressionnante, un confrère qui disséquait souvent des mustélidés avec ses étudiants me l'avait donné, ton regard s'est porté sur son ventre d'une couleur beaucoup plus claire que le reste de la fourrure, puis sur ses puissantes pattes palmées, et tu t'es penchée sur l'animal en chuchotant : *Merci d'avance, chère loutre, pour ton zizi. On en prendra bien soin.* Je me suis emparé d'un scalpel et t'ai dit que j'allais mimer l'opération, mais que c'est à toi que reviendrait le soin de sectionner le sexe, tu as dégluti alors que j'appuyais sur le fourreau et que le pénis jaillissait de la fourrure, tu as dégluti et passé la pointe de ta langue sur tes lèvres, je devais comprendre plus tard que, chez toi, cette mimique traduisait un sentiment d'excitation ou de griserie, sur le moment j'ai juste senti que cela t'échauffait les sangs tandis que tu n'en percevais pas toi-même la portée, je t'ai demandé si tu voulais le toucher, tu as hoché la tête et t'es empressée de tendre les doigts vers le membre rose pour le tâter précautionneusement puis t'en emparer comme un enfant un bonbon, je t'ai vue t'électriser, mon petit animal de luxe, t'électriser de plaisir, puis j'ai glissé le scalpel le long de l'extrémité, ai incisé la fourrure pour te montrer comment procéder et t'ai laissée faire le reste, je ne trouvais plus ma respiration, tu ne trouvais plus ta respiration, mon erreur a été de ne plus faire de différence, ta pulsion est devenue la mienne mais l'inverse n'était pas vrai, je me suis placé derrière toi, ai enveloppé ta main de la mienne, ensemble on a coupé le pénis à sa base tandis que le mien se plaquait contre tes fesses, contre le tissu de ton short en lin, tu as alors brandi, tel un trophée, le sexe de la loutre de la longueur d'un cornet à glace, je t'ai dit qu'il s'agissait d'un jeune mâle, dans le cas d'un adulte l'os pénien eût été deux fois plus long et plus épais, un frisson a parcouru ton corps, tu m'as demandé si tu pouvais l'emporter, *s'il te plaît, s'il te plaît*, ta question m'a pris au dépourvu mais j'ai fait semblant de la trouver normale et me suis abstenu de te demander ce que tu allais en faire, je l'ai emballé dans du film alimentaire et te l'ai donné, puis j'ai fait disparaître le cadavre et ai désinfecté la table ; quand, mes gants ôtés et jetés dans la poubelle, je me suis retourné, je t'ai découverte allongée sur la table d'opération, bras ramenés contre ton corps : *Kurt, dissèque-moi !* C'est un rêve, je me suis dit, il doit s'agir d'une hallucination échappée de mon cerveau malade, parmi les odeurs de jasmin et de bergamote, j'ai perçu celle de ma sueur, mais ce n'était pas un mirage, tu étais bien allongée là, me laissant décontenancé, infichu de comprendre ce que tu entendais par disséquer, sans vie tu gardais les yeux fermés, aussi ai-je embrassé du bout des lèvres ta jambe nue, tu as gloussé : *Pas ça, dissèque-moi !* À ce moment-là, j'ai compris qu'il s'agissait d'un jeu que je devais jouer avec toi de telle sorte que tu n'y entendes pas malice, à l'époque l'innocence perlait encore de chacun de tes pores, jouant donc le jeu j'ai choisi un scalpel stérilisé, ai fait glisser le bout du manche sur tes jambes et tes cuisses, sur ton ventre, d'une voix chagrine tu as dit que tu étais la loutre, *je suis la loutre*, j'ai alors fait passer le métal sur tes seins naissants, ai vu tes mamelons se raidir sous ton T-shirt comme les minuscules mamelles d'une hase, puis je suis descendu entre tes cuisses, ai appuyé légèrement sur le lin, tes joues se sont colorées, se sont parées d'un exquis chatoiement, la pointe de ta langue a de nouveau glissé sur tes lèvres, je ne savais si ta poitrine se soulevait et s'abaissait plus vite que quelques secondes plus tôt ou si je me figurais cela, j'ai accentué la pression du scalpel sur ton entrecuisse : *Non, pas ça, ouvre-moi ! Taille dans ma chair !* Au moment où je m'apprêtais à poser un nouveau baiser sur ta jambe, tu as ouvert les yeux, as brutalement arraché le scalpel de mes mains et l'as passé sur ta cuisse, y traçant une ligne de bas en haut d'où le sang a tout de suite perlé, c'est alors que j'ai lu dans tes yeux une expression que je ne connaissais pas, j'avais envie de crier : *qu'est-ce que tu fais, bon Dieu !*, mais je suis resté figé à te regarder, tu m'as assuré que c'était ça que tu insinuais, que tu voulais que je t'ouvre, taille dans ta chair, te dissèque, que c'était cela que la loutre avait sans doute ressenti, que quelque chose se dissimulait en toi qui devait sortir, mais aujourd'hui tu n'avais pas assez de temps pour l'atteindre, c'était enfoui trop profondément, il y aurait eu trop de sang partout, sans compter que tu devais aller nager dans moins d'une heure avec Jule, tu ne tenais pas à ce que la piscine se transforme en mer Rouge, à ce moment-là je suis sorti de ma torpeur, j'ai pris délicatement le scalpel de tes mains et t'ai demandé si tu étais devenue folle, pourquoi te faire ainsi du mal, mon élue céleste, pourquoi te faire ainsi du mal ? Tu as rétorqué qu'à la douleur succède l'éclaircie et murmuré que depuis mon histoire de dissection, tu pouvais devenir la loutre en plus du Crapaud, j'ai étanché le sang avec un kleenex, compressé la plaie, l'ai désinfectée avec de la teinture d'iode, ai appliqué dessus un pansement, même si l'avenir proche devait révéler qu'il eût mieux valu la suturer, que notre toute première caresse avait laissé une cicatrice, à cette même seconde, j'ai senti que tu étais plus légère et plus heureuse que lors de ton arrivée, plus tard tu devais me dire que, parfois, ce que tu éprouvais t'écrasait tout autant qu'aurait pu le faire le Tiger II, le panzer le plus lourd de Hitler, et que pour la première fois, dans mon cabinet, tu avais ressenti un peu moins ce poids, que tu avais découvert sur ma table d'opération quelque chose de nouveau, tant la volupté que la douleur et que l'illumination, la tête me tournait, je me lamentais presque car je ne te laisserais jamais reproduire ce que tu venais de faire, je tenais à te garder indemne, même s'il s'agissait là d'une vaine et trompeuse promesse puisqu'en ton for intérieur, tu te brisais en mille morceaux, j'étais une douve du foie insinuée en toi, tu t'es assise au bord de la table et tu as dit : *Par moments, je me sens tellement heureuse que je préférerais mourir, car je sais que ça ne va pas durer, qu'à tout instant il se peut que cette sensation disparaisse.* J'ai posé les mains sur tes genoux sans toutefois savoir quoi dire, mon animal de luxe, tenir tes genoux comme s'il s'agissait de deux têtes, celles de deux petits veaux, voilà tout ce dont j'étais capable, puis j'ai embrassé tes lèvres, cette fois tu m'as laissé faire, je n'ai pas eu besoin de forcer le passage, pas du tout, tu as ouvert la bouche et j'ai relevé qu'il te manquait une incisive à la mâchoire supérieure, j'ai compris que tu portais, la nuit, un casque orthodontique, tu l'enlevais dès que tu arrivais au collège, que tout en toi essayait de pousser bien droit mais que tu ne le permettais pas, tu étais de toute façon trop tordue de partout en ce bas monde, tu as pressé ta petite langue contre la mienne, mais je n'étais pas avec toi, pas vraiment, je te revoyais en train de te taillader, revoyais le sang, j'ai fermé les yeux, paupières crispées, par la suite j'ai compris que j'aurais dû tout arrêter à ce moment-là, au lieu de ça j'ai délicatement écarté tes cuisses et t'ai attirée un peu vers moi de façon que tu te retrouves plaquée contre mon sexe, je me suis mis à bouger doucement en m'arrêtant par instants pour voir ta réaction, je n'ai pas tardé à accélérer le mouvement tout en murmurant entre deux baisers que je t'aimais, que je n'avais jamais aimé quelqu'un autant que toi, tu n'as rien répondu et, à un moment donné, j'ai remarqué le sang qui transperçait le pansement, tu as pâli, j'ai senti que tu faiblissais, qu'il me fallait te serrer toujours plus fort contre moi, j'ai senti que ta tête pendouillait de plus en plus sur mon épaule, mais le mouvement de mes reins se faisant de plus en plus brutal, je n'ai pas remarqué ou pas voulu remarquer que tu avais depuis longtemps cessé de murmurer quoi que ce soit au sujet de la loutre, et ce n'est que pendant l'épilogue, pendant l'apothéose, que je t'ai crue morte, tu étais morte, et j'ai chuchoté lascivement à ton oreille : *Oh ! ma petite chérie, je te dissèque, je te dissèque comme tu me l'as demandé ! Je t'ouvre, je t'entaille de haut en bas !*

13

L'os pénien devait se ratatiner et pourrir sous les lattes de ton sommier. À la longue, ce ne serait plus qu'un souvenir recuit parmi toutes les reliques que tu dissimulais là, y compris les objets que tu avais volés en primaire, ainsi du collier à la médaille en argent figurant le visage d'une poupée Barbie, subtilisé à Élia, le jour de son anniversaire alors que tous les invités dégustaient le gâteau dans le jardin, tu n'avais pu résister à ses scintillements, pas plus qu'au petit livre dont la maîtresse vous lisait un passage à chaque récréation, tu me racontais qu'elle s'humectait le bout du doigt pour tourner chacune des pages, ce qui avait éveillé en toi le désir d'en être une afin qu'elle te tourne de la même façon et que tu sois la première personne sur terre à être lue in extenso, elle te lirait et te relirait sans fin parce que tes phrases et ton intrigue évolueraient en permanence, mais cela ne t'avait pas été accordé après que tu avais glissé le livre dans ton sac à dos, et tu n'avais d'ailleurs pas hérité de sa magnifique voix ; on recensait d'autre part un peu de tourbe et de charbon de bois rapportés d'une sortie scolaire au musée en plein air Archeon, un paquet vide de chewing-gums que quelqu'un, pour qui tu avais eu le béguin, avait tenu dans sa main, la note de la carte prépayée que je t'avais offerte, une améthyste violette provenant de la collection de ton frère, lequel avait pleuré cette perte mais pas au point que tu lui avoues le vol et lui restitues la gemme, un porte-couteaux en cuir dérobé dans la grange de Grauwerdam, le voisin, une petite boîte contenant des poils de la fourrure de ton lapin bélier mort, une tortue Ninja subtilisée dans la poche d'un manteau, les carnets constituant ton journal intime dans lesquels tu écrivais uniquement lorsque tu avais peur de perdre les jours, en commençant toujours par t'excuser de l'avoir trop longtemps négligé : *Désolé mon cher journal, il s'est passé trop de choses pour que je puisse les consigner, voilà pourquoi il vaut mieux que je n'écrive rien, si certains événements ne sont vrais que lorsqu'ils sont traduits à l'encre, d'autres, tu ne pourrais pas les porter, tes pages en seraient toutes chiffonnées.* Ces mots parmi d'autres confiés au papier, par exemple, ainsi que les magistrats me l'ont appris, ceux qui exprimaient que ton véritable journal intime, tu le portais en réalité dans ta tête, le seul endroit où tu arrivais à écrire au propre et sans pattes de mouche – je ne doutais pas qu'un jour mon prénom revêtirait des jambages trop longs, *KURT* –, ils m'ont aussi appris que tu collais des post-it sur les pages, post-it sous lesquels tu osais faire part de tes secrets, sous ton lit, il y avait en outre certains de tes dessins, portraits de tes grands-mères toutes deux mortes d'un cancer avant ta onzième année, tes bulletins scolaires portant tous des encouragements auxquels tu croyais encore à l'époque, tu accumulais là toujours plus de choses, surtout après avoir vu *Ça* au cinéma, après aussi que ton frère s'était glissé sous ton lit en imitant, pour se bidonner, un chat, tu entendais encore ses miaulements bien longtemps après, tu t'étais dit que plus ce serait encombré, plus il serait difficile pour un clown ou pour ton frère de se cacher sous ton sommier, l'os pénien avait rejoint ce bric-à-brac, parfois tu dépliais le film alimentaire sous ta lampe de chevet, à la vue du membre décoloré, passé du rose au blanc, qui commençait à se décomposer, tu étais à la fois horrifiée et lascive, glissant la pointe de ta langue sur tes lèvres, tu te faisais tour à tour Crapaud et loutre avant de t'endormir paisiblement au-dessus de ton fourbi, tu étais une cleptomane, mon trésor, mais je m'en fichais même si je savais, aussi cliché que cela puisse paraître, qu'au milieu de ta collection, il y avait mon cœur, tu étais douée pour ça, voler le cœur d'autrui, tu procédais de façon tellement scrupuleuse que la personne en question ne s'en rendait compte que longtemps après que tu t'étais insinuée en elle, alors qu'il était déjà trop tard, je ne veux pas dire que ta cleptomanie m'inquiétait, ce qui m'inquiétait c'était plutôt ta faculté à mentir à ce sujet, les chatoiements que revêtait, à tes yeux, tout ce que tu ne pouvais obtenir, tout ce qui ne t'appartenait pas, il m'arrivait de me demander quel éclat j'avais à tes yeux, me voulais-tu uniquement parce que tu ne me possédais pas ? Parce que j'appartenais déjà à quelqu'un d'autre ? Tu mentais à tire-larigot à propos de ton saint-frusquin, de plus en plus je te surprenais en train de te voir mener une vie glorieuse au point que, par instants, tu ne savais plus distinguer le réel de l'irréel, le jour de la dissection tu avais raconté à tout le monde que tu t'étais accrochée dans les barbelés, expliquant avec un tel superflu de détails sanguinolents comment ça s'était produit que les autres ont vite renoncé à t'écouter, personne ne semblait réellement se demander comment tu avais pu te faire une telle entaille à la cuisse, on avait dû te mettre des points de suture, la plaie du côté de mon cœur, quant à elle, continuait de saigner, toi seule aurais pu l'étancher, j'ignorais en grande partie ce que tu avais retenu du dernier moment passé sur la table d'opération, de mes paroles et du fougueux va-et-vient de mes reins, mais ni toi ni moi n'en avons parlé quand on s'est vus à la tombée de la nuit alors que je conduisais mon fils chez vous, tu allais camper avec lui au bord du canal, cette année-là Camillia et moi n'avions pas prévu d'aller en Frise où notre bateau était amarré, toi tu n'irais pas en Zélande, comme vous souhaitiez tout de même vous sentir un peu en vacances, vous aviez eu l'idée de planter la tente dôme quelque part, si bien que le soir même elle se dressait entre les bouses séchées et les pâquerettes, ton père semblait se figurer que vous aviez encore 8 ans et que sa fille venait candidement loger chez nous, mieux avertie que lui, Camillia avait acheté des préservatifs pour *on-ne-sait-jamais*, ajoutant que les jeunes de nos jours *le* font à un âge toujours plus précoce, je m'étais senti minable et nauséeux en la voyant remettre à mon aîné le paquet de capotes aromatisées aux fruits, j'ai songé au pique-nique, te revoyant manger sans gêne la banane dans ma main, Camillia lui a ensuite glissé à l'oreille quelques conseils oiseux, Jule et toi, je le savais, vous aviez un jour acheté un préservatif dans le distributeur automatique situé à côté de la vidéothèque, vous aviez timidement glissé un euro dans la fente avant de déguerpir et de revenir au bout de quelques minutes pour récupérer, avec le plus grand sang-froid, le Durex, je savais qu'ensuite, dans la chambre de Jule, vous en aviez harnaché une carotte, une grosse carotte d'hiver, mais à l'envers, de sorte que vous vous étiez retrouvées les mains enduites de lubrifiant, avec dégoût vous les aviez lavées dans la salle de bains en gloussant, tu soutenais que plusieurs heures plus tard le parfum artificiel imprégnait encore tes paumes et tes doigts, que tu n'avais pu t'empêcher de penser aux gens qui, à la chaîne dans une usine, emballent des préservatifs et de te demander à quoi ils fantasmaient, voyaient-ils leur amoureuse ? Songeaient-ils à la soupe de céleri qu'ils prépareraient le soir même ? À moins qu'une partie d'entre eux n'ait encore jamais embrassé personne, encore moins désiré quiconque, pour ces derniers ça devait être bigrement pénible de glisser à longueur de journée la passion ou la pulsion d'inconnus dans un emballage, tu soutenais que, pour ta part, tu pourrais travailler dans une usine car jamais la moindre monotonie ne se ferait une place dans ta tête, même dans un tel lieu tu florirais et rêverais d'une vie grandiose, toi et Jule aviez enfoncé la carotte capotée dans une peluche après en avoir, au préalable, fendu le derrière et retiré une partie de la bourre ; cette nuit-là, tu avais pleuré sur l'ourson défoncé : Freud ne t'avait-il pas dit que le désir est plus fort que la raison, que fendre une peluche passe au second plan par rapport à ce qu'on en fait, or vous aviez introduit la carotte dans son postérieur, l'enfonçant et la retirant en partie, ceci tout en vérifiant, dans le *Guide du sexe* de la mère de Jule, bouquin déniché au grenier, comment il convient au juste de procéder, et la carotte d'aller et venir, d'aller et venir jusqu'à ce que, lassées, assises sur le canapé devant un bol de chips nature et de canettes de Shandy, vous ayez discuté de ce qui importait vraiment : les pop stars, la musique, les derniers bonbons lancés sur le marché, les garçons et les indices de croissance du corps des filles. La carotte et son préservatif, vous les aviez enterrés dans le jardin parmi les lilas et des herbes à éléphant appartenant au genre *Pennisetum*, un terme qui vous semblait tellement de circonstance que vous en aviez oublié ce qui vous avait accaparées, pourquoi vous aviez frénétiquement fendu et empalé l'ourson ; si j'avais pu, j'aurais, d'un geste brusque, soustrait à mon fils sa boîte de caoutchoucs et lui aurais interdit d'utiliser ça avec toi, avec mon petit animal de luxe, voilà pourquoi j'ai abordé le sujet avec toi alors qu'on montait la tente dôme au bord du canal et que mon aîné était en train de pisser contre un arbre, caleçon et pantalon baissés sur les chevilles comme il le faisait depuis l'enfance, ses fesses blanches contrastant fortement sur le bleu foncé du ciel, pendant quelques secondes, ça m'a rappelé mon tableau préféré de Picasso, *Guernica* de 1937, le taureau et le cheval livides, une représentation qui exsude désespoir, douleur et chaos, et je ne pouvais nier que ce que tu voyais dans mon fils, lui encore épargné par les avanies, lui encore si malléable et sensible mais jouant aussi par moments aux durs, aux effrontés, me faisait défaut, je t'ai dit que vous étiez encore jeunes, d'un âge tellement enviable, que vous ne deviez pas être pressés de *le* faire, qu'il fallait que tu sois tout à fait sûre de *le* vouloir, tout aussi sûre que tu l'étais de devenir un jour célèbre, et je n'ai pu m'empêcher de me figurer mon fils, fesses pâles pointées vers la voûte céleste, te bourrer à quelques reprises à la va-vite, me figurer que tu penserais que *ce* n'était rien que ça, qu'éventuellement ça te décevrait parce que ça ne changerait rien et que ça ne te changerait pas, parce que ce n'était ni comme dans les films, ni comme dans les livres, que ça rappelait plutôt la façon dont ça se passe avec les groningues, j'ai déroulé les cordelettes et les ai fixées aux sardines enfoncées dans le sol, te mettant en garde de ne pas trébucher dessus, tu m'as adressé un sourire sage et ces mots : *Seul celui qui trébuche souvent sait ce que tenir debout veut dire.* Avec circonspection, je t'ai demandé ce que tu voulais, si tu étais prête, si tu te sentais suffisamment amoureuse pour ne penser qu'à ça, si tu voulais *le* faire avec lui et personne d'autre, en guise de réponse tu as haussé les épaules et précisé que tu étais en train de lire *Moby Dick* d'Herman Melville, qu'il te fallait parfois partir à la chasse pour découvrir ce dont tu avais peur, je n'ai pas saisi le rapport entre tes réponses et mes questions, tu as ajouté que tu avais adressé une prière à Dieu pour savoir si c'était le bon moment, mais Il avait gardé le silence, un Dieu silencieux est plus terrible qu'un Dieu en colère, seul un Freud pensif s'était penché vers toi, assis dans le fauteuil bordeaux, il t'avait demandé si mon fils était le grand cachalot que tu désirais attraper, toi de rétorquer que dans ce secteur d'activité, dans l'industrie de la pêche en mer, un cachalot c'est un cachalot, attraper la plus petite proie suffit à ravir les pêcheurs, j'en ai déduit que tu redoutais que ça ne se produise jamais si jamais ça ne se produisait pas dans la tente dôme, je savais que tu avais entendu dire qu'Élia et Le Crapaud *l'*avaient fait ensemble, que, depuis, le nombre des admirateurs de ta copine augmentait tout comme, selon toi, le volume de ses seins, que pour ta part tu aspirais à être différente et en même temps semblable aux autres, qu'il s'agissait en l'occurrence d'un palier qu'il te fallait franchir, soit, dans votre langage de filles : atteindre la case « ciel ». Ceci alors que mon fils et toi n'en étiez encore qu'à la case « terre », quelques bisous sur la bouche, quelques papouilles, cela dit je préférais vous savoir en possession des préservatifs de Camillia que de vous imaginer en route vers le distributeur près du vidéoclub, en train d'hésiter entre glisser l'argent dans la fente ou le garder pour avoir de quoi louer un bon film, un avec Al Pacino, et courir le risque d'être raillés par des clabaudeurs du *Village* ou, pire encore, par le pasteur, lequel s'adresserait à ton père à la sortie du temple, sur la digue, lui ferait part de ton comportement immoral, ton père qui nous bannirait séance tenante de sa propriété, moi et mes saloperies, ce sont encore des enfants, dirait-il, ignorant que sa gosse dévorait chaque soir des yeux l'os pénien d'une loutre, tu t'es redressée, as tapé du talon de tes cuissardes sur les sardines afin qu'elles disparaissent totalement dans le sol, comme pour t'assurer que le vent n'emporterait pas la tente, que des sangles à toute épreuve ancreraient tes désirs afin qu'ils ne finissent pas comme un piquet de fixation dans l'obscurité du sac des sardines et celle de ta cervelle ; soudain, sans crier gare, tu m'as demandé, d'un ton provocateur pour ainsi dire : *T'aimerais bien être le cachalot ?* Pétrifié, le reste des cordelettes et le marteau à panne fendue dans les mains, j'ai senti l'humidité vespérale s'insinuer dans ma poitrine, les braillements de mon fils me parvenaient, perché à la cime d'un arbre il hurlait : *Je suis le maître du monde !*, un truc qu'il tenait de *Titanic*, la bravade et non la profondeur des choses, voilà ce qu'il retenait, toi tu étais tout son contraire, et moi, nom d'une pipe, je demeurais pantois, incapable de prononcer le moindre mot, qu'aurais-je bien pu répondre ? De surcroît, après l'épisode de la loutre, ça faisait un peu beaucoup, trop de souillures aussi, tu fixais le lointain au-delà des terres de Grauwerdam, le voisin, j'ai perçu le mensonge dans la nuance factice de ta voix alors que tu affirmais que ce devait être génial d'être avalée par un cachalot, par une baleine comme Jonas dans la Bible, et que tu espérais être recrachée loin, très loin du monotone *Village*, j'ignorais si mon fils était censé incarner le cachalot, tu as poursuivi en soutenant que l'idéal était de choisir une mer, un océan au crépuscule, n'est-ce pas ce qu'Ismaël, de *Moby Dick*, faisait ? Que c'était idéal de mener l'existence d'un mousse, mais que pour choisir un océan, il fallait posséder un navire, or pour l'instant tu en étais réduite à faire du sur place dans l'eau, ce que tu as dit avec une telle conviction qu'on eût cru que tu savais ce que tu faisais et où tu voulais aller, puis tu m'as demandé si j'en avais fini avec ma mitraille de questions, me donnant du *vous* et m'appelant *monsieur Kurt*, j'en suis resté comme deux ronds de flan, les cordelettes et le putain de marteau dans les mains, derrière moi m'est parvenu le bruit des pas de mon fils si bien que je n'ai pas pu t'avouer que j'avais besoin de toi, après tout c'est ce que tu désirais entendre, entendre que quelqu'un avait besoin de toi, que je brûlais de devenir pour toi ce cachalot, m'entendre te supplier de m'accorder d'être ce cachalot, m'entendre dire que je brûlais de t'avaler sans aucune envie de te laisser repartir, peut-être souhaitais-tu que je te parle de la veille, mais une telle distance nous séparait, une multitude de bouses et de pâquerettes alors que je n'étais que le bonhomme qui tenait le marteau, celui qui construisait votre nid d'amour tout en étant celui qui aspirait à t'y vénérer, mon aîné m'a filé une tape sur l'épaule, signe que je pouvais foutre le camp, j'ai levé la main en l'air et suis parti, me retournant une dernière fois sur vous deux qui étiez assis dans l'herbe, essayant d'allumer le réchaud de ton père pour cuire une omelette ; à la maison, je me suis empressé d'ouvrir *Moby Dick* mais je dois avouer que ça ne m'a en rien avancé, hormis quelques jolies trouvailles, ce n'était pas ma tasse de thé, la langue, la lenteur de la narration, non vraiment, je n'en ai pas moins persévéré, n'eût-ce été que pour éviter de voir votre image sur mes rétines, allongés ensemble dans la tente, sur le matelas gonflable, tournant les pages sans délicatesse, certaines se sont déchirées, j'ai presque trouvé cela en adéquation avec mon état d'esprit ; notre cadet logeant lui aussi ailleurs ce soir-là, Camillia et moi avions la maison pour nous seuls, elle semblait émoustillée par le feu qui vous animait, elle voulait faire l'amour avec moi, mais ça n'a pas marché, pas même quand je me suis efforcé de penser à toi allongée sur le plaid du pique-nique, sur la table d'opération, collée contre moi alors que tu disséquais la loutre, t'emparais fermement du sexe de l'animal, accrochée mollement à moi, tellement belle et mignonne, mais le sang qui coulait de ta cuisse brouillait ma vue, de même que mon aîné aux fesses blanches comme du bon pain couché sur toi, ça ne marchait pas, j'ai dit à Camillia que ça n'avait rien à voir avec elle, que je ressentais de la fatigue à cause de la surcharge de travail à mon cabinet et dans les fermes, beaucoup de mammites et d'anaplasmoses ai-je ajouté inutilement, et ainsi de suite, cette nuit-là j'ai passé des heures assis dans la salle de bains, lèvres plaquées contre les minuscules mailles de la moustiquaire, je ne pouvais pas deviner que le lendemain je récupérerais un fils grincheux, les caoutchoucs non utilisés toujours dans la poche externe de son sac à dos, ah ! ma fougueuse fugitive, qu'est-ce que tu m'en faisais voir !

14

Le jour du quarante-septième anniversaire de Kate Bush, tu étais malade à crever. Sa chanson inspirée par *Les Hauts de Hurlevent* d'Emily Brontë, un roman que j'avais terminé non sans en baver, comme la protagoniste qui, à la cinquième page, chasse au tisonnier les chiens de berger qu'elle qualifie de quadrupèdes diaboliques, de troupeau de porcs possédés, un passage que l'on a prétendu emprunté à la Bible, à l'évangile selon Luc, tu la trouvais plus que magnifique, sa chanson, si bien que je me suis soudain souvenu que Kate Bush, en 1978, avait ouvert, en direct à la télévision, le Château hanté du parc d'attractions Efteling, là où il y avait une pierre tombale factice portant son nom, cela m'a conduit à projeter de t'y emmener un jour, tu goûtais particulièrement la chanson lorsqu'elle reprend pour la cinquième fois : *Heathcliff, it's me, I'm Cathy, I've come home, I'm so cold, let me in through your window*[1]. Ceci du

1. Heathcliff, c'est moi, c'est moi Cathy, je suis rentrée à la maison, j'ai tellement froid, laisse-moi entrer par ta fenêtre.

fait du désespoir, de la détresse qui en ressort, du fait que tu ne pouvais imaginer qu'on puisse à ce point vouloir rentrer chez soi, languir avec une telle ardeur après un être aimé, une ardeur à vous frigorifier, sans compter que tu goûtais encore plus cette chanson après que Jule l'avait interprétée en play-back à l'école primaire, coupant le souffle de tous les garçons à voleter à gracieux gestes des bras dans la classe, ils l'avaient applaudie jusqu'à satiété, les meilleurs applaudissements que l'on puisse recevoir selon toi, ceux qui créent une gêne et mettent l'assistance tellement mal à l'aise que seul un silence de mort s'ensuit, offrant alors la possibilité, devant les gens confits dans leur honte, de lancer la chanson suivante, une fois célèbre, tout le monde t'applaudirait ainsi, il t'arrivait de t'applaudir toute seule quand tu écoutais une chanson sur ton discman en faisant semblant de l'interpréter avant de te mettre, exubérante, à danser dans ta chambre, tu ne tournoyais ainsi que lorsque personne ne te regardait, rien que les millions d'yeux du public imaginaire dans ta tête, moi j'écoutais chez moi « Wuthering Heights », soulignant certaines paroles, comprenant ce que tu y voyais, même si j'étais plutôt fan de « The Man with the Child in his Eyes », à croire que celle-ci avait été écrite exprès pour moi ; c'est vers 13 heures que je suis arrivé à la ferme pour vérifier que les veaux ne se déshydrataient pas sous cette canicule persistante qui obligeait les paysans à arroser les champs, à remplir d'eau les baignoires dispersées dans les prés pour les bêtes, je n'ai trouvé que ton père, assis à l'ombre sur une chaise de jardin, vêtu d'un bleu de travail crasseux qu'il portait apparemment depuis des semaines, mangeant un kiwi à la cuillère, j'ai pris place à ses côtés, observant l'ustensile s'enfoncer dans la chair du fruit et le jus qui s'écoulait le long de sa paluche, puis mes yeux se sont rivés sur l'étendoir à linge auquel pendaient, parmi les caleçons de ton père et ceux de ton frère, tes culottes rehaussées d'un petit nœud sur le devant, la mignonne puérilité de ces colifichets m'a tiré un sourire, ces rubans derrière lesquels se cachait une vallée à laquelle je pensais de plus en plus, tout à coup ton père a pris la parole comme il lui arrivait de le faire avec les vaches : *Je sais pas ce qu'y a, peut-être le virus de Schmallenberg, la maladie du charbon ou l'anaplasmose.* Je lui ai demandé si tu avais de la température, des nausées, la diarrhée, il a secoué la tête de droite à gauche, a haussé les épaules, je n'ai rien pu lui tirer de plus, aussi lorsqu'il a gagné l'étable pour nettoyer les box et rafraîchir les litières de copeaux de bois, je me suis glissé dans la maison, ai gravi l'escalier menant au jardin des délices, j'ai annoncé que c'était moi, Kurt, puis je me suis assis sur le bord du lit, j'ai posé la main sur ton front et ai senti combien il était brûlant, d'une voix sans vitalité tu as dit que c'était parce que les tours jumelles étaient en feu, que c'était reparti, et tu m'as raconté que le 11 septembre tu avais survolé Lower Manhattan après avoir perforé le gratte-ciel, contemplé les ravages que tu avais causés, tes ailes étaient couvertes de débris gris, tu les as remuées sous ta couette aux motifs de *1, rue Sésame*, tu as ajouté que les hurlements et les pleurs que tu entendais étaient terribles, que tu ne cessais de voir *The Falling Man*, la photo parue dans *The New York Times* qui montre un homme ressemblant à un soldat miniature en plastique qui avait sauté des Twin Towers dans le vide, le photographe ayant précisé que plutôt que de la regarder pour identifier le type, mieux valait chercher à savoir qui on était en la regardant, ce qu'on ressentait, toi tu avais contemplé tellement de fois ce cliché que tu étais devenue ce malheureux qui faisait la culbute, tu m'as raconté que tu avais vu les deux tours s'effondrer comme des gâteaux de semoule puis étais rentrée chez toi à tire-d'aile où, sous la douche, tu t'étais décrassée de la poussière et du sang, la grille de la bonde s'était colorée en rouge, des morceaux, de minuscules débris de l'avion étaient restés collés à tes plumes, tu étais ensuite descendue au séjour en pyjama où tu avais trouvé ton père devant la télévision, la tête dans les mains, en train de gémir : *On va y passer, on va tous y passer.* Tremblotante et percevant l'accablement dans la voix du présentateur, tu aurais voulu crier que c'était de ta faute, tout comme cette fois-là, alors que tu avais 3 ans, quand l'accident s'est produit sur la route du Jabot, le choc provoqué par cette perte se répercutait encore dans tes neurones sous forme de soubresauts, tu avais pu voir que des gens qui s'effondraient comme les tours jumelles parvenaient à se relever, qu'après coup ton père et la personne abandonnée ne tiendraient le coup que grâce à des échafaudages, tu voulais dire par là que, le jour en question, tu avais perdu beaucoup plus que le seul disparu, je savais tout ça, je le savais, mais n'en ai rien dit, j'ai regardé les larmes mouiller tes joues alors que tu me disais : *Kurt, je suis l'auxiliaire de la mort.* Brûlante de fièvre, convulsive, tu as poursuivi en affirmant que tu étais une criminelle, qu'en plus de ta date de naissance, tu partageais avec Hitler les mêmes faits et méfaits, que désormais tu allais baptiser ta chambre le Nid d'Aigle, une étincelle a traversé tes yeux comme sous le coup d'une décharge d'adrénaline, et tu as murmuré que dès que tu pourrais de nouveau voler, tu te rattraperais, juré promis, *bien sûr que tu vas te rattraper* j'ai opiné et je t'ai délicatement poussée contre le mur de manière à pouvoir m'allonger à ton côté, je me suis glissé contre toi sous la couette, sapristi ce qu'on crevait de chaud là-dessous, mon front a bientôt perlé de sueur, mais je m'en fichais, je me fichais que ton drap soit trempé, être contre toi voilà tout ce qui m'importait, je sentais combien tes assertions t'avaient affaiblie de même que de revendiquer certains actes, aussi ai-je posé une main sur ta hanche, main qui a glissé un peu plus bas, tu as dit que tu avais soif, pire que la pépie, j'ai proposé d'aller te chercher à boire, me suis de fait levé, au rez-de-chaussée j'ai trouvé ton frère à la cuisine penché sur une assiette de cornflakes mouillés de lait, il m'a demandé comment tu allais, a posé sur moi un regard pénétrant comme pour trouver ce sur quoi il n'arrivait pas encore à mettre le doigt, *pas si bien que ça* lui ai-je répondu, il a alors tapoté sa tempe de l'index et entre deux bouchées de cornflakes m'a raconté qu'il lui avait fallu, pendant la nuit, te sortir du grenier à foin, il t'avait trouvée au niveau des battants grands ouverts en train de mouvoir les bras le long du corps, tu avais expliqué que tu t'entraînais, que c'est en forgeant qu'on devient forgeron, il t'avait alors ramenée dans ton lit et était resté jusqu'au matin assis le dos contre la porte de ta chambre, se frottant les yeux il m'a révélé qu'il n'aurait jamais cru que la nuit pouvait durer aussi longtemps, après quoi il a dit qu'il priait pour toi parce que Dieu guérit les fous, et de citer Matthieu : *Mais les enfants du royaume seront jetés dans les ténèbres de dehors ; là seront les pleurs et les grincements de dents.* Pour finir, il a proclamé que ton royaume ne valait pas vraiment tripette, que tu étais toquée, son index s'est de nouveau porté au niveau de sa tempe puis il s'est repenché sur son assiette, je lui ai assuré qu'il était un frère dévoué, un chic frère, lui a hoché la tête avec indifférence, dans mes affaires j'ai cherché un biberon pour les veaux, l'ai rempli à ras bord d'eau glacée, de retour à l'étage j'ai calé la tétine entre tes lèvres, tu as bu avec plus d'impétuosité qu'un mammifère, j'ai murmuré que j'étais certain que tu rattraperais le coup à New York, te contredire, estomper tes hallucinations, soutenir que tu n'avais pas commis d'attentat, que tous les terroristes du 11 septembre étaient morts, tout ça n'avait pas de sens, te croire était la seule façon de te rassurer, on était là de nouveau ensemble comme pendant le pique-nique, même si cette fois on ne s'est pas embrassés, je me suis contenté, allongé contre toi dans le jardin des délices torride, de glisser ma main jusqu'à l'élastique de ta culotte, ma paume est entrée en contact avec le petit nœud rouge, cela me suffisait pour le moment, mon précieux trésor, la finesse de la matière me contentait, ce rien qui formait encore une frontière entre toi et moi, l'heure approchait où je te posséderais complètement, où je m'approcherais de toi au point que tu ne songerais plus à la moindre distance ni à rentrer chez toi, où je serais la fenêtre grande ouverte par laquelle tu pourrais t'enfuir, voilà ce que je souhaitais à ce moment-là, et toujours contre moi tu as balbutié quelques mots sur Le Crapaud, à savoir que Le Crapaud faisait pipi debout, chose que tu as de tout temps trouvée stupéfiante, faire pipi ainsi procure une délicieuse sensation, la prochaine fois que tu deviendrais Le Crapaud, ton jet d'urine tenterait d'éteindre l'incendie des Twin Towers, je t'ai demandé s'il t'arrivait de penser à un autre sujet lorsque tu devenais Le Crapaud, tu as esquissé un non de la tête en disant, les yeux fermés : *Non, il n'y a qu'une chose qui compte, faire pipi debout.* C'est alors que tu as ouvert les vannes, le drap du lit jusque-là moite de notre sueur était bientôt détrempé, l'odeur pénétrante de l'urine envahissait mes narines, peu à peu le liquide a imprégné ma chemise et mon jean : *Vas-y, ma biche, pisse, pisse jusqu'à la dernière goutte*, t'ai-je encouragée. Poussant un soupir, tu as tout lâché, précisant qu'il s'agissait là de l'océan pour lequel tu avais opté pour aujourd'hui, que tu ne deviendrais jamais vraiment un moussaillon car, le cerveau vaporeux comme de la mousse, tu loupais à chaque fois le bateau ; claquée, tu as salué quelques objets autour de toi comme tu le faisais semble-t-il chaque soir avant de t'endormir, pour te laisser ensuite entraîner dans le tourbillon déchaîné du sommeil : *Adieu bureau, adieu lampe de chevet, adieu canapé, adieu Nid d'Aigle.*

15

Il était deux heures et demie quand, après une énième vision spectrale, je me suis glissé sans bruit hors du lit, près de la porte d'entrée j'ai enfilé mes baskets et me suis mis à courir, j'ai couru, chers magistrats ! Sur les routes éclairées et désertes du *Village*, à travers le polder, en passant par le quartier Croquemolle, des lièvres déguerpissaient à mon approche, grillons et grenouilles m'encourageaient, aussi je n'ai pu résister à l'envie d'emprunter la digue Cryptogame qui longe la ferme, dans l'obscurité les saules étêtés ressemblaient à des fossoyeurs, silencieux et déférents autour de la maison, à croire que tu risquais, à tout moment, de succomber à la fièvre ou à toi-même, regardant ta fenêtre au-dessus du séjour, j'ai repensé à ce dont j'avais rêvé, songé que tu me dirais, en reprenant les mots de Freud, que la plupart des rêves sont l'expression d'un désir refoulé, ce que je ne chercherais pas à contester même si Freud avait tort, mes rêves éveillés, je les refoulais, ça je le lui accorde, mais ce qui se passait la nuit n'avait rien à voir avec mes désirs, du moins pas grand-chose, je sentais l'asphalte sous mes semelles tout en m'efforçant de faire abstraction de mon point de côté, grâce à l'air frais qui s'engouffrait dans mes poumons, je me sentais plus léger, plus lucide, mon élue céleste, même si je ne parvenais pas à échapper aux images qui s'imposaient à moi, images que les magistrats commenteraient plus tard après avoir plaqué un numéro de dossier sur notre amour, sur notre été, le numéro douze, bon Dieu, comment ces messieurs ont-ils pu me faire ça, douze ! Le nombre qui, dans la Bible, représente les bœufs (dans les Nombres), les pierres (dans l'Exode), les disciples de Jésus et les légions d'anges dans Matthieu, alors que moi, ils ne m'autorisaient pas même à en posséder un seul, mais au moment en question, en passant à côté de la ferme, je n'y pensais pas encore, à l'horizon se profilait ce que je redoutais mais qui, sous mes foulées, prenait une apparence moins terrifiante que sous mes draps ou près de la moustiquaire de la salle de bains, en outre le *Cauchemar* d'Abildgaard, tableau datant de 1800, m'est brièvement apparu, je l'avais contemplé dans un musée danois, l'œuvre montre deux femmes nues endormies dans un lit à baldaquin, sur le ventre de la première, allongée de tout son long et magnifiquement drapée comme dans l'intention de s'abandonner à ce qui se trouve sur son ventre, on découvre le *cauchemar*, une adipeuse créature noire aux oreilles d'elfe qui pose sur le spectateur des yeux jaunes phosphorescents, son ombre étirée se détache sur le mur, surmontée, dans le ciel sombre au coin supérieur gauche, d'une lune en forme de banane, ce qui terrifie quiconque l'observe attentivement n'est pas tant la bête elle-même que sa queue, laquelle repose entre les seins de la femme, et si de nombreux spécialistes y voient une scène érotique, j'étais pour ma part resté devant la toile à frissonner telle, en hiver, une brebis tondue, à l'époque, j'avais remarqué qu'on représente souvent les cauchemars sur un ventre ou une poitrine, les endroits du corps où on sent leur présence quand on se réveille en sursaut, entre-temps je savais qu'ils s'insinuent par la suite dans la tête où leur adiposité sature les neurones, tout en courant, je revoyais cette créature velue, mais la femme nue a tout à coup revêtu ton visage, et c'est moi qui étais assis sur ton ventre, sur le corps trop grand pour toi et qui ne t'allait pas encore, j'étais le cauchemar, queue posée entre tes seins galbés, or je refusais de te voir ainsi, je refusais que tu te transformes un jour en femme, je tenais à te garder telle quelle, ma belle enfant, en conséquence je me suis concentré sur mon rêve, histoire de ne plus voir cette chair voluptueuse enfler sur ta ravissante poitrine plate, et j'ai revu le visage bleu de l'éleveur pendu à la rampe de l'escalier, un goût fadasse de beurre de cacahuète m'est remonté dans la bouche, j'ai craché sur les barbes de serpent noires avant d'augmenter la longueur de mes foulées, haleté comme un cheval traqué, mais les images semblaient me rattraper, je le voyais pendu devant moi, je me voyais moi aussi, mais encore gamin, à plus ou moins 6 ans, je n'arrivais pas même à la hauteur des bas noirs de ma mère, puis l'éleveur disparaissait pour laisser place à mon père, assis à la table de la cuisine, endimanché, parfois je croyais qu'il était le frère de Dieu – personne n'osait me le dire de peur que j'aille le crier sur les toits –, alors que la plupart des autres pères se tuaient au travail dans des roselières, le soir ils rentraient courbatus chez eux, de derrière leur dos ils faisaient apparaître comme par enchantement deux ou trois cigares d'une massette, que tu allumais sous le viaduc en tentant d'adopter la pose appropriée tandis que les ronds de fumée s'élevaient vers le ciel, mon père se tenait là dans mon rêve et me disait : *C'est Pâques, il y a neuf ou dix œufs cachés. Tu as le choix entre chercher ce qui n'est pas ou te satisfaire de ce que tu as.* Puis il disparaissait, je voulais lui crier de ne pas s'en aller, *s'il te plaît reste ici*, mais j'étais incapable de parler, dans l'incapacité de prononcer le moindre mot, je me voyais en train de chercher dans la maison, dans le jardin parmi les nains de jardin en céramique et les pulmonaires, dans la grange aux cochons, bientôt j'en avais trouvé neuf, mais impossible de mettre la main sur le dernier, m'interdisant de renoncer je marchais bientôt à quatre pattes dans la cuisine, regardais sous les dressoirs, entendais ma mère me dire « chaud », « de plus en plus chaud », je me glissais sous la table, « tu brûles », et je découvrais le dernier œuf entre ses cuisses écartées, je regrettais de ne pas m'être contenté des neuf premiers, j'avais été trop gourmand, elle me disait que si je ne le sortais pas, je serais responsable de la mort de Jésus, qu'il ne reviendrait pas à la Pentecôte, tout le monde saurait que c'était de ma faute s'il avait été crucifié, et alors que je le manipulais pour le retirer, constatant que la chaleur l'avait décoloré, il se cassait en deux, et je jure qu'un poussin en sortait, un poussin duveteux tout mignon auquel j'adressais un sourire, je caressais son duvet pelucheux, dans mon élan de gourmandise je lui disais que je l'aimais, je l'aimerais jusqu'à la fin des temps, mais il devenait subitement tout bleu sous mes doigts, il chancelait puis s'affaissait, mort entre les cuisses de ma mère, une fois de plus, bien que resté le petit garçon de 6 ans, je me retrouvais aspiré, l'éleveur aux veines des mains gonflées réapparaissait sur mes rétines, en arrière-fond retentissaient des beuglements ainsi que les pistolets d'abattage, toi aussi tu réapparaissais soudain, en haut de l'escalier dans la robe blanche aux manches courtes bouffantes que tu avais portée au cinéma, tu me désignais du doigt en riant comme je ne t'avais encore jamais entendue rire, je baissais les yeux et constatais que j'étais nu, nu comme un ver, par honte je cherchais à croiser les mains devant mon sexe, toutefois j'étais incapable de faire le moindre mouvement, et quand je relevais les yeux, on me montrait de nouveau du doigt, un rire sarcastique s'élevait, ce n'était pas toi cette fois mais ma mère, elle me disait qu'il ne fallait pas que je m'attende, avec un corps pareil, à aimer un jour une femme, je devais pour commencer me montrer gentil avec elle, comme la fois précédente elle précisait que je ne pourrais m'arrêter que lorsque Dieu serait en moi, moi qui avais justement envie de lui dire que le Créateur ne viendrait plus jamais en moi, que quand je serais grand je condamnerais toutes les portes et fenêtres de ma maison, y compris la chatière, cependant je savais qu'il s'agissait là d'un mensonge, que sans Dieu j'étais plus encore plongé dans le désespoir, qu'une fois qu'il habite en nous il nous protège des logements vacants, des squatteurs, j'ai poursuivi mon footing par l'avenue Pencil en direction de la sente du

Docteur-Festus où a soudain surgi, de derrière une rangée de maisons, le poussin, aussi grand que moi cette fois, de son énorme bec orange il picorait dans l'herbe, j'ai ralenti ma foulée, me suis approché de lui, il m'a regardé et m'a dit : *Rentre chez toi, Kurt, rentre chez toi.* J'ai cligné des yeux jusqu'à ce qu'il ait disparu, plus tard les magistrats diraient que ce poussin m'avait offert une issue, c'était mon salut synonyme de renaissance, mais leur renaissance ils peuvent se la mettre au cul, j'étais victime de harcèlement, de tourments jusqu'à la moelle, la bête noire est réapparue, mais cette fois-ci ton corps était bien le tien, doux à l'œil, même s'il s'est mis à craquer toujours plus fort, sous mon poids se brisaient l'une après l'autre tes côtes, j'ai murmuré à l'adresse de l'obscurité brumeuse que j'étais désolé, que si j'étais assis sur toi, c'est parce que je t'aimais et rien d'autre, que je n'avais jamais eu l'intention de devenir ton cauchemar, c'est alors que je t'ai vue tournoyer dans la prairie à la manière d'une ballerine, tu m'as demandé si cela me donnait des vertiges, mais un tiers ne saurait nous causer des vertiges, tout au plus peut-on perdre un peu le cap, les vertiges on se les procure uniquement à soi-même, tu devais t'en rendre compte plus tard, la créature d'Abildgaard a disparu quand je suis arrivé, à moitié mort, sur le seuil de ma maison où je me suis effondré, et c'est à ce moment-là et pas avant que j'ai pris conscience que je ne sentais plus mes pieds, une fois à l'intérieur j'ai ôté mes chaussettes, les ai jetées à la poubelle d'où se sont élevés les amants de la mort, à voix basse je leur ai ordonné de dégager, *dégagez !* et quelques minutes plus tard j'ai réveillé Camillia en l'embrassant dans le cou et je me suis sermonné, me persuadant de mieux me comporter à partir du lendemain matin, je le jure, je l'ai perforée lubriquement afin d'oublier les images, afin que tu t'incarnes en elle : douze coups de reins.

16

Mon adorable, plus les tours jumelles flambaient dans ta tête, plus je brûlais d'amour pour toi et moins ma chair se fortifiait, oh ! ce qu'elle était faible et tendre, réduite à trois cents grammes de paleron en ragoût. Malgré les chimères qui m'assaillaient la nuit, malgré mes vains projets, je voulais toujours plus m'approprier ta personne et y parvenais, telle une enfant malade gagnée par l'apathie, tu t'appuyais contre moi tandis qu'adossé au mur, sur ton lit au milieu de tes peluches, je lisais à voix haute des passages de *Lieve Jongens*[1], m'employant à te gangrener, prêt à recourir à certaines lectures pour te pousser dans mes bras, même si tu étais brûlante de fièvre et que c'est après ceux de mon fils que tu languissais, lui qui au même moment se baignait dans la piscine avec ses copains, lui

1. Roman de Gerard Reve (1923-2006), auteur néerlandais majeur de la seconde moitié du XXe siècle. Le narrateur lubrique de *Lieve Jongens* (équivalent de *Dear Boys* en anglais) conte ses aventures avec différents jeunes hommes, dont celui qu'il surnomme Woelrat (campagnol).

qui s'était contenté, la veille, de passer un peu en coup de vent pour t'apporter une corbeille de fruits à laquelle tu n'avais pas touché, elle trônait sur ta table de nuit, ne me lâchant pas d'une semelle les amants de la mort s'étaient dissimulés derrière les pommes, mon fils avait raconté que vous aviez tout de même pris le temps de parler de l'école, des Sims, de l'odeur laissée par la première pluie après des jours de chaleur, du petrichor, le nom qu'on donne à cette odeur, des scientifiques qui soutiennent que tous les êtres humains aiment la respirer car la survie de leurs lointains ancêtres dépendait de la pluie, de qui avait embrassé qui au *Village*, mon aîné avait ajouté qu'il t'arrivait te beugler des trucs bizarres, que vos conversations se faisaient toujours plus maigres, comparant cela au bloc de gruyère que l'on râpe un peu tous les jours sur la table du petit déjeuner, lamelle après lamelle, jusqu'à ce qu'on se retrouve avec une croûte dans la main, croûte que vous aviez atteinte, vous n'aviez plus aucun sujet de conversation, Camillia lui avait expliqué que lorsqu'on fréquente quelqu'un, il n'est pas rare d'atteindre la croûte, en conséquence il convient de considérer l'autre à chaque fois comme une nouvelle tomme de fromage, tout en parlant elle me souriait parce que depuis la nuit passée, elle se sentait nouvelle, j'avais remarqué que mon fils ne portait plus le collier au demi-cœur, la babiole traînait depuis plusieurs jours sur la tablette de la salle de bains, le matin même je l'avais d'ailleurs passée en douce autour de mon cou, le contact de l'argent froid contre ma peau m'avait permis de comprendre pourquoi, dans votre lascivité, vous souhaitiez en porter un, ça donnait l'espoir de porter un morceau du cœur d'une autre personne, d'être une part de l'autre en une période où on avait trop de soi-même, le collier m'allait à merveille, je l'avais glissé sous mon polo pour que toi et Camillia ne le remarquiez pas, dans ta chambre je te parlais de l'impétueux lien qui unissait intimement Woelrat au narrateur de *Lieve Jongens*, de l'authenticité et de la sincérité de ce dernier même s'il y avait une grande différence d'âge entre eux deux, tu m'as demandé de relire certains passages, notamment celui où Woelrat, assis sur les genoux du narrateur, se délecte à effectuer un leste mouvement de va-et-vient des fesses, passage que j'ai lu plus lentement et plus distinctement que les autres, tu as voulu savoir pourquoi le narrateur aime autant Woelrat, je t'ai expliqué qu'il arrive qu'on aime quelqu'un que l'on n'est pas censé aimer, du moins pas de *cette* manière, ceci alors même que l'amour ne connaît pas de limites, que se produisent parfois entre deux personnes des choses que les autres ne comprennent pas, l'important étant de les comprendre soi-même, parfois notre cœur est comme une vache qui retrouve en avril les pâturages après un hiver passé à l'étable, elle effectue des bonds improbables, tu as objecté qu'ils ne resteraient en aucun cas ensemble, le narrateur et Woelrat, que personne ne saurait vivre dans un monde qui regorge de malentendus, d'une voix triste je t'ai donné raison, ça m'a coupé l'envie de poursuivre, ouais, je haïssais soudain ce narrateur en apparence si exempt de blâme et de défauts, j'avais envie d'envoyer valdinguer son bouquin ou d'en arracher les pages pour les jeter aux chiottes, mais, encore plus appuyée contre moi, à croire que j'étais l'ultime épave d'un bateau à laquelle tu devais ta survie, tu m'as prié sur un ton des plus adorables de reprendre la lecture, désireux d'être cette épave, je t'ai obéi, m'arrêtant uniquement par instants pour humecter d'eau ma gorge sèche, reluquer tes jambes minces et considérer ta pose, toi tout juste vêtue d'une culotte et d'un tricot de peau, j'ai repensé au bain que je t'avais fait prendre après que tu avais inondé ton lit, pendant que ton frère et ton père répandaient du purin sur les terres, le vent faisait entrer par la fenêtre ouverte l'odeur du lisier, j'avais prêté attention aux bruits du tracteur tout en remplissant la baignoire et en y déversant des perles de bain violettes, dures et desséchées, trouvées dans un placard sous des serviettes, sur le pot on pouvait lire, écrit en pattes de mouche : *pour la fête des mères*. M'abstenant de t'interroger à ce sujet, je t'avais soulevée du lit et déposée sur le bord de la baignoire pour te dépouiller de ton maillot, de ta culotte, tu m'avais laissé faire, trop fatiguée et trop malade pour opposer la moindre résistance, tu t'étais glissée dans l'eau tel un grèbe huppé qui entreprend d'explorer les alentours, j'avais mis mes mains en conque pour verser de l'eau chaude sur ta tête, puis je t'ai lavé les cheveux, j'ai massé tes épaules et ton dos de la même façon qu'un paysan m'avait appris à masser une vache de boucherie, il estimait qu'ainsi la viande serait marbrée à souhait, ne voyant nulle part de gel de douche à la rose ou à la lavande, rien que l'Axe du disparu, j'en ai mis un peu sur un gant de toilette, vous vouliez tous porter la même odeur que lui, je t'ai frotté le ventre, la poitrine, au passage l'entrecuisse, j'aurais aimé me défaire du gant de toilette, mais tu étais tellement fragile, mon trésor, incroyablement fragile, l'eau ballottait le grèbe, aussi ai-je chanté pour toi une chanson de Simon & Garfunkel, tu as murmuré que j'avais une bonne voix de fausset, très pure et cætera, j'ai rincé tes cheveux, tu m'as raconté qu'un jour tu avais failli te noyer, raison pour laquelle l'eau ne cessait de t'attirer en même temps qu'elle te faisait peur, en primaire à la piscine, alors que tu voulais nager sous un tapis flottant en mousse rectangulaire, une main n'arrêtait pas de le déplacer si bien que tu restais coincée dessous, tu avais l'impression que ta tête allait se rétrécir, ta gorge se nouait peu à peu, tes joues étaient à deux doigts d'exploser, tu avais les yeux exorbités, la pensée que la mort arrivait t'a traversée, tu allais mourir alors qu'il y avait encore un sachet de bonbons non entamé dans ton sac à dos, tu trouvais ça pire que tout sans oublier bien sûr ton père qui allait perdre un deuxième enfant, paradoxalement tu éprouvais un sentiment de paix tout comme lorsque tu songeais à ta future célébrité, une célébrité qui dépasserait celle de Cobain, et au moment précis où tu quittais le globe terrestre, où tu rendais ton dernier souffle, la main a tout à coup retiré le tapis, tu as émergé en t'ébrouant et à court de souffle, jamais encore tu n'avais apprécié à ce point tes bonbons, m'as-tu dit, ils étaient moins acidulés que d'habitude, les dents de vampire roses toutes sucrées, les tétines Cola encore un peu gazeuses, j'adorais t'entendre parler ainsi des sucreries, tu me paraissais plus pétulante que jamais, tu as ajouté que si tu n'avais pas hésité à retourner nager tout de suite après ta mésaventure, il t'avait tout de même fallu un certain temps avant d'oser refaire du sous l'eau, qu'il t'arrivait de te laisser glisser en arrière dans la baignoire et de rester la tête sous la surface jusqu'à ce que tu éprouves les mêmes sensations que dans la piscine, mais qu'en émergeant tu ne ressentais pas la joie irrépressible d'alors, la salle de bains n'était rien que la salle de bains aux petits carreaux vert mousse, à la différence de la piscine, elle n'était pas baignée d'une lumière crue, soudain tu m'as demandé : *Kurt, enfonce-moi la tête sous l'eau.* Ceci sur le même ton que lorsque tu m'avais supplié de te disséquer, comme je ne savais pas ce dont tu serais capable si je ne t'obéissais pas, je t'ai poussée à la renverse, ai posé la main sur ton front et t'ai enfoncé la tête sous l'eau, quelques secondes, c'était terrifiant de voir ton visage blême blêmir plus encore, et quand je t'ai lâchée, tu as murmuré : *Plus longtemps, jusqu'à ce que ça ne puisse plus durer plus longtemps.* J'aurais pu te tuer à ce moment-là, ma biche, l'acte ultime pour te faire mienne pour toujours, je t'ai enfoncé la tête sous l'eau jusqu'à ce que tu commences à te débattre, jusqu'à ce que tes mains cherchent une prise, puis tu t'es pressée contre moi, t'ébrouant et haletante, je t'ai rassise sur le bord de la baignoire, je t'ai séchée centimètre carré par centimètre carré, tu es subitement passée, en tremblant, de la béatitude à la honte, tu as avancé les épaules et posé les mains devant ton entrecuisse, je me suis remis à chanter et ça a arrangé les choses même si tu étais trop malade pour fredonner, il se trouve que je chantais pour deux, et en reprenant ma lecture à haute voix de *Lieve Jongens*, j'ai éprouvé, à la page 92, la même sensation que dans mes années de secondaire alors que je découvrais le roman, la même lubricité, surtout grâce à la phrase : *Au contraire, je n'utilise ma ramure que pour le torturer, lui et personne d'autre, parce qu'il t'appartient, et parce que je t'appartiens.* Oh ! la magnificence de ce mot, *ramure*, le sexe turgescent du narrateur avec lequel il convoite ce jeune mâle, et c'est là, dans le jardin des délices de l'enfance, tandis que ton frère et ton père s'activaient encore dans les champs, et que nous étions tous deux cernés par une exhalaison de gel douche et de purin, que j'ai pris ta main pour la poser sur l'entrejambe de mon pantalon, dans un premier temps tu l'as laissée à cette place, un rien molle et lourde, sans la bouger avant de commencer à tâter minutieusement le renflement, comme tu l'avais fait en recevant mon cadeau pour deviner ce que le petit paquet contenait, la peluche miniature tenant un cœur dans ses bras, qui se mettait à chanter, quand on lui pinçait la jambe, l'effroyable « I Will Always Love You » de Whitney Houston, et que tu avais pressée contre ta joue, c'est la même pression que tu as exercée sur l'entrejambe, sur la ramure, les lettres se sont brouillées, m'empêchant de poursuivre ma lecture, tu m'as dit qu'à force d'avoir pensé à la loutre, sa fourrure avait terni, que l'os pénien puait désormais et que tu n'osais plus décoller le film alimentaire, tu l'avais enfoui dans une chaussette en laine et remisé sous ton lit pour ne plus y toucher, il devait servir plus tard de preuve pour les magistrats, pour ces fichus magistrats de rien du tout, puis tu as tout à coup retiré ta main en rougissant comme une enfant qui n'a plus envie de jouer, tu as dit que tu avais faim, que tu arriverais peut-être à avaler une biscotte nature, oui, une simple biscotte, moi j'étais là avec tout mon entrain égrillard, bougon j'avais envie de me détourner de toi, mais lisant de la confusion dans tes yeux, j'ai écarté les cheveux de ta figure, t'ai dit que c'était O.K., que cela nécessitait un peu de temps, sans savoir Dieu du ciel ce que j'entendais par là : n'avais-je pas prouvé depuis longtemps que je te désirais inconditionnellement, tu t'es contentée de fixer tes ongles, le silence s'est établi jusqu'au moment où je t'ai annoncé que du travail m'attendait encore dans l'étable puis qu'il me faudrait rentrer à la maison, je viendrais te voir de bonne heure le lendemain, d'accord ? Tu as hoché la tête de bas en haut et en même temps de droite à gauche, murmurant que tu ne voulais pas que je m'en aille, que si je m'en allais, tu partirais du *Village* pour toujours, j'ai perçu la noirceur que recelaient tes paroles, tu as répété : *Je vais partir, crois-moi, je vais le faire.* Tu t'es alors levée, tu t'es approchée d'un pas guère assuré de l'armoire, courroucée et rebelle, tu as commencé à en sortir des sweatshirts et des chemises pour les fourrer dans un sac de sport, tout en disant à haute voix : *Je me tire d'ici, pour de bon, je ne reviendrai jamais, jamais.* Tu ne t'es arrêtée que lorsque je me suis placé derrière toi en passant les bras autour de ton corps brûlant de nymphette, je savais que tu avais besoin d'adopter cette attitude, qu'exprimer une menace te calmait temporairement, que tu aspirais à être une fois au moins le disparu, pourtant je ne t'ai pas dit ce que tu souhaitais entendre : que je ne survivrais pas si tu partais pour de bon, que sans toi la Terre s'arrêterait de tourner comme une balle de ping-pong cabossée, non, je n'ai rien dit, ma petite fugitive, parce que la cabossure, c'était toi.

17

Nous sommes partis de bonne heure pour regagner la terre des délices qui supplante toutes les autres terres des délices. Toutefois, je n'ai désiré qu'une seule enfant là-bas, à l'Efteling, celle qui faisait tressauter mon cœur désespéré entre mes côtes, et je ne pouvais savoir que la journée tournerait au désastre, que mon fils romprait avec toi au Droomvlucht[1], que, perché au-dessus de la Forêt des merveilles, il laisserait tomber dans le vide son collier, que ton cœur brisé tomberait parmi les esprits des bois, peut-être aurions-nous pu, Camillia et moi, voir venir les choses étant donné qu'à la maison il ne parlait presque plus de toi, que durant le trajet il était resté assis à ton côté, masque grognon et bouche close, bras croisés, ce qui m'a fait plaisir sur le moment, moi qui, redoutant un épisode visqueux dans la voiture, m'étais préparé à pincer le volant de jalousie

1. Attraction dont le nom signifie « vol onirique » et qui offre un parcours scénique dans un décor féerique peuplé d'elfes, de trolls et d'autres créatures enchantées.

et promis de ne pas zyeuter votre bavouillage dans le rétroviseur, or c'est à peine si mon aîné t'écoutait alors que tu racontais avec enthousiasme que tu avais lu que l'Âne-à-l'Or défèque chaque année environ deux cent dix-sept mille pièces de monnaie, que Long Cou étire son cou soixante et un mille fois et que douze membres de la famille Gijs, les mangeurs de papier, sont éparpillés dans le parc, un nombre dans lequel je devais voir un nouveau signe, douze ! Quand vous êtes sortis de Droomvlucht, je me suis lancé dans des efforts frénétiques pour apaiser les choses, j'ai en vain essayé de vous rabibocher, je redoutais soudain qu'en disparaissant de la vie de mon fils, tu disparaîtrais aussi à un moment donné de la mienne, je vous ai gavés de barbe à papa, de *poffertjes*[1], de pommes de terre hasselback, de mots aussi à propos de la nécessité de persévérer, y compris quand la vie est moins rose, à propos de l'amour, pardonnez-moi le cliché, on peut comparer l'amour au Python[2], on passe par des points culminants et par des creux, par des moments enivrants et des moments chiants, mais rien n'y a fait, mon fils est resté inflexible, annonçant même sans prévenir qu'il n'était tout simplement plus amoureux de toi, te laissant inconsolable, inconsolable au-delà de l'imaginable, Camillia t'a serrée un long moment dans ses bras jusqu'à ce qu'elle m'adresse un regard désespéré, j'ai haussé les épaules en signe d'irrésolution, bien que

1. Sorte d'épaisse petite crêpe moelleuse beurrée et saupoudrée de sucre.
2. Attraction de montagnes russes.

j'aie tenté de t'attirer au Château hanté pour que tu y voies entre autres la pierre tombale factice de Kate Bush, mais tu as dit n'en avoir rien à foutre, c'était stupide à ton sens, pourquoi aller voir la pierre tombale de quelqu'un qui n'est pas mort ? Et ne voilà-t-il pas qu'un peu plus tard, mon cadet vomissait partout dans Villa Volta, ce Royaume de la Magie, assurément, elle tournait à la débâcle, notre sortie, pourtant je savais qu'après cet après-midi-là je te chérirais plus encore puisque que tu n'aurais plus à scinder ton cœur, et je savais que tu étais pour une part inconsolable à cause de mon aîné mais plus encore à cause du sentiment de perte qui resurgissait en toi à chaque nouvel adieu, accompagné de la gifle de la tristesse, que tout s'était effondré dans ta tête et que cette douleur était trop fraîche pour que tu puisses l'exprimer en mots, ton cerveau n'accordant pas encore de place à l'alphabet, et j'espérais que tu verrais que moi, j'étais toujours là, que j'étais toujours là, ma biche ! Le trajet du retour a été à la limite du supportable, mon aîné et toi regardiez chacun de votre côté le paysage qui défilait tandis que mon cadet régurgitait des *poffertjes* dans un sachet de souvenirs, j'ai perçu tes sanglots étouffés, t'ai comparée à part moi à la chanteuse de « Warwick Avenue » dont le mascara noir lui coule sur les joues, peut-être entendais-tu cette chanson dans ta tête, ce qui expliquerait la recrudescence de tes larmes, à moins que tu n'aies espéré qu'elles n'amènent mon fils à se raviser, n'avais-tu pas lu dans *Hit-Hebdo* que les garçons se laissent attendrir par les pleurs des filles, plus tard tu devais lui dédier une chanson aux fins de le reconquérir, tu l'as interprétée lors de ton premier concert, dans l'ancienne école primaire, rue du Sourniquet, transformée en scène pop après avoir été désaffectée pendant des lustres, tu t'es produite là avec le groupe Hide Exception que tu avais formé en première année de secondaire avec Jule, Élia et ton frère, tu as eu beau chanter et jouer de la guitare avec brio, mon aîné n'est pas revenu sur sa décision alors que tu croyais ne pas pouvoir vivre sans lui, tes ailes te démangeaient plus encore, en ce fichu après-midi, j'ai d'abord déposé Camillia et mes enfants à la maison avant de te ramener à la ferme, non sans faire une halte dans la ruelle Vertpré, derrière le champ planté d'ifs, là où je devais souvent garer mon fourgon car il n'y avait jamais un chat dans le coin et les arbres cachaient notre paradis, je me suis coulé à côté de toi sur la banquette arrière pour prendre tes mains toutes collantes de barbe à papa dans les miennes, je t'ai laissée pleurer, ta tête contre ma poitrine, t'ai assurée que je ne te ferais jamais de mal, expliqué que mon fils était un rustre, que tu méritais mieux, peu à peu tu t'es calmée, j'ai constaté que tu te détendais, tu m'as dit qu'après avoir été clouée au lit par la fièvre, tu étais redevenue l'oiseau, que parfois tu te réveillais et trouvais des plumes entre tes draps, de ces belles plumes blanches pareilles à celles d'un harfang des neiges, tu m'as dit que tu étais prête à partir, que c'était ton dernier été ici au *Village*, qu'il te restait juste à réfléchir à la façon d'annoncer cela à ton père et à ton frère, ton frère qui n'aurait guère d'arguments à t'opposer, estimais-tu, puisque lui qui en savait un rayon sur les hirondelles ne les avait jamais empêchées de prendre leur envol vers le sud, mais ton père, toujours à ton avis, c'était une autre paire de manches, il s'affalerait sur une chaise près de son établi, inclinerait la tête et se mettrait à sangloter sans pouvoir se contrôler, tu poserais ta main sur son crâne, lui exposant que tu n'avais pas le choix, qu'il te fallait partir, il te demanderait s'il aurait au moins la possibilité de te téléphoner, une fois par jour, tu répondrais que tu n'aimais pas le téléphone, que tu étais désolée, qu'il n'était pas possible de téléphoner et de voler en même temps, à son tour il dégringolerait dans un sentiment de perte, tu te sentirais durant quelques secondes dans la peau du disparu, sentirais ce que c'est que d'être pleurée, pour autant cela ne t'arrêterait pas, pas question, tu lui dirais adieu et le laisserais avec ses clous, ses écrous et ses boulons, il crierait ton prénom, plein d'espoir, n'était-il pas capable de te fabriquer une table ou une bibliothèque en un tour de main, peut-être se croyait-il à même de te rafistoler, il n'aurait pu soupçonner que tu étais en réalité cassée de partout, que toutes tes vis étaient rouillées, il ne le soupçonnait pas, il te lancerait une dernière question, comment diable pouvais-tu voler en étant toute déglinguée et toute brimbalante, tu lui sourirais et lui répondrais que tu avais toujours été bancale, que ça cliquetait en toi depuis toujours, mais que personne ne l'entendait car tu portais un plumage dont l'épaisseur étouffait tous les bruits, sur la banquette arrière je brûlais de déchirer ton habit de plumes et d'ainsi te dénuder, d'expulser de toi l'oiseau, lui et ses chimères que tu débitais allègrement, mais tu t'es de nouveau égarée dans le sort que t'avait réservé la journée, racontant que lorsque le collier et le demi-cœur étaient tombés au milieu des esprits de la forêt, tu avais eu l'impression que quelque chose en toi avait dégringolé, que ça t'inquiétait de savoir que cela se trouvait à présent à la portée des sinistres trolls crotteux, que depuis l'enfance la Fata Morgana[1] était ton attraction préférée, qu'à chaque fois, peu après l'embarquement dans le tunnel, le crocodile qui remonte lentement le cours d'eau t'effrayait, on le prend vraiment pour un vrai, mais que cette fois tu ne l'avais pas vu car à son passage tu faisais encore la queue, qu'au bout du compte on passe notre entière existence dans toutes sortes de files d'attente à l'exception de rares et brefs moments où l'on entre pour de bon dans un lieu où l'on oublie tout, je t'ai alors mordillé l'oreille, mordillé le cou, t'assurant que j'étais le dangereux crocodile, l'alligator du Mississippi, que le parc zoologique de Moscou en possède un âgé de 71 ans, que Saturne, c'est son nom, né aux États-Unis en 1936, s'était bientôt retrouvé dans un zoo de Berlin où il avait survécu aux bombardements de la Seconde Guerre mondiale, d'aucuns disent qu'il faisait partie des biens propres d'Hitler, j'espérais que ce détail te remonterait le moral, je suis un crocodile, j'ai répété, j'allais te dévorer, puis je me suis remis à t'embrasser, je t'ai embrassée avec tristesse, avec une affligeante tristesse.

1. Attraction qui offre un parcours scénique dans un décor de cité interdite orientale.

18

Tu m'as dit : Kurt, selon Hitler, je suis un représentant du peuple, un représentant calamiteux et carrément incompétent, je suis le saute-ruisseau, le factotum, le coursier qui n'a plus prise sur le guidon. Moi de te demander qui était ton peuple, ce à quoi tu as répondu par un ample geste de tes bras levés en l'air, signifiant par là tous les membres de ton petit monde, tant Jule et Élia, même si tu ne voyais plus cette dernière que pendant les répétitions de Hide Exception, que Le Crapaud, le pasteur, le sacristain, ta famille, tous les habitants du *Village* et bien entendu les vaches, puis tu as dit que pour se faire grand, il faut parfois rabaisser les autres, ce que tu refusais mais qui ne survenait pas moins fréquemment dans ta tête, que tu t'imaginais être la personne la plus originale qui soit, en conséquence de quoi ce ne serait pas un bon signe si tu devenais ton propre saute-ruisseau parce que laisser autrui accomplir cette tâche, tu le savais, confère de la puissance, que selon Hitler cela ne faisait guère sens de regretter ses faits et gestes, mais qu'en agissant comme tu le faisais tu ne deviendrais pas un bon représentant du peuple, tu étais bien trop tendre pour ça, par instants tu ne pouvais t'empêcher de songer au factotum que tu avais en primaire, une sorte de partisan qui, certes, ne portait pas l'uniforme boche, il s'appelait Cliff, il était deux classes en dessous de toi, tu le décrivais sous les traits d'un angelot que tu n'avais jamais oublié après l'avoir vu dans une église catholique, il pendait nu dans le vide sous la chaire, rien ne couvrait sa zigounette en marbre, c'était une autre sorte de zigounette que celle de la loutre, tu as précisé, tu avais interrogé Horreman pour savoir s'il était possible de décorer le temple perché sur la digue de semblables anges, pour l'ambiance t'étais-tu empressée d'ajouter, le pasteur avait répondu qu'on ne peut paraître nu devant personne sauf le Seigneur, comme tu n'avais pas saisi ce qu'il voulait dire par là, il t'arrivait de te le figurer, quand tu regardais le presbytère, en train de se déshabiller chaque soir devant le Seigneur et d'ouvrir la fenêtre pour se montrer au Ciel dans son plus simple appareil, malgré cela, l'angelot, tu ne l'avais jamais oublié, tu laissais la pointe de ta langue aller et venir sur tes lèvres, c'est à ce moment-là seulement que j'ai compris combien les ramures de petits mecs t'obsédaient, je n'ai pas eu le temps de m'interroger sur l'origine de cette monomanie car ta voix se faisait toujours plus douce ainsi qu'un rien déplaisante, à croire que tout en parlant tu prenais conscience de la teneur des mots que tu employais, tu as chuchoté que tu avais vu Cliff pour la première fois lors du spectacle musical de Noël, auquel tu brûlais de participer et dans lequel tu avais obtenu de jouer le mouton, durant des semaines, pendant ta toilette, tu t'étais entraînée à imiter le bêlement d'un texel, mais, le moment venu, la Sainte Vierge, se révélant allergique à la laine, tu n'avais pu, revêtue du magnifique costume créé par les institutrices, assister à la naissance et pousser ton bê qu'à une certaine distance de la crèche, c'est là que tu avais découvert Cliff, qui jouait l'enfant Jésus en brillant de mille feux tel l'angelot de l'église et, le spectacle terminé, à la manière d'un vrai texel, tu t'étais avancée à quatre pattes jusqu'à la mangeoire et avais murmuré, sans vraiment connaître la portée de tes paroles, que la plupart des bergers aspirent à faire eux-mêmes partie d'un troupeau et qu'il se pourrait très bien que certains moutons aspirent à être le berger, à devenir le guide, puis tu avais proposé à Cliff de le ramener chez lui à vélo, entre deux enfants c'est simple comme bonjour me suis-je dit, il était prêt à monter sur ton porte-bagages si toutefois ton pneu était assez gonflé, tu lui avais assuré que tes pneus étaient durs comme de la pierre car, depuis l'accident, ton père contrôlait l'état de ton vélo tous les matins, il pinçait entre pouce et index les pneus, tournait les pédales sur leur axe, pesait de tout son poids sur la selle, engageait la dynamo contre la jante, soulevait le vélo et tournait les roues, ce n'est qu'après qu'il agitait la main pour te dire au revoir et se dirigeait enfin vers l'étable, un rituel qui se répétait tous les matins, même quand tu étais pressée, mais toi, le jour en question, tu n'étais pas pressée, parce que tu ramenais l'enfant Jésus, l'angelot, ce pour quoi tu étais prête à faire un détour, cela allait devenir une habitude, le ramener chez lui, tu éprouvais un intense bonheur à transporter dans ton dos tout ce marbre, et c'est le 4 février 2000 que ça s'est produit, tu t'en souvenais très bien parce que le jeu vidéo Les Sims est sorti le même jour, jeu qui figurait dans *Les 1 001 jeux vidéo auxquels il faut avoir joué dans sa vie*, date à laquelle, d'autre part, tu étais parvenue à acquérir la carte Pokémon la plus rare, celle du Dracaufeu brillant, qui mentionne : *Les flammes qu'il souffle sont si chaudes qu'elles peuvent faire fondre n'importe quoi.* Ce jour-là, tu avais perdu le saute-ruisseau, ça avait été horrible, tu disais, tout ce sang, avant de laisser planer un silence, pendu à tes lèvres j'attendais la suite, je t'ai regardée repousser une mèche de cheveux derrière ton oreille, puis la laisser se reglisser devant tes yeux, tu te retrouvais cachée derrière tes lattes blondes, tu as pris une grande inspiration et raconté qu'un jour, dans un moment irréfléchi, tu avais invité Jule et Élia à venir voir le clou du spectacle de Jésus, la plus belle chose que tu avais jamais vue, plus belle que tous les jouets que tu possédais, rien ne pouvait rivaliser avec cela, et c'est ainsi qu'à la sortie des classes, vous aviez gagné avec Cliff les bosquets derrière le parking à vélos, là tu avais demandé à l'enfant Jésus de baisser son pantalon, ce qu'il avait bien entendu fait, as-tu précisé, puisqu'il était mon saute-ruisseau, un saute-ruisseau ça vous obéit au doigt et à l'œil, Jule et Élia avaient gloussé en voyant sa zigounette, mais comme ça en restait là, elles s'étaient impatientées en se demandant où restait le clou du spectacle, incrédule tu t'étais exclamée que c'était ça le clou du spectacle, mais face à leur désappointement, tu as imaginé sur-le-champ un autre scénario, il t'est venu à l'esprit comme une chanson peut te venir à l'esprit, mais y resonger te ramenait à l'obscurité qui t'habitait déjà à l'époque, à tes gènes hitlériens, parce que soudain une soif de possession s'était emparée de toi, oui, une convoitise devant le petit enfant Jésus qui se résumait à cette seule pensée : Je veux cette zigounette, elle m'ira mieux à moi qu'à lui. Là, c'est devenu sérieux, tu m'as chuchoté, fallait avoir l'estomac bien accroché tant c'était du sérieux, car en cet après-midi de février, tu avais ouvert ton sac à dos, en avais sorti ta trousse pour t'emparer, parmi stylos et crayons, d'une paire de ciseaux, tu l'avais tendue à Cliff qui grelottait sous la froidure du vent, lui avais ordonné de couper sa ramure de petit mec, tu te voyais déjà dans ta salle de bains en train de la coller sur toi avec de la super glue, sous peu je pourrai faire pipi debout, t'étais-tu dit gaiement, l'enfant Jésus n'avait pas regimbé étant donné qu'il faisait tout pour toi, il avait placé sa ramure entre les deux lames, et, heureusement, m'as-tu confié, qu'elles étaient émoussées, un burn out séquestrait le rémouleur du *Village* chez lui, son médecin lui ayant interdit de toucher à un quelconque objet tranchant, heureusement aussi que Jule était intervenue pour arrêter le geste, ç'avait été là ton premier attentat, as-tu encore ajouté, dans ton souvenir les buissons se couvraient de rouge sang, de rouge framboise, mais à partir du jour en question, tu n'avais plus été autorisée à ramener l'angelot, à ramener Cliff chez lui, tu n'avais plus jamais senti sa tête chaude contre ton dos quand tu pédalais face au vent, les maîtresses s'étaient fait du souci à ton sujet mais pas au point de téléphoner à ton père : tout le monde savait, au *Village*, que rien, de toute façon, à ses yeux, ne tenait la comparaison avec la perte du disparu, depuis lors, sans pouvoir te l'expliquer, il t'était donné de te figurer que tu avais toi aussi une zigounette, une vraie de vraie, à ma question de savoir ce que tu en faisais, tu as opposé un regard un tantinet irrité comme si la réponse allait de soi, tu as dit qu'elle te servait bien entendu à faire pipi, je t'ai demandé si tu savais à quoi d'autre elle pouvait te servir, tu as rétorqué à quoi donc ? Je t'ai dit que je te le raconterais un jour, te le montrerais qui sait, tu as hoché la tête d'un air satisfait comme si je venais de te proposer de passer au magasin de bonbons de l'avenue Grimpions où il t'arrivait d'acheter du chlorure d'ammonium, une poudre dans laquelle tu enfonçais un doigt humidifié avant de le porter à ta bouche, opération que tu répétais jusqu'à ce que la poudre commence à se grumeler et que ta petite langue prenne une teinte brune, on était assis sur la barrière en bois du pré au bord du canal, on observait les groningues pendant que j'avalais mon déjeuner, tendant par moments ma tartine devant toi dans laquelle tu mordais à belles dents, tu prenais plaisir à ce qu'on te donne la becquée, toi ma petite écornifleuse, tu prenais plaisir à manger dans ma main, à boire à ma gourde remplie de la limonade au sureau que faisait Camillia, on fixait les champs de lin et les labours au loin, moi me demandant ce que signifiait cette confidence, te sentais-tu vraiment aussi calamiteuse qu'Hitler, je te voyais par moments poser les yeux sur la tache claire dans l'herbe, là où quelques jours plus tôt se dressait encore la tente dôme, là où tu avais voulu être avalée par le cachalot pendant que je garnissais le fond de la litière du chat de pages déchirées de *Moby Dick*, je t'ai demandé si tu pensais encore beaucoup à mon fils, une réponse que je préférais en réalité ne pas entendre, tu as vaguement hoché la tête et m'as demandé si tout aurait suivi un cours tout à fait différent à supposer qu'Hitler ait eu une femme, aurait-il fait preuve d'autant de méchanceté à supposer qu'il ait été amoureux, car depuis la rupture avec mon fils tu en voulais à tout le monde, y compris au sacristain qui, au fond du temple, s'occupait de l'éclairage du bâtiment, à croire qu'il t'avait plongée dans le noir, qu'il avait éteint les cierges dans ta tête, je t'ai répondu qu'Hitler ne pouvait pas tomber amoureux parce qu'il ne s'aimait pas lui-même, compatissante tu m'as considéré en disant : Moi non plus, je ne m'aime pas moi-même, raison pour laquelle j'aime d'autant plus quelqu'un d'autre. J'ai tellement d'amour et en même temps tellement de haine en moi que ça déborde de mon corps. Je ne t'ai pas demandé ce que tu haïssais parce qu'à l'époque je croyais encore que la haine était réservée aux corps des adultes, or il te restait plusieurs pics de croissance à franchir, j'ai de nouveau tendu ma tartine devant ta bouche, de la confiture d'agrumes a enduit tes commissures, j'ai posé une main sur la clôture, en ai pressé la tranche contre la tienne que tu as immédiatement déplacée, pendant un bref laps de temps j'ai espéré que la fièvre allait de nouveau te clouer au lit, que je pourrais m'allonger avec toi sous la couette à l'effigie de *1, rue Sésame*, j'ai sauté de la barrière pour observer la démarche des groningues, m'assurer qu'elles ne boitaient pas ou n'avaient pas maigri, il se trouve qu'elles étaient magnifiques, ce qui m'a ravi, alors que je m'apprêtais à regagner ma place à côté de toi, j'ai constaté que tu étais partie, balayant la prairie des yeux, je t'ai vue, étendue là où l'herbe était jaunie, l'endroit avait les dimensions du matelas deux personnes placé à l'arrière de mon van, tu fixais le ciel, je t'ai demandé ce que tu faisais, tu as écarté les bras et déclamé de façon théâtrale un passage de la série d'horreur *Ça* : *Ils flottent, gronda la voix, ils flottent, Georgie, et quand tu seras en bas avec moi, tu flotteras aussi.* Les groningues se regroupaient autour de toi, je ne savais s'il était approprié de s'allonger à tes côtés, j'ai regardé par-dessus mon épaule mais n'ai vu ni ton père ni ton frère à proximité de la ferme, sans doute étaient-ils à l'intérieur en train de blanchir les fèves et de les mettre dans des sachets de congélation de sorte que vous puissiez en manger tous les lundis soir, tu as répété : *Tu flotteras aussi.* Comme je ne désirais rien tant que flotter avec toi, je me suis allongé à tes côtés sur l'herbe aplatie tandis que les vaches, qui formaient un mur autour de nous, nous masquaient à la vue de tous, on a fixé le ciel bleu chardon, je t'ai répondu par une citation, elle aussi tirée de Stephen King : *Il est plus facile d'être courageux quand on est quelqu'un d'autre*, tu as souri, ce jeu t'enchantait, on était tout près l'un de l'autre, je respirais l'odeur de l'herbe, des corps des vaches, la tienne, tu as raconté qu'à l'âge de 4 ans, tu t'étais mise à grandir de travers, comme ça sans raison, chaque semaine on te conduisait chez une dame d'une localité voisine pour y faire des exercices, or ça ne faisait déjà guère de doute que tu grandissais en t'écartant du soleil au lieu de t'en rapprocher, même si les choses s'étaient en grande partie arrangées, en toi, tout était resté de guingois, il t'arrivait d'encore le remarquer quand tu portais ton cartable, une épaule restant plus basse que l'autre, tu as poursuivi en disant que certaines personnes naissent aveugles, que d'autres ouvrent les yeux tout de suite pour ne rien rater de la vie, une prescience qui, en vérité, leur fait rater un paquet de trucs, mieux vaut dans certains cas être ignorant de tout, cela permet de voir bien plus de choses, tu m'as alors demandé comment j'étais né, aveugle et ignorant ou les yeux ouverts, je t'ai expliqué que je provenais d'entrailles sombres, d'un ventre maternel noir d'encre, pour la première fois, au mot maternel, je t'ai vue te crisper, tu as pâli, je t'ai demandé si ça allait, tu as dit oui, oui et tu as embrayé sur Hitler, lui qui occupait plus souvent que Freud le fauteuil bordeaux près de la fenêtre, assis là à te regarder dans les yeux, jambe gauche croisée sur la droite, il portait de ces bottes noires rehaussées sur le haut de petites croix gammées, à chaque fois ses semelles gardaient des traces de boue comme s'il venait de fouler les forêts dans ta tête, toi tu voulais prendre soin de ton peuple à l'instar du président des États-Unis, mais de façon plus consciencieuse, tu m'as demandé si je savais que George Bush avait, un beau jour, troqué l'alcool contre la Bible, qu'il ne buvait plus, enfin tout au plus, de temps à autre, une bière sans alcool, alors que nous, commun des mortels, pour survivre, il nous faut souvent être sous l'emprise de la boisson ou d'autre chose, toi par exemple sous celle des sucreries, des Sims et de l'oiseau, et tu m'as demandé quel produit me grisait, ce à quoi j'ai répondu exactement par ces mots : Je suis sous ton emprise, mon adorable. Du coin de l'œil, j'ai observé ta réaction : tu as passé l'index sur ta narine parce qu'une grosse mouche à merde venait de se poser dessus, tu as dit que le mot *adorable* te plaisait, t'emballait même, mais tu n'as pas rebondi sur ma question, tu étais un président archinul, mon précieux trésor, mais je m'en contrefichais, tu paraissais satisfaite du terme que j'avais choisi pour toi, tu as pris une grande inspiration, j'ai posé ma main sur tes lèvres, t'ai dit d'arrêter de déclamer des citations, de dire ce que tu tenais vraiment à dire, tes yeux se sont embués sans se mettre à pleurer, tu m'as confié que tu étais souvent seule malgré le public imaginaire dans ta tête, que tu avais parfois l'impression d'être une patate enfoncée dans la terre, que tu ne pouvais grandir que dans le noir, que tu soupirais souvent après la lumière, après les projecteurs tout en sachant qu'ils t'aveugleraient, que plus la célébrité que tu récolterais grandirait, plus elle t'ensevelirait, plus elle t'étoufferait, parmi l'odeur de l'herbe et celle des vaches, j'ai respiré ta peur, le même soir, tu es montée pour la toute première fois sur la scène de la rue du Sourniquet, tu étais magnifique, tu étais éblouissante avec tes lèvres bleuies par le curaçao, ta toute première boisson alcoolisée, je l'avais commandée en catimini pour toi, Jule et Élia, tu la sirotais avec toujours plus de circonspection, au premier rang Camillia et moi avons applaudi plus fort que tout le monde quand vous êtes apparues sur scène, sans discontinuer jusqu'à susciter une certaine gêne car je savais qu'il n'y avait rien de plus beau à tes yeux, vous avez interprété « Teenage Dirtbag » de Wheatus et « My Generation » des Who, puis la chanson que tu avais écrite, autour de toi les autres membres du groupe s'estompaient, sous les projecteurs, tu te confondais avec un être céleste, libérée de toute ton anxiété et de ton excentricité, avec douleur j'ai soudain pris conscience que tu la chantais pour mon fils et non pour moi, je n'étais qu'un ulcère, un ulcère en ton for intérieur, j'ai balbutié à l'adresse de Camillia que je sortais fumer une cigarette, barbouillé je me suis frayé un passage parmi l'assistance, ai marmonné un bonsoir à ton père qui, au fond de la salle, parlait climat avec un autre fermier en t'accordant à peine un regard, me suis avachi dehors au milieu d'ados biturés, songeant que, pour eux, je n'étais qu'un vieux croûton qui, cherchant un ultime regain de jeunesse, assistait à un concert pop, leurs yeux sont devenus les tiens, ce qui n'a fait qu'aggraver le tournis que me donnaient mes instincts, mes désirs, aggraver l'envie de crier devant la scène que tu étais mon animal de luxe, mais toi, tu cherchais surtout à croiser le regard de tes camarades de classe, de mon aîné, des ouvriers agricoles qui s'intéressaient subitement à toi à présent que tu leur montrais ce que tu portais en toi depuis toujours, si tous voyaient une créature céleste aux lèvres bleues, moi je savais comment tu étais en réalité, à quelle profondeur tout pénétrait en toi, quel océan s'étendait derrière ton dos frêle, j'ai entendu le public crier bis, vous vous y attendiez et aviez gardé le meilleur pour la fin, l'une de tes chansons préférées, « All the Small Things » du groupe américain Blink-182, une musique entraînante, et je t'ai entendue qui entonnait d'une voix aiguë et pétillante : *Say it ain't so, I will not go, turn the lights off, carry me home, keep your head still, I'll be your thrill, the night will go on, my little windmill*[1]. Pendant le refrain, tout le monde s'est mis à danser, sauf ton père, il était parti au milieu de la représentation, empruntant à vélo la digue pour rentrer à la ferme, jamais il ne te dirait ce qu'il avait pensé de ton premier spectacle, il se contenta de te demander le lendemain matin si ça ne c'était pas terminé trop tard, pour lui tout était question de temps, de conditions météorologiques, d'animaux et de plantes, du disparu, et bien peu de toi, après les dernières salves d'applaudissements tu t'es précipitée dehors, euphorique, en faisant semblant de ne pas être affectée par le départ prématuré de ton père, tu t'es blottie dans mes bras en répétant : *I'll be your thrill.* Je t'ai repoussée trop brusquement ainsi qu'il m'arrivait de le faire avec un veau qui, désireux de jouer, me détournait de mon travail alors que je n'en avais pas envie ou qu'il dépassait les bornes et me forçait à montrer qui était le boss, consternée tu m'as demandé pourquoi je me comportais ainsi, avais-tu fait un truc de travers, qu'aurais-je pu te dire, je ne pouvais pas te dire que ce qui était de travers, c'était toi, que tu étais le feu qui parcourait mes reins, cette lancinante brûlure,

1. Dis-moi que ce n'est pas vrai, je ne partirai pas, éteins les lumières, ramène-moi à la maison, garde la tête immobile, je serai ton frisson, la nuit continuera, mon petit moulin à vent.

que tu étais mon alcool, ma sucrerie, que je voulais être le sujet de tes chansons à la place de mon fils, certes ça viendrait, mais plus tard, quand tu donnerais mon nom à ton premier album, mon prénom à vrai dire accompagné du numéro du dossier, *Kurt12*, les magistrats l'écouteraient et, le visage grave, en tireraient leurs conclusions, Camillia et moi n'entendrions dès lors plus parler de toi que dans les journaux aux chapeaux lyriques, qu'elle jetterait dans le barbecue où tu prendrais feu et où toute la viande aurait le goût de ta chair, mais cela, c'était pour plus tard, ici nous nous tenions l'un en face de l'autre comme deux kodkods en rut, tu t'es retournée, vaseuse à cause du curaçao, vaseuse à cause de l'invincibilité qui remplissait ta poitrine, à cause du monde entier qui se trouvait à tes pieds, même si tu savais que tu retomberais bientôt dans l'obscurité, dès que le jour se lèverait, que tu te retrouverais une fois de plus au milieu d'une nuée d'étourneaux et redeviendrais l'un d'eux, même si tu te sentais sur le moment originale et extraordinaire, même si tu te sentais l'élue, c'est alors que Camillia est sortie, vous avez échangé trois bises pour célébrer ton succès, bises qu'elle qualifierait plus tard de baisers de Judas, en attendant vous étiez l'une et l'autre enjouées, vous débordiez d'enthousiasme, tout à coup je m'en foutais complètement, qu'est-ce que ça pouvait me faire d'avoir 49 balais parmi ces ados qui titubaient, qui éprouvaient le besoin de s'envoyer à la figure leur droit à exister, qui se bourraient la gueule car ils savaient qu'ils mèneraient un jour une vie quelconque et prévisible, qu'est-ce que le monde en avait à foutre que je t'aime à ce point, plus que tout, *my little windmill*, toi et moi étions faits l'un pour l'autre, et j'ai chuchoté à ton oreille, moitié ivre, moitié sincère, que tu ne devais jamais devenir adulte, tu m'entends : jamais. Puis je suis retourné dans la salle où j'ai dansé à en expulser cette perspective.

19

Je dois avouer honnêtement, mon adorable, qu'après l'histoire de la zigounette, je me suis retrouvé dans une position délicate. Oh ! ciel ! comment décrire mon envie de satisfaire ton désir frénétique de ramure de petit mec ! Mon vif souhait de voir le feu et la passion enflammer tes yeux, de voir la pointe rouge de ta langue aller et venir sur tes lèvres, dans certains de mes fantasmes, je te voyais, sous ta couette, devenir Le Crapaud ou la loutre, je sentais de nouveau la chaleur de ton urine pénétrer mes vêtements, j'en percevais l'odeur, je t'aidais à bien viser, je dessinais au marqueur indélébile une tête de cochon souriante dans la cuvette des chiottes, ce que mes fils avaient trouvé génial à l'époque, et les poussait à faire leur possible pour pisser dans la bonne direction, je te disais que le petit cochon attendait que tu le débarbouilles, je te tenais les hanches afin que tu gardes le cap, mais je tenais plus encore à te montrer ce que l'on peut faire d'autre avec une ramure, à ce que tu éprouves ce que l'on peut ressentir, même si tu en savais déjà plus en la matière que je ne pouvais le supposer, ceci grâce à *Hit-Hebdo*, à Élia et au Crapaud, lesquels, en échange de quelques sucreries, te racontaient leurs histoires savoureuses, et même si moi, je finissais par confondre acquisition du savoir et nécessité de passer à la pratique ; parallèlement, je désapprouvais l'idée de t'entraîner dans ma sensualité glorifiée, de te faire passer un pic de croissance auquel tes vêtements n'étaient pas encore adaptés, plus encore après l'histoire de la zigounette de Cliff que tu déplorais avec tant de naïveté et de candeur, je désapprouvais cela d'autant que mon sexe n'avait depuis belle lurette plus rien d'angélique et ne ressemblait en rien au cornet de chantilly de la loutre disséquée, je ne savais à quoi le comparer, car toute tentative me paraissait vulgaire et repoussante, je n'aurais pas supporté de te rebuter par une métaphore malvenue, de te voir poser un regard désappointé ou horrifié sur ma ramure, celui-là même que tu affichais en voyant ton père poser du fromage de tête sur sa tranche de pain tartinée de mélasse de pomme, ça t'incitait à parler de tous les rebuts du cochon que recelait cette charcuterie grisâtre, ce n'était là rien d'autre qu'une tartine de joie maligne, moi je me refusais à ce que tu regardes de la sorte ma *dague* – pour reprendre le lexique propre aux ramures, les dagues étant les premiers bois du cerf –, je voulais tout le contraire, je voulais de l'émerveillement, je voulais l'empressement avec lequel tu t'étais emparée du membre de la loutre, je voulais que tu tiennes la dague dans ta main d'enfant, je te laisserais dès lors déclamer tout ton saoul des passages de *Ça*, je m'en ficherais du moment que tu ne lâchais pas la ramure, que tu la tenais comme il t'arrivait de tenir une mamelle d'une vache pour en expulser le colostrum après le vêlage, une vision délectable, putain oui, ça me rendait euphorique, cependant j'avais peur que tu me rejettes, un rejet que je ressentirais comme une castration imaginaire, c'est à cet instant-là et pas avant que j'ai pris conscience que j'avais déjà vécu pareille expérience, cette castration imaginaire, chez le cerf cela se traduit par la perte des bois bientôt remplacés par une nouvelle ramure mais d'une forme insolite, une ramure exubérante qu'on appelle perruque, j'étais pareil à un bouc à perruque, une de ces bêtes, à 16 ans, à cause du rejet que j'avais subi alors que mon corps et mon esprit étaient détraqués à un tel degré que je ne savais plus si je voulais tuer ma mère ou la désirer, si j'avais une infirmité, il se pouvait très bien que je sois confronté à ma deuxième et ultime castration, mais qu'importe, incroyable comme j'avais envie d'avoir des bois de tueur ! Cette ramure abîmée qui présente une extrémité tranchante, comme j'avais envie de sentir ta main l'envelopper, cependant la bravoure nécessaire pour t'emmener avec moi dans mon palais d'amour s'estompait à chaque fois à cause de tes *vous* et de tes *monsieur*, comment t'emmener dans le monde merveilleux de la ramure tant que tu t'adressais à moi, hormis les rares fois où tu m'appelais *Kurt*, en recourant à cette navrante forme de politesse gravée dans ton cerveau, laquelle maintenait un abysse entre nous, me retenait presque de t'embrasser lorsque nous étions seuls, et me poussait, ma journée de travail achevée, frémissant de désir, à garer mon Fiat sur le parking au coin de la ferme et, sur la banquette arrière, à décharger de colère dans un emballage de Mars, m'imaginant que ma main était la tienne, à partir de ces jours-là, j'ai passé toujours plus de nuits dans l'utilitaire, Camillia croyant que j'assistais à des réunions en Allemagne non sans s'interroger sur la nécessité de faire autant d'allers et retours, mais je lui avais expliqué que les bovins allemands n'étaient pas très commodes, ce qu'elle avait trouvé drôle, et tant qu'elle trouvait une situation drôle, la voie était libre pour moi, et donc tous les soirs je me retrouvais à ingérer misérablement du McDo après être passé en ville au square Calicot, où j'avais commandé un Double Big Tasty et des frites, déjà froides et molles au moment où je regagnais ma place habituelle sous les peupliers, mais bah, je m'en cognais, les frites, ça reste des frites, tout ce qui m'importait c'était d'être aussi près de toi que possible, de sentir ton odeur suave quand le vent soufflait dans la bonne direction et de savoir qu'on contemplait le même côté de la lune, il n'empêche, cette ribambelle de *monsieur* finissait par accroître mon exaspération, m'amenait à me montrer parfois bougon à ton égard, j'ai relevé que tu tergiversais quand tu m'apportais du savon et un seau d'eau tiède, d'ailleurs quand quelque chose n'allait pas, quand une personne t'approchait de façon inhabituelle, tu le percevais sans manquer, je n'ai pas tardé à saisir que plus je créais une distance entre nous, plus tu te rapprochais, et bon sang, tu redoutais que je te laisse, je le savais, voilà pourquoi tu t'es glissée de plus belle dans le rôle de l'actrice, t'adaptant à mon scénario, tu t'es accroupie près du seau, as pris mes mains sales dans les tiennes, les as plongées dans l'eau, as passé le savon sur ma peau, tu les as lavées jusqu'à ce qu'elles soient tout à fait propres, toi et moi là accroupis chacun d'un côté du seau, tu n'ouvrais pas la bouche, te contentant de me regarder dans les yeux en arborant un affectueux sourire à donner le vertige, après m'avoir encore frotté et refrotté les mains, tu les as essuyées dans une serviette rêche, ma bougonnerie n'a pas résisté à ce lavage, j'ai senti ma ramure de tueur battre sous ma combinaison de travail, ensuite on a regardé un veau nouveau-né, tu m'as dit que tu enviais parfois le lien entre la maman vache et son petit femelle, le naturel avec lequel elle la léchait et la débarrassait du placenta, tu as ajouté que tu avais éprouvé une semblable jalousie lors de la plus récente fête de la reine en voyant Willem-Alexander à côté de Beatrix, à une époque tu avais choisi cette dernière comme mère, ce dont tu t'étais souvenue devant le poster accroché dans mon van, cette reine à même de servir toute une nation, t'étais-tu dit, *pourquoi ne serait-elle pas capable de prendre soin de moi ?* Outre les vidéos consacrées aux tours jumelles, tu en visionnais souvent qui revenaient sur le couronnement de Beatrix en 1980, images que ton père avait enregistrées sur une cassette de même que celles de la catastrophe de septembre 2001 et celles de tous les autres temps forts et temps calmes de l'histoire, à plusieurs reprises tu avais vu Beatrix dans son majestueux manteau d'hermine prononcer le beau et solennel serment, non sans trébucher sur le mot *Dieu*, redressant un rien la tête pour qu'il quitte plus facilement sa bouche, une contenance qui donnait l'impression qu'elle n'était pas tout à fait convaincue qu'Il lui viendrait en aide, que l'inverse paraissait plus probable, que c'est elle qui allait L'aider, elle prêtait ce serment que, plus tard, tu répéterais bien des fois devant le miroir, les épaules drapées d'une nappe : *Que Dieu tout-puissant me soit en aide !* Tu m'as raconté que lors de l'une des fêtes de la Reine, tu avais déniché pour trois fois rien au vide-grenier organisé dans la cour de l'école des patins aux roulettes lumineuses, tu les traitais avec le plus grand soin, les astiquais pour les faire briller alors que tu savais que tu ne les chausserais jamais, tellement tu avais peur de les endommager, de voir apparaître des fissures dans ta joie acquise en échange d'une poignée de piécettes, peur de les perdre même si tu vérifiais la résistance de leurs sangles, il faut dire que tu savais ce que c'est, perdre ce que l'on a de plus beau et de plus précieux, une chose qui peut survenir sans prévenir, même si on les serre, ces sangles, au point qu'elles laissent une marque sur la peau, plus tard tu avais vu à la télé une rediffusion des images de l'émeute qui avait accompagné le couronnement de 1980, à croire que ce jour de fête présentait, à l'exemple du papier aluminium, deux faces : l'une brillante, l'autre terne. Entre la fumée des fumigènes, on distinguait les slogans peinturlurés en blanc par les squatteurs sur les murs de la ville, et pour protester à ton tour, racontais-tu, bien que tu ne susses pas contre quoi, tu as décidé le jour en question de squatter ta chambre à coucher, ce qui se déroula sans anicroches puisque tu étais la seule personne à pénétrer dans ce lieu, cette action ne t'a pas moins procuré une sorte de liberté à laquelle tu aspirais, celle de t'approprier une chose que personne ne pourrait t'enlever, de t'approprier Beatrix en tant que mère tout en croyant en elle tout comme tu croyais en Dieu, à ceci près qu'elle est un être humain qui se livre au *koekhappen*[1] et agite sans discontinuer la main avec une telle gentillesse que l'envie te prenait de lui retourner son salut, ceci même si tu détestais cette gesticulation et aurais préféré garder les mains dans tes poches, à partir de ce jour-là tu as débité dans ta chambre d'interminables monologues à l'adresse de sa majesté, à propos du déroulement de tes journées dont certaines, à l'instar des boudins d'ensilage, disparaissaient sous le moisi, à propos de ton père et de ton frère, rarement à propos du disparu, à propos de tout ce qui se passait au *Village*, plus souvent encore à propos de ce qui *ne* s'y passait *pas*, ce qui était plus facile à raconter et à étoffer que le reste, la vérité, me disais-tu, te paraissait trop maigrichonne, trop pâlotte, parfois aussi trop anxiogène, or tu ne souhaitais pas que Beatrix s'inquiète car une reine qui se fait du souci ne peut ni servir ni diriger son pays, elle devient tout aussi boiteuse que les couplets de l'hymne national hollandais qui font suite aux deux premiers et que personne ne connaît par cœur, ils ont disparu en des marmonnement dans les livres d'histoire, un sort que tu entendais lui épargner, toujours dans ta chambre tu lui débagoulais des récits passionnés sur la Seconde Guerre mondiale, sur tes conversations avec Freud et Hitler, mais aussi sur tes succès de

1. Jeu auquel s'adonnent des enfants, mais aussi traditionnellement le souverain des Pays-Bas le jour de la fête de la Reine (ou du Roi). Il s'agit d'essayer d'attraper avec sa bouche, les yeux bandés et sans s'aider de ses mains, une tranche de pain d'épice suspendue à un fil.

première de classe, excellant dans toutes les matières au point que les maîtresses envisageaient de te placer dans une vitrine à côté des coupes remportées par ton établissement lors des tournois de ping-pong, tu étais, fabulais-tu, le premier prix de l'école primaire, et c'est alors que tu as commencé à composer des slogans, à peine esquissés au crayon sur ton papier peint de manière qu'il faille coller les yeux dessus pour les déchiffrer, des phrases telles que : *Je suis seule, mais pas au point que la solitude soit devenue mon amie.* Ou bien : *Je suis le soldat de mes propres batailles.* Ou encore : *Je suis libre mais pas libérée.* Mais aussi : *Ma joie est comme un poisson, à chaque fois que je me montre trop gourmande, je m'étouffe avec une arête.* Tu t'es figuré que Beatrix viendrait vous rendre visite un jour, qu'elle arpenterait ta chambre de squatteuse, les mains dans le dos, arborant un sourire moins forcé que lors de l'annuelle fête de la Reine, un air plus intéressé, voire plus grave, comme quand elle prononçait son discours de Noël au cours duquel il lui arrivait de dire que le sort du pays lui tenait particulièrement à cœur, puis elle porterait la main sur sa poitrine comme pour s'assurer que les squatteurs ne le lui avaient pas volé – le cœur d'une personne bonne n'est-il pas en effet le foyer d'une autre ? N'abrite-t-il pas d'innombrables chambres ? –, elle lirait les slogans inscrits sur ton mur et acquiescerait, acquiescerait à maintes reprises, puis s'assiérait sur le bord de ton lit dans son tailleur couleur colombe de la paix, tapoterait la couette pour t'inviter à prendre place à côté d'elle, bien entendu tu n'hésiterais pas une seconde, t'exclamais-tu pleine d'enthousiasme, et une fois assise, tout contre elle ou presque, tu sentirais son parfum, relevant qu'il fleurait le bonbon au caramel, vous parleriez de la vie, de l'école, des garçons, elle passant par moments le bras sur ton épaule, mais à chaque fois que, dans ta tête, tu t'habituais à ce contact, elle se levait subitement, malgré tous tes efforts pour contrarier ce canevas, elle prétendait que le devoir l'appelait, le peuple, ses enfants, et alors que le silence régnant dans ta chambre laissait filtrer le bourdonnement de l'autoroute qu'avec un brin d'imagination tu confondais avec le murmure de la mer, tu lui disais : *Bea, ton devoir, ton peuple, ton enfant, c'est moi.* Elle t'adressait un sourire attendri, te pinçait doucement la joue et s'excusait en assurant qu'un jour tu comprendrais, ainsi que le font souvent les adultes alors que tu comprenais très bien de quoi il retournait, toutefois tu préférais rester dans l'incertitude, tes yeux se sont emplis de tristesse alors que tu terminais ton histoire en racontant qu'elle enfilait son majestueux manteau d'hermine et quittait ta chambre puisque le moment arrive immanquablement où une reine doit s'en aller, une reine n'appartient en effet à personne, ni à l'État, ni même à elle-même, elle te laissait seule avec tous tes slogans, tous ces slogans de merde, susurrais-tu, seule avec tes patins à roulettes astiqués, trop petits depuis le temps que tu les gardais, à chaque fois ça se passait ainsi, et tu terminais par cette jolie formule : *Tout rétrécit et, à la longue, perd sa valeur.* Le mois d'avril précédent, l'idée t'avait traversée, alors que tu épinglais une fleur au revers du costume de Willem-Alexander, de lui enfoncer l'aiguille en plein cœur, une lubie qui certes t'effrayait, tu redoutais que le prince ne périsse, mais le cas échéant tu aurais pu occuper sa place, cela aurait été ton deuxième attentat, je me suis abstenu de te dire que je te comprenais, que je voyais pour de bon la perte subie croître en toi, je voyais que tu étais touchée à la base, au collet des racines tout comme certaines plantes tubéreuses, ornementales et potagères qui souffrent d'une malformation et connaissent une croissance défaillante, contaminant dans certains cas les jardins ou le sol des serres, je voyais que tu souffrais en outre, comme les roses, d'un autre trouble de la croissance, un balai de sorcière, la perte s'accroissait, franchissait les palissades de ton corps, je n'en ai rien dit, je me suis redressé dans l'étable, ai étiré mes jambes raides, t'ai demandé de te relever à ton tour et ai pressé ton corps privé de mère contre le mien.

20

De plus en plus souvent, je chaussais mes baskets pour évacuer le poison et la pleurésie de ma poitrine. Comme un imbécile, je courais par routes et rues en essayant de penser à ta peau abricot, à tes époustouflantes omoplates juvéniles, à ton dos qui s'élargissait vers le haut comme celui d'un nageur, à ta gaieté encore si ludique et exempte de vices, tu étais encore une enfant, assurément, mais, lorsque je te suivais à la piscine, je te voyais pourtant adopter une nouvelle attitude en présence des garçons, je voyais que tu marchais en redressant le dos, que tu te plantais à côté d'eux comme un piquet, tu cherchais à délimiter le terrain, de plus je me faisais du souci au sujet du problème que représentait leur ramure, de la désinvolture et de la sensualité avec lesquelles tu sautillais autour de ces *dear boys*, ainsi que tu les appelais depuis que je t'avais lu des passages de *Lieve Jongens* de Gerard Reve, je me retenais de klaxonner dans mon envie de te protéger des bras impudents, ah ! comme cette pensée était ambiguë ! J'entends les magistrats ricaner pour ainsi dire joyeusement dans leur barbe tout en écrivant : *cherchait à la protéger des bras impudents, ne comptait pas ses membres parmi ceux-ci.* Or ce n'est pas tout à fait vrai, chers magistrats, car je n'ignorais rien de la monstruosité de mes intentions, mais j'étais un maboul, un enfoiré, et je n'y pouvais rien si j'estimais que tu serais mieux lotie avec moi qu'avec ces insolents *dear boys* tapageurs, je courais à travers le polder, longeant la station de pompage, remontant la digue Cryptogame jusqu'à la ferme De Hulst où je m'arrêtais un instant, à côté du bac de désinfection installé là depuis la crise de fièvre aphteuse, si j'avais pu je me serais lavé dans ce liquide, me serais désinfecté de la plante des pieds au cuir chevelu, pour reprendre mon souffle je reportais le poids de mon corps sur mes genoux, les ampoules de mes pieds s'étaient rouvertes, Camillia était entre-temps au courant des petites compétitions nocturnes au cours desquelles je me mesurais aux lièvres, elle n'avait fait aucun commentaire, le matin elle soignait mes ampoules qui laissaient des traces de sang sur les draps, certains jours j'avais envie de la repousser violemment, de lui demander avec perfidie pourquoi elle faisait ça, pourquoi diable elle pansait un monstre, mais cela eût supposé que je lui confesse ce qui me contrariait, ce qui me rongeait de l'intérieur, à l'image des brebis que je soignais et qui, pour beaucoup, ne s'en sortaient pas, grouillantes de larves et de vers, vers et larves qui grignotaient tous mes organes et commençaient à s'en prendre à mon âme, dans ce cas de figure je perdrais tout, à commencer par toi, mon ébullition prendrait fin sur les mots de mon poème préféré, « Les Hommes creux » de T. S. Eliot, dont j'étais en mesure de déclamer toutes les strophes, les derniers vers étant certes les plus appropriés à notre fin : *Ainsi finit le monde. Non sur un bang ! mais sur un geignement.* J'avais toujours eu l'impression d'être un de ces hommes creux, sans toi je le serais devenu, grand Dieu, je n'aurais été que lamentations, car tu étais la lumière, le feu, une fois de plus j'ai porté le regard sur la fenêtre de ta chambre, il était une heure du matin, or de la lumière brillait encore au-dessus de l'entrée, je te voyais, après la lecture de quelques pages de la série *Chair de poule* de R. L. Stine aux couvertures d'une laideur innommable et aux titres fluorescents, debout sur le bord de ton lit, frissonnant de peur, les bras écartés, en train de t'entraîner à t'envoler et à te faire oiseau, quelques tentatives avant d'éteindre ta lampe de chevet et de reposer tes ailes, j'ai attendu que l'obscurité se fasse pour reprendre mon footing, tranquillisé, empruntant le chemin de Boissec et la rue du Sourniquet, suivant la piste cyclable sous le viaduc, tout en faisant défiler dans ma tête, avec obstination, nos conversations afin de ne pas voir surgir les fantômes de mes cauchemars, j'ai repensé à la façon dont tu m'avais appris que tu étais devenue l'oiseau pour la première fois, après l'accident, quand une de tes maîtresses t'avait offert *La Découverte de Petit-Bond* de Max Velthuijs, après que ton père était resté enfermé dans le silence alors que le choc du drame se répercutait dans tes oreilles et celles de ton frère, il t'avait vue assise sur le canapé semaine après semaine, le livre sur les genoux, si le sens des mots t'échappait encore, tu ne comprenais que trop bien la portée des illustrations, tu l'avais tellement feuilleté que la couverture s'était détachée, pendouillant au reste par un fil comme une dent de lait à la gencive, tu m'avais expliqué que ça parlait d'une grenouille et d'un cochon qui découvrent à la lisière de la forêt un petit oiseau couché sur le dos, pattes en l'air, position que tous les oiseaux sont amenés à adopter un jour, montrant le sol la grenouille dit au cochon que le merle est cassé, qu'il ne fonctionne plus, c'est là qu'il y a un raté dans l'histoire, m'as-tu dit, quand tu as su lire, ça t'a bouleversé car ça ne collait pas, *tu sais pourquoi ?* m'as-tu demandé sur un ton impétueux, j'ai secoué la tête de droite à gauche, tu as alors chuchoté comme pour me confier un secret : *Un mort, c'est pas cassé, un mort c'est mort, un point c'est tout. C'est celui qui reste qui est cassé. Au moins en mille morceaux.* Avec franchise, tu as reconnu que le bouquin t'avais mise en colère, au point que tu avais fini d'en arracher la couverture avant de la recoller avec du ruban adhésif, en colère car on y lisait que seuls les morts sont cassés, alors qu'il y a tellement de vivants hors d'usage, tu ignorais d'ailleurs si tu l'étais toi-même, hors d'usage, cela dit tu ne fonctionnais pas à plein régime, dans l'histoire, de surcroît, on racontait que la mort c'est le ciel bleu, alors que pour toi le ciel était plein de vie, tu voyais tous les jours des hirondelles rustiques, des corneilles, des grives et des cerfs-volants le traverser, c'est bien la terre, en revanche, qui est l'ultime expiration, un trou dans le sol pour le chat de gouttière, pour la poule pondeuse, pour le disparu, cependant pour certaines choses il n'y a pas de fosse là-bas le long du canal, de celles qu'on rebouche et parsème de fleurs, dans pareils cas impossible de reprendre les mots solennels que le lièvre prononce, dans le livre, devant le merle, à savoir que celui-ci avait chanté magnifiquement toute sa vie et qu'il jouissait à présent d'un repos bien mérité, toi, tu ne pouvais pas même dire qu'untel ou unetelle te manquait, car que signifie « manquer » quand untel ou unetelle est encore ici-bas sans qu'on lui manque, impossible également de reprendre les mots de la grenouille, laquelle s'exclame : *La vie n'est-elle pas magnifique ?* Ceci avant de jouer à cache-cache, certes la séquence la plus belle de l'histoire selon toi, une séquence émouvante aussi, ça te semblait une bonne idée de jouer à cache-cache après chaque adieu, de la sorte, si jamais on se retrouve, on saisit combien il est important qu'untel ou unetelle existe encore, car il suffit de bien peu pour que ça se termine, pour qu'untel ou unetelle soit parti pour de bon, on sent le courant d'air glacial qui se lève à chaque fois qu'on cherche quelqu'un sans trouver personne : quand quelqu'un meurt ou nous abandonne, cette personne est perdue pour toujours, on explore tous les recoins jusqu'à en devenir fou, c'est alors seulement que j'ai compris que le disparu et l'être abandonné n'étaient pas une seule et même personne, que la mort t'en avait arraché une et la vie une autre, la première te déchirait le cœur, la seconde te jetait dans la plus effroyable torpeur, ce qui te forçait, réduite à l'état de loque, à te faire plus grande que tu n'étais, tu te disais que si les oiseaux restent les pattes en l'air, c'est pour montrer à Dieu les callosités de leurs serres, afin qu'Il évalue leurs heures de vol et puisse de la sorte décider si, oui ou non, ça suffit, ainsi le merle de Max

Velthuijs était-il prêt à partir, il avait assez volé et assez chanté, mais cela ne vaut pas pour tant d'oiseaux que ça, il arrive qu'on enterre quelqu'un qui n'a pas assez d'heures de vol, c'est la pire des choses, quoi qu'il en soit, depuis qu'on t'avait offert ce livre, tu étais devenue un oiseau, certes un oiseau qui changeait de couleur, tel jour tu revêtais un plumage corbeau, tel autre un plumage gris ou blanc comme neige, tu attendais le moment de t'envoler, même si, certains jours, tu doutais du nombre d'heures de vol que Dieu t'accorderait, même si tu te demandais si tu irais loin, si tu atteindrais le Sud, ça t'inquiétait de voir le degré de callosité déjà assez élevé de tes plantes de pied, le jour en question je ne t'en ai pas demandé plus sur la personne qui te manquait, un abandon qui, dans tes rêves fiévreux, faisait de toi celle qui partait, et t'incitait à menacer de plus belle tes proches d'un départ, ta petite valise vert mousse toujours prête derrière la porte de ta chambre, toi qui n'étais jamais allée plus loin que le lampadaire sous lequel le disparu s'était étalé, le corps cassé en deux, toujours plus souvent aussi tu te couchais sur le dos dans les prés comme le merle et, des pleurs dans la gorge, ahanais d'un ton abattu et souffreteux : *Je suis morte, je suis morte comme un hareng saur.* J'avais envie de prendre un petit scalpel dans ma trousse pour éliminer précautionneusement les callosités de tes pieds, pour te montrer qu'il n'était pas encore temps pour toi de partir, mais tu aurais sangloté que je n'étais pas Dieu, ce que je n'aurais pu contester, mais j'aurais menti en soutenant que je Le connaissais bien, qu'on était copains Lui et moi et qu'Il m'avait confié la mission de t'accorder des heures de vol supplémentaires, ouais, vrai de vrai, et chaque fois que tu menaçais de partir, je te retenais, c'est ce que tu voulais, quelqu'un te lestant au sol de façon que tu ne te transformes pas en un avion qui perforerait quelqu'un pour la seule raison que tu te sentais toi-même perforée, je t'ai dit, un jour où tu gisais ainsi sur le dos dans le pré, que j'étais désormais le pilote, or c'est le pilote qui décide si un avion décolle ou pas, et il se trouvait que j'estimais nécessaire de procéder à des travaux de maintenance sur l'appareil avant de partir, des vérifications portant sur les hélices, le train d'atterrissage et les feux de position, alors, l'air soulagée, et même un sourire aux lèvres, tu t'es redressée, cessant de faire l'oiseau mort, et tu as dit avec gravité : *Kurt, il va nous falloir reporter le décollage à une date qui reste à déterminer, car une fois en vol, il est bien difficile de se calmer.* Tu as poursuivi en avançant que tu n'avais jamais vu un oiseau migrateur changer d'avis en plein vol, car ceux qui changent d'avis courent plus de risques que les autres de s'écraser, voler n'étant pas en effet une question de capacité, c'est une question de se dire qu'on en est capable, toi tu pensais en être capable, mais c'est moi qui avais raison, m'as-tu dit, ce serait une entreprise folle que de décoller sans effectuer la moindre maintenance, il fallait d'abord songer à produire du vent, il n'y avait pas un souffle, aucune feuille ne frissonnait, je t'ai dévisagée, toi, cette créature sage qui vivait immergée dans un monde imaginaire parallèle, qui se retrouvait souillée de pétrole comme un grèbe huppé, enduite, engluée, j'avais beau te rincer, te lessiver, il me semblait que je ne faisais que t'imprégner plus encore de la substance huileuse, un travail de longue haleine qui me laissait les mains sales, cependant je patientais dans l'attente du jour où tu répondrais avec amour à mes tentatives, la vigueur avec laquelle tu regimbais prouvait que le grèbe avait encore de la force, que tes chances de survie étaient trop grandes encore pour que tu te jettes dans mes bras, je savais qu'il convenait de placer les oiseaux qu'on sauve d'une marée noire une semaine dans une couveuse éclairée pour qu'ils retrouvent la graisse naturelle de leurs plumes, voilà pourquoi je te gardais au chaud avant de te rendre la liberté, ainsi tu aurais la sensation de ne plus pouvoir vivre sans moi, sans le pilote, je songeais à cela en courant dans la nuit, mes pensées dérivant immanquablement vers toi, absorbé par l'histoire de la grenouille et de l'oiseau je n'ai remarqué que trois rues plus loin que l'on me suivait, j'ai perçu un bruit de pas derrière moi, des bruits sourds sur l'asphalte chaud qui résonnaient toujours plus, et quand j'ai enfin osé me retourner, j'ai vu le poussin pelucheux de mes cauchemars qui, sur de hautes pattes, me courait après, je lui ai crié par-dessus mon épaule qu'il me foute la paix, ma phrase à peine terminée je me suis senti comme un crétin, là au milieu de la nuit à hurler sur un poussin imaginaire, ce dont les magistrats devaient se délecter, il n'empêche, le gigantesque poussin était plus rapide que moi, il m'a rattrapé en un rien de temps et m'a lancé : *Rentre chez toi, Kurt, rentre chez toi !* Je lui ai demandé ce qu'il fabriquait là, pourquoi il m'importunait, j'ai vu alors le sang dégouliner de chaque côté de mes baskets blanches, mais je m'en balançais, j'ai repris ma course de plus belle et dégringolé de la sorte dans l'image fantomatique de la nuit au cours de laquelle ma mère, portant son tablier, était venue s'asseoir sur le bord de mon lit, elle roulait tout doucement une crêpe, une de ses crêpes de rabibochage, je l'ai compris dès que j'ai perçu l'odeur écœurante de graisse, elle m'a dit qu'elle était désolée, qu'elle ferait mieux demain, tout son possible, mais pourquoi fallait-il que je sois un tel casse-pieds, puis elle a enfoncé une extrémité du cigare dans ma bouche, je l'ai mâché sans envie, le sirop en dégoulinait, atterrissant sur le col de mon pyjama et dans mon cou, bouche pleine j'étais incapable d'exprimer ce que je voulais dire, des gouttes épaisses se mettaient soudain à pleuvoir et je me noyais, je me noyais, mes mouvements de brasse étaient vains dans ce magma visqueux, je n'avançais pas, je sentais l'air quitter peu à peu mes poumons, mes joues se remplir de sirop d'érable jusqu'à ce qu'apparaisse tout à coup l'éleveur de l'autre côté de mon lit, il me souriait et me tendait sa main bleue, mais à chaque fois que mes doigts allaient toucher les siens, il les retirait, comment d'ailleurs pouvait-il m'aider moi qui n'avais pu l'aider, me suis-je dit, j'étouffais sous l'afflux de sirop d'érable et je me suis réveillé en toussant, et je courais en crachant mes poumons, la seconde suivante je ne savais plus où je me trouvais, rues et routes m'étaient inconnues, j'ai commencé à tourner en rond, la tête me tournait, épuisé j'allais abandonner, sur le point de me laisser tomber sur une pelouse près d'un jardin d'enfants, mais le poussin jaune a alors surgi au coin d'une rangée de maisons, j'ai su à l'instant qu'il me fallait être là-bas, que là-bas se dressait la maison de l'homme creux, ceci même si j'ai refusé, plus tard, d'admettre que ces abominables magistrats avaient peut-être raison d'argumenter que le poussin était synonyme de renaissance, car je n'exécrais rien tant que renaître, pas ça non, continuer à vivre en toi, voilà ce que je voulais, en toi et en personne d'autre.

21

Ce jour-là, en glissant ma main enveloppée d'un gant en plastique dans le vagin d'une vache, je ne pouvais me douter que, le soir, je ressentirais la même sensation de chaleur. Je confondrais le rut des groningues avec celui de l'enfant, je m'approprierais ton être ici et maintenant et laisserais ma saloperie en toi, t'inséminerais de l'idée que tu pourrais te perdre comme ça, n'importe où, quoi qu'il en soit il s'agirait de l'un des derniers moments qui finiraient dans ton journal intime sous un post-it jaune portant la mention : *Secret !* Ton frère les soulèverait, de sorte que ta tête serait le dernier refuge de notre complicité, elle devait finir saturée de souvenirs, tout autant que l'espace sous ton lit, cachette moins sûre, là où ça commençait à suppurer, mais voilà, j'étais faible, mon élue céleste, trop faible pour mettre le holà à moi-même, il faut que tu saches que j'ai malgré tout essayé de convaincre Camillia de m'accompagner, même si, je l'admets, j'espérais en mon for intérieur qu'elle serait empêchée, je lui ai proposé d'aller au cinéma et j'ai été soulagé de l'entendre me répondre qu'elle allait au club d'art floral, entre-temps elle était tellement habituée à ta présence qu'elle ne cherchait plus anguille sous roche, bien qu'elle se fît du souci à ton sujet et trouvât bizarre que ton père ne se renseignât pas plus auprès d'elle alors que tu dînais souvent chez nous, toutefois, elle voyait surtout en toi l'être solitaire et ailé qui débordait de talent et qu'elle entendait soutenir, elle voulait que tu brilles, tu étais son élève, elle pensait qu'une soirée cinéma te ferait du bien, moi je me réjouissais d'être avec toi, d'être épaule contre épaule avec toi dans la salle, de coller mon genou au tien, de te nourrir de pop-corn et de *jelly beans*, ces dragées acidulées dégueulasses dont tu raffolais, les vertes avaient ta faveur, aux roses tu trouvais un goût de fraise pourrie, aussi je les laissais dans le sachet, tout cela je le savais tout comme je savais que tu te pinçais la racine du nez lorsqu'une scène triste s'annonçait : pleurer, à ton avis, ça ne valait la peine que dans le cas d'un navet, je savais aussi que tu te mettais à agiter les jambes quand une scène s'éternisait, quand l'ennui te gagnait ou quand ta concentration se tarissait, je savais aussi que tu aimais les salles sombres mais qu'elles te rendaient un rien claustrophobe, qu'à plusieurs reprises pendant une séance tu cherchais des yeux la sortie de secours, au cas où, mais, le soir en question – je devais regretter d'avoir gardé le matelas dans le van au lieu de le balancer à la décharge lors de ma défense quotidienne –, ça ne s'est pas produit, tant *Dogville* de Lars von Trier, avec Nicole Kidman dans le rôle principal, te tenait en haleine, tu en as même oublié de finir ton Coca, tu n'as pas remué les jambes, scotchée à ton siège, plus tard, tu m'as dit d'une voix ravie que c'était un film génial, dément, la mise en scène déroutante, le casting et surtout le chien en pastel qui aboie, tu en voulais un comme ça, et en réalité l'histoire parlait de toi, me dirais-tu, une fille qui cache un secret, entourée de gens qui attendent quelque chose d'elle, qui lui en demandent toujours plus, certes, pour ta part, tu n'étais pas poursuivie par deux gangsters, mais tu as avancé qu'en réalité ceux-ci représentent des angoisses, que tout le monde est poursuivi dans sa vie par des gangsters habillés en noir, que toi aussi tu essayais de t'enfuir, à ceci près que tu espérais connaître une meilleure fin, en aucun cas avec une balle dans la tête, c'est en t'entendant prononcer ces mots que j'ai su quel rôle me revenait dans le scénario, j'étais le monsieur de la scène du viol sur laquelle tu ne t'étendais guère pour ne pas dire pas du tout, il n'en demeure pas moins que tout m'était présenté sur un plateau tandis que je ne me rendais compte de rien, de presque rien à vrai dire, car pendant le film je pensais uniquement au générique de fin, impatient surtout de passer à la scène finale dans le Fiat, sur le trajet tu ne t'arrêtais pas de parler des acteurs, tu ne t'es pas rendu compte que je me dirigeais vers la ruelle Vertpré où j'ai garé l'utilitaire derrière les ifs et t'ai dit le plus naturellement possible qu'on pouvait continuer la conversation à l'arrière, reprenant des paroles du film tu as sautillé autour du véhicule en adoptant la démarche d'une actrice, t'es laissée tomber en arrière sur le matelas, as dit que Nicole Kidman était belle dans le bon sens du terme, ni poupine, ni affectée, d'une beauté accordée à peu de gens, je me suis allongé à côté de toi, dos au poster représentant la reine Beatrix étant donné que je n'espérais aucun ruban ni rosette pour cette action de sauvetage, bien plutôt de l'opprobre, tes joyeux caquets ne se sont arrêtés que lorsque j'ai mis ma main sur ta bouche, j'ai attendu quelques secondes, l'ai retirée pour plaquer mes lèvres sur les tiennes, j'ai embrassé le goût dégueulasse des *jelly beans* jusqu'à ce que je te goûte, toi, te demandant entre-temps : *Qui es-tu en ce moment, l'oiseau, Le Crapaud ou la loutre ?* Tu as haussé les épaules et affirmé que tu savais qui tu étais à partir du moment où on ne te posait pas la question, ça m'a paru une réponse un rien floue, mais au fond, je m'en fichais, la seule chose qui comptait, c'était qu'on se trouvait ensemble, allongés l'un contre l'autre, certes arrêter de t'embrasser comportait un risque : je m'exposais à ce que tu te perdes de nouveau dans le labyrinthe de tes cogitations quant à ce qu'on venait de voir, tu aspirais grandement à visionner la suite de la trilogie, *USA – Land of Opportunity*, le film *Manderlay* qui venait tout juste de sortir, je t'ai promis qu'on le verrait bientôt, je ne me suis pas enquis du secret que tu portais en toi ni de ce que les gangsters attendaient de ta personne, la seule chose que je savais, c'est ce que je voulais, autrement dit que tu te perdes dans mon pays, ma bouche est passée de la tienne à quelques décimètres plus bas, j'ai remonté ton T-shirt et embrassé ton ventre, j'ai embrassé la peau à la lisière de ton short et murmuré que je t'aimais, que je t'aimais à en perdre la raison, j'ignorais que personne ne te l'avait encore jamais dit, mais tu l'avais lu dans les livres, entendu dans des chansons et des films, aussi tu savais quel comportement il te fallait adopter, tu savais combien l'autre serait triste si tu ne lui répondais pas en employant les mêmes mots, par conséquent tu as murmuré que tu m'aimais toi aussi, je t'ai demandé si tu le pensais vraiment, tu as répondu en reprenant des paroles d'une chanson de Herman Brood : *I love you like I love myself, and I don't need nobody else*[1]. J'ai su dès lors que c'était vrai, que tu m'aimais autant que tu t'aimais, que cela changeait constamment, que tu ne t'aimais pas vraiment et donc que tu ne m'aimais pas vraiment moi non plus, mais puisque tu étais gaie, tu estimais que tout allait s'arranger, même si tu étais un marécage, ma biche, je me suis contenté de ta réponse, l'essentiel étant que tu y croies, que tu croyais m'aimer, parce que ainsi tu m'aimerais, j'ai interprété tes mots comme l'approbation à déboutonner ton short, un unique bouton argenté rehaussé d'une fleur, chaque seconde au cours de laquelle je voyais l'enfant m'émouvait, l'enfant que je désirais avant tout voir jouer, prendre sur mes genoux, bercer pour qu'elle ait une vie meilleure, mais que je voulais également convoiter, que je désirais déshabiller, oh ! malsaine antinomie ! Je t'ai dit que quand on aimait quelqu'un, on désirait être caressé sur tout le corps par cette personne, du crâne aux gros orteils, on désirait être disséqué à fond par cette personne, et je t'ai demandé si tu me laisserais te disséquer, tu as rétorqué que je n'avais pas de scalpels sous la main, mon index décrivait des cercles sur le nœud de ton slip, je t'ai invitée à imaginer

1. Je t'aime comme je m'aime moi-même et je n'ai besoin de personne d'autre.

que ma main était un scalpel, tu as hoché la tête avec circonspection, je tenais tellement à te montrer qu'on peut exister sans éprouver la moindre douleur, j'ai alors glissé ma main dans ta culotte, stupéfait j'ai senti combien tu mouillais, oh ! munificente mare ! Je t'ai remerciée et tu m'as demandé *pourquoi ?* J'ai souri car tu ne comprenais pas le parce que, car je te permettrai de le comprendre, puis je t'ai vue atermoyer entre raideur et détente, mon adorable, atermoyer ô combien exquisément, perdre tes moyens, craintive comme lorsque s'ouvre la saison de la chasse au Vieux-Bois, tu entendais depuis ton lit les coups de feu fendre l'air, tu savais certes qu'il s'agissait surtout de chasser les nuisibles, le renard, le faisan et la bernache nonnette, mais cela ne t'empêchait pas de songer aux vaches à l'époque de la crise de fièvre aphteuse, sous ta couette tu te figurais que le pasteur s'adonnait à la chasse en hauteur, ce qui suppose qu'il restait perché au même endroit – mirador ou chaire – en attendant de tirer sur le gibier passant à proximité, l'avantage étant que la décharge part en direction du sol, tu avais l'impression d'être une proie, tu comptais les détonations comme tu comptais les secondes qui séparent l'éclair du tonnerre, dès que la nuit tombait, tu voyais partout des braconniers, hormis celui qui t'attirait dans ses collets, tu perdais tes moyens comme devant le tableau noir, pendant le cours de géographie, alors que tu séchais sur une question pourtant simple parce que le monde tournait et tournait dans ta tête, parce que tu restais plantée sur place dans la ligne de visée, les bras collés contre tes flancs car, une de tes camarades ayant remarqué le duvet qui poussait sous tes aisselles, tu ne savais quel comportement adopter, les filles avaient ricané en te comparant au Grinch, le Grinch qui reçoit un rasoir pour Noël, devient la risée de tout le monde et, par conséquent, se met à détester cette fête, te voir si craintive et mal à l'aise à côté de moi ne faisait qu'attiser ma libido, j'ai vu des larmes se former au coin de tes yeux, j'ai remué mes doigts en toi en murmurant : *Je suis Hitler, je suis Freud.* Cela t'a amollie, ça devait être ça puisque tu t'es mise à pousser de faibles gémissements, par moments la pointe de ta langue allait et venait sur tes lèvres, tes pleurs ont cessé, tu as marmonné que tu étais Le Crapaud, le plus joli crapaud de toute la campagne, capable en bondissant de voir la Terre promise scintiller au-delà du *Village*, que certains jours tu pissais debout sous la douche, un jet décrivant une parabole par-dessus tes pieds, qui te procurait une agréable sensation, je t'ai assuré que tu étais bien Le Crapaud, que j'étais en train de te disséquer, commençons par tes palmures, passons à tes douces et délicieuses fesses, incisons à présent la peau près de ton petit cœur pour voir pour qui et pour quoi il bat, tes joues se sont empourprées, tu humidifiais toujours plus tes lèvres, tout à coup tu as serré les cuisses, tenté de repousser ma main, mais j'étais plus fort que toi, j'étais le monsieur de la scène du film, j'ai vu tes yeux s'éclaircir à croire qu'une main venait d'astiquer les perles de verre, j'ai écarté de nouveau tes cuisses, t'ai excitée en parlant du Crapaud, ça t'a mise hors de toi, ma chère enfant, tu as regimbé, refusant d'approcher la lumière, là où je désirais tant te transporter, j'ai chuchoté à ton oreille, comme pour t'inviter au théâtre, à une pièce de Beckett, que la prochaine fois, ce serait la saison des ramures, j'ai chuchoté qu'il existe différentes sortes de ramures, de bien plus belles et plus grosses que celle de l'enfant Jésus, que celle de l'angelot, que je te laisserais caresser la ramure tout ton soûl, ton corps de nymphette a alors été traversé de secousses, c'était tellement beau à voir, tellement délectable, un tremblement de terre sous ta peau, ensuite j'ai meublé le silence, je ne voulais pas voir combien tu étais déroutée, que tu t'étais vraiment perdue toi-même pour la première fois dans un séisme qui fissurait tes os, pas ça non, aussi j'ai parlé de Beckett, de sa pièce la plus célèbre, *En attendant Godot*, j'ai évoqué les personnages, Vladimir et Estragon, Lucky et Pozzo, j'ai dit que c'est à Estragon que tu ressemblais le plus car il ne cesse de vouloir quitter Vladimir, mais se ravise à chaque fois, que le plus grand abandon réside non dans le départ mais dans la menace du départ, que beaucoup attendent quelqu'un qui ne vient jamais, ils attendent tellement longtemps en se réjouissant qu'ils en deviennent aveugles à celui ou celle qui vient à passer entre-temps, j'espérais que tu te reconnaîtrais dans ces paroles, toi aussi tu attendais un Godot, tu imaginais un être qui supprimerait la douleur et l'abandon que tu ressentais, tu imaginais une mère qui déballerait ta valise près de la porte et la remiserait pour de bon au grenier, j'ai tenu le crachoir jusqu'à ce que tu te ressaisisses, jusqu'à ce que tu retrouves des couleurs et ta langue, je t'ai donné les paroles d'une chanson de Jewel Akens, « The Birds and the Bees », le seul succès de cet Américain, ai-je précisé, chanson qui est entrée dans le Billboard Hot 100 et s'est hissé à la deuxième place du hit-parade aux Pays-Bas, jamais il n'a retrouvé ces sommets malgré le single « Born a Loser » où « Little Bitty Pretty One » de Thurston Harris figurait sur la face B, tu t'es exclamée avec enthousiasme que cette chanson retentit dans *Matilda*, le film de 1996 inspiré du roman éponyme de Roald Dahl, au moment où Matilda prend conscience qu'elle a des super pouvoirs qui lui permettent de faire bouger et contrôler les choses à distance, tu as entonné le refrain et pendant que ta voix tintait avec grâce, j'ai souligné cette phrase dans ma tête : *Tell you a story, happened long time ago, little bitty pretty one, I've been watching you grow, whoa whoa whoa whoa*[1]. Je t'ai déposée à la ferme, tu as soudain hésité à ouvrir la portière, tu t'es retournée, la gaieté des minutes précédentes avait disparu, tu étais redevenue une créature déroutée, tu m'as dit que tu te sentais bizarre, curieusement bizarre, moi j'ai souri et t'ai dit que c'était à cause de tous ces *jelly beans*, *non, non* tu as fait, *tu sais bien pourquoi*, j'ai hoché la tête d'un coup sec du menton et ajouté que je comprenais, mais que cela faisait partie des choses de la vie quand on aime quelqu'un très fort, tu m'aimais fort, n'est-ce pas, tu as hoché à ton tour d'un coup sec du menton, pour finir je t'ai assurée que tu deviendrais un magnifique Crapaud, que je t'aiderais à y parvenir, que j'étais ton petit ami, ton Kurt, l'incertitude a alors disparu de tes yeux, tu étais de nouveau rassurée pour un petit

1. Je vais te raconter une histoire, qui s'est déroulée il y a longtemps, toi ma jolie petite, je t'ai regardée grandir, whoa whoa whoa whoa.

moment, j'ai dit *au revoir Crapaud, à bientôt, à très bientôt* puis suis parti sans voir que tu essayais de sautiller, que tu essayais, sans y parvenir, à la différence de quelques quarts d'heure plus tôt, de sautiller.

22

Tu oscillais, ça sautait de plus en plus aux yeux. Entre garçon et fille, te préoccupant de façon toujours plus obsessive des *dear boys* à la piscine, des ramures de petits mecs, tu ramenais l'un ou l'autre chez lui sur ton porte-bagages, c'est Hitler qui avait raison, tu étais devenue un coursier, à mon corps défendant j'assistais à cela dans mon fourgon alors que je roulais derrière toi à une distance raisonnable, je voyais le regard que tu portais sur eux quand tu franchissais le portail de la piscine, serviette de bain sous le bras et cheveux mouillés sentant le chlore, te voyais adapter ta posture en fonction d'eux et en les imitant, espérer à chaque fois qu'ils donneraient un pourboire au coursier, lorgner du côté de leur mini-ramure, l'os pénien ratatiné de la loutre appartenait au passé, aux jeux de l'enfance, à présent tu en voulais un vrai, l'esthétique de la ramure d'un garçon l'emportant à tes yeux sur celle du pénis du mustélidé, lequel se confondait au fond avec le sucre d'orge que t'offraient naguère tes grands-mères et que tu suçais à t'en déboîter la mâchoire, c'est ça, tu voulais de l'authentique, un jour je t'avais raconté que dans le règne animal, le sexe le plus imposant appartient au rorqual bleu, trois mètres et demi environ, parmi les animaux vivant sur la terre ferme, l'éléphant arrive en tête avec un mètre et demi, j'avais aussi mentionné la balane, ce crustacé qu'on appelle aussi gland de mer, à la fois mâle et femelle il n'a pas moins de deux pénis, vingt-cinq fois plus longs que son corps, ainsi que le plus beau membre du règne animal, à savoir celui du babouin hamadryas, couleur rouge vif, ce singe s'assied de façon qu'on voie la taille et la magnificence de son instrument afin de manifester son statut de chef, tu avais savouré mon propos non sans trouver injuste que la balane en ait deux et toi pas même un, il te semblait difficile pour le crustacé de viser dans la mesure où il lui fallait garder le contrôle sur les deux à la fois, depuis tu ne te préoccupais plus que des bois des garçons, singulièrement après que je t'avais montré quelques reproductions d'œuvres de Raphaël alors que je prenais une pause-café pendant que ton père et ton frère fanaient sans discontinuer sur la rive opposée du Maelström puisque Monsieur Météo avait annoncé des averses, une saucée, ils allaient en effet s'en prendre une, plutôt carabinée, elle stagnait en réalité depuis un certain temps sur les alentours, une giboulée sans qu'aucune goutte d'eau ne tombe du ciel, en attendant je te montrais *La Petite Madone Cowper* de Raphaël, accrochée à Washington pas très loin du Pentagone perforé par le troisième avion lors du 11 septembre, je sais que tu as pensé à ces murs effondrés quand j'ai mentionné l'emplacement du musée, que tu as failli redégringoler dans ton sentiment de culpabilité, toutefois ton attention s'est portée sur la représentation que j'avais posée sur la table bancale du jardin entre la boîte de spéculoos Bastogne et les tasses de café, un portrait de la Vierge et du petit Cowper, garçonnet au visage d'ange qu'elle maintient debout sur ses genoux en gardant une main sous ses fesses nues tandis que lui passe ses bras potelés autour du cou de Marie, ravissante scène que tu as contemplée bouche bée, tu m'as demandé qui était ce Cowper, quel âge il avait, à quoi il rêvait, j'ai imaginé des réponses en vue d'entretenir ta bonne humeur, je t'ai montré *La Belle Jardinière* sur laquelle on voit l'enfant Jésus de face ainsi que sa ramure miniature, et bien sûr *La Grande Madone Cowper*, peu intéressante à ton goût, ai-je remarqué, il faut dire que le garçonnet tient son bras droit devant son sexe, tes yeux restaient surtout fixés sur le petit Cowper et ses fesses, sur le petit pénis, tu t'es mise à voleter, à tourbillonner autour de la table avant de te repencher sur les portraits en soupirant d'excitation, tu as dit que Marie avait dû être une bonne maman, ça se lisait dans son regard plein de tendresse, j'ai fait alors apparaître de ma sacoche, comme par enchantement, le Putto de Raphaël, je t'ai dit qu'en sculpture et en peinture, ce nom désigne un enfant poupin, nu et ailé, un ange qui symbolise l'amour, tu t'es remise à voleter, cette fois en t'extasiant : *Je m'appelle Putto ! Je m'appelle Putto !* Je ne savais si c'était l'effet escompté, tu étais bien trop maigre pour être un vrai Putto, cela dit, comme je n'avais jamais vu l'oiseau voleter avec une telle fougue, j'ai décidé de te surnommer Putto, et quand j'ai rangé les reproductions, l'oiseau, tout comme la fois précédente à la ferme, s'est subitement envolé de tes pensées, tu as murmuré qu'il y avait un truc qui clochait en toi, et pas qu'un peu, ben oui, tu me faisais peine, mon petit Putto, mon incomparable chérubine, j'ai resongé aux mots de Camillia, quelques jours plus tôt, elle avait dit la même chose, elle avait dit qu'il y avait un truc qui clochait en toi, elle t'avait conduite elle-même chez l'orthodontiste, les vaches donnant trop de travail à ton père, le type t'avait enfin délivrée de ton affreux appareil dentaire, mais au lieu d'éprouver de la joie, tu avais passé le trajet du retour à chialer sur la banquette arrière, plus fort encore que lorsque mon fils avait rompu avec toi à l'Efteling, m'avait raconté Camillia, tu venais de prendre soudain conscience qu'en perdant ton appareil dentaire, tu perdais aussi ton orthodontiste, et bien qu'il ne fût ni doux ni particulièrement gentil, une perte reste une perte, Camillia estimait que ce n'était pas normal d'être triste à ce point, qu'à force de t'entendre fabuler il lui fallait de plus en plus souvent démêler, dans tes propos, le vrai du faux, moi, j'ai mieux saisi de quoi il retournait, j'ai compris qu'il ne s'agissait pas de l'orthodontiste, pas vraiment en tout cas, il s'agissait de la blessure causée par l'abandon, la plaie qui se rouvrait brutalement à chaque fois que quelqu'un s'en allait, tu ne t'étais calmée que lorsque Camillia t'avait dit que rien ne t'empêchait d'envoyer une carte postale au praticien, ce à quoi tu avais rétorqué que rien ne t'empêchait d'arracher l'attelle placée derrière tes dents de façon qu'elles se remettent à pousser de travers, c'est d'ailleurs cette idée bien plus que celle de la carte qui t'avait calmée, quand Camillia m'a rapporté tout cela, l'air de « I'd Do Anything for Love » m'est revenu à l'esprit, la chanson de Meat Loaf sortie en 1993, l'année où tu as perdu le disparu et l'abandonnée, une chanson que l'on aurait crue écrite pour toi, elle parle de toi, toi qui faisais tout pour l'amour : *Maybe I'm crazy, but it's crazy and it's true, I know you can save me, no-one else can save me now but you. Maybe I'm lonely, that's all I'm qualified to be. That's just one and only, the one and only promise I can keep. As long as the wheels are turning. As long as the fires are burning. As long as your prayers are coming true. You'd better believe it, that I would do anything for love*[1]. Je t'ai apaisée en te disant, mensonge délibéré, que rien ne clochait en toi, je t'ai tendu la main et t'ai assuré qu'on allait rattraper le coup en ce qui concernait New York, je te le jure, on va y aller, je suis le pilote, tu as alors pris ma main puis m'as considéré avec défiance alors que je prenais deux seaux à lait en aluminium derrière la cuve réfrigérateur et les posais, cul en haut, dans l'herbe au bord du canal, j'ai lâché ta main et me suis perché sur l'un d'eux, attendant que tu m'imites, puis j'ai fermé les yeux, tendu les bras et t'ai demandé si tu étais prête à partir, à décoller, je t'ai zieutée à travers mes cils, t'ai vue, toute timide sur l'autre seau, ailes écartées et joues humides, en cet

1. Peut-être suis-je folle, mais c'est fou et c'est vrai, je sais que tu peux me sauver, personne d'autre que toi ne peut me sauver actuellement. Peut-être suis-je seule, voilà tout ce à quoi je suis bonne. C'est la seule et unique, la seule et unique promesse que je peux tenir. Tant que les roues tournent. Tant que les feux brûlent. Tant que tes prières se réalisent. Tu ferais mieux d'y croire, que je ferais tout pour l'amour.

après-midi d'août, nous nous sommes envolés en direction de Fulton Street, l'endroit où s'élevaient naguère les tours jumelles, comme je t'invitais à formuler tout ce dont tu te sentais coupable, tu as marmonné quelques excuses, expliqué que ça n'avait jamais été dans tes intentions de percuter le gratte-ciel, que tu avais dévié de ta trajectoire, qu'il t'arrivait, quand tu étais en colère, de croire que casser quelque chose ça pouvait aider, mais ça non, ce n'est pas ce que tu avais voulu, et juste au moment où je me disais que ça se passait bien, que ça t'aidait, que je te libérais de ta vertigineuse culpabilité, tu as sauté dans l'herbe, renversé le seau d'un coup de pied et crié que ça ne servait à rien, que j'étais un branquignol de croire que tu tomberais dans le panneau, voler, tu le pouvais pour de vrai, à New York tu devais y retourner pour de bon, tu as soutenu que je ne te prenais pas au sérieux, que j'étais un pilote nullissime, qu'on éprouvait des sensations bien différentes dans l'espace aérien que sur un seau, que je ne comprenais pas ce que c'était, voir de près tous ces corps tomber dans le vide, sentir la pluie de cendres et de particules de béton coller à la peau, puis tu as déguerpi sur tes pieds nus, zigzaguant entre les bouses de vache, parti à ta poursuite, je t'ai rattrapée près du prunier où j'ai saisi sans ménagement ton poignet, je t'ai dit que j'étais désolé, Putto, *je suis désolé*, on s'est lancés dans un corps-à-corps, c'était la colère et non plus la joie qui te mettait hors de toi, je t'ai ébattue sous toutes les coutures, tu as planté une dent dans ta lèvre, le sang a coulé à ta commissure, de ma botte j'ai crocheté ton pied nu, t'ai fauchée avant de me coucher sur toi dans l'herbe, là j'ai léché ton menton, ton cou et tes lèvres comme un bloodhound, puis je me suis étiré pour atteindre, aux branches basses, les prunes blettes, j'en ai fendu une, en ai éjecté le noyau, je t'ai dit que c'était le fruit du mal, que nous mourrions si jamais nous le mangions, frondeuse et déchaînée, tu as arraché la prune juteuse de mes mains, l'as fourrée dans ta bouche et t'es mise à la mâcher rageusement, le sang se mêlant au jus, et tu as dit : *Je suis le mal, je suis l'oiseau du mal.* J'ai enfoui ma langue dans ta bouche, parmi la chair du fruit que nous avons sirotée, dégustée et avalée en nous embrassant, jusqu'à ce que nos joues et nos lèvres soient toutes collantes, jusqu'à ce que tu te calmes et que la colère se tarisse, tu as alors éclaté en sanglots, tu sanglotais tellement fort que les groningues ont levé la tête, tu as murmuré que tu allais mourir, ce que je n'aurais pu à vrai dire lire sur ton visage, mon adorable, je me suis efforcé de te calmer par de pieuses promesses, de bonbons, de ta célébrité qui dépasserait celle de George Bush, soutenant que l'on ne meurt pas vraiment, qu'il peut être toutefois agréable de s'imaginer passer l'arme à gauche, que cela permet de vivre plus intensément, mais voilà, tu n'étais que tristesse, aussi ai-je entrepris de te déchirer plus avant, t'assurant que je te ferais fleurir, j'ai enfoncé ma main collante dans ton slip, t'ai vue chavirer, ai vu tes larmes sécher, et tu as balbutié : *Si tu me quittes, je deviendrai une prune pourrie où tout l'espace sera envahi par des guêpes.* Je t'ai dit que je ne te quitterais jamais, j'ai ramassé dans l'herbe le noyau de la prune, l'ai enfoncé profondément en toi, dans ton antre tout chaud, dans ton intérieur tout chaud, t'ai promis que tu fleurirais d'année en année dans un épanouissement toujours plus parfait, t'ai promis qu'on serait de nouveau là ensemble dans un an, que nous passerions les étés sous cet arbre, je ne pouvais prévoir que ton frère l'abattrait à la tronçonneuse après avoir lu des passages de ton journal intime, que la giboulée stagnait tout juste au-dessus de nos têtes et que le ciel était une gueule pleine de dents qui poussaient de traviole.

23

Je feuillette à n'en plus finir cet été-là ainsi que mes souvenirs à la recherche du début de la cassure dans ma vie. À partir du moment où les amants de la mort se sont rassemblés autour de ma personne parce que quelque chose en moi commençait à fermenter et à pourrir, jusqu'à l'endroit où le vénéfice est survenu, jusqu'aux premiers symptômes du désir qui m'a poussé vers l'enfant, jusqu'à l'endroit où la boiterie s'est manifestée alors qu'auparavant j'avais été capable de bannir de mes pensées chaque petit poids léger, mais pourquoi, oh ! pourquoi n'ai-je pas fait la même chose avec toi, mon adorable, mon céleste Putto ! Pourquoi me suis-je promené avec toi sur la place du *Village*, lors de la fête foraine, un gros ours sous le bras que j'étais parvenu à pêcher pour toi dans la machine attrape-peluche, nounours qui, à force de m'adresser une méchante grimace, m'oppressait, pourquoi ai-je traîné avec cette gosse qui marchait à mon côté en léchant avec délice une *wijnbal*[1]

1. Sucrerie de fête foraine, en forme de boule et de couleur vineuse.

collante, sautait par instants à cloche-pied, un sautillement qui n'avait depuis longtemps plus rien à voir avec la sotte cabriole d'une fillette insouciante – ce côté rustique de ton être qu'il me tenait pourtant à cœur de préserver, je l'extirpais de ta moelle –, mais voilà, tu grandissais au point d'échapper à mes serres tout en grandissant dans ma passion, sur le moment je me suis dit que, petit garçon, je n'avais jamais sauté à cloche-pied, j'étais né adulte, un adulte ça ne sautille pas, ça marche droit devant soi au pas cadencé, mais en ta présence, mon animal de luxe, je ressentais néanmoins le désir de brandiller un peu les jambes, grâce à toi je me sentais jeune, j'étais convaincu que si cela avait pu aller aussi loin entre nous, ça tenait à ma mère, elle avait semé en moi un désir insatiable, une blessure permanente que j'essayais de guérir à travers toi, espérant oublier les glaciales années de mon enfance, de mon adolescence, en moi se cachait un petit garçon en manque qui avait envie de jouer, qui voulait s'amuser avec toi, c'était sans compter sur la lubricité suffocante qui m'entravait, à chaque fois que je respirais l'odeur douce et suave de ton corps, je me retrouvais transporté aux confins de la frénésie, de la transe, comment aurais-je pu résister à tout cela ? Comme toujours, tu marchais du côté ouest de mon corps, il devait en être ainsi, estimais-tu, de la sorte je te voyais sous ton meilleur jour, bien que j'eusse pu constater entre-temps que tu étais magnifique sous tous les angles, j'ai resserré ma prise dans la fourrure de l'ours, il faisait une chaleur étouffante, bien trop chaud pour trimbaler un balourd de cette taille, mais bon, tu l'avais désigné parmi toutes les peluches en insistant pour que je le pêche au prétexte qu'il avait l'air seul, or, disais-tu, la solitude à la fête foraine, c'est pire que partout ailleurs, il s'agissait en l'occurrence d'une question de perte et de gain, le nounours avait l'air d'avoir perdu gros, cela t'avait incitée, tout en évoluant entre les stands et les attractions, à dresser l'inventaire des pertes que tu avais subies au cours des semaines écoulées, à commencer par la nouvelle des importants dégâts subis par les ponts qui traversent le lac Pontchartrain, en Louisiane, dans tes cauchemars tu voyais des dizaines de voitures chuter dans les eaux, l'ouragan Katrina ainsi que, pour une part, la fatigue des matériaux, expliquaient l'état de l'édifice, avançait-on, une belle tournure, à ton avis, que *la fatigue des matériaux*, tu as d'ailleurs précisé que certaines personnes souffrent elles aussi de cette fatigue, elles risquent de s'effondrer à tout moment, cette nouvelle s'étant répandue, tu as transporté sans manquer dans ton petit sac à dos un de ces marteaux de secours avec lesquels on peut briser une vitre, au cas où tu tomberais dans l'eau, ceci alors même que tu ne possédais pas de voiture et ne manifestais aucune envie d'en posséder une un jour, tu avais entendu dire que, depuis 1928, Katrina avait été l'ouragan féminin le plus mastodonte de tous, il avait détruit toute la ville de Gulfport dans le Mississippi, que la grippe aviaire s'était déclarée en Chine et en Asie du Sud-Est, se propageant peu à peu au reste de la planète, qu'un athlète français et un cartooniste néerlandais étaient morts, ce que tu trouvais triste même si tu ne les connaissais pas personnellement, plusieurs attentats avaient été commis à Londres, une bombe avait explosé dans la station de métro

Russell Square, une autre dans un bus à impériale, un AEC Routemaster rouge, tu avais énuméré les actualités d'une voix tremblante avant d'énoncer, dans un deuxième temps seulement, tes propres pertes : tu avais perdu tout ton argent de poche en jouant au Coin Pusher, cet appareil dans lequel on « pousse » des pièces pour essayer de gagner un lot, même si le plaisir, en ce qui te concernait, résultait plus du tintement de tous ces euros qui tombent dans la gueule de la machine, cet enivrant tintinnabulement, que du gain hypothétique, en outre, tu avais perdu le pari passé avec Élia qui consistait à embrasser le premier *dear boy* qui descendrait du manège de la Chenille ou de celui du Break Dance, tu avais opté de toute façon pour la seconde attraction car, selon toi, les garçons qui montaient dedans étaient plus sympas, la Chenille ne tournait pas assez vite, les *dear boys* qui en tiraient du plaisir étaient pour la plupart ennuyeux et portaient un polo, or tu étais restée plantée sur place, à chaque fois qu'un garçon quittait le Break Dance, tu avais eu peur de devenir l'oiseau qui allait avaler sa proie, sort que tu réservais à l'occasion dans ta tête au Crapaud, tu craignais que, sous le coup de l'effroi, tout le monde te montre du doigt et susurre à ton sujet, tu inspirerais de la peur à tout le monde à l'exemple du Château hanté, l'attraction de l'Efteling dont on disait que l'un des fossoyeurs se cachait dans un coin pour terrifier le visiteur, lequel, s'il n'était pas sur ses gardes, finissait enterré vivant, vu que tu avais perdu ton pari, Élia avait exigé en guise de gage que tu voles le porte-monnaie du premier venu afin que vous puissiez vous payer un tour d'autos-tamponneuses, j'ai posé sur toi un regard stupéfait quand tu m'as exposé la meilleure façon de chaparder les biens précieux d'autrui : opérer une pure manœuvre de distraction, tu accompagnais tes paroles de gestes de tes mains perfides, cela faisait un bail que j'avais oublié que tu étais kleptomane, mais après ton aveu j'ai remarqué que tu ne cessais de jeter des regards madrés autour de toi, enfin tu as repris ton propos quant à tes propres pertes car il y avait bien pire que ton argent de poche : ce que tu avais perdu et que tu ne récupérerais jamais, à cet égard tu ne savais à quel saint te vouer, tu t'es mise à parler presque à voix basse alors qu'on approchait de la baraque Lucky Duck où j'ai essayé de pêcher pour toi un caneton jaune, c'est alors que tu as lâché le morceau, la frimousse toute pâle comme si un fossoyeur venait de t'effrayer, tu as dit que le matin même, au réveil, tu t'étais rendu compte que tu étais blessée, que l'oiseau avait heurté un obstacle en plein vol, il ne pouvait guère en être autrement puisqu'il y avait du sang dans ton slip, trois petites taches de la taille d'un confetti, cela n'avait cependant rien à voir avec une quelconque fête, as-tu ajouté un peu consternée étant donné que tu savais que tu allais devenir une femme, c'était écrit dans les livres, tu étais dorénavant pubère, cela changeait tout, tu risquais à tout moment d'être cueillie à l'exemple des prunes blettes dont ton papa faisait de la confiture, c'était un crime à ton sens car la probabilité que tu hérites d'une ramure de petit mec se trouvait réduite au minimum, tu as dit que les *dear boys* posaient désormais sur toi un regard différent, alangui en quelque sorte, alors que tu aurais de préférence voulu devenir l'un d'eux, il n'en demeurait pas moins que l'oiseau était blessé, tu as murmuré qu'il s'agissait d'un attentat venu d'en haut, de Dieu, tout le sang versé par ta faute le 11 septembre s'écoulait à présent de ton corps, je me suis penché vers toi, t'ai adressé un sourire ému et raconté que toutes les filles de ton âge se mettaient à saigner un jour ou l'autre, que la puberté ne signifiait pas automatiquement qu'une main risquait de te cueillir à tout moment, que tu aurais toujours la possibilité de dire non, qu'il te faudrait dire non si tu refusais ce qui se présentait, puis j'ai sorti la plus grande fable du siècle car je savais que le cueilleur de prunes, le confiturier, c'était moi, j'ai ajouté que tu étais encore une enfant, malgré le sang, tu étais mon enfant, mon adorable, à ma question de savoir si tu en avais fait part à ton père, tu as répondu que tu l'avais écrit sur la liste des courses entre le beurre et le pain d'épice, tu avais écrit : *Je saigne comme un bœuf.* Il n'avait pas abordé le sujet, mais avait compris le message, puisque quelques heures plus tard, un paquet de serviettes hygiéniques t'attendait devant la porte de ta chambre ainsi qu'un gâteau aux pommes à l'heure du café, certes tu avais à peine touché à ta part, patraque et pâlotte sur la chaise de jardin, tandis que ton frère affichait un sourire fourbe parce qu'il connaissait la raison de cette attention, tu trouvais bizarre qu'ils fassent la fête alors que tu étais blessée, une effroyable blessure, assise à ton bureau tu avais examiné une serviette hygiénique, à ton instar elle avait des ailes, m'as-tu dit, elle sentait la lavande, tu t'étais demandé ce que diantre tu allais devenir, pourquoi personne ne te tenait informée des changements à venir, de l'endroit où ils allaient se produire ni de la date du retour de la blessure, voilà pour les pertes de la semaine, mais les yeux rivés au sol, tu as encore ajouté : *Kurt, la plus grande perte, c'est moi-même, le plus grand disparu, c'est moi, je perds ma peau comme un serpent alors que je ne la connaissais que superficiellement.* Il y avait trop de villageois autour de nous pour que je puisse te serrer contre moi, à la place, pour te réconforter, je t'ai acheté un sachet de colliers de bonbons, tout en fixant la place du *Village*, tu as croqué à pleine bouche ces sucreries colorées, je me suis demandé à quoi tu pensais, mon élue céleste, soudain tu as levé l'index comme un élève le fait en classe : tu avais oublié une chose, une chose importante, tu avais perdu ton journal intime, en effet il avait disparu du jour au lendemain alors que tu le remisais depuis toujours sous ton lit parmi tes souvenirs et autres reliques, cette révélation m'a donné le tournis, j'ai failli étrangler l'ours en peluche sous mon bras, je t'ai dit qu'un journal intime, ça ne se perd pas comme ça, qu'il traînait sans doute quelque part, tu as secoué fermement la tête de droite à gauche, il s'était évaporé, pffuit, je t'ai demandé ce que tu y avais consigné, tu as répondu : *Everything and nothing.* Le désarroi m'a gagné, tu l'as vu car tu as cherché à me rasséréner, tu as menti en disant à ton tour qu'il traînait en effet quelque part, peut-être dans le tiroir de ta table de nuit ou sous ton matelas, je savais qu'il n'en était rien, mais me refusais à l'admettre, il me fallait me persuader que nous ne courions aucun risque, que j'étais un souvenir que tu défendrais jusqu'à la mort, tu m'as entraîné sur les autos-tamponneuses, oh ! tu m'as sacrément ébranlé, ne voilà-t-il pas qu'au milieu de tout ce raffut, où à chaque collision je me prenais la tête entre les mains, ce qui te faisait rire car aucun ado ne se comportait de la sorte, toi tu ne le faisais que lorsqu'il y avait dans la tienne quelque chose que tu estimais devoir protéger, de quoi me donner matière à réflexion, ne voilà-t-il pas que tu m'as demandé, je jure que cette question m'a été posée, chers magistrats, tu m'as demandé quand commençait la saison des ramures, tout l'effroi a reflué, tu faisais aller et venir ta langue sur la *wijnbal* tout en tenant le volant de l'autre main, ton pilotage enragé laissait supposer que tu avais oublié le pont qui traverse le lac de Pontchartrain, tu m'as dit que tu étais désolée à propos de la veille, tu t'étais emportée, pourtant tu savais que j'étais bien intentionné, que la plupart des pilotes, soucieux de garder quelque chose en l'air, sont bien intentionnés, tu en avais longuement parlé avec Freud au cours de la nuit, il avait pris place au bord de ton lit dans un pyjama hideux au motif représentant de bébêtes serpents, ce qui aurait dû te mettre la puce à l'oreille quant à ta mue, il t'avait expliqué que ça revenait à ceci : *Pour ne pas tomber malade, il faut aimer, et si on n'arrive pas à aimer, on tombe malade.* Tu n'aurais su dire si son *on* se confondait avec toi, néanmoins tu voulais apprendre à aimer, tu ne voulais pas tomber malade car tu connaissais deux maladies, une longue et une de courte durée, les deux ayant la même issue, c'est-à-dire une fosse dans la terre, tu as suggéré qu'une vraie ramure pourrait probablement te guérir, qu'ensuite tu n'en convoiterais plus, l'impatiente voix de la raison n'ayant de cesse qu'elle soit entendue, mieux valait que tu cèdes à ta fascination de sorte à y mettre fin, or je savais que l'inverse prévalait, plus je m'abandonnais à toi, plus la maladie s'aggravait, mais bon, il est vrai que mes pulsions étaient exacerbées, c'était une lutte sans fin, à chaque fois je perdais contre moi-même, on a percuté l'auto-tamponneuse du Crapaud et d'Élia, cette dernière m'a fixé avec de petits yeux à croire qu'elle devinait ce que je faisais là, à l'instant même je me suis de nouveau senti un géant au Pays des Enfants, je me suis affaissé sur le siège et t'ai dit : *Quand tu veux, ma biche.* Tu as répondu que demain ça te convenait, une fois les bottes de foin ramassées, oui, demain ce serait parfait pour une ramure de petit mec, n'avais-tu pas déjà 14 ans ? as-tu avancé, il était grand temps que tu t'occupes des choses sérieuses, tu as murmuré : *I want to know what love is, I want you to show me*[1]. Une citation d'une chanson de Foreigner, mais cela m'a totalement échappé de même que le fait que tu te déplaçais une fois de plus dans une chimère romantique, tu estimais que tu avais suffisamment souffert de pertes la semaine écoulée, j'ai senti mes joues s'échauffer, me suis demandé si tu saisissais la portée de ton souhait, je t'ai demandé si tu avais déjà vu des gens faire l'amour, tu as dressé le nez et dit de façon sensée qu'il n'est pas nécessaire de voir une chose donnée pour s'en faire une idée, il t'arrivait néanmoins de t'en faire une bien précise quand tu voyais sous tes yeux Bonnie et Clyde intimement enlacés, d'autre part tu avais vu tellement de fois

1. Je veux savoir ce qu'est l'amour, je veux que tu me montres.

les taureaux monter les vaches, c'était du gâteau, une expression à laquelle j'ai souvent repensé : *c'est du gâteau.* Tu envisageais cela comme une expérience en plein cours de biologie, comme une dissection, comme un examen qui te conférerait un certain prestige, mais moi, dans mon abjection, dans l'auto-tamponneuse, ma ramure de tueur turgescente, obnubilé par l'idée que j'étais un Lucky Duck, que j'étais ton Lucky Duck, je me fichais que tu t'amuses à foncer dans le mur sans même plus tenir le volant, je voulais t'apprendre *what love is*, aussi versatile que fût mon savoir en la matière.

24

Ce n'était pas la première fois que j'étais en proie, la nuit, à des hallucinations, mais jamais encore cela ne m'avait tourmenté à ce point. Parfois, je me réveillais en sursaut en me sentant comme le bélier de la Genèse qui, coincé dans un buisson par les cornes, allait être sacrifié à la place du fils d'Abraham, j'étais la sentence du jugement, j'étais la mort, il me semblait par moments que le lit bouillant aux draps trempés de sueur que j'occupais était le lieu du sacrifice, il était en feu, entre Camillia et moi se dressait un tourbillon de flammes qui m'empêchait de m'approcher d'elle, et encore plus de la sauver, tout au plus parvenais-je à fuir ce lieu de malheur en me glissant hors du lit puis en chaussant en bas mes baskets, croûteuses à cause de tout le sang sacrificiel séché, versé par les ampoules de mes talons, cette nuit-là j'ai couru comme si je fuyais le bélier cornu, je me fuyais moi-même, dans ma nervosité je courais de façon désordonnée, je courais à presque en vomir, le plat de lasagnes du dîner remontait dans mon œsophage, Camillia avait exagéré sur la dose d'ail car elle croyait que je retrouvais une femme pendant mes virées nocturnes, elle en était persuadée, m'avait-elle dit, soupçonneuse, elle voyait mon arrogance s'affirmer, elle me voyait rajeunir alors qu'elle-même se faisait toujours plus mortelle, elle me voyait plus enjoué que d'habitude avec nos fils, elle constatait mes absences toujours plus fréquentes et plus longues, un surcroît de réunions en Allemagne, alors que tout au plus quelques kilomètres me séparaient d'elle, je plantais les dents dans un hamburger Double Big Tasty ou buvais un Milkshake Medium, elle voyait mes goûts vestimentaires changer, elle me voyait fermer les yeux quand je la caressais, mais elle ne parvenait pas à mettre le doigt sur la chose, les gousses d'ail étaient sa façon de regimber contre ces changements, elle en avait mis toute une tête et avait contrôlé si je mangeais tout, si j'étais allé ensuite me brosser les dents, et voilà que j'étais en train de courir en direction du Zigzag, puant de la bouche, pendant que je courais, il s'est mis à neiger, je sais que cela semble fou, mais il a neigé en cette nuit d'août, des flocons se détachaient de la voûte céleste, je n'ai découvert que c'était du sucre glace que lorsque j'ai tiré la langue et goûté la neige, tout à coup je me suis de nouveau trouvé sur la route du Jabot, poussant une brouette dans laquelle gisait le disparu, le paysage tout autour était d'un blanc sinistre, au loin se détachait le clocher du temple calviniste, à mes côtés marchait ma mère, elle portait son tailleur de deuil, sa tenue préférée, l'obscurité lui allait bien, j'ai regardé alors que je m'y refusais, j'ai regardé le visage du disparu, celui du petit pasteur, j'ai entendu le choc, *bang*, de son corps contre le pare-chocs, je me suis vu poursuivre ma route, j'ai continué de rouler avant de tourner au rond-point suivant, de tout de même rebrousser chemin, de regarder sans descendre de mon van, et ensuite seulement d'intervenir en disant d'une voix tremblante que je le connaissais, amenant les badauds à s'écarter respectueusement et à me laisser approcher du corps sans vie, j'ai fait tout ce que les autres faisaient : poussé des gémissements, injurié le chauffard qui ne s'était pas arrêté, fulminé contre Dieu, tout le monde était au désespoir, mais personne ne regardait mon Fiat, garé un peu plus loin, du sang poissant son pare-chocs, non, personne, nous regardions tous le petit pasteur, une ambulance sirène hurlante était sur le point d'arriver, mais dans mon cauchemar c'est moi qui le transportais jusqu'à la ferme, dans une brouette, et quand je regardais de plus près, je voyais que c'était toi et non lui que je poussais, toi mon adorable, tu étais dans la brouette, d'une pâleur de linceul, les yeux fermés, je jetais un regard désespéré à ma mère, je geignais : comment cela est-il possible, pour la énième fois elle disait que j'étais le croque-mort, que je resterais à jamais le croque-mort, que, possédé comme je l'étais, et de mes mains sentant le VetGel, j'avais bousillé le gosse, je balbutiais que ça n'avait pas du tout été mon intention, que je t'aimais, un sourire perfide aux lèvres, elle me disait que je n'étais pas capable d'aimer qui que ce soit, que tout ce que j'aimais se flétrissait, s'effritait, puis elle a cette fois encore secoué la boîte de sucre, le vent s'est levé, un froid polaire s'est installé, je lui ai crié d'arrêter de faire tomber de la neige, mais il ne pouvait en être autrement puisqu'il neigeait en ce jour de décembre, le jour où le disparu, en chemin vers le lycée, a voulu traverser le carrefour pour aller glisser des cartes de Noël dans quelques boîtes aux lettres du voisinage, c'était un mercredi, oui, un mercredi matin, la vibration du choc a parcouru tout le *Village* et devait perdurer, à croire qu'une foreuse ne cessait d'enfoncer des pieux dans le sol, je progressais toujours, toi inerte dans la brouette, mon Putto intact, cette fois nous gagnions l'avenue Pencil et non pas la ferme, autrement dit le cimetière, sur la double tombe n° 102 dans laquelle reposait le disparu, là se tenait avec déférence l'éleveur, il disait : *Premier arrivé, premier servi.* Je cherchais à lui dire que ton heure n'avait pas encore sonné, mais les fossoyeurs te sortaient déjà de la brouette et te déposaient en terre, de sa main lourde ma mère me malaxait la nuque, elle murmurait que j'étais son garçon, que je lui appartenais, même si je savais qu'à tout moment elle risquait de prétendre qu'elle *n'*était *pas* ma mère, ainsi à l'école maternelle quand quelqu'un lui posait la question, elle secouait résolument la tête de droite à gauche, elle avait honte de m'avoir engendré, d'avoir engendré quoi que ce soit, voilà pourquoi je traînais toujours plusieurs mètres derrière elle en quittant la cour, et tandis que je voyais toutes ces mamans rayonnantes s'enquérir auprès de leur progéniture du déroulement de leur journée en classe et presser les petits corps épuisés contre leur poitrine, j'emboîtais le pas à la jupe noire, ce nuage présage d'orage, et assis sur le porte-bagages je me cramponnais à la selle, observant comment la jupe échappait de justesse aux rayons, une fois, j'avais passé mes petits bras autour de sa taille, elle avait stoppé brusquement au beau milieu de la rue, m'avait soulevé du porte-bagages puis m'avait lancé : *Tu connais le chemin !* Elle avait renfourché son vélo et, sans se retourner, s'était éloignée, toujours plus, d'abord grand cormoran, puis corbeau, enfin boule de polystyrène noire avant de disparaître, me laissant désemparé, désespéré ! Pendant tout le trajet, je m'étais dit qu'elle allait à tout moment surgir, qu'elle s'excuserait, mais le vélo n'est pas réapparu et quand, au bout d'une heure, je suis arrivé à la maison dégouttant de pluie, elle n'a pas ouvert la bouche, elle s'est tue comme si je l'avais rejetée et non l'inverse, à partir de cet épisode, chaque fois qu'on me tournait le dos, ça me rendait fou, me projetait dans un tourbillon effréné, mais à présent tu étais là, gisant dans la double tombe n° 102, dans mon hallucination je sautais dans la fosse et te secouais avec précaution, j'entendais la voix grave de l'éleveur proclamer qu'on ne saurait revenir sur un sacrifice, je cherchais à rétorquer que je voulais être l'offrande, prendre ta place ma biche, que ce n'était pas de ta faute, je percevais la voix défaillante de ton père, celle que j'avais entendue lorsque j'avais apporté la nouvelle au sujet du disparu, peu avant le départ de l'abandonnée, lorsque j'avais apporté la nouvelle funèbre alors que toi, qui jouais dans la baignoire, tu avais vu l'abandonnée s'écraser sur le carrelage, tomber en morceaux, tu l'avais vue changer l'eau du bain avant de partir, mais en te brûlant pour avoir oublié d'ouvrir le robinet d'eau froide, c'est un cliché, je le sais très bien, mais dans mon rêve, les fossoyeurs entreprenaient tout à coup de reboucher la fosse, je me retrouvais couvert de terre, je tentais de me hisser hors du trou en te tirant derrière moi, mais personne ne me voyait, je me retrouvais enterré avec toi, l'obscurité se faisait et, au moment où je suffoquais, où je sentais le sable entre mes mâchoires, je me suis réveillé en sursaut, la sensation oppressante causée par toute cette terre sur ma poitrine ne me quittant pas pour autant, et alors que je courais à travers le polder, m'est apparu le tableau de Jan Lievens, qui représente Abraham serrant Isaac dans ses bras, levant tous deux vers le ciel des yeux remplis de crainte, à leur côté le couteau et le bélier égorgé, j'ai susurré au ciel que je voulais être le bélier, voyons, sacrifiez-moi, et quand j'ai regagné mon quartier, vu ma maison se profiler, enveloppée dans une putain de sérénité, je me suis laissé tomber sur le trottoir, je me suis tortillé sur les dalles tièdes, bon Dieu ! je me suis tortillé de douleur, j'avais les cornes coincées dans le buisson sans pouvoir m'en dégager.

25

Ton frère s'était une nouvelle fois glissé sous ton lit en s'amusant à faire le chat. Pourquoi et comment y parvenait-il, cela demeure une énigme pour moi, mais visiblement il réussissait à se faufiler au milieu de ta collection de souvenirs et de reliques, là où il avait, de toute évidence, mis la main sur ton journal intime, ayant à coup sûr oublié de miauler, pétrifié qu'il était resté toute la nuit à lire et lire encore alors que tu ne te rendais compte de rien et qu'à la lumière de ta lampe de chevet tu t'entraînais à voler sur le bord de ton lit, il passait en revue chaque mot que je t'avais dit, chaque message que je t'avais envoyé par MSN, tous les smileys, le moindre de mes gestes rancis, il avait vu le noyau de la prune que j'avais enfoncé dans ton antre avant que tu ne le repêches dans la cuvette des toilettes pour le coller avec du ruban adhésif sur une page portant la date de la cueillette ainsi que mon nom, et lorsque je suis arrivé à la ferme peu après neuf heures pour l'inspection hebdomadaire des vaches, ton frère se tenait près de la boîte aux lettres, une fourche dans les mains et des flammes dans les yeux, j'ai tout de suite compris que ça sentait le roussi, mon adorable, je n'en ai pas douté, j'ai manœuvré mon van de façon à rebrousser chemin, ai baissé prudemment ma vitre, entre ses lèvres serrées il m'a lancé que si je ne déguerpissais pas, il me tuerait, j'ai vu sa main se contracter sur le manche du trident, les jointures de ses doigts blanchir, il l'a levé en l'air puis en a laissé l'extrémité retomber sur les pavés, je t'ai alors vue droite comme un I derrière la fenêtre du séjour, encore en chemise de nuit, me saluant d'un geste machinal de la main, le même que celui que multiplie Beatrix le jour de la fête de la Reine, je ne te l'ai pas retourné car ça ne pouvait pas se finir de la sorte, c'eût été ridicule, mon mignon Putto, aucun des films que j'avais vus ne se terminait de façon aussi abrupte et stupide, j'ai regardé si ton père était dans les parages, mais ne l'apercevant nulle part, j'ai reposé les yeux sur le visage de ton frère, déformé par la rage, le pleutre en moi lui a dit que ça ne voulait rien dire, vraiment, ça ne voulait rien dire, en guise de réponse il a rayé ma carrosserie avec les dents de sa fourche, j'ai appuyé sur l'accélérateur et, piquant une suée, suis rentré en empruntant la digue Cryptogame, j'ai trouvé une Camillia hors d'elle, elle avait reçu un message reproduisant un passage de ton journal, elle m'a hurlé dessus, à savoir est-ce que je me rendais compte de ton âge, que tu aurais pu être ma fille, que le *Village* entier allait se pourlécher dès que ses habitants apprendraient tout ce que le véto aux mains baladeuses avais bousillé en toi, en elle, elle a déversé sa bile en me demandant si j'étais amoureux de toi, et me voyant acquiescer du menton, elle s'est mise à rire avec mépris, elle s'est tapoté la tempe de l'index, encore et encore, j'aurais voulu lui expliquer que la folie ne nichait pas uniquement là, elle était partout, le cancer s'était répandu dans toutes mes cellules, elle m'a interrogé sur ce qui s'était au juste passé entre toi et moi, j'ai menti en réduisant tout à un baiser, un seul, elle a demandé si c'était avec la langue, comme j'ai acquiescé une deuxième fois, elle s'est mise à fulminer en te traitant de détraquée, de bipolaire, elle t'a qualifiée de petite pute, de gosse damnée, j'ai essayé de la calmer en assurant que ça ne s'était produit qu'une seule fois, que c'était un malentendu, que tu avais fait office de morphine pour lutter contre la douleur, *quelle douleur ?* elle a hurlé, je n'ai pu lui parler de mes souvenirs d'enfance, de mes cauchemars, de l'ampoule purulente que j'étais et qui ne cessait d'éclater, au lieu de cela, je l'ai prise dans mes bras en me traitant d'idiot, en lui jurant que ça ne se reproduirait plus, que j'enverrais désormais un confrère à ma place chez ton père, en affirmant que c'était de ma faute, que toi, mon précieux trésor, tu n'y pouvais rien, j'ai promis de ne plus jamais te revoir, ai suggéré à Camillia qu'elle se comporte comme si de rien n'était à la rentrée quand elle te retrouverait dans sa classe, j'ai plaqué contre moi le corps triste et boudeur qui m'était devenu étranger, la chair furieuse qui s'éloignait toujours plus de moi, je la tenais comme l'une des brebis mortes qu'il m'arrivait de trouver dans un pré, elle m'a dit qu'elle et ton frère avaient décidé qu'il te revenait de révéler la chose à ton père, pour la raison que les mensonges prolifèrent plus vite que le chiendent, c'est ainsi que tu la lui as révélée dans la fosse à lisier vidée et nettoyée où il vous arrivait en été, à toi et ton frère, de jouer au tennis, là tu as raconté à ton père que tu m'avais embrassé, de son pouce humidifié de salive il a astiqué sans ménagement tes lèvres, ainsi qu'on le fait avec un petit dont la bouche est barbouillée de pâte à tartiner au chocolat, tu l'as laissé faire, il t'a dit : *Ne te trahis jamais ni ne trahis personne d'autre par un baiser*. Tu as murmuré que tu m'aimais, que tu m'aimais vraiment, mais que tu ne savais pas si tu avais voulu le baiser, ton père a tonné que c'était inconcevable, qu'il était impossible que tu m'aimes parce que j'étais le diable incarné, personne ne peut aimer le diable sauf à être l'un de ses émissaires, or ce n'était pas ton cas, a-t-il assuré en frottant tes lèvres de ses deux pouces pour en éradiquer le baiser, puis il a commencé à parler de ce qu'avaient rapporté les veaux et vous n'avez plus évoqué le sujet, quelques heures plus tard j'ai laissé un message sur la boîte vocale de l'oiseau, lui demandant si tu avais des chaussures de course à pied et soutenant qu'il était temps de passer au générique, je ne cesserais de répéter qu'il était temps de passer au générique, à la scène finale, puis, la nuit, j'ai couru jusqu'à la ferme De Hulst où tu attendais au bord de la route, en chemise de nuit et chaussée des baskets running trop grandes de ton frère, un mariage loufoque en même temps qu'une vision mirifique, cinématographique à souhait, on s'est enfoncés à grandes enjambées dans la tiède obscurité, par instants je te regardais voleter comme une phalène du sureau blanc, j'ai glissé ma main dans la tienne, senti tes doigts fins se tresser aux miens, on a attendu d'être sous le viaduc, au niveau de la route d'accès au

Village, pour échanger des paroles, et alors que de rares camions passaient au-dessus de nos têtes, j'ai attiré contre moi ton corps en nage, je t'ai dit que je ne viendrais plus examiner vos vaches, tu as pris le même air attristé que les bovins, à croire que tu relevais du troupeau soumis à l'inspection hebdomadaire, j'ai poursuivi en t'expliquant qu'on était désormais pour de bon Bonnie et Clyde, qu'on ne pourrait se retrouver que la nuit venue, je t'ai demandé si tu savais garder un secret, tu as hoché énergiquement du menton, affirmant que ta poitrine en recélait tellement que deux petites buttes finiraient bien par pousser là, je t'ai dit que le secret en question remplirait tout ton corps et pas seulement ton thorax, tu as parlé du vide dans tes membres et ailleurs, je n'avais pas à m'inquiéter, il restait bien assez de place en toi, jamais je n'aurais dû te lester de ce secret, ma biche, mais voilà, les véhicules fusaient au-dessus de nous et tu te tenais devant moi, si belle dans ta chemise de nuit blanche et ces chaussures trop grandes, je ne voulais pas que ça s'arrête, impossible, impensable que ça s'arrête, certes, sans toi, mon cœur continuerait de battre, mais avec moins de force et moins de vie, il ne tressauterait plus, il s'enfoncerait dans mes chairs, et entre les grillons et les grenouilles, j'ai remis mon destin entre tes mains enfantines, je t'ai dit que, sans toi, je n'avais plus aucune raison de continuer à vivre, à toi qui savais ce que c'est de ne plus avoir aucune raison de vivre, tu t'es pressée contre moi en assurant qu'aucun ressort n'était nécessaire pour exister, le ressort c'est la force avec laquelle on naît, avec laquelle on sort du ventre de sa mère et on happe une première goulée d'air, cette force dont on doit toujours se souvenir au moindre coup de moins bien, tant de sagesse dans un si frêle corps, ça m'a tiré un grand sourire, la joie qui me remplissait m'a fait dire impulsivement que tu étais à présent à moi, j'ignorais que tu avais toujours appartenu à quelqu'un d'autre, qu'il te fallait apprendre à t'appartenir à toi, que tu trouvais très agréable d'être à autrui, que ça te comblait, te remplissait, mais que peu à peu ça t'éviderait, qu'à un moment donné tu ne saurais plus qui était l'oiseau et ce pour quoi il voulait ou ne voulait pas déployer ses ailes, de but en blanc tu m'as demandé si je n'avais pas une grosse envie de faire pipi, j'ai fait non de la tête, *dommage*, tu as dit, *dommage que tu n'aies pas envie de faire pipi*, la pointe de ta langue a alors glissé le long de tes lèvres, je me suis ravisé en affirmant de façon théâtrale que j'avais une envie pressante de faire pipi, c'est toi qui m'y faisais penser, tu as souri et crié d'une voix puérile enjouée qu'il fallait s'attaquer au problème, je me suis de nouveau emparé de ta main pour t'entraîner dans le champ à côté du viaduc en disant : *C'est la saison des ramures*. Là, au milieu du lin qui chatouillait mes jambes nues et sous la lumière de la pleine lune, j'ai défait ma braguette et ai sorti ma ramure de tueur à moitié gonflée, tu l'as regardée comme à travers la vitrine de la confiserie de l'avenue Grimpions, là où s'entassaient des pots pleins de bonbons, des bonbons frites, des chamallows, des sucettes, des fraises Haribo, des chewing-gums en rouleau Hubba Bubba, il a fallu patienter un peu pour voir un premier jet, mais bientôt un léger bruit de clapotis a tinté, je t'ai demandé de la tenir, si tu voulais bien diriger la ramure, tu l'as saisie de tes doigts avides, dans ton enthousiasme tu as crié : *Tu fais pipi, tu fais pipi à en inonder la sécheresse de la nuit.* Une légère fumerolle s'est élevée de terre, j'ai renoncé à te montrer les autres usages que l'on pouvait en faire, ce serait pour plus tard quand j'estimerais que tu languirais après eux, comme tu avais langui après un regard affectueux de Beatrix le jour de la fête de la Reine, au lieu de ça, je me suis accroupi à côté de toi, j'ai baissé ta culotte sous ta chemise de nuit, l'ai jetée dans le lin derrière moi, t'ai ordonné de tenir tes jambes écartées, t'ai ordonné de faire pipi et j'ai vu des gouttes dégouliner le long de tes jambes, tu avais fermé les yeux, le visage tourné vers la lune, je tenais à garder cette image gravée pour toujours, je l'ai stockée dans un dossier entre les circuits de mon cerveau, quand tu as rouvert les yeux, j'ai allumé une Lucky Strike et t'ai expliqué que la marque tenait son nom des riches chercheurs d'or qui, en 1848, pendant la ruée vers l'or en Californie, disaient qu'ils avaient un *lucky strike*, je t'ai tendu la cigarette, tu m'as regardé avec un rien de nervosité puis tu as tiré dessus précautionneusement avant d'être prise d'une quinte de toux, un peu à court d'air tu as murmuré que ça te plaisait, je savais que tu plaisantais mais tu en as pris goulûment une seconde bouffée, cette fois ça s'est mieux passé, tu as rejeté la fumée vers le ciel en te demandant si la fumée et cette mauvaise odeur allaient monter jusqu'à Dieu, s'Il risquait d'avoir le cancer puisque le tabagisme passif expose en fin de compte plus les non-fumeurs à la maladie que les fumeurs, j'ai affirmé que Dieu avait toujours eu le cancer, qu'Il portait toutes nos maladies et tous nos péchés, rien de neuf pour Lui, chaque jour on Le déclarait à la fois malade et en bonne santé, quoi qu'il en soit Il se rétablirait, je te l'ai promis, tu as acquiescé avec soulagement, finalement on a oublié ton slip, je suis revenu le lendemain le récupérer, je l'ai conservé dans la boîte à gants de mon van, à côté de mon permis de conduire et des barres de muesli, de temps en temps je plongeais mon nez dedans, après avoir pissé on a regagné la ferme en courant, tes baskets émettaient des gargouillis à cause de l'urine qui s'était infiltrée dedans, laissaient des empreintes sur l'asphalte, ça te procurait une sensation délicieuse aux pieds, tu ne cessais de te retourner à croire que tu venais seulement de te rendre compte que tu existais, que tu existais vraiment en découvrant ces traces de mouillé, d'une voix dubitative et en rougissant, je t'ai demandé ce que tu pensais de la ramure de tueur, tu as dit qu'elle était milborolante et miamifique, autre chose que celle de Cliff, celle de l'angelot et celle de Cowper sur le tableau de Raphaël, qu'elle était aussi grosse que toutes les petites zigounettes réunies, tu l'as de nouveau qualifiée de milborolante, miamifique et mirabuleuse, j'ignorais qu'il s'agissait de mots créés par Roald Dahl, ta voix restait enjouée, je t'ai accompagnée jusqu'à la porte de la grange, à un jet de pierre de l'entrée de la ferme, t'ai embrassée en prenant tout mon temps, ai murmuré quelques phrases de Beckett puis un passage du Cantique des Cantiques : *Tes lèvres, mon épouse, distillent des rayons de miel. Le miel et le lait sont sous ta langue, et l'odeur de tes vêtements est comme l'odeur du Liban.* Je savais que tu aimais ce livre biblique, que c'était la première chose qui t'avait fait frissonner de désir, amenée à imaginer, dans ton jardin des délices, que quelqu'un t'adressait ces paroles, j'ai entrepris de remonter mes doigts le long de la face intérieure de ta cuisse, mais tu l'as serrée contre l'autre et balbutié que tu avais encore des devoirs à faire, une tonne de devoirs, j'ai rétorqué qu'on était au beau milieu de la nuit, mon magnifique Putto, que c'était les grandes vacances, tu as soutenu que l'oiseau ne prenait jamais de vacances, qu'il lui fallait se préparer à s'envoler vers le Sud, je t'ai souri avec indulgence, pressant mes lèvres avec ferveur sur ton front moite, te laissant voleter par la porte de la grange comme une phalène de sureau, je me suis demandé si tu savais que mes devoirs à moi, c'était toi, que je t'examinais et t'étudiais sans fin, que je mémorisais toutes tes paroles, tous tes faits et gestes, que tu étais mes suprêmes travaux pratiques, le sujet de mon meilleur exposé et de ma dissection, mon animal préféré.

26

En dépit de la répugnance que je pouvais inspirer, de tous les reproches qu'on pouvait m'adresser, j'ai continué à te voir. Et à chaque fois, mon désir ruait plus intensément, même si je caressais quelque part en moi le vain espoir que nous devenions simplement amis, je le pensais sincèrement, je ne voulais plus te déclarer la guerre de la lubricité de manière aussi toxique, j'aspirais à te garder intacte au lieu de te cribler de balles, cependant il n'y avait pas une once de tranquillité en moi, pas de fraternité, je savais que dès que je revêtais mon uniforme de soldat, ma blouse verte de vétérinaire, on en sortirait plus meurtris l'un et l'autre, et je le jure, chers magistrats, que je ne souhaitais plus défier ce sort ; Camillia, ton père et ton frère étaient au courant, il nous retenaient dans les logettes de leurs regards à la manière dont on case des artiodactyles, mais pourquoi, dès lors, ai-je davantage encore souillé cette jeune créature à la puérilité intacte, cette créature qui regorgeait alors de joie de vivre, je n'étais pas en mesure de me l'expliquer, tout au plus pouvais-je dire que, depuis mon plus jeune âge, j'avais envie de jouer avec ce qui est souffrant ou cassé, avec ce qui peut à tout moment se briser, c'est ainsi que j'avais toujours montré un plus grand intérêt pour les animaux malingres que pour les bien gras au pelage brillant, gamin je préférais les voitures usées jusqu'aux jantes, celles auxquelles manquaient des pièces, toi il te manquait tellement de pièces, mon adorable, tu étais un funambule dépourvu de tout sens de l'équilibre, un ailé dans un espace aérien trop vaste, qui s'éloignait toujours plus loin du Sud pour se rapprocher du froid, tu étais un Putto, une enfant qui désirait être vue, tu soupirais après le corps d'un *dear boy* sans encore savoir comment soupirer après ton propre corps, tu languissais continuellement après le retour de l'abandonnée, c'est par une nuit plus noire que toutes les autres que, sous le viaduc, tu devais chiper entre mes lèvres la cigarette que je venais d'allumer, je t'ai vue à ton tour usée jusqu'aux jantes alors que tu en écrasais le bout allumé grésillant dans la paume de ta main, j'ai vu ta chair roussir, tu as appuyé jusqu'à ce que la cigarette se casse, jusqu'à ce qu'apparaisse un cercle gris cendre sur lequel s'est bientôt formée une cloque verdâtre, jusqu'à ce que tes yeux se remplissent du même calme qu'au moment où tu avais enfoncé la lame dans ta cuisse après la dissection de la loutre, je t'ai attrapée par le poignet, j'ai frissonné, je ne savais s'il me fallait laisser libre cours à la colère ou plutôt à la tristesse, s'il me fallait te crier dessus ou te glisser des mots à l'oreille, s'il me fallait secouer Le Crapaud, la loutre ou bien l'oiseau jusqu'à ce que tous les écrous et tous les boulons en toi aient retrouvé leur place, tu as poussé un soupir comme si tu te sentais libérée d'un poids : *Cette blessure ne guérit jamais, elle me rappelle que toutes les cigarettes ne trouvent pas de flamme, que toutes ne trouvent pas la bonne bouche, la plus jolie, je suis une de ces cigarettes, celle qui s'éteint à chaque fois parce qu'il y a trop de vent.* J'avais envie de te dire que la bonne bouche se trouvait en face de toi, qu'il n'y avait pas un souffle de vent et que, par conséquent, la flamme en toi ne s'éteindrait jamais, mais je savais que tu cherchais autre chose, non tant les lèvres qui embrassent l'actrice, qui embrassent l'être désiré, que la bouche de la mère qui s'adresserait à toi d'une voix douce, la bouche qui se presserait sur ta peau au cas où tu tomberais du lit pendant le décollage, qui comme celle de la mère de Jule avait retiré un jour de ta nuque le dard d'une guêpe en l'aspirant avec une paille, qui enlèverait tous les dards de la douleur, j'ai fixé l'affreuse marque grise sur ta paume, puis ai agi de façon ridicule, oui, c'était ridicule, mais j'ai agi ainsi, j'ai allumé une nouvelle cigarette, ai tiré dessus à quelques reprises de sorte que l'extrémité soit bien brûlante, puis j'ai serré les dents pour faire face à la douleur, à mon tour j'ai pressé le bout incandescent au creux de ma main tout en te disant qu'à partir de maintenant nous étions ensemble *les cigarettes esseulées*, qu'il nous fallait nous allumer l'un l'autre si nous voulions brûler, tu t'es laissée tomber sur les genoux, as enroulé, à la manière d'un gosse de 2 ans, tes bras autour d'une de mes jambes, as écrasé ta joue contre la peau de mon genou nu, c'était ainsi, il te fallait avoir l'impression de te glisser dans la peau d'une autre personne pour te sentir rassurée et pour que se calme le désir de partir en chasse qui te ravageait, tu entendais par cette étreinte acquérir la même autorité sur la nuit que celle que tu exerçais sur l'aube, heures au cours desquelles tu te sentais libre et enjouée, mais tu avais beau emmagasiner tout un fourbi sous ton lit et remplir ton corps sans fond de mes fougueuses et bienveillantes escarmouches, de celles des maîtresses et de ton public imaginaire, ce n'était jamais assez, dès que tu lâchais prise, tu redevenais une bête tourmentée, dès que tu lâchais prise, la fusion magique volait en éclats, tu te levais alors, grincheuse, tête baissée et épaules dressées, pour tourner indolemment le dos à tes groupies et en arriver à chaque fois à la même conclusion horrifique : ils ne pouvaient t'offrir ce que tu cherchais, à savoir devenir un à jamais, il t'était impossible de reconnaître l'abandonnée dans une autre personne. J'ai posé la paume qui me faisait mal sur ta tête, j'ai chatouillé ton cuir chevelu et tu as commencé à parler de la lettre d'adieu de Kurt Cobain, tu l'avais imprimée et accrochée au-dessus de ton bureau, on pouvait y lire en caractères gras : *Il y a de la bonté en chacun de nous et je pense que j'aime tout simplement trop les gens, au point que ça me remplit d'une putain de tristesse.* Toujours accrochée à ma jambe, tu m'as raconté que c'était tellement beau, tellement vrai, que tu ressentais exactement la même chose que lui, qu'il arrive qu'on aime trop les gens au point de ne pas s'aimer soi-même assez, qu'on ne faisait parfois qu'un avec une autre personne, ce qui procurait un bonheur éphémère, qu'un tiers avait toujours un pelage plus chaud que soi-même, que depuis que tu parvenais à te faire loutre, tu n'arrêtais pas de fourrager, toujours en quête de la nourriture adéquate pour combler le vide, tu m'as demandé si je savais que la plupart des loutres meurent d'un accident de la circulation, que la loutre se cachait en toi depuis plus longtemps que je ne le croyais, que le dernier spécimen avait fini écrasé en Frise en 1989, la loutre étant dès lors une espèce officiellement éteinte aux Pays-Bas, il avait fallu attendre treize ans pour qu'on en lâche de nouvelles, entre-temps tu étais née sans pour autant faire la une des journaux, tu ne faisais pas encore l'actualité, un beau jour tu as compris pourquoi, alors que tu avais environ 8 ans, tu t'étais couchée dans un sac en toile de jute au milieu de la digue Cryptogame, tandis que ton frère bondissait autour de toi comme un poltron en criant qu'une voiture pouvait arriver à tout moment, tu étais malgré tout restée étendue sur place, pareille à une victime de la circulation, à une loutre écrasée, c'est quand tu t'imaginais morte et que tu n'avais plus aucune attente que tu te sentais le mieux, allongée immobile sur l'asphalte en fixant le ciel bleu barbeau, là où on ne repérait aucune maîtresse et où tu te figurais brièvement libérée de l'obligation d'être exemplaire, du désarroi que tu éprouvais lorsqu'elles ne t'accordaient aucune attention en s'adonnant à leurs tâches au milieu des autres élèves, tout simplement parce qu'elles n'ont pas, à la différence des araignées sauteuses, huit yeux, et même s'il en avait été ainsi, tu aurais voulu, voire exigé, que tous soient rivés sur toi, tu voyais ces femmes te racler à la pelle à même la chaussée ainsi qu'on le fait des mustélidés écrasés, entre-temps, bras tendus devant toi, ton frère faisait l'agent de la circulation, tu as attendu le passage et le klaxon de la première voiture pour te relever, enrouler le sac de jute, tu as ajouté que les loutres en captivité peuvent vivre de onze à quinze ans, seulement trois ou quatre en liberté, tu en déduisais qu'il te restait un an à vivre, j'ai alors compris que tu vivais en captivité, que le *Village* te privait de toute liberté afin de te maintenir en vie le plus longtemps possible, tu as lâché ma jambe et t'es relevée, je ne t'ai pas dit que la célébrité était elle aussi une sorte d'emprisonnement, que beaucoup de tes fans voudraient ne faire plus qu'un avec toi, qu'il ne faudrait pas que tu le permettes, que la chasse serait ouverte pour te capturer dès que tu sortirais un deuxième disque, tu te retrouverais bien des fois dans ton sac de jute, pas pour de vrai mais dans ta tête, personne ne t'aimerait inconditionnellement, tout serait fonction de ta production, on te porterait aux nues ou on te laisserait tomber, tu m'as dit qu'à force de menacer de partir pour ne plus revenir, il allait te falloir faire ta valise, ne fût-ce que pour paraître crédible, je t'ai dit qu'on a tous un bagage prêt derrière une porte, qu'on a besoin de ce subterfuge pour rester quelque part, tu m'as demandé où je voulais aller, j'ai répondu : *Vers toi et rien que vers toi, mon adorable, tu es ma valise, mon subterfuge.* Bouche en cul-de-poule, comme en bien des occasions quand tu réfléchissais, tu as hoché du menton, cette fois-là, je n'étais pas venu en courant, mais à bord de mon Fiat dont j'avais laissé la portière entrouverte et la radio allumée, dans mon souvenir, elle ne diffusait que des chansons qui cadraient avec nous, à croire que tout jusqu'au moindre détail tournait autour de ma passion, du vétérinaire et de son élue céleste, c'était en cette haute et rétive saison où l'on entendait souvent « In the Summertime » de Mungo Jerry, « Surfin' USA » des

Beach Boys et où tu avais adopté, pour suivre l'exemple de Jule, un look à la Avril Lavigne, où tu portais du mascara pour la première fois, où tu pouvais parler des heures de son nouvel album, *Under my Skin*, que tu écoutais sur ton lecteur de CD, même si rien ne pouvait rivaliser avec *Let Go*, son tout premier, ça t'oppressait de voir tous ces artistes débuter leur carrière par un succès phénoménal qu'ils ne pourraient plus jamais égaler, ils avaient gaspillé, disais-tu, leur talent dès le départ, alors qu'il allait en être de même avec toi, rien ne pourrait rivaliser avec *Kurt12*, même si certains critiques ont prétendu que tu t'étoffais à chacun de tes nouveaux disques, te faisais plus sombre aussi, ainsi *The New York Times* a-t-il pu écrire : *Le mal du pays perce dans sa voix, la nostalgie de la campagne, de la vie qu'elle a laissée derrière elle. Elle a été la seule de sa classe à quitter le village et elle est la seule, à présent, à vouloir y retourner. Ce disque résulte d'une obsession de son enfance.* Cette dernière phrase, je m'en suis toujours souvenu, je me suis d'ailleurs souvent demandé si ton envie obsessionnelle de retrouver ce que tu avais brûlé de quitter tenait à moi, si je t'avais dépossédée de quelque chose, de ton *enfance*, enfance qu'on ne te redonnerait jamais, personne, pas même moi, n'a pu réellement comprendre de quelle façon tu as abandonné la fille quand tu es partie, à quel point tu avais la nostalgie d'elle, je ne l'ai saisi que bien plus tard, face aux magistrats dans une pièce aux fenêtres occultées, l'épée de Damoclès au-dessus de ma tête, outre *The New York Times*, *The Guardian* ou encore, par exemple, *The Independent* ont écrit à ton sujet, tous les journaux proclamaient ta grandeur, ton droit à exister figurait en grosses capitales dans les titres criards de la presse, ils te psychologisaient comme Freud le faisait dans ta tête, en attendant, ici tu étais encore mon précieux trésor dans lequel je voyais toujours, sous le rimmel noir, la divine enfant, les étranges battements d'ailes que tu faisais, tout en expliquant un point précis, m'envoûtaient, ta façon de ne jamais regarder quelqu'un plus de quelques secondes avant de fixer un point dans le vide m'envoûtait, tes petits défauts affriolants m'envoûtaient, par exemple tu te curais frénétiquement le nez, une cureuse mégalo, surtout lorsque tu étais tendue, plongée dans une longue réflexion ou que tu ne trouvais pas les mots pour t'exprimer, tu t'enfonçais alors l'auriculaire dans une narine et entreprenais de creuser, le temps qu'il te fallait pour trouver ce que tu cherchais, certes tu ne t'y livrais pas devant témoin à l'exception de ton père et de ton frère, pourtant je t'ai prise une fois sur le fait, à l'arrière du van, alors que tu croyais que je dormais, j'avais attrapé au vol ta main et glissé tendrement ton petit doigt entre mes lèvres, grignoté le mucus nasal jaune-vert, ce qui t'avait fait dire d'une voix solennelle : *Maintenant, toutes mes pensées sont en toi.* En moi, elles étaient en sûreté, t'ai-je assuré, je veillerais sur elles au prix de ma vie s'il le fallait, il te faudrait me manger pour les récupérer, c'était une routine de gamine, ton curage de nez, c'est pourquoi je trouvais délicieux que tu t'y livres parfois par inadvertance, tu donnais l'impression d'être inaccessible au milieu d'un océan, le curage et le goût salé dans ta bouche t'apaisaient, ça te surprenait que, devant pareil rituel, les gens se montrent à la fois dégoûtés et envieux, n'avais-tu pas lu que le pharaon

Toutankhamon avait un valet à son service chargé de trifouiller dans ses trous de nez en échange de trois têtes de bétail, du gîte et du couvert, un job nullissime selon toi mais, compte tenu de l'époque, ces émoluments n'étaient pas négligeables, et tout bien considéré, ton petit doigt n'était-il pas spécialement conçu pour disparaître dans ces cavités obscures qui recélaient les plus succulents bonbons en ta possession, un cadeau de Dieu, *c'est ma confiserie à moi,* tu disais à l'occasion en rigolant, même si tu trouvais bien sûr les caramels et les berlingots à la menthe plus alléchants, il faut dire que tu ne montrais jamais d'impatience à te curer le nez, tu ne soupirais pas après, tu n'en rêvais pas, ça se produisait tout seul et tu trouvais ça alors divin, de surcroît tu n'ignorais pas qu'on dénombrait parmi les indécrottables cureurs Mussolini et Hitler, un point commun supplémentaire entre toi et ce dernier, ton père s'était employé pour te faire passer cette habitude, d'abord en se proposant de t'offrir un cadeau si tu arrêtais, une poupée Barbie avec laquelle tu n'avais en tout et pour tout joué que deux fois, tu avais fait en sorte qu'elle se fasse écraser par une voiture afin de pouvoir l'enterrer dans le potager parmi les oignons, ceci dans l'espoir de la voir refleurir, la minute d'après tu te remettais à construire des cabanes au bord du canal, là où toi et ton frère faisiez semblant de vivre au Moyen Âge, époque qui exerçait sur vous une étrange fascination tout comme celles des différentes guerres que vous reconstituiez à votre façon, toi exigeant que le scénario comprenne une catastrophe aérienne, mettant en cause de préférence un Boeing 247 de 1933 dans lequel dix passagers pouvaient embarquer, ton avion préféré avec le bombardier léger hollandais Douglas DB-8A/3N, lui aussi datant des années trente, mais après la Barbie, tu t'étais remise à trifouiller dans tes narines, ce qui t'avait valu de porter des maniques une journée durant, supplice qui avait produit son effet jusqu'à ce que tu sois autorisée à les enlever le soir venu, en bonne fossoyeuse tu t'étais alors curée jusqu'au sang pour rattraper le temps perdu, ces gants de ménage, qui plus est, il n'y avait rien de moins pratique, on ne pouvait rien prendre dans ses mains, tu t'étais mis dans la tête que la vie était trop chaude pour qu'on puisse s'en emparer, que la journée était un plat au four, sans compter que lorsqu'on passe aux toilettes, on ne peut pas s'essuyer les fesses, ouais, impossible de tenir le coup ganté de la sorte, sans parler de la semaine où ta punition consistait en un lavage appuyé des mains avec du vinaigre ou de la térébenthine, à chaque fois que ton auriculaire franchissait tes lèvres, un frisson te parcourait, le frisson d'être prise en faute, mais au bout du compte, tu avais surmonté la répugnance que suscitaient ces poisons sur ta langue, en définitive c'est la dernière carte jouée par ton père qui s'était révélée la plus dissuasive, du moins cela t'amenait-il à procéder sans qu'il te voie, en désespoir de cause, il avait en effet sorti un cutter du tiroir de son établi, du plat du pouce il avait fait apparaître la lame argentée hors de son boîtier en te menaçant de couper ton petit doigt la prochaine fois qu'il te surprendrait à fourrager dans ton nez, ça avait produit son effet en ce sens où tu t'étais dès lors livrée à ta manie surtout dans la solitude de ta chambre ou encore sur ton vélo, tu farfouillais et trifouillais, ce qui avait le mérite de te remobiliser, de t'apporter de la sérénité, également des réponses et de nouvelles idées, ton nez était un coffre-fort, in fine tu en tirerait ton magnum opus, ton premier disque dont l'une des chansons s'intitule « Picking Your Nose », je n'ai jamais pu l'écouter sans sentir le contact et la saveur de ton auriculaire dans ma bouche, sans atrocement languir après toi, tu affirmais qu'il y avait en toi un paysage miniature de bulles de morve, à cela s'ajoutait le fait que tu te livrais à un tour de passe-passe, à l'instar des vaches, de la pointe de la langue, tu parvenais à te récurer les narines, une prouesse que tu avais souvent accomplie dans la cour de l'école, tes camarades étaient prêtes à te donner un pog pour te voir l'exécuter, souvent je me suis dit, mon adorable, que tu exagérais à affouiller ainsi, de même que tu avais affouillé exagérément le rôle qui te revenait dans le spectacle *Thriller*, le clip de Michael Jackson, en partie inspiré du film d'horreur *Le Loup-garou de Londres* dont vous aviez interprété le monologue de Vincent Price devant tous les parents et tout le collège, c'était l'année précédente, tu m'avais avoué combien la peur te saisissait à chaque fois que le prof de musique vous montrait le clip dans lequel Michael Jackson, sous des grincements et des rugissements, se transforme en loup-garou, ses mains se faisant griffes, ses oreilles s'effilant, raconté que la nuit, tu voyais la tête des zombies sortir de leurs tombes, le prof avait souligné chaque détail de la vidéo, chaque émotion, expliquant que c'est l'émotion qui fait le zombie et non tant sa pâleur, sa gestuelle de macchabée, ses orbites vides, or c'est l'art mimique qui détermine la qualité du jeu du comédien, tu connaissais mieux que personne la mimique qui correspond à une émotion donnée : ton père et l'abandonnée n'étaient-ils pas tous deux des mimes déguisés ? On t'avait confié un rôle de zombie alors que tu aspirais au premier rôle, celui de la fille, voire celui du chanteur parce qu'il portait une superbe veste rouge brillante et que certaines de tes camarades le trouvaient sexy, des semaines durant tu t'étais échinée à répéter les pas de danse, tu quittais tous les jours l'école le visage grimé de blanc, te débarbouillais à la maison en laissant un voile de pâleur sur ta peau, n'en étant que plus livide encore, le texte était simple comme bonjour, assurais-tu, tu l'avais appris par cœur en un rien de temps, en revanche les pas de danse n'entraient pas dans tes membres, tu manquais de grâce, tu avais trop conscience de toi-même, de la façon dont tu bougeais et de l'effet que cela produisait sur le public, or sur les planches de l'amphithéâtre, on eût dit que tes bras et tes jambes étaient trop lourds, figés par le poids d'aimants de nappe, que tu étais l'épouvantail planté au milieu des choux rouges, brinqueballé par le vent et que vous aviez baptisé Simplet, ton père, quand un ange passait, ne manquait jamais de demander comment allait Simplet, comme tu ne trouvais pas le bon rythme, tu paniquais un peu en voyant tes camarades bouger avec une aisance souveraine et des regards vides de zombies, et le moment venu, alors que tu maîtrisais enfin la chorégraphie, en partie grâce à Camillia qui avait répété avec toi après les heures de cours et me rapportait combien tu creusais la matière, au point qu'on te voyait évoluer dans la cour avec une démarche de zombie, alors que tu pensais enfin saisir de quelle bête parlait la chanson, à savoir l'amour, que tu en chantais le texte avec ferveur dans ta petite chambre, alors que tu avais enfin saisi chaque émotion et chaque parole, sans pour autant renoncer à la répulsion que la vidéo t'inspirait, et bien que parvenir à faire ce qui te paraissait hors de portée avait nuancé ton point de vue, tu étais tombée malade, malade à cause de la pression, c'était à chaque fois le même scénario : quand une chose t'angoissait au collège, que tu l'aies redoutée ou attendue avec impatience, ça te tordait les intestins, tu étais dans l'incapacité de te rendre en classe, et dès que ton père t'autorisait à rester à la maison, il suffisait qu'une heure s'écoule pour que tu te sentes fraîche comme un gardon, tu t'imaginais obtenir un jour le premier rôle, briller sur scène, mais dès que le moment de te produire approchait, dès que tu devais montrer ce que tu avais dans le ventre, ton ventre justement t'abandonnait, t'obligeant à rester à la maison, sauf quand tu te produisais avec Hide Exception, alors tu étalais une force formidable, c'est l'angelot qui florissait alors, tu m'as raconté que tu ne t'étais jamais défaite des pas de danse des zombies, restés dissimulés quelque part dans tes membres, tu trouvais le battage médiatique autour de Michael Jackson incompréhensible, sa musique ne te plaisait toujours pas, tu ne l'aimerais jamais d'ailleurs, sans compter qu'il n'était à tes yeux qu'un drôle de zèbre, tu ne comprenais pas comment Macaulay Culkin avait pu se lier d'amitié avec lui, ce que l'acteur de *Maman, j'ai raté l'avion* voyait en ce type, parce que selon toi, Culkin, lui, était vraiment sensationnel, certes son addiction t'attristait, mais tu comprenais déjà à l'époque que la soif de succès et la gueule de bois qui s'ensuit nécessitent un correctif, tu me rappelais qu'en 1991, l'année de ta naissance, Culkin avait eu un petit rôle dans le clip de « Black or White » de Michael Jackson aussi, tu adorais la façon dont le gamin sautait comme un malade sur son lit en grattant une guitare imaginaire, avant de faire un rap en play-back, c'était, toujours selon toi, la seule vidéo dans laquelle Jackson avait l'air sympa, il n'en avait pas pour autant gagné ton cœur, si tu la revisionnais, c'était pour admirer ton acteur préféré, en secret tu comptais *Maman, j'ai encore raté l'avion* parmi tes films de prédilection, ceux que tu réclamais de voir à chaque Noël : à l'exemple de Macaulay Culkin, tu étais paumée à New York, mais pour une raison bien différente, et comme on parlait de ce film, tu disais que le jour où tu irais à la Grosse Pomme, tu effectuerais le circuit « Live like Kevin », tu passerais une nuit dans le même hôtel que Culkin, que Kevin McCallister, The Plaza Hotel, soit au bas mot deux mille dollars, autrement dit, d'après ton calcul, deux vaches laitières et demie, tu passerais au Duncan's Toy Chest dans le Rockefeller Center, emprunterais le Gapstow Bridge dans Central Park où Kevin rencontre la dame aux pigeons jouée par Brenda Fricker, l'actrice irlandaise que, dans ton admiration, tu espérais rencontrer sur le pont en question pour lui demander comment allait son cœur brisé, était-il de nouveau disponible en prêt ? De retour de ta virée tu mangerais, dans le lit à baldaquin en velours rouge foncé, dix Ice Cream Sundae Extravaganza, puis prendrais un bain dans une baignoire débordant de mousse, ça t'amusait de savoir que la scène au cours de laquelle Kevin agite un clown gonflable derrière le rideau de douche pour faire croire à Mr Hector qu'il s'agit de son père est basée sur le clown cabriolant du roman *Ça*, tu te divertissais à toujours citer la même réplique de *Maman, j'ai raté l'avion*, le texte le plus savoureux de tous les temps, tiré de la scène en noir et blanc dérivée à l'origine du film de gangsters *Les Anges aux figures sales*, tu la citais à l'improviste, aux moments appropriés comme aux moins appropriés, un sourire flegmatique figé sur les lèvres : *Keep the change, you filthy animal.* Parfois, tu affouillais avec une telle frénésie que je redoutais de te voir déboucher sur la nappe phréatique, toucher le fond, bien que l'être humain ne possède pas vraiment de fond, dès qu'on le touche il disparaît sous nos pieds, on ne peut que s'enfoncer toujours plus ou, comme tu le chantes dans « Picking Your Nose » : *The bottom is not the ground, your nose is not a way out, and it will always be like that, the depth is the depth that you create yourself. I dig and dig and no one sees that I've become the bottom of the hole, nobody sees it, my dear, they see my bleeding nose and they think it's just a nosebleed*[1]. L'été en question, j'ai constaté que tu saignais souvent du nez, tu ressemblais à l'enfant d'un tableau de Vasnetsov, un peintre russe, assis sur un banc à côté d'une femme, le doigt enfoncé dans le nez, tu lui ressemblais, je voyais le rouge coagulé sur le pourtour de ta narine, te voyais dans un moment de distraction passer ta langue dessus sans obtenir un pog en

1. Le fond n'est pas le sol, ton nez n'est pas une porte de sortie, et il en sera toujours ainsi, la profondeur est celle que tu crées toi-même. Je creuse encore et encore et personne ne voit que je suis devenue le fond du trou, personne ne le voit, mon chéri, ils voient mon nez qui saigne et pensent que ce n'est qu'un saignement de nez.

échange, quand je t'embrassais ensuite je percevais un goût de métal, je n'ai fait qu'empirer les choses, tu te creusais une échappatoire, or je n'étais pas un mouchoir, je ne pouvais étancher ton sang, j'étais la saleté sur la paroi interne de tes narines, les dégâts visibles sur tes poils de nez, j'étais la croûte qui se détachait et se reformait continuellement.

27

Par moments, je ne savais plus si je dormais ou si j'étais éveillé. Tremblant sous le poids de mes pensées lépreuses, j'étais en train de conduire mon utilitaire Fiat, considérant mes mains comme celles d'un autre, comme si mes propres traits n'étaient qu'une vague réminiscence de l'homme que j'avais été, remuant les doigts de haut en bas, pianotant le volant et, sentant soudain que ma blouse me serrait au niveau des aisselles, que le bouton du haut me comprimait la pomme d'Adam, j'ai déboutonné tout d'un seul mouvement puis essuyé la sueur de mon front du revers de ma manche, non sans me dire que ma réflexion ressemblait trop au début de *Du côté de chez Swann*, roman de Proust que j'avais peut-être ouvert trop souvent ces derniers soirs – avant d'éteindre ma lampe de chevet et de me retourner dans le lit – sur des pages de la première partie d'*À la recherche du temps perdu*, choix motivé par le fait que certains soutiennent que cette lecture est enrichissante, un point de vue pour le moins engageant, même si d'aucuns préfèrent mettre Proust de côté en prévision de la survenue du dernier des jours, du jour où Dieu déversera Son Esprit sur toute chair, un état qui était peut-être le mien à l'heure en question : à chaque instant une voix s'apprêtait, qui sait, à annoncer qu'on allait fermer les portes pour de bon, comme à la piscine, personne ne tarde à obéir – rouler sa serviette, cueillir dans l'herbe les petites briques vides de Taksi fruit du paradis –, voilà donc pourquoi je m'étais lancé dans Proust, mais sa langue est impitoyable, insaisissable, elle est la mascarade sous les masques de laquelle se cache ce qui est censé se passer, le soporifique qui finissait par me décourager, d'autant plus qu'il me restait six volumes à découvrir, oui, Proust me désespérait, même si mon livre préféré, dont je lisais les phrases dans la foulée sans avoir à batailler pour en saisir le sens, dont je lisais les paragraphes les yeux fermés, tournant frénétiquement les pages dans ma tête à la recherche de ce qui assouvirait ma lubricité, me donnait en réalité plus de fil à retordre qu'*À la recherche du temps perdu*, mon livre préféré, c'était toi, mon adorable, toi qui te laissais lire comme l'histoire que j'avais toujours désiré lire, mais, redoutant le jour où je le refermerais pour de bon, où tu te détournerais de moi, je ne pouvais empêcher que certaines scènes me tournent la tête, me ravissent en extase, cela tout en percevant la respiration de Camillia, son rythme régulier, je savais exactement quand elle cogitait ou quand elle était très loin de moi, et ce n'est que lorsque j'étais sûr qu'elle dormait à poings fermés que je me glissais hors du lit, cette fois-là j'ai pris le premier volume de Proust au cas où elle se réveillerait et me prendrait sur le fait, histoire que je puisse prétexter que j'étais en train de lire, puis j'ai gagné la salle de bains où je me suis affalé sur la lunette des toilettes, mon caleçon sur les chevilles, et c'est là qu'a commencé la dégringolade, j'ai dégringolé jusqu'à presser mes lèvres contre la moustiquaire, jusqu'à mobiliser mes forces pour ne pas hurler de panique, pour ne pas crier ton prénom, je nous ai revus, allongés dans le jardin des délices au milieu de tes peluches le jour où tu étais malade, je ne cessais de fantasmer, me voyais te pénétrer, toi, enfant que la fièvre affaiblissait, tandis que tu susurrais : *Kurt, dissèque-moi...* Plus ton petit corps s'amollissait sous mes mains, plus j'ai accéléré et accentué le mouvement de ma paume et de mes doigts autour de ma ramure de tueur, plus la salive a dégouliné sur la moustiquaire alors que je pressais ma langue contre les mailles du treillis en m'efforçant d'étouffer mes halètements, sentant la tiédeur de la nuit sur mes lèvres, imaginant goûter les ailes des moustiques agglutinés de l'autre côté du grillage métallique, ouvrant d'une poussée du pouce le roman de Proust que je tenais toujours dans l'autre main, me ressassant ton prénom : *Putto*, *Putto*, *Putto*, avant de faire gicler maladroitement ma semence sur le papier brun-jaune, cette couleur hâlée de ta peau en été, précisément juste sous la phrase peut-être la plus réconfortante de *La Recherche* : *Que le ciel reste toujours bleu pour vous, mon jeune ami ; et même à l'heure, qui vient pour moi maintenant, où les bois sont déjà noirs, où la nuit tombe vite, vous vous consolerez comme je fais en regardant du côté du ciel.* Cette phrase m'a donné brièvement envie de poursuivre la lecture, de regarder le cycle romanesque comme on examine la denture d'un cheval, sans reculer, quand bien même la page en question serait à jamais souillée, quand bien même elle resterait collée à la précédente, on ne pourrait les séparer sans les déchirer, toutefois je savais que le ciel serait bleu dès que je poserais les yeux dessus, qu'on fixerait tous deux la même voûte, une pensée qui me rendait heureux et à laquelle je revenais dans mon fourgon tout en plantant les dents dans une tranche de pain d'épice dont je n'aurais su dire si l'amertume tenait au fait que je mentais à Camillia, elle qui avait confectionné ce gâteau, ou au manque de sucre, car qui sait si elle ne tenait pas à me transmettre à travers cette saveur l'amplitude du chagrin qui l'avait envahie depuis que je lui avais avoué notre premier baiser, une image qu'elle ne parvenait à effacer de ses rétines, qu'elle ne se lassait de ramener sur le tapis, ne t'appelant plus par ton prénom, mais te désignant systématiquement comme *la gosse*, renforçant par là le mépris que j'éprouvais à mon propre égard, ni elle ni moi n'ayant encore conscience de ce qui nous pendait au nez, ignorant tout à fait que le ciel, à un moment donné, cesserait pour longtemps d'être bleu, que Monsieur Météo parlerait d'une couverture nuageuse persistante, d'un nimbostratus gris foncé, et une fois arrivé à la bergerie, je suis descendu de mon véhicule pour ausculter quelques brebis qui souffraient de piétin ou de tétanie d'herbage, leur injecter un remède contre les vers, j'ai serré la main de l'éleveur, je me sentais dans un état d'hébétude, à croire que je flottais derechef entre sommeil et éveil, puis, après m'être accroupi dans le pré près d'un ovin qui pantelait à l'ombre d'un arbre, j'ai jeté un coup d'œil derrière moi pour voir si l'homme me regardait, posé la tête contre la partie du corps tondue et brûlante, parlé à la brebis comme à mon béguin, parlé de toi, de nous, bien entendu c'était fou, mais elle me comprenait, semble-t-il, j'ai enfoui le nez dans sa laine, ai senti mon visage devenir graisseux, lui ai promis d'arrêter de lire Proust, que je n'étais sans doute pas mûr pour cet enrichissement, pas encore, c'est toi et uniquement toi que je voulais lire, aussi t'ai-je évoquée à l'oreille de l'animal non sans m'empêcher de grossir l'amour que tu éprouvais à mon égard, non sans m'empêcher de dire que, sans moi, tu n'aurais plus aucune raison de sortir de ton lit le matin, je lui ai parlé de ta beauté à couper le souffle, du modelé magnifique de tes lèvres, de ton menton, de tes narines, des taches de rousseur qui parsèment ton cou, pareilles aux taches amères d'une pomme, lui ai confié que tu étais ma plante préférée, le rendement de mes récoltes, comment aurais-je pu savoir qu'après la tasse de café que l'éleveur m'a ensuite servie, la brebis en question serait morte, que je jetterais, tout tremblotant, une bâche sur ma dulcinée, me demandant qui ou quoi l'avait bouffée de l'intérieur : les vers ou bien mes répugnants secrets, en conséquence de quoi je suis rentré à la maison d'une humeur de chiotte, Camillia m'annonçant d'un ton séducteur que nos fils étaient à la piscine, que nous disposions donc de la maison pour nous seuls, qu'elle venait d'acheter de la lingerie, rien que pour moi, et bah, elle s'est multipliée en tentatives désespérées pour que je la désire comme naguère, pour oublier *la gosse* qui dormait chaque nuit entre nous, moi d'invoquer la brebis morte, d'alléguer que j'étais trop déprimé pour faire l'amour, si bien qu'assise sur le canapé elle s'est emparée de ma tête, l'a posée sur ses genoux, caressant mes cheveux, m'apaisant, s'apaisant surtout elle-même, puis elle a suspendu son ensemble de lingerie au fond de la penderie, ensemble dont je t'ai offert le string – après que tu m'avais raconté que toutes les filles du collège avaient une ficelle entre les fesses, que les culottes ornées sur le devant d'un petit nœud s'étaient trouvées du jour au lendemain démodées, que les filles comme toi étaient quoi qu'il en soit démodées et avaient du jour au lendemain baptisé leur slip triangle ou encore nasse –, si bien que, quand tu te penchais en avant pour sortir de ton cartable ta boîte à tartines aux motifs de Bert and Ernie, tes camarades de classe tiraient sur la ficelle, l'élastique claquait sur ta peau, elles te taquinaient en te demandant si tu avais fait bonne pêche, toi tellement folle de joie le jour où tu avais reçu le string rouge de Camillia, string bien trop grand qui dépassait de ton jean, qui prenait la forme d'un oiseau, tout le monde voyait l'oiseau, volatile disloqué, jeune homme langoureux, ton père n'a d'ailleurs pas tardé à le découvrir parmi le linge sale, il l'a jeté dans le panier à feu, tu lui as servi un mensonge, soutenant que tu l'avais acheté dans une boutique d'un village voisin, celui dont on dit que Dieu y est agent immobilier et y gère toutes les habitations, ton père t'a demandé qui tu cherchais à aguicher, pour qui diantre tu te trimbalais avec un truc pareil sur le derrière, toi de hurler que tu le portais pour toi seule, et tout cela t'a incité à t'entraîner, plus frénétiquement encore, à décoller, à voler, au point de te cogner au plafond, les yeux pleins de larmes, pleins de graviers, alors que personne ne comprenait que toutes tes tentatives pour appartenir à une famille, à un groupe, échouaient, que tu étais différente, que cette différence serait ton salut en même temps que ta perte, oui tu m'as raconté comment le string a pris feu, combien ça t'a affectée, que par la suite les guimauves grillées n'avaient plus la même saveur, elles avaient le goût d'une vie que tu n'aurais jamais, moi je n'ai pu te demander à quelle vie tu songeais car tu as embrayé sur le fait que tu n'appréciais pas du tout ça, une ficelle dans la raie des fesses, à tel point que quand tes camarades te harcelaient au sujet de tes dessous, tu énumérais toutes les espèces de poissons que tu capturais dans ta nasse, attestais de la taille d'une perche en écartant exagérément les mains, une tactique qui les a vite lassées, ce qui ne t'a pas empêchée de te faire du souci, ta copine Jule t'ayant demandé où étaient passés tes seins, de la même façon que ton père se demandait souvent où était passé le courrier, à telle enseigne que tu as imaginé qu'ils atterrissaient dans la boîte aux lettres, sous du papier bulle, et que ton père les interceptait à chaque fois en même temps que les prospectus publicitaires, parce que, selon lui, Maxi Toys, par exemple, est une filiale du diable, en conséquence de quoi Jule affirmait que tu étais la seule à encore avoir une planche à repasser en guise de poitrine, toi n'ayant d'autre ressource que t'adresser à Dieu, Lequel, à son habitude, restait muet comme la tombe, et de me glisser à l'oreille que Dieu était pareil à une perche, une fois qu'on a levé les filets, il ne reste guère de chair, opération que tu pratiquais sur Lui pour ne laisser que les arêtes, ceci tout en Lui posant mille questions sans jamais obtenir la moindre réponse, à la différence de ce qui se passait quand tu n'avais encore que 7 ans, que tu croyais encore si fort en Lui, cependant tu ne renonçais pas, présumant : *Son talkie-walkie est en panne, Il ne m'entend pas.* Moi, je trouvais ça tellement chou que je hochais la tête de haut en bas, ratifiant tes suppositions, t'assurant que, le moment venu, ça allait assurément pousser, si bien que tu considérais l'avenir d'un air heureux, même si, quant à choisir, tu aurais préféré une ramure de petit mec plutôt qu'une paire de pommes d'amour, moi de soutenir que chacun est à même, dans ses fantasmes, de tout obtenir, en attendant je me proposais de remiser Proust dans ma bibliothèque, entre le Divin Marquis et Tolstoï, je me contenterais amplement de mon livre préféré, de toi, car toi, tu enrichissais ma vie, toi, je cornais chacune de tes pages, en toi je chérissais tant le format, la police de caractères que les sauts de ligne, de toi je tenais à mémoriser chaque lettre, et je n'ai d'ailleurs pas tardé à remarquer que je dormais mieux sans *À la recherche du temps perdu* à propos duquel Camillia n'a pas manqué de m'interroger comme elle le faisait systématiquement avant d'attaquer de son côté la lecture d'un roman, bien que sa préférence aille aux thrillers dont elle commence toujours par lire la fin sous peine de ne pas endurer le suspense, il lui faut savoir à l'avance qui a fait quoi, qui a tué qui, je lui ai répondu que l'histoire revenait à livrer une véritable lutte, mais j'ignorais qu'en faisant la poussière elle en avait furtivement feuilleté le premier volume, qu'en en tournant les pages pour tomber sur les dernières, elle avait relevé les deux collées ensemble et en avait tiré une conclusion, m'avait finalement demandé à qui je pensais lorsque je m'étais soulagé, moi de lui mentir à risquer de voir s'allonger tel ou tel de mes appendices, suggérant qu'on fasse un autre enfant, oui, on concevrait un petit être tout doux qui, avec ses menottes potelées et poisseuses, s'accrocherait à notre cou, et même si j'étais bien trop vieux pour un tel dessein, je n'ignorais pas qu'elle avait aspiré à une vraie smala, je savais que mon aveu lui réchauffait le cœur, j'ai vu qu'elle en avait le regard tout amolli et non plus tout dur, qu'elle en oubliait pour un petit moment l'autre *gosse*, et c'est à partir de ce même moment que Proust a revêtu un sens différent dans ma vie : il a dès lors incarné ma fuite en avant, loin de cette existence, il a représenté le mensonge qui n'a cessé de claquer au vent comme la tringle à rideau descellée, laquelle, toujours plus inclinée, laissait passer plus de lumière mais aussi plus d'obscurité, et m'a amené à penser que j'étais moi-même cette tringle qui claquait, je claquais contre le mur jusqu'à ce que tout le bordel se casse la gueule pour de bon, qu'est-ce que j'en ai à foutre, me suis-je dit plus d'une fois, tout ce bordel n'a qu'à se casser la gueule.

28

Le bruit se répandit selon lequel l'abandonnée restait cloîtrée sous valium dans la chambre d'amis, qu'elle attendait là que Dieu vienne la chercher, que le son de la trompette des psaumes et des cantiques retentisse. Certains toutefois avançaient qu'elle était partie, ce qui semblait plus plausible, qu'elle avait gagné un jour un pays lointain, on parlait de Stavanger en Norvège, voire d'un lieu plus éloigné encore, d'autres suggéraient qu'elle était en mode absence, juste absente, rien de plus, ce que je trouvais la meilleure description relativement à une personne qu'on ne voit plus, à supposer que les gens aient en permanence un tableau de présence dans leur tête aux cartes nominatives que l'on peut placer sur ABSENT ou PRÉSENT, côté gauche tu avais déjà pas mal de noms, une petite douzaine de grands-parents, aussi bien tes grands-mères et grands-pères biologiques que celles et ceux de tes copines, que tu avais exhumés et élevés au rang des tiens, à eux s'ajoutaient bien sûr le disparu, trônant tout en haut de la liste, sans oublier l'ensemble du cheptel victime de la fièvre aphteuse, puis la fille de connaissances de ton père habitant sur l'avenue Pencil, morte à 15 ans, la même année que le 11 septembre, d'une méningococcie et dont les obsèques restaient dans un coin de ta tête, comme d'ailleurs tous les enterrements depuis celui du disparu, d'autant plus que tu avais entendu pour la première fois, au cours de la cérémonie, « Tears in Heaven » d'Eric Clapton, cette chanson t'accompagnait depuis, surtout après que tu avais appris que par un mercredi de 1991, un mois après ta naissance, le fils de 4 ans du célèbre guitariste, échappant à la vigilance des adultes, était tombé du cinquante-troisième étage d'un gratte-ciel de Manhattan, le jour même où l'abandonnée t'avait accidentellement laissée tomber de la commode en bois, persuadée que ces deux événements étaient liés, tu t'étais toujours demandé pourquoi une personne avait survécu à la chute et pas l'autre, bien sûr, te voir casser ta pipe trois ans avant le disparu, c'eût été un peu fort de café, personne n'y aurait cru, voilà pourquoi tu étais restée en vie, pour autant tu estimais savoir ce que c'est, tomber d'un gratte-ciel, le drame s'étant produit à New York, ça te touchait d'autant plus, j'ai repensé au tableau de présence, au fait que tes anciennes maîtresses figuraient elles aussi dans la colonne de gauche, elles n'étaient pas mortes mais avaient disparu de ton quotidien, alors que pendant des années, personne n'avait été aussi important qu'elles, elles t'avaient permis de découvrir le monde qui s'étendait au-delà du *Village*, un savoir qui se limitait certes à des livres, elles t'avaient prise sur leurs genoux, avaient ramené avec douceur tes cheveux derrière tes oreilles, elles t'avaient donné une bonne note pour tes exposés même si tu t'en tirais en bredouillant des sujets parmi les plus incongrus, moi, j'avais depuis longtemps oublié les miennes, mes instituteurs également, toi tu ne devais jamais les perdre, ils subsistaient dans les coulisses de ta mémoire, prêts à apparaître sur scène, il y avait aussi l'orthodontiste, en mode absence, de même que le physiothérapeute et le prof qui te donnait des cours adaptés à ta dyscalculie, eux qui veillaient à ce que tu ne grandisses pas trop de traviole et qui t'ont foutu la paix dès qu'ils ont estimé que tu poussais en direction du soleil, les niquedouilles, ils t'ont libérée alors que, tel un rottweiler aux aguets, l'ombre rôdait dans tes parages, j'oublie le père d'une de tes petites camarades, un concessionnaire automobile qui, un beau jour, dans son jardin, s'est tiré une balle dans la tête, tu l'avais souvent vu dans la cour de l'école et le comptais au nombre de tes pertes car il t'avait toujours saluée en te souriant sans jamais laisser paraître que les câbles de démarrage de son existence lui posaient problème, bien des fois tu as imaginé que toutes tes économies passaient dans une Volvo 960 vert foncé, un modèle de 1991 *of course*, quoique tu hésitais entre cette marque et une Mercedes Benz, parce que tu portais aux nues la chanson éponyme de Janis Joplin, son dernier succès avant qu'elle ne meure, par moments tu te demandais si sa fin ne tenait pas au fait qu'elle réclamait au Seigneur *une Mercedes Benz*, *une télévision couleur*, ou encore *une nuit en ville*, alors qu'on sait très bien qu'Il n'est pas matérialiste, sous le coup de la déception Janis Joplin à très bien pu se retrouver comme une voiture sans essence, une de celles qui échouent au démarrage en côte, supposais-tu, le moment venu tu optais finalement pour la Volvo 960, remontant le temps jusqu'à l'époque antérieure à la balle de revolver de façon à faire plaisir au père de ta camarade de classe, à lui donner un peu de bonheur susceptible de lui donner le goût de rester en vie, de surcroît tu vivais dans un village où il y avait eu beaucoup de pertes, en 1953, lors du raz-de-marée en mer du Nord, la digue Cryptogame avait lâché, les personnes emportées par les eaux étaient en mode absence, une autre perte pesait sur l'atmosphère joviale du *Village*, à savoir la disparition, pendant l'été 1984, d'une jeune fille de 19 ans de la ruelle du Briolet, au moment même de l'ouverture des Jeux olympiques de Los Angeles, on voyait encore, sur bien des fenêtres des environs, des affiches jaunies reproduisant son visage, toutes les personnes nées dans la localité ou qui venaient s'y établir portaient ce chagrin en elles, non seulement le mystère ou la perte mais surtout la peur, la peur de s'évanouir comme ça dans la nature en plein mois de juillet, d'être escamotées et de ne plus jamais revoir la lumière du jour, un funèbre cauchemar qui accablait surtout les filles du *Village* où, pendant longtemps, on a soupçonné tout le monde, au cours d'un service religieux, le pasteur Horreman avait même lancé un appel impérieux au coupable pour qu'il se dénonce, afin de délivrer la paroisse de la cangue dans laquelle elle se débattait, ce n'est que bien plus tard, deux ans après la haute et rétive saison, que Peter R. de Vries devait rouvrir l'affaire, tu verrais le populaire journaliste d'investigation en chemise bleu ciel et son équipe de tournage près de la station-service, cette venue t'avait rassurée et en même temps apeurée, la ruelle du Briolet voisinait avec la digue Cryptogame, tu frissonnais à chaque fois que tu passais devant le numéro 14, ravivant ton angoisse à chaque coup de pédale et à chaque image qui défilait dans ta tête, ces mêmes images qui t'assaillaient quand le soir tombait, à chaque ragot qui circulait dans le coin, alors qu'une seule chose était établie, à savoir que certains villageois ne disaient pas tout ce qu'ils savaient, que le coupable était probablement un membre de la paroisse, voilà pourquoi on mettait en garde tous les jeunes contre le risque de se trouver escamotés, on disait aux filles qu'elles couraient un danger, la liste des absents s'allongeait encore, à cinq tombes de celle du disparu, gisait une fille, voulant nager au Vieux-Bois, elle avait sauté d'un bateau et été happée par les hélices, tu passais sans manquer devant elle quand tu rendais visite au disparu et lisais les mots sur la pierre tombale tandis que le gravier crissait sous tes pieds, tu ne comprenais pas pourquoi il y avait du gravier dans les cimetières, le crissement rendait le silence encore plus insupportable, oui, c'était un village où plein de gens manquaient à d'autres, cependant ta plus grande perte n'était ni le concessionnaire, ni la fille des connaissances de ton père non plus que l'orthodontiste, ton plus grand absent c'était l'abandonnée, elle qui était si loin, à Stavanger, dans le comté de Rogaland, elle qui t'avait quittée après l'accident alors que tu n'avais pas encore 3 ans, je voyais combien cet abandon t'envahissait, combien il suppurait en toi comme un abcès, de même que mon amour pour toi suppurait en moi, bien qu'il s'agisse là d'une comparaison hasardeuse, mon abcès, il m'était loisible de l'ouvrir à tout moment alors que toi, tu portais le tien à vie, je voyais que, dès que je tournais les talons, tu te mettais à battre désespérément de tes petites ailes comme si tu ne sentais plus le vent sous elles, puis tu tournais autour de moi comme un oiseau qui cherche à être au vent d'un bateau, dans l'ascendance de pente que je soufflais à chacun de mes mots, tu semblais alors avoir oublié de mettre le cap sur le sud, mais bon, l'absence était partout, régulièrement tu ouvrais ton manuel de géographie à la page de la Norvège où il était question du paysage lunaire de Gloppedalsura, tu étais certaine que l'abandonnée était là-bas, parmi cet éboulis de rochers, ça t'horripilait de ne connaître aucune des célébrités qui vivaient ou avaient vécu à Stavanger et que mentionnait Wikipédia, dans le cas contraire l'abandonnée eût été moins seule et cela t'aurait rassurée, de même que ça t'avait rassurée de voir Peter R. de Vries se pencher sur le *Village*, le prendre dans ses bras et partir à la recherche de tous les absents, mais il n'avait trouvé personne, il n'avait rien trouvé, aussi abîmais-tu tes yeux en fixant la carte de la Norvège, tu imaginais que tu t'y rendais à bord de ta Volvo 960 équipée de pneus neige, scrutant de tous côtés le paysage qui défilait, peut-être, te disais-tu, a-t-elle quitté depuis longtemps la ville portuaire, espérant qu'elle avait gagné Bexleyheath, dans le sud-est de Londres, là où vit Kate Bush, de la sorte elles seraient voisines, boiraient ensemble tous les jours du thé noir avec un nuage de lait, dans lequel elles tremperaient leurs shortbreads tout en parlant de leur quotidien, oui c'est ce que tu espérais, qu'elles parlaient de leur quotidien et laissaient leur thé refroidir, que Kate Bush entonnait « Cloudbusting » de son album *Hounds of Love* ou bien « Running Up That Hill », toutes ses chansons ou presque étant appropriées puisqu'elles traitent du thème de la perte, tu les voyais dans un intérieur typiquement britannique à la moquette de haute laine au motif de fleurs, elles passaient des heures à regarder la BBC, tu te demandais si Dieu veillait sur Londres, sachant qu'Il avait déjà tant à faire au *Village*, parfois je me disais qu'en mettant autant de monde dans la colonne de gauche, tu en oubliais celle de droite, moins importante à tes yeux car tu avais tout bonnement appris à côtoyer les morts et les absents avec plus d'aisance que les vivants, et je me rendais compte que j'avais oublié Cliff, l'angelot, ainsi que ta correspondante, trouvée grâce aux annonces du journal agricole auquel ton père était abonné, correspondante à laquelle tu avais écrit dans un premier temps nombre de lettres nécessitant plusieurs timbres tant elles étaient chargées de mensonges, par exemple que tu habitais à New York où tu avais survécu à une chute d'un gratte-ciel, que tu te promenais tous les jours dans Central Park où tu croisais la dame aux pigeons de *Maman, j'ai encore raté l'avion*, passais pas mal de temps au Carnegie Hall, la salle de concert où Frank Zappa, Billie Holiday et Jacques Brel s'étaient produits, tu écrivais que tu flânais des heures sur la Cinquième Avenue, sur Broadway, tout en réfléchissant aux chansons que tu souhaitais composer, à la vie qui était plus grande aux États-Unis à l'image des portions de McDonald's bien plus copieuses qu'en Europe, que tu buvais de temps à autre un espresso avec Al Pacino, un type très sympa, oui, très sympa, il ne prononçait jamais le mot *fuck*, lui qui le profère environ deux cents fois dans *Scarface*, il portait son costume du film *Le Parrain*, tu te promenais avec lui dans Central Park pour voir la statue de Christophe Colomb et celle d'*Alice au pays des merveilles*, représentée assise sur un champignon, entourée du chat, du lièvre et du chapelier, le bronze brillait car chaque jour des centaines d'enfants grimpaient dessus et le polissaient de leurs mains poisseuses, tu trouvais lumineux le poème « Jabberwocky » de Lewis Carroll dont des vers figurent sur la sculpture, les sonorités te plaisaient même si le sens t'échappait en grande partie, pour ta correspondante, tu rédigeais de longues histoires sur la ville qui ne dort jamais, mais évoquais rarement ta vraie vie, ton père, ton frère ou les vaches, toi-même ou l'oiseau, la fréquence de vos échanges n'avait pas tardé à diminué, vous aviez cessé de vous envoyer chaque année une photo de classe, ainsi ils s'étaient estompés, tu t'étais limitée aux indispensables marques de politesse, félicitations et cartes de Noël, puis ils s'étaient totalement taris, je ne pouvais m'empêcher de penser à ta colonne de droite, où figuraient Jule, Élia et Le Crapaud ainsi que tes amis imaginaires, par exemple Freud et Hitler, je comprenais ce que tu partageais avec ce dernier, du moins, je comprenais les similitudes entre vos origines, celle relative à vos dates de naissance, vous aviez tous deux énormément perdu, par contre je ne saisissais pas du tout ce que le fondateur de la psychanalyse faisait dans ta belle petite caboche, je ne savais pas où tu l'avais dégoté, lui qui exigeait trop de place, une place que je voulais remplir, je voulais être en haut de la liste des présents, je voulais être présent pour toujours et à jamais, je voulais une carte nominative que personne n'aurait pu déplacer.

29

Le ciel était à moitié couvert, voire fortement nuageux, neuf virgule deux millimètres de pluie étaient tombés au cours de la journée. Pour un dernier adieu, je souhaitais au moins un pluviomètre plein, ou plutôt, je voulais le voir déborder, je voulais l'image d'un pluviomètre qui débordait liée au moment où je te dirais au revoir pour toujours, il fallait que ça pisse comme ça pissait dans mon cœur, mais je n'en étais pas encore à ce stade, pas encore, toujours plus fébrile, je te suivais de plus en plus, de la piscine à la digue Cryptogame, je savais exactement avec qui tu traînais, avec qui, en maillot de bain, tu partageais tes grenouilles Haribo devant l'entrée de la piscine, je te voyais rire à des blagues puériles que je n'entendais pas, je voyais que plus tu t'approchais de la ferme De Hulst, plus tu te mettais à zigzaguer sur la chaussée qui fendait le polder, toujours plus nonchalamment entre les bandes blanches discontinues, tu étais un coursier de piètre valeur, ma biche, et plus je m'appropriais ta personne, plus de *dear boys* tu conquérais, à croire que ta gourmandise ne connaissait pas de limites, à chaque fois tu escomptais un pourboire, mais avec moins de voracité qu'auparavant, entre-temps tu savais à quoi ça ressemblait, une ramure de tueur, tu savais qu'il y avait une courbe de croissance dans tes désirs qui ne cessait de s'élever, même si ta préférence allait encore aux bois miniatures des angelots, ces cireux cônes de chantilly, mais voilà, il y avait de la suspicion, oui, il y avait de la suspicion, par exemple, en jardinant, la mère de Jule avait déterré la carotte gantée du préservatif, elle vous avait interrogées tout en vous pressant un jus d'orange comme à son habitude quand vous rentriez de l'école, le vendredi soir tu mangeais invariablement chez eux une cuisse de poulet accompagnée de légumes et de croquettes de pommes de terre, si la peau lâche autour de la cuisse te révulsait, cette sphère familiale te ravigotait, elle vous avait soumises à un interrogatoire, Jule avait expliqué que vous aviez feuilleté le *Guide du sexe* déniché dans le grenier, fidèle à toi-même, tu n'écoutais que d'une oreille étant donné que tu vivais un pied dans le monde et l'autre dans le royaume des ombres de ton imaginaire, tu souhaitais ne pas en perdre une miette tout en te laissant dériver, soudain tu le lui avais raconté, captive de ce cocon douillet, tu avais raconté qu'il t'arrivait d'embrasser quelqu'un, moi, le vétérinaire, tu t'attendais à des applaudissements, à une tape amicale sur l'omoplate, mais tu n'as eu droit qu'à un regard grave, *grave* c'est aussi le mot qu'a employé la mère de Jule, tu as pâli en apprenant qu'il t'était arrivé quelque chose de terrible, de ce fait tu as menti en disant que cela ne s'était produit qu'une seule fois, que ton père et ton frère étaient au courant, il n'empêche, tu étais encore un peu secouée quand on s'est retrouvés et que je me réjouissais d'enfin te revoir au point du jour et non plus seulement la nuit, Camillia s'étant absentée une journée en ville avec les garçons, l'occasion de t'emmener à l'insu de tous à une adaptation de *Fin de partie* de Beckett, tu trouvais démentiel la façon dont deux personnes s'efforcent de briser leur solitude, de vivre ensemble après les décombres de la Seconde Guerre mondiale dans l'attente de la fin définitive alors, qu'à ton avis, pour vivre avec quelqu'un, il faut être capable d'endurer la solitude, au cours de la représentation, j'avais par moments regardé autour de moi pour voir si je ne repérais pas un visage familier qui risquait de trahir notre complicité, puis je reposais les yeux sur ta jolie petite frimousse interdite à moitié cachée sous le chapeau de paille et le foulard d'été de Camillia, je les avais apportés pour que personne ne te reconnaisse, ouais, c'était ridicule, j'étais même allé jusqu'à te mettre du rouge à lèvres, tu étais assise là comme une magnifique fille de roi, comme une actrice, la pièce finie tu es passée devant l'une des autres salles, là où on jouait un spectacle de marionnettes, tu t'es glissée à l'intérieur, depuis la porte je t'ai vue t'affaler pour ainsi dire au milieu des enfants, t'ai entendue hurler de rire aux farces stupides de Polichinelle, quand un sale coup risquait de se produire tu criais son nom plus fort que les gosses, pendant un moment, ton jeune âge et ma boiterie qui te pourrissait m'ont attristé, mais cela a disparu quand nous avons pris un Coca dans le foyer du théâtre, tu étais la plus belle de tous les visiteurs, je t'ai posé des questions sur le petit chien, pourquoi était-il si important dans la pièce de Beckett, tu as répondu qu'il servait de figure de réconciliation au cœur des querelles opposant Hamm et son jeune valet, Clov, dans leur abri, les chiens font souvent office de réconciliateurs, les gens pensent qu'un tel quadrupède est susceptible de sauver leur mariage ou leur lien d'amitié, tu as expliqué que la pièce traitait de la folie, de l'irrationalité, ainsi que du caractère absurde de l'existence, que les comédiens et les marionnettes évoluaient dans un monde anéanti, en ruine, qu'ils avaient pris Maria Callas comme point de départ car, dans sa voix, on percevait ces décombres, le désespoir et la décrépitude que la vie expectore, la douleur que suscite entre deux personnes le fait qu'elles ne parviennent pas à s'entendre, je t'ai demandé ce qui te plaisait tant dans le théâtre de marionnettes par rapport au chef-d'œuvre de Beckett, et après un moment de réflexion, tu as dit : *Parfois, c'est la simplicité qui fait que tout fonctionne. Or, c'est ce qui manque à Hamm et à Clov : la simplicité en toutes choses, l'absence de toute complexité. Quand on sait discerner l'absence, le manque d'excès, on est mieux placé pour faire face à tout ce qui prolifère, il faut aspirer aux deux, il faut les détester les deux. Mais la simplicité reste toujours la simplicité.* Je t'ai souri et dit que tu avais bien saisi la teneur de la pièce, tu rayonnais de fierté tout en posant tes lèvres sur le verre de Coca, puis tu m'as raconté qu'en 1995, tu étais allée voir avec ton père et ton frère un spectacle de marionnettes de Margreet Greve, ça parlait d'un pays de légumes et de concombres doués de parole, tu ne te souvenais plus très bien de l'histoire, mais parfaitement de l'atmosphère sombre de la salle et vaguement de la tête de quelques marionnettes, or il s'agissait de l'un des plus chouettes après-midi dont tu gardais la trace : pour la première fois depuis l'accident, ton père avait ri, il avait ri, ton frère et toi l'aviez regardé l'air ravi, tu t'étais dit que tout allait s'arranger, mais voilà, la ferme, ce n'est pas un théâtre de marionnettes, il n'y avait là personne pour vous diriger d'en haut en tirant sur des ficelles, ce que tu déplorais, or cette fois-ci, tu avais à nouveau le sentiment que tout allait bien se passer, sous la table bancale j'ai collé mon genou nu contre le tien, ce contact t'a fait sursauter, les propos de la mère de Jule te hantaient, ses explications sur l'homme et la femme nus dans le livre, sur la façon dont on fait des bébés ou dont on fait en sorte de ne pas en avoir, sur le fait que pour faire la chose il faut s'aimer beaucoup, il faut être amoureux l'un de l'autre, certes tu sentais que tu m'aimais, mais être amoureux c'est transformer son cœur en arbre aux papillons, avait-elle dit, tu savais qu'on était en pleine saison de floraison de cet arbuste, de juillet à septembre, il se trouvait que le tien avait été taillé par mon fils lorsqu'il avait rompu avec toi, on sait que les arbustes taillés risquent de se lignifier, d'être endommagés, porte ouverte aux maladies qui entraînent le dessèchement, même si le tien résistait aux vents désagréables, tu doutais qu'il refleurisse grâce à moi, ceci alors que tu sentais malgré tout des picotements parcourir tout ton corps quand je t'embrassais, cela ne manquait pas de te troubler, je t'ai assuré que les picotements sont une bonne chose, c'est le signe que les chenilles se transforment peu à peu en papillons, toutefois, comme tu ne parvenais pas à t'affranchir des paroles empreintes de gravité de la mère de Jule, je t'ai emmenée, après le spectacle, au bord du lac Courroux, dans un endroit où il n'y avait personne, là je t'ai ordonné d'entrer tout habillée dans l'eau, prenant exemple sur un célèbre metteur en scène qui exigeait de ses comédiens qu'ils sautent dans un lac glacé pour oublier la dernière pièce qu'ils avaient jouée, dans le lac Supérieur qui borde entre autres le Minnesota, il laissait le froid les transir jusqu'à ce qu'ils ne se préoccupent plus que de la température de leur corps, jusqu'à ce qu'ils frôlent l'hypothermie, tout en nageant il leur fallait se dépouiller un à un de leurs vêtements de scène, le rôle qu'ils avaient tenu sombrait au propre comme au figuré au fond du lac dont ils sortaient grelottants dans leur plus simple appareil, ils se sentaient propres et renouvelés, leur alter ego avait coulé, ils étaient prêts pour le prochain texte, pour un nouveau texte, pour un nouveau personnage, je t'ai vue entrer dans l'eau, tête comprise, j'ai retiré mon pantalon et mon polo et t'ai suivie pour te rejoindre à la nage, je t'ai dit d'oublier toutes les paroles de la mère de Jule, que ce que nous faisions était bien, que personne ne connaissait notre scénario, qu'on ne pouvait pas mettre deux metteurs en scène sur une même pièce parce qu'ils ne tiraient jamais dans le même sens et semaient ainsi la zizanie parmi les comédiens, lesquels erraient sans but sur les planches, étaient enlacés par le chaos, je t'ai dit qu'en plus d'être le pilote, j'étais le metteur en scène, que je te permettrais à la fin de briller comme tu rêvais de le faire, que les applaudissements qu'on avait entendus une heure plus tôt te reviendraient un jour, comme avaient été pour toi ceux ayant salué ta prestation sur la scène pop, à cette différence qu'il y aurait une foule plus nombreuse, tes disques sillonneraient le monde entier, je t'ai obligée, dans le lac, de choisir entre moi et la cuisse de poulet du vendredi, entre *Roméo et Juliette* et *Le Roi Lear*, la pièce dans laquelle une des filles jalouses essaie de faire déclarer son père fou afin de mettre la main sur ses biens, d'une voix fluette tu as dit que je n'étais pas fou, ce à quoi j'ai rétorqué que Jule et sa mère chercheraient à te le faire croire, d'un ton bruineux tu as murmuré que tu me choisissais moi, j'ai dit que je n'avais pas entendu, je ne t'avais pas entendue, tu as alors crié par-dessus l'eau : *Kurt, je te choisis toi, je suis tienne, je suis Juliette.* Je t'ai attrapée par la taille, soulevée au-dessus des vagues que les grosses embarcations propulsaient dans le lac Courroux, toi, mon petit campagnol, mon irrésistible Putto, et, sur le sable, nous avons laissé le soleil nous sécher, à force de baisers, j'ai gommé les derniers doutes qu'avait suscités en toi l'inquiétude de la mère de Jule, puis je t'ai demandé si tu sentais à présent l'arbre aux papillons fleurir, j'ai vu qu'en opinant de la tête, tu n'étais pas sincère, que tu feignais l'épanouissement de l'arbuste, de toi-même et de ton état amoureux, mais je m'interdisais de le voir, je me disais que ça viendrait, sur ces entrefaites tu as sorti de ta poche le préservatif que tu avais retiré en un tour de main de la carotte déterrée pour l'emporter en guise de souvenir, ce machin crotté dans la main, tu m'as dit, sur un ton solennel, que tu avais tenu à le garder pour nous, des mots que j'ai pris pour un encouragement à aller plus loin, je t'ai demandé quand et où Bonnie et Clyde feraient l'amour, tu as rivé les yeux sur les nuages comme pour y lire la réponse, j'ai passé l'index sur tes lèvres, tu les as ouvertes, j'ai glissé mon doigt dans ta bouche, sur la face intérieure de tes joues, sur tes dents, tu tournais ta petite langue autour de mon index, et quand je l'ai retiré, tu détenais la réponse, tu as dit : *Dès que l'oiseau aura fait son premier tour.* Ce n'était pas juste de ma part, mon adorable, mais ta réponse m'a rendu hargneux, hargneux parce que je n'en pouvais plus d'attendre, parce que voilà que tu nous ressortais ce putain d'oiseau, ce que j'ai alors fait n'était pas honnête, j'ai sorti un mensonge, je t'ai assurée qu'en faisant l'amour, tu hériterais d'une ramure de petit mec, que je planterais une graine en toi de laquelle naîtrait un germe comme sur la peau des pommes de terre, tes yeux se sont mis à scintiller même si tu restais encore un peu sceptique étant donné qu'Élia ne t'avait jamais rien raconté à ce sujet, mais, qui sait, peut-être débitait-elle des bobards quand elle prétendait *l'*avoir fait avec Le Crapaud, peut-être s'en vantait-elle pour éveiller la jalousie de ses copines, pour susciter le respect, car lorsque vous l'interrogiez pour obtenir des détails, pour savoir ce qu'elle avait ressenti, si elle avait eu mal, si le sang avait coulé, elle se contentait d'afficher un sourire rêveur en affirmant qu'il lui était impossible de restituer cette expérience en quelques phrases, pas plus qu'on ne saurait résumer en deux lignes toute la série signée J. K. Rowling, ce que la fan de *Harry Potter* en toi comprenait, il n'empêche, elle n'avait pas fait la moindre allusion à une quelconque ramure, certes, as-tu nuancé, tu comprenais qu'on puisse garder cela pour soi, histoire de faire durer le plaisir, en attendant tu étais heureuse de l'opportunité que je t'offrais, tes vêtements une fois secs, tu avais récité à l'improviste, les larmes aux yeux, un verset du psaume 51 : *Ô Dieu, crée en moi un cœur pur, et renouvelle en moi un esprit droit !* Une phrase magnifique à ton sens, assurément, toi aussi tu voulais avoir un esprit droit, et que ça ne traîne pas trop, j'ai répliqué qu'un esprit droit, ça n'existe pas, un esprit, ça ne cesse de serpenter, d'évoluer, comme la météo ça passe d'un extrême à l'autre, chacun change en permanence, tu as pris un air malheureux et proclamé d'une voix catégorique que tu en connaissais, des gens qui avaient un esprit droit, qui ne changeaient jamais, qu'à ton tour tu attendrais cela, j'ai hoché la tête en disant *bien sûr, tu es en mesure de tout réussir, ton cœur est plus pur que les eaux du lac Courroux*, rassurée, tu as souri, et on a regagné le *Village*, je t'ai déposée au croisement, hors de vue de la ferme, avant de descendre tu as dit que le week-end, ça tomberait bien pour faire ce que Bonnie et Clyde auraient fait si Clyde n'avait pas été impuissant, dès que tu aurais fini d'aider ton père à poser la clôture du pré, tu serais libre, puis tu m'as demandé avec circonspection si ça faisait mal, *tu sais de quoi je veux parler*, j'ai secoué la tête de droite à gauche et ai proféré un nouveau mensonge, je t'ai promis qu'après on irait à Stavanger, tu m'as considéré, pleine d'incrédulité, avant de lever frénétiquement tes petits poings en l'air, j'ai ajouté qu'en attendant la ramure, on allait se voir pendant un jogging, tu as hoché la tête, je t'ai fourré dans la main une carte de quinze euros pour recharger ton portable, tu t'es penchée par-dessus le levier de vitesse, m'as embrassé, *merci*, et tu as dit que tu avais écouté Frank Zappa, que ça t'avait donné l'impression de ne pas savoir au juste ce que tu écoutais, la plupart des paroles étaient bizarres et comiques, mais sans queue ni tête, les différents airs te rendaient dingue, bien que tu te sois plus reconnue dans celui de « Motherly Love », qui va droit au but, et tu as déclamé : *The Mothers got love, that'll drive ya mad, they're ravin' 'bout the way we do, no need to feel lonely, no need to feel sad, If we ever get a hold on you, what you need is, Motherly love*[1]. Je t'ai suivie des yeux alors que tu gagnais la digue par l'avenue Pencil, posant les pieds uniquement sur les dalles entières, les autres portaient malheur, estimais-tu, elles t'empêcheraient d'avoir un esprit stable, handicap dont tu pouvais te passer, tandis que moi, je savais que le malheur ne se cache pas dans les dalles du trottoir, mais dans le fait qu'à un moment donné, tu ne serais plus à même d'atterrir.

1. Les mères ont de l'amour, ça nous rend fous, elles s'extasient sur ce qu'on fait, pas besoin de se sentir seul, pas besoin d'être triste, si jamais on a une emprise sur toi, ce dont tu as besoin, c'est d'amour maternel.

30

Je repense souvent encore à cette phrase initiale, à ce moment dans l'étable, près de la cuve à lait, quand tu m'as adressé la parole pour la première fois en me parlant de « Warwick Avenue ». Parfois, je doute de l'authenticité des propos que je te prête, je me défie de mes souvenirs puisque la chanson n'est sortie que trois ans après l'été en question, comment se fait-il dès lors que tu aies pu l'évoquer, certes la suite a prouvé que les larmes de Duffy n'étaient pas du bluff, que l'émotion l'avait envahie alors qu'elle interprétait ce titre pendant que le cameraman continuait à filmer, au bout du compte la chanteuse avait accepté qu'on utilise ces images, après tout c'est bien là ce que ressentent les gens qui rompent avec l'être aimé, quand ils rentrent seuls de la gare en taxi, lorsqu'ils disent qu'ils ne verseront pas la moindre larme à cause de l'autre et que ces larmes finissent malgré tout par arriver, qu'on le veuille ou non, l'amour est parfois une pluie torrentielle souvent accompagnée d'un vent catabatique, d'une rafale descendante, tout cela cependant je n'ai pas eu l'occasion de te le dire, de te dire qu'une rupture ça fend en outre le cœur, que les dauphins font partie des rares animaux à se suicider, par chagrin d'amour ils se laissent couler et meurent dans les fonds marins, tout cela je n'ai pu le partager avec toi car les magistrats ont interdit tout contact entre nous, ces messieurs haut placés n'auraient pas compris, ils feuilletaient furieusement le dossier, ils m'accusaient d'être fou, ils ont envoyé plusieurs courriers avant le début du procès, tous flanqués de ce mot horrible *folie* juste après la caractérisation : *crime sexuel*. J'ai essayé de retrouver ce que tu m'as dit la première fois, est-ce que cela portait sur la façon dont le veau qui allait naître se présentait ou tout de même sur une chanson que tu avais entendue à la radio ? Il m'arrive de me dire que je me suis trop laissé emporter par les airs de la haute et rétive saison, par la chaleur étouffante qui régnait alors, on diffusait tellement de vieilles chansons, par exemple « How Deep Is Your Love » des Bee Gees, des titres de Roxy Music et « Dancing in the Street » de Mick Jagger et David Bowie, je me suis mis à croire que ta phrase initiale ne portait pas sur « Warwick Avenue », la première chose que tu m'as dite, c'est que si Carla Bruni et Mick Jagger étaient restés ensemble, Sarkozy n'aurait jamais été élu président de la France, que s'il avait récolté beaucoup, beaucoup de voix, en réalité tout le monde désirait surtout la voix de Carla Bruni, son charme et sa beauté, les gens croyaient qu'un président avec une femme pareille était sans doute digne de confiance, à moins, t'es-tu corrigée, que ça n'ait tenu au nez de Carla, si elle ne l'avait pas fait refaire, Mick Jagger ne l'aurait jamais vue, ils n'auraient jamais entamé une liaison, toute la suite des événements s'expliquait par son nez, je ne suis pas certain que c'est bien là ce que tu m'as dit, parce que cette histoire ne correspond pas non plus à l'année de l'été en question, Sarkozy a été élu à une date ultérieure, certes on peut imaginer qu'à l'époque il désirait déjà la chanteuse, ce dont je suis sûr, en revanche, c'est que tu as dit raffoler de Carla Bruni et de ses chansons françaises, oui, autant d'invitations au rêve pleines de douceur, même si leur teneur est plutôt menaçante et sinistre, tu aspirais à devenir comme elle, d'une beauté égale, moi je te trouvais plus attirante que Carla ; à supposer que tu aies vraiment prononcé ces paroles-là, je t'ai alors demandé, là dans l'étable, ce que tu pensais de la différence d'âge entre Bruni et Jagger, tu as répondu que l'*amorousness* se moque de telles différences, que Cliff, l'enfant Jésus, était bien plus jeune que toi, je t'ai dit que j'avais environ sept mains de plus que toi, tu as haussé les épaules, je savais que tu souffrais d'une grave dyscalculie, que tu intervertissais tous les numéros de téléphone et des maisons, que tu sonnais souvent à la mauvaise porte, que tu tombais au bout du fil sur un inconnu et non pas sur la camarade que tu appelais, tu n'en abhorrais que plus ce moyen de communication même si tu espérais tomber un jour sur un habitant de New York, tu pourrais lui mentir en prétendant que tu étais une proche d'Al Pacino, tu en profiterais pour prendre des nouvelles de Manhattan, de fait les chiffres et trente-cinq années ne signifiaient rien pour toi, ça te laissait de marbre, alors même que 35, c'est le numéro atomique du bromure, celui de l'article de la Constitution qui détermine ce qu'il convient de faire lorsque le roi est dans l'impossibilité d'exercer sa charge, le nombre d'heures que j'ai consacrées à la lecture du roman d'Alexandre Dumas, *Le Comte de Monte-Cristo*, le numéro d'une route principale de Jordanie, la distance qui nous séparait, toi et moi, chaque année représentant un kilomètre, c'était de la pure folie, chers magistrats, je dois l'admettre, de la pure folie de m'imaginer, après la représentation de la pièce de Beckett, vivre avec mon petit animal de luxe, de me demander pourquoi toutes ces célébrités s'en tiraient et pas moi, que peu importait ta phrase initiale, peu importait après tout que tu m'aies adressé la parole ou que j'aie moi-même engagé la conversation, ce qui comptait, c'était que je voulais être avec toi, que je voulais voyager dans le monde entier avec toi à bord de mon utilitaire, notre petit palais d'amour, on se réveillerait chaque matin dans une réserve naturelle, chaque jour une nouvelle, allongés sur le matelas, les portes arrière ouvertes, on contemplerait les plaines ou les montagnes, là je te nourrirais de fraises, on visiterait des villes, depuis le *Village*, on prendrait la direction de Bexleyheath, de Motherwell, la capitale du North Lanarkshire, parce que ce nom te plaisait, on dînerait dans des restaurants chic où l'on pose sur les cuisses des clients une serviette amidonnée que tu craindrais plus de salir que ton pantalon, tout le monde nous prendrait pour un père et sa fille en vacances, cela me convenait tant que l'on était tous les deux ensemble, je savais que je t'avais fait des promesses qui étaient autant de gros mensonges, celui relatif à la ramure de petit mec, l'autre à Stavanger, cependant le désir de me rendre dans cette ville avec toi n'était en rien un mensonge, m'y rendre non tant pour y chercher l'abandonnée que parce que je tenais à m'éloigner de la vie que je menais au *Village*, m'éloigner de mon cabinet, de Camillia, de mes fils, non que je ne les aime pas, non que j'en avais marre de mon travail, pas du tout, j'aime les animaux, j'aime mes fils, mais voilà, ta présence m'aveuglait, me donnait une envie folle de tout laisser derrière moi, de m'en aller avec toi, je fixais le plafond éclairé par la bande de lumière qui passait par-dessus la tringle à rideau descellée, allongé à mes côtés, un corps ronflait, je me voyais en train de te chercher à l'angle de l'avenue Pencil où tu m'attendais, à la main ta valise synonyme de menace, un peu triste de ne pas avoir fait tes adieux à ton père, triste aussi parce que partir, ce n'est pas s'envoler, quand tu décollais, seuls tes écrous et boulons pouvaient lui causer du souci, alors que ta valise une fois partie, c'était la fin des haricots, toute la structure lui serait souci, malgré tout tu étais bien là, au bord de la route, et plus on s'éloignait du *Village* peuplé de tellement d'absents, plus tu étais ravie, je t'avais réservé un sachet de bonbons pour que le trajet te paraisse moins long, le même genre que ceux que ton père achetait quand vous alliez en vacances en Zélande, tu suçotais avec plaisir un lacet de réglisse, j'ai posé la main sur ton genou, t'ai dit que j'étais dorénavant ton coursier, et alors que je me figurais, à l'arrière du Fiat, en train d'embrasser le creux de tes cuisses lors du premier arrêt, le plafond au-dessus de moi s'obscurcissait toujours plus, des gouttes d'encre ont commencé à tomber sur le lit, sur les draps blancs, j'ai regardé à côté de moi mais Camillia avait disparu, sans doute avais-je sombré dans un rêve, alors que je t'entendais chanter les paroles de « Stavanger », l'une des chansons de ton disque *Kurt12*, que j'ai souvent écoutée quand Camillia était absente : *And the girl sings, oh Stavanger, we are almost there, we are almost there, but not yet. We drive home in this car, but what is a home without cows, what is a home without the desire to leave, the desire to fly away*[1]. Tandis que l'encre noircissait le lit, j'étais aspiré dans un cauchemar, dans un de mes souvenirs d'enfance malsains, au fil duquel je voyais ma mère allongée sur la table de la cuisine, jambes écartées et jupe noire retroussée jusqu'à la taille, bouche entrouverte, gémissant, je voyais mon père planté là, immobile, soudain, entre ces cuisses écartées apparaissait un petit monstre sanglant qui tentait de s'extraire, dans mon cauchemar, ma mère accouchait d'un veau, d'un veau figé et difforme, aux yeux fermés, je n'ai compris que plus tard qu'il s'agissait de ma sœur mort-née, en attendant, dans ce cauchemar, c'est un veau que je voyais, il pendait pour moitié entre les cuisses de ma mère, le silence était tel que la gravité de l'événement ne s'impose à moi que maintenant alors que j'écris ces lignes, donner naissance à un enfant mort, c'est donner naissance à la mort, et alors que je croyais que c'était tout, ma mère me faisait soudain signe d'approcher, me disait de manger

---

1. Et la fille chante, oh Stavanger, nous y sommes presque, nous y sommes presque, mais pas encore. Nous rentrons chez nous dans cette voiture, mais qu'est-ce qu'une maison où il n'y a pas de vaches, qu'est-ce qu'une maison sans le désir de partir, le désir de s'envoler loin…

le veau sanglant, vrai de vrai, chers magistrats, c'est ce qu'elle disait, et je n'étais plus moi-même, je surplombais le gamin que j'étais, je me voyais planter mes dents dans la chair, je voyais le sang dégouliner à la commissure de mes lèvres, des éclaboussures sur mes vêtements, je me voyais en train de manger ma propre sœur, ma mère disait que ma gloutonnerie avait ôté à la petite toute envie de vivre, que ce serait toujours de ma faute si elle n'avait jamais vu le jour, j'essayais de regarder mon père mais tout ce que je voyais, c'était l'animal à moitié mangé qui saillait de l'entrecuisse, je bredouillais que je n'avais pas voulu ça, ma mère ne cessait pas moins de me traiter de glouton, de gourmet, de nécrophile, je me suis réveillé en pleurs, je mouillais l'encre de larmes, pour me calmer, je me suis efforcé de penser à toi, mais le veau, oh ! le veau !

31

Quand la reine Beatrix, dans son rôle de mère, a dégringolé de son trône parce qu'elle avait un emploi du temps trop chargé, parce que tu visais probablement trop haut avec elle, parce qu'à ton goût, son château de Drakensteyn était trop éloigné du *Village*, j'ignorais que Camillia lui succéderait. Cela a dû se produire le 30 avril, alors que tu épinglais une fleur au revers de Willem-Alexander, ayant relevé la fébrilité qui t'habitait durant tout le matin en question, ma femme ne t'a pas quittée d'une semelle, posant de temps en temps sa main sur ton épaule, la pinçotant, à chaque femme qui te touchait ou t'approchait de manière maternelle, tu accordais un fauteuil dans ta tête, or c'est Camillia qui obtint le plus beau, le plus prestigieux, accoudoirs dorés et revêtement rouge, à chaque représentation que tu donnais dans ta tête alors que tu écoutais une chanson sur ton lecteur ou que tu jouais un morceau des Cranberries, ce n'est pas moi mais elle qui était assise au premier rang, elle t'applaudissait dans un élan de fierté propre à une mère qui admire sa propre fille se produisant sur scène, en réalité tout était bien moins rose, en réalité, elle ne voulait plus avoir le moindre contact avec toi, de sorte que tu te retrouvais avec une héritière qui refusait de monter sur le trône, qui refusait de servir et de diriger ton pays, qui ne souhaitait plus couper tous les dilemmes qui t'habitaient à la manière d'une reine qui coupe les rubans ; ce n'est pas tant elle qui te manquait que la mère qui se cachait en elle, celle qui t'était apparue quand tu venais chez nous voir mon fils et qu'au grand dam de ce dernier tu t'attardais au rez-de-chaussée avant de disparaître dans sa chambre où vous mettiez de la musique de façon qu'on n'entende rien de vos baisouilles sans avenir et tout habillées, t'employant à te réconcilier avec Camillia, tu t'es pointée à quelques reprises sur notre seuil à huit heures du matin, elle t'ouvrait la porte en peignoir, te laissait entrer de peur que tu ne parles de ce qui s'était passé entre toi et moi, que mes fils et tout le *Village* l'apprennent, mais après, il fallait que ça s'arrête, avait-elle dit, après elle ne te verrait plus qu'à l'école, nulle part ailleurs, elle serait l'une de tes profs et rien de plus, il te fallait poursuivre ton propre chemin, reprendre ta vie à toi, c'est ça que tu trouvais pire que tout, que les gens puissent dire : *ta vie à toi*, alors que ta vie avait toujours appartenu à autrui, à ton père, à la fois gestionnaire et administrateur, mais un père d'une telle négligence qu'il ne voyait ni les pertes ni les gains, qu'il ne voyait pas que les premières étaient plus grandes que les seconds. Que quelqu'un gère ta vie, c'est ce que tu voulais, pas forcément ton père, plutôt une personne qui comblerait tous les vides en toi, ce qui te dispenserait de sentir la solitude qui se propageait dans tout ton être, l'incapacité à t'aimer toi-même, vous parliez de ce qui s'était passé, Camillia croyait que nous ne nous étions pas revus depuis le message de ton frère, depuis cet unique baiser, que ça avait cessé, en rentrant d'une porcherie, je vous ai trouvées assises à la table de la cuisine, je vous ai rejointes, prenant place plus près de Camillia que de toi, pour lui donner l'idée qu'il n'y avait plus rien entre nous, même si c'est toi que j'avais envie d'emmener dans mon bureau et d'asseoir sur mes genoux, mon délicieux Putto, histoire de te griser de mon odeur d'ours, à la fin de la conversation, j'ai proposé de te raccompagner sur le seuil, tu as dit que ce n'était pas nécessaire, que tu savais où était la porte, j'ai insisté, ce qui a fait exploser bestialement Camillia : *T'entends, putain, ce que cette gosse te dit !* Ici, tout aurait dû prendre fin, alors que toute la merde des semaines écoulées débordait de la bouche de Camillia, dans ma direction puis dans la tienne, ça aurait dû s'arrêter quand on s'est dit au revoir, quand le générique de fin est apparu et que Camillia t'a tout à coup traitée comme une adulte et non plus comme une gamine de 14 ans, elle t'a traité de petite pute, je t'ai vu rapetisser, encore assise derrière ton verre de jus d'orange à moitié vide, j'ai vu que tu t'efforçais de retenir tes larmes qui se sont malgré tout échappées et ont coulé sur tes joues, tout ce que cela m'inspirait, c'est que je brûlais de les lécher sur ta peau de pêche, d'embrasser tes paupières, tes cils mouillés, ce qui te redonnerait le sourire, te retenant de rire tu dirais *tu pues le porc*, pour te réconforter, je te parlerais de la zigounette du cochon, une zigounette en spirale, ce qui lui permet de se visser dans l'utérus de la truie, si cela ne suffisait pas, je broderais sur mon mensonge relatif à Stavanger, te disant qu'après avoir rendu visite à l'abandonnée, on irait en Islande, au musée phallologique de Reykjavík que j'avais déniché sur Internet ; fondé en 1997, il abrite la plus grandiose collection de pénis au monde, deux cent quatre-vingts spécimens conservés dans le formol, et attire chaque année des milliers de touristes, il propose aussi bien le membre d'un rorqual bleu que celui d'un hamster qu'on peut observer à la loupe, le lieu t'inspirerait une histoire merveilleuse, tu ferais aller et venir ta langue sur tes lèvres, tu oublierais la rage et les insultes de Camillia, tu visiterais à maintes reprises le site du musée et l'ajouterais à tes favoris, tu y verrais entre autres le tire-bouchon d'un cochon, mais les plus beaux spécimens à tes yeux seraient celui d'une baleine et les moulages de la ramure de chaque joueur de l'équipe olympique islandaise de handball, tu me dirais que le musée était toujours à la recherche d'un vrai spécimen humain, certes quelques donateurs avaient stipulé dans leur testament que leurs bois iraient au musée du phallus, qui aimerait par ailleurs hériter d'une zigounette d'ours polaire, tu trépignerais d'impatience de séjourner en Islande pour le visiter, moi je ne pouvais m'empêcher de surtout te voir en train de visiter mon musée à moi, de descendre ma braguette et libérer ma ramure de tueur, ça oui, tu la libérerais de sa restriction pour la tâter de tes délicieuses mains d'enfant, en attendant, il m'était impossible de te réconforter, pas devant Camillia, elle avait fini par se calmer, elle a sorti des glaces à tête de clown du congélateur, celles au nez en forme de boule de chewing-gum, prétextant que de la fraîcheur nous ferait du bien à tous les trois, mal à l'aise et en silence, on a sucé les esquimaux alors que des larmes coulaient encore sur tes joues, tu m'apparaissais une nouvelle fois dans toute ta beauté et toute ta jeunesse, cette magnifique enfant triste tenant une glace de clown qui fondait dans sa main, je savais que tu pensais à *Ça*, que tu n'appréciais pas cette attention parce que tu n'aimais plus les clowns, tu avais l'impression de manger Grippe-Sou et que, par conséquent, ses emmerdes se perpétueraient dès lors en toi, tu as néanmoins mis tout ton courage à lécher et croquer la glace, Camillia a dit que mieux valait que tu ne viennes plus à la maison, tu as hoché la tête et mâché indolemment la boule de chewing-gum rouge, tu as soufflé, une grosse bulle est apparue, nous masquant ton visage, ta tristesse était devenue un nuage rouge, tu as soufflé jusqu'à ce qu'elle éclate, la moitié se retrouvant collée à ta mèche, Camillia n'a eu d'autre choix que prendre une paire de ciseaux, elle a alors vu le regard rempli de désir que je posais sur toi, moi j'ai vu tout à coup les flammes vaciller de nouveau dans ses yeux alors qu'elle s'occupait de tes cheveux, elle t'a raccompagnée jusqu'à la boîte aux lettres sans pouvoir se retenir de lancer une nouvelle salve amère : *Que deux personnes dont je croyais qu'elles m'aimaient me fassent ça !* Tu as trouvé ça terrible, tu n'en as pas dormi pendant des nuits entières, tu as fait quelques ultimes tentatives en t'avançant chez nous, mais Camillia ne t'a pas laissée entrer, voilà pourquoi tu as envoyé des lettres interminables, regorgeant de paroles de chansons qui toutes évoquaient les regrets que tu éprouvais, l'une contenait un poème, « Partir » de Rutger Kopland, que tu devais imprimer et accrocher au-dessus de ton bureau parce que les vers traduisaient ce que tu ressentais, une énième personne qui part, une énième reine qui abdique, par la suite tu devais découvrir Rainer Maria Rilke que tu as cité dans une autre lettre : *Il n'y a pas de prison plus misérable que la peur de blesser quelqu'un qui vous aime.* Plus tard, tu m'as parlé de ses poèmes, en trouvant certains sublimes, d'autres très mauvais, par exemple « Das Lied des Selbstmörders », moche et allant trop de soi à ton goût, un auteur qui écrit sur le suicide en comparant la vie à de la nourriture, au fricot de ce bas monde, pas immangeable mais pas suffisant pour raffermir le sang, et qui termine par les mots affreux selon lesquels il s'abstient de manger, il se met au régime pour au moins mille ans, tu m'as dit que la plupart des gens qui connaissent de l'intérieur ce chant n'avancent pas des idées aussi simplistes, pareilles comparaisons dénuées de sens, ils ne pensent plus guère à la nourriture, mais plutôt au fait qu'ils ont l'impression d'être eux-mêmes mangés, en revanche, *Les Cahiers de Malte Laurids Brigge* te paraissaient magistraux, à la suite de cela tu as découvert une nouvelle langue, celle de Gerrit Achterberg, d'Anna Enquist, de Pablo Neruda, de Charles Baudelaire, tu as découvert les contrées du désir en ton for intérieur, quand ces impressions te submergeaient, tu retournais dans le monde de Roald Dahl, tu avais entre-temps commencé *Boy*, le recueil de ses souvenirs d'enfance qui parle pour une part de la Norvège et dans lequel figure une photo en noir et blanc de la région du royaume norvégien où le jeune garçon se rend chaque été, en contemplant ce cliché, tu faisais comme si tu y passais tes vacances chaque année et non pas en Zélande, alors que tu trouvais la Zélande et en particulier Walcheren impressionnantes et *splendides*, mais voilà, tu avais envie de connaître Stavanger, la localité où était censée se trouver l'abandonnée, tu savais que tu avais découvert quelque chose dans les poèmes que tu lisais, que tu avais trouvé quelque chose qui pouvait te servir de refuge, quelque chose de complètement différent des histoires parfois terrifiantes de la Bible et des textes de certains psaumes, par exemple celui du 137 dans lequel on peut lire : *Heureux qui saisira tes enfants, et les écrasera contre le rocher !* Des lettres, tu en as envoyé plusieurs à Camillia, sans compter un bouquet de fleurs, oui, des fleurs, qu'elle s'est empressée de balancer à la poubelle en disant qu'un bouquet du diable, ça se flétrit de toute façon en un rien de temps, aucun de nous ne pouvait savoir que ce n'était pas la fin, que cela allait continuer, que tu avais glissé les bâtonnets des glaces à tête de clown dans ta poche pour les ajouter à ta collection, sous ton lit, et qu'ils serviraient plus tard de preuves aux magistrats, que plus Camillia te lâchait, plus je pouvais te retenir, plus tard, j'ai souvent écouté « An Ice-Cream Clown », chanson de ton disque *Kurt12* à laquelle les magistrats, index accusateur pointé en avant, se sont référés comme ils se sont référés au clip dans lequel il pleut des clowns, notamment à cette phrase : *Everything changed that day, the child disappeared from me, like the taste of gum fades away. Don't call me an ice-cream clown, my love. It was that dark summer that melted me, not you, not you*[1].

1. Tout a changé ce jour-là, en moi l'enfant a disparu, tout comme le goût du chewing-gum s'estompe. Ne me traite pas de glace à tête de clown, mon amour. C'est ce sombre été qui m'a fait fondre, pas toi, pas toi.

32

Quatre ans plus tôt, le 11 septembre 2001, à neuf heures moins le quart, un Boeing 767-223ER du vol 11 d'American Airlines perforait la tour nord du World Trade Center, à Lower Manhattan – l'une des passagères était l'actrice Berry Berenson, veuve d'Anthony Perkins, lequel a joué le rôle de Norman Bates dans le film *Psychose* –, à ce moment précis, tu faisais une dictée et inscrivait le mot *catastrophe* dans ton cahier. Vrai de vrai, tu assurais, c'était ce mot-là, quand tu as placé le point à la fin de la phrase, ça s'est produit, la tour nord était en feu, pour la première fois depuis la Seconde Guerre mondiale, on portait atteinte à la sécurité du monde occidental, et vingt minutes plus tard, le vol 175 de United Airlines percutait la tour sud, tu exposais ces faits à la manière du présentateur d'un journal télévisé, sans oublier l'explosion d'une voiture piégée sous le même World Trade Center en 1993, les auteurs de l'attentat ayant espéré que la déflagration dans le parking ferait tomber l'une des tours sur l'autre comme un domino, une tentative qui s'était produite un mois exactement après la perte du disparu, à l'époque les tours étaient restées debout, tu racontais que les seuls dominos à avoir fait la culbute après l'accident sur la route du Jabot étaient ceux de votre famille, à l'image de ceux de l'émission de télévision *Domino Day*, où, l'année du 11 septembre, sur le thème *Bridging the World*, Kylie Minogue avait renversé le premier domino, tu parlais de toutes les théories complotistes qui circulaient au sujet de l'attentat, certaines étaient fondées, d'autres non, mais *une* chose était sûre : il n'y avait jamais eu de deuxième avion. Car quand tu avais mis le point final à la dictée et refermé d'un coup sec ton cahier, ton école, selon toi, avait soudain tremblé sur ses fondations et tu avais décollé pour gagner New York où, à neuf heures trois, tu avais perforé la tour sud, j'avais beau avancer qu'on disposait d'images du deuxième avion, que tous ses occupants étaient morts, tu criais avec indignation que la scène était truquée car personne ne pouvait croire qu'une enfant avait percuté le gratte-ciel, personne ne le croirait et ceux qui s'y risqueraient perdraient tout espoir dans la vie, ils ne s'en remettraient jamais, voilà pourquoi ils préféraient imaginer qu'il était question d'un deuxième avion, hypothèse plus plausible, plus facile à avaler étant donné qu'un premier venait de s'écraser sur une des tours jumelles, il n'empêche que c'était bien toi, les trépidations de l'impact parcouraient encore ton corps, tu sentais encore les éclats de verre dans ta peau, je me suis abstenu d'avancer qu'on ne pouvait gagner New York en vingt minutes, qu'aucun être humain n'était de surcroît capable de voler, à chaque question ou doute que je soulevais tu te faisais plus rebelle, on parcourait le polder en courant le long de l'eau, tu as ajouté que deux des terroristes ayant détourné le premier avion avaient annoncé sur un site de rencontres ce qui allait se passer, ils avaient écrit sur leur profil que l'été serait chaud et donné le chiffre 19, le nombre des pirates de l'air, tu soutenais qu'il fallait en réalité parler de Summer Twenty, cela correspondait exactement à la date de ton anniversaire, mais les autorités avaient oublié de te compter, il faut dire que tu n'avais jamais été douée pour arrêter un rendez-vous, que quand tu voulais jouer avec quelqu'un il t'arrivait au dernier moment de changer d'avis, l'attente du moment retenu te rendant fébrile, tu préférais aller construire une cabane au bord du canal avec ton frère, depuis toujours tu savais que tu commettrais un attentat basé sur le numéro 20, lorsque tu avais fait ta première tentative en prenant Cliff, l'enfant Jésus, pour cible, c'était un 4 février, dans 4 il y a un 2, 2 fois 2 même, et cela se passait en l'an 2000, ce qui te permettait de retomber sur 20, voilà pourquoi tu ne te sentais jamais bien quand ton anniversaire approchait, quand on arrivait au mois d'avril sur le calendrier accroché dans les toilettes, ton père ayant écrit ton prénom en face de la date en question comme s'il craignait de l'oublier, toi tu avais peur parce que tu ne savais pas quel serait ton prochain acte, tu étais née le jour le plus froid du mois d'avril, il gelait à pierre fendre, non seulement Hitler était né ce jour-là, mais aussi Napoléon III, à cette même date, en 1999, deux lycéens ont tué douze de leurs camarades ainsi qu'un professeur à Columbine aux États-Unis, tu redoutais par moments de commettre à ton tour un attentat dans une école, pas à l'école primaire, en aucun cas, mais au collège où tu garderais tous les emmerdeurs dans ta ligne de mire jusqu'à ce qu'ils te supplient d'avoir pitié, en 2003, ton anniversaire était tombé le jour de Pâques, une fois de plus Jésus venait de mourir, tu trouvais étrange que cela se reproduise chaque année, mais cette fois-là, c'était différent, quand tu as soufflé les douze bougies de ton gâteau, tu as éteint Jésus tout en sachant qu'il ressusciterait, il avait plusieurs vies, ne faisait jamais tilt ni n'affichait GAME OVER, cela te rassurait, tu disais que tout un chacun vit une crucifixion, ainsi qu'une résurrection, à plusieurs reprises au cours de son existence, qu'il t'arrivait de t'enfoncer dans la nuit en pensant que tu ne te relèverais jamais, tu t'allongeais dans ton lit de telle manière qu'on ait l'impression que tu étais déjà en bière, tu disais que la première fois que tu avais voulu mourir, considérant ton pull préféré, celui sur lequel figurait Ariel la sirène, tu avais pris subitement conscience que tu étais trop âgée pour un vêtement pareil, la laine avait commencé à te gratter, honteuse, tu avais gardé toute la sainte journée les mains croisées devant ta poitrine, par la suite, tu ne l'avais plus jamais porté, tu perdais de plus en plus l'enfant en toi, tu avais honte, même si tu ne portais pas de pull Disney, tu avais honte de toi, du corps qui poussait, croissait à la manière du lierre qu'on ne peut arrêter, chaque matin tu quittais le *Village* pour gagner à vélo le collège situé quelques localités plus loin, où l'on vous apprenait, entre autres, comment on pave une allée, ceci alors que toutes les voies que tu empruntais étaient principalement constituées de sable et de boue, dès que tu sortais du *Village*, tu perdais l'enfant qui cherchait encore à jouer, à construire des cabanes, des châteaux en Lego, pour devenir Avril Lavigne ou Carla Bruni, tu redressais les épaules et essuyais les grumeaux de mascara aux coins de tes yeux, on est allés s'asseoir sur un banc au bord de l'eau noire, tu as soulevé ta chemise de nuit en disant, un sourire aux lèvres : *Ça a commencé.* Je t'ai éclairée à l'aide de mon téléphone portable mais ta poitrine était toujours aussi pâle et plate, néanmoins je t'ai dit que je voyais en effet une différence, et j'ai embrassé les minuscules valves rosées, je les ai prises dans ma bouche et sucées, tu as gloussé et, sous les chatouilles, tu as contracté ta poitrine, j'ai continué à t'embrasser pendant que tu continuais de parler de ton pull préféré et de la catastrophe, pendant que tu racontais que tu avais pris une douche après l'effondrement des tours puis étais retournée en classe, que le prof avait évoqué, l'air grave, ce qui venait de se passer, la portée que l'événement prenait pour le monde entier, il vous avait demandé à tous de prier pour les victimes, et qu'à la fin du cours tu avais écrit sur un bout de papier : *Je suis l'avion, je suis le terroriste.* Tu l'avais transmis au prof qui a lu ta phrase sans la comprendre, il a dit que la culpabilité cherche toujours un corps creux alors que toi, tu débordais de gentillesse, tu aurais aimé rétorquer que tu étais toute creuse, au point que tes paroles et celles des autres résonnaient en toi, que de ce fait, avant de t'endormir, il te fallait passer en revue tout ce qui s'était passé dans la journée, parce que tout ne cessait de se répercuter, parce que tu étais aussi creuse qu'un hot dog dont quelqu'un aurait mangé la saucisse, tu étais rentrée à vélo en empruntant le chemin du Fluet puis en traversant le *Village* qui t'emplissait d'amour en même temps qu'il t'inspirait de la peur, là où un inconnu pouvait à tout moment escamoter la fille que tu étais tout comme on vole une bicyclette flambant neuve qu'on ne revoit jamais, là où derrière des dizaines de fenêtres, les avions percutaient sans discontinuer les gratte-ciel, des jours plus tard, dans ta tête, tu entendais encore les sirènes et les hurlements des gens, le pasteur lui aussi avait prié pour New York, si tu avais osé, tu te serais levée en plein culte pour crier que c'était de ta faute, tu aurais montré tes blessures laissées par les éclats de verre, dit que tu n'avais pas été détournée, que tu avais agi de ta propre initiative et non pas sur ordre, tu serais tombée à genoux au milieu de l'allée jusqu'à ce que la police vienne t'arrêter, mais tu avais gardé le silence, tu ne t'étais pas levée pendant la prière silencieuse, cela eût meurtri ton père, d'autant plus qu'il était diacre, or l'une des tâches d'un diacre est de bien gouverner ses enfants ainsi qu'on peut le lire dans Timothée, il en aurait été réduit à démissionner et tout le monde sait que celui qui démissionne devient une proie plus facile pour le diable, tu ne voulais en aucun cas avoir ça sur la conscience, tu avais gardé le silence mais bien écrit deux lettres, l'une à Dieu et l'autre au diable, la première glissée dans la fente droite de la boîte aux lettres parce que tu étais certaine qu'Il habitait le *Village*, tu supposais rue du Presbytère où se détachait un panneau publicitaire pour le lait fermenté Campina, nom et panneau qui lui convenaient à ton sens car tous les bonasses de ta classe en buvaient dans de petites briques tandis que tous les *bad boys* préféraient le lait demi-écrémé ou entier, sans compter qu'en hiver, l'association sportive locale inondait le pré attenant à cette rue pour s'en servir de patinoire, tu étais sûre que le soir venu, quand sonnait l'heure des sportifs avertis, Dieu et fossoyeurs y exécutaient des pirouettes en s'entretenant de l'occupant de la prochaine fosse, quant à la lettre adressée au diable, tu l'avais glissée dans la fente ÉTRANGER, je t'ai tirée sur mes genoux et t'ai demandé ce qu'elles contenaient, tu m'as dit : *À Dieu, j'ai posé des questions, et au diable, j'ai donné des réponses.* J'ai hoché du menton, bien que je n'aie rien compris à ta phrase, avec mille précautions je t'ai demandé si, en fin de compte, tu avais conscience de n'avoir aucun lien avec le 11 septembre, que toute implication de ta part, mon précieux trésor, relevait de l'impossible, tu n'étais pas assez cruelle pour ça, j'ai vu tes yeux se troubler, ton petit corps s'est bandé dans mes bras, dur comme celui d'un ruminant mort dans l'étable depuis plusieurs jours, tu as susurré que personne ne te prenait au sérieux, mais cela importait peu car, un jour, tu rattraperais le coup, d'ailleurs si tu parvenais à redresser la barre avec New York, tu réussirais certainement à le faire aussi avec Camillia ; désireux de te voir de nouveau heureuse, de réentendre ta petite voix enjouée, je t'ai montré à la lumière de mon portable un tableau de Pierre Bonnard que j'avais imprimé spécialement à ton intention et que je gardais dans la poche de mon pantalon de survêtement, Bonnard est ce peintre qui a surtout peint sa dulcinée, Maria Boursin, laquelle se faisait appeler Marthe, nue au bain, elle souffrait d'une forme de tuberculose et de phobie des microbes, aussi se lavait-elle souvent, je t'ai raconté que, quand Bonnard vendait un tableau, il s'introduisait par effraction la nuit suivante chez son client pour le peaufiner, il n'était jamais satisfait, cette histoire a fait tes délices, tu t'es exclamée qu'on était tous comme le peintre à ceci près qu'on pénètre quotidiennement par effraction en soi-même, on ne cesse d'améliorer la part d'humanité en nous, ce qui était beau à nos yeux pas plus tard qu'hier peut nous paraître laid aujourd'hui, on apporte des retouches, cela ne s'arrête jamais, par conséquent il nous est possible de nous visiter nous-mêmes chaque jour sous un jour différent : *Cela redonne espoir, Kurt, parce qu'on est soi-même notre client le plus fidèle, on est soi-même notre collectionneur obsessionnel, à aucun moment ce qu'on voit ne doit nous lasser, sinon on est perdu pour de bon.* Tu as continué en soutenant qu'on était tous comme Bonnard, à cette différence près qu'untel a une main plus assurée que tel autre, tu as repris place sur le banc, ta chemise de nuit blanche flottant sous la douce brise nocturne, tu as dit à la manière d'une actrice que tu étais et ton propre collectionneur et un voleur, tu trouvais délicieux de te qualifier de voleur, ça te donnait ce droit, cette raison d'exister auxquels tu aspirais tant, même si cela résultait d'un vol, ce droit, cette raison, tu ne cesserais de les voler, je t'ai attirée contre moi, j'ai planté tes pieds le long de mes hanches, pressé ma bouche contre la peau de tes jambes avant de remonter toujours plus haut, puis j'ai pressé ma langue contre le tissu de ta culotte, j'ai entendu les bernaches cravant redoubler leurs cacardements, le vent s'est intensifié, j'étais persuadé, pour ainsi dire, que tu chuchotais, tu chuchotais que tu étais une glace à tête de clown, c'est ça, tu étais un esquimau crémeux à tête de clown que j'avais pour tâche de décongeler.

33

Les magistrats m'ont demandé si j'aimais les loutres, les mustélidés. J'ai répondu dédaigneusement que ce sont des animaux magnifiques, oui, magnifiques, que je soutenais depuis des années la Fondation pour la protection de la loutre en raison de l'excellent travail que cet organisme réalise, ce sur quoi ils m'ont interrogé pour savoir pourquoi j'avais fait mal en particulier à *cette* loutre, pourquoi, mon adorable, j'avais souillé la fascination qu'exerçait cet animal sur toi, toi encore si pure et immaculée, si ingénue et innocente, ils m'ont demandé si je connaissais l'espérance de vie d'une jeune loutre relâchée du jour au lendemain dans la nature après des années de captivité, si je savais que la loutre est une espèce en voie de disparition, que les membres de cette espèce sont ceux qui succombent le plus sous les roues des voitures, une mort pareille à celle du disparu, que la pollution de l'environnement constitue la deuxième cause de leur mortalité, que j'ai pollué ton environnement, que je t'ai mise en danger et que par conséquent, incapable de distinguer le bien du mal, tu atterrirais plus souvent qu'une jeune fille lambda dans de mauvais bras, ce qui pourrait se comparer au tableau de Govert Flinck d'où se dégage l'influence de son maître Rembrandt, l'élève a peint l'Isaac aveugle de la Genèse qui bénit le mauvais fils en touchant Jacob, lequel s'est couvert les bras d'une peau de chèvre pour se faire passer pour son frère Esaü et ainsi soutirer la bénédiction qui revient en principe au premier-né, pour ta part tu donnerais à chaque fois ta bénédiction et ton amour à la mauvaise personne ou, comme il est dit dans la même Genèse, selon une formule que tu trouvais vraiment belle, tu donnerais à chaque fois au malin *la graisse de la terre, et une abondance de froment et de moût*, les magistrats se sont aussi enquis de la teneur de mes fantasmes quand je te voyais devenir loutre, oiseau ou Crapaud, quand je te voyais te transformer, bien entendu ils attendaient de préférence une réponse empreinte de perversité, d'obscénités, des paroles sur lesquelles ils pourraient se pencher avec délectation en fronçant les sourcils et en échangeant des regards de conspirateurs, je pouvais le lire dans leurs petits yeux insignifiants qui flottaient comme des olives dans leur saumure, j'ai repensé au jour où tu es devenue loutre, où tu as murmuré que je devais te disséquer, au scalpel que tu avais enfoncé dans ta cuisse, au sang que tu avais versé pour ne pas répandre celui des autres, à moi en train de libidineusement me frotter contre toi, petite pouliche engourdie et molle entre mes mains, durant quelques secondes, tu avais été morte mais tellement belle que je n'avais pas éprouvé le besoin de te pleurer, j'ai souvent resongé à la façon dont tu gisais sans vie à côté de moi, oh ! cette pouliche, pour ensuite languir après ta voix enfantine, la suite a montré que tu avais gardé une trace de cet épisode, de l'instinct qui m'avait poussé à te bourrer, tu étais loin, mais quelque part dans le paysage crépusculaire où tu te trouvais, ma voix, soulevée par la lubricité, t'étais parvenue, elle disait que tu étais morte, que j'allais te disséquer ; dans une chanson de ton album *Kurt12*, tu fais allusion à ce moment, il s'agit du texte où tu te compares non à une loutre mais à un homard, car tu avais lu dans un bouquin que ce crustacé se tue lui-même quand on l'arrose d'alcool, or n'avais-je pas traité, l'après-midi en question, ta blessure avec de l'iode à base d'alcool : *If you spill alcohol on a lobster, he'll stab himself, you spilled and I stabbed myself, I was a lobster and dear God, what you spilled. Your fire was my doom, I was dead but too alive not to feel the pain. I was a lobster and dear God, what you spilled*[1]. Écoutant la chanson plus d'une fois quand Camillia n'était pas à la maison, je me sentais comme un idiot de languir encore et encore après toi, mais je ressentais aussi de la colère, de la colère d'être tombé si naïvement dans mon propre piège, d'avoir toujours attiré des jeunes filles autour de moi comme des papillons de nuit autour d'une lumière, elles voulaient jouer avec moi, jamais avant toi je n'avais essayé d'en attraper une dans la conque de mes mains, comme la plupart des

1. Renversez de l'alcool sur un homard et il se poignarde, tu en as renversé et je me suis poignardée, j'étais un homard et, mon Dieu ! c'est incroyable tout ce que tu as renversé ! Ton feu a été ma perte, j'étais morte mais bien trop vivante pour ne pas sentir la douleur. J'étais un homard et, mon Dieu ! c'est incroyable tout ce que tu as renversé !

papillons de nuit, tu as confondu lumière et lune, tu voulais jouer et tu voulais l'amour, j'ai ouvert la conque et tu t'es posée calmement et sans crainte sur ma paume, j'ai voulu te garder là, sachant pourtant que tes ailes étaient fragiles, une seule lésion et plus jamais tu ne pourrais voleter, je n'en ai pas moins refermé la conque, j'ai entendu ton petit corps qui cédait, la question se pose toujours de savoir quel insecte tuer et à quel autre ouvrir la fenêtre pour lui redonner la liberté, personne ne tue de bonne grâce une libellule, mais un moustique ou un papillon de nuit, on ne rechigne pas à l'écraser, je t'ai écrasée parce que je ne pouvais pas te garder, te garder de façon que tu restes indemne, je pensais entre autres au jour où, devenue Le Crapaud dans le champ de lin, tu avais fait pipi debout, à ta voix douce qui me disait de te demander l'autorisation de voir ta petite ramure, je m'étais exécuté et tu avais relevé ta chemise de nuit, je t'ai dit que c'était magnifique, la plus belle chose que j'avais jamais vue, je t'ai demandé de caresser ta ramure, ça t'a déstabilisée, tu voulais juste faire pipi debout comme le font les bêtes les plus fortes du règne animal pour affirmer leur domination sur les autres, tu voulais une ramure d'angelot, une ramure comme celle de Cliff, tu as dit que c'était une pièce de musée, qu'on n'a pas le droit de toucher les pièces de musée, j'ai rétorqué que j'étais non seulement le pilote et le metteur en scène, mais aussi le directeur du musée, que j'étais le seul à pouvoir la toucher, il me fallait estimer sa valeur et vérifier qu'elle n'était pas abîmée, à chaque fois que je glissais une main dans ta culotte, tu me demandais, brûlant d'impatience, si tu allais hériter d'une véritable ramure, je t'expliquais que les bois du cerf sont sous l'écorce, que ça allait bourgeonner à la condition qu'une grosse ramure séjourne en toi, bah ! je t'ai complètement gâtée, viciée, et avant de te mordre la lèvre, tu disais souvent que tu arrivais à pisser plus loin que n'importe quel *dear boy*, ce dont je convenais, je disais que ton jet atteignait l'Afrique, que tu finirais par éradiquer la sécheresse de ce continent, c'était le moment où tu commençais à manquer d'air, où en toi la loutre ou Le Crapaud remontait à la surface, je te voyais pendant un moment libérée de ton exil, pour ensuite y retomber et remonter honteusement ton slip, redevenir l'oiseau, les magistrats m'ont demandé si j'avais déjà fait tomber quelque chose de précieux, si oui quelle avait été ma réaction, je me suis souvenu du service Boerenbont de ma mère, de la gifle, des crêpes de rabibochage et de ce qui avait suivi, mais aussi de la boule à neige en verre que m'avait offerte mon père en revenant de l'étranger où il était allé chercher des cochons, de moi, inconsolable après l'avoir fait tomber et après avoir découvert qu'il ne s'agissait pas de vraie neige mais de particules de porcelaine, du film *Infidèle* de 2002 dont le personnage principal, joué par Richard Gere, tue l'amant de sa femme jouée par Diane Lane, en le matraquant de coups d'une boule à neige, de moi encore en train de faire la même chose à ma mère dans mes cauchemars, les magistrats fondaient sur ceux-ci comme des vautours, ils ont écrit avec enthousiasme que je rêvais d'éliminer ma mère, m'ont demandé pourquoi je pleurais une boule à neige brisée et n'avais rien sur la conscience à propos de ce que j'avais cassé en mille morceaux, *tes* morceaux, j'ai expliqué que j'aspirais à te guérir, que je t'aimais, ils ont reniflé avec dédain, oui, ils ont reniflé avec dédain et m'ont demandé si j'avais déjà aimé une enfant par le passé, j'ai acquiescé, oui, j'en avais désiré plusieurs mais sans me l'autoriser, tu étais l'exception, mon Putto, ils m'ont aussi demandé ce que j'éprouvais quand j'inséminais une vache, ce que ça me faisait de glisser ma main dans le vagin, voilà ce qu'ils m'ont demandé, les sales pervers, j'ai répliqué que ça me laissait de marbre, qu'en hiver ça fait du bien car ça réchauffe les mains, voilà tout, je savais où ils voulaient en venir, je savais qu'ils progressaient pour en arriver au fameux après-midi, le 21 août, le dernier jour des grandes vacances alors que ma sueur dégoulinait sur ton ventre nu et que le matelas se soulevait sous mes mouvements, alors que l'affiche de Beatrix s'était détachée et que la reine s'était retrouvée couchée à côté de nous, sur le nez, à croire qu'elle refusait obstinément d'être spectatrice de ce scénario d'horreur, je détournais les magistrats de leur but en leur confiant qu'il y avait un truc qui clochait chez toi, qui clochait et pas qu'un peu, je leur ai parlé des conversations que tu menais avec Hitler et Freud, je leur ai raconté que tu m'avais demandé sur MSN de *le* faire avec toi, sourcils haussés les magistrats se sont enquis de ce que j'avais fait de cette requête, je leur ai dit que j'avais le cœur tendre, que j'aimais accorder aux gens ce qu'ils désirent, ils m'ont aussi demandé s'il était vrai que je t'avais promis une zigounette, un voyage à Stavanger et en Islande, ceci en brandissant la première pièce à conviction, l'os pénien de loutre ratatiné, j'ai répliqué que tu étais malade, que sous ton lit ça grouillait d'objets que tu collectionnais, j'aurais voulu ne pas parler comme ça de toi, ma biche, mais c'est eux qui m'y contraignaient, j'étais totalement impuissant ! C'est alors que je leur ai dit que tu vivais dans un monde imaginaire, que je faisais partie de ta planète imaginaire, que tu avais tout inventé sauf les conversations sur le *chat*, j'ai affirmé que pour le reste, je ne me souvenais de rien, tout à fait, je ne me souvenais de rien, ils ont interrogé mon fils aîné, Camillia et ton père, mais tout ceci bien plus tard, c'était encore l'été et je ne savais rien des magistrats ni de leurs questions qui m'étrangleraient, j'ignorais que l'un d'eux allait aux toilettes après chaque café qu'il buvait, que l'autre tapait parfois du poing sur la table en me hurlant dessus : *Dites la vérité !*, que c'était une affaire grave, qu'ils avaient écouté ton disque et que ça se présentait très mal pour moi, qu'ils avaient parcouru ton journal intime et se demandaient quel problème j'avais avec les prunes, est-ce que j'aimais les prunes ? Comment je préférais les manger ? Ils me poussaient à bout, ils ont raconté à mon aîné que j'aimais les gosses de son âge, ils lui ont inoculé la peur de voir ses parents divorcer, ils ont reproché à Camillia de ne pas être intervenue, elle usait de son droit au silence, ils me réduisaient en bouillie, mais en la haute et rétive saison, j'étais encore avec toi, tout allait encore bien, pas une heure ne s'écoulait sans que je ne pense à toi, sans que je ne ferme la porte de mon cabinet, ne ferme les yeux en languissant après toi alors que je commençais à dégringoler, j'étais tellement impatient d'arriver à nos rendez-vous, je t'envoyais des messages sur la saison des ramures, sur le fait que je ne pouvais plus vivre sans toi, je te demandais ce que tu portais sous tes vêtements, si tu avais fait pipi debout, après coup je m'essuyais avec une lingette désinfectante, les magistrats devaient mettre en doute l'obsession que suscitaient en toi les ramures de petits mecs, ton père devait t'écrire une longue lettre pour te dire combien ton corps était peccamineux, que tu traitais mieux les bonbons que toi-même, que tu étais en train de détruire une famille, que c'était tout bonnement dégueulasse, que c'est toi qui avais tout provoqué, que tu n'étais plus la bienvenue au temple, tu avais atterri, désarmée, dans une chambre stérile et blanche où une femme en uniforme te demandait s'il t'arrivait de te toucher, ce que ça te faisait, si tu aimais quand je te touchais, tu haussais les épaules et ils interprétaient ça comme un *oui*, ils t'ont questionnée sur ta transformation en différents animaux, mais tout ça, c'était plus tard, on était encore en été, c'était l'été et nous étions ensemble, tu étais ma carte géographique et je savais exactement où je voulais aller.

34

Tu étais couchée là, mon petit poids léger, ma divine chérubine. Je t'avais récupérée en fin d'après-midi à la piscine, on avait gagné la zone boisée près du lieu-dit le Vieux-Bois, où j'avais garé mon fourgon parmi les vieux pins, depuis l'arrière du véhicule, on avait vu passer un épervier, quelques petits sylvains, une mésange huppée, j'avais enfoui mon nez dans tes cheveux chlorés et reniflé la délicieuse nageuse qui se baignait tout au fond de ma mémoire, je t'avais dit, mon adorable, que c'était la saison des ramures, oui, la saison des ramures, et après m'être assuré une dernière fois que personne ne pouvait nous voir, j'ai fermé les portes arrière du Fiat, tu t'es allongée sur le matelas blanc rembourré de mousse à mémoire de forme et de mousse froide, tu as attendu que les lumières se tamisent, que le film soit sur le point de commencer, ce n'est qu'après coup que je me suis demandé si tu savais ce qui allait se passer, si tu avais réellement compris ce que *le* faire supposait, puisque tu restais allongée sans paraître devoir te déshabiller, tandis que moi, le moment qui s'annonçait et dont j'avais rêvé dans des accès de fièvre me tournant la tête, je te glissais à l'oreille des phrases absurdes de Beckett, je ne t'ai rien dit de ce qui allait se passer, je ne t'ai pas préparée, je ne t'ai pas donné le moindre scénario, je me suis contenté de t'annoncer que tu allais hériter d'une petite ramure, de ravissants bois, oubliant qu'entre garçon et fille tu oscillais et que ma promesse ne faisait donc qu'aggraver les choses, la pointe de ta langue a glissé le long de tes lèvres, je t'ai demandé de répéter ce mouvement, ce que tu as fait, mais cette fois de façon plus théâtrale, comme si du jus de prune imprégnait tes lèvres, il faisait une telle chaleur cet après-midi-là que j'ai transpiré avant même de me rendre compte que j'avais chaud, j'ai enlevé ma chemise en lin pour éviter qu'elle ne se froisse trop, ce dont j'aurais dû rendre compte à Camillia, je l'ai accrochée à côté du poster de Nirvana, tes yeux se sont posés sur Cobain, tu as raconté qu'il avait grandi à Aberdeen, dans l'État de Washington, qu'en secondaire il avait fait l'amour pour la première fois, mais comme c'était avec une fille pas nette, tout le monde s'était foutu de lui et l'avait baptisé *the retard fucker*, à bout, il était allé se coucher sur les rails de la voie ferrée, mais le jour en question, le train n'avait pas suivi l'itinéraire habituel, heureusement d'ailleurs, tu avais précisé : autrement on n'aurait jamais entendu parler de lui, or il voulait qu'on parle de lui, il voulait être célèbre, il aspirait au succès tout comme toi, toi tu n'avais jamais vu du ballast de près, tout juste les rails d'un petit train, tu avais laissé la locomotive en bois te percuter, tu savais donc ce que Cobain avait ressenti, ce à quoi on pense quand on est allongé sur des rails, il fallait quoi qu'il en soit être bien dégénéré pour rester ainsi allongé alors qu'on a les traverses et les contre-rails qui nous rentrent dans la colonne vertébrale, dans cette position tu avais récité, les yeux fermés, une partie de la traduction du Notre Père araméen, parce que tu la trouvais très belle : *Source de Vie, que je rencontre dans ce qui m'émeut. Je vous donne un nom de sorte à vous accorder une place dans ma vie. Rassemblez votre lumière en moi, rendez-la utile.* La première phrase et *rendez-la utile*, tu trouvais ça *merveilleux*, pour le reste tu espérais que tes camarades n'allaient pas t'appeler *the retard fucker*, certaines pensaient en effet que tu n'étais pas très nette non plus, que ton comportement différait sensiblement du leur, je t'ai alors priée de ne jamais rien dire à personne de ce qui allait se passer, qu'on pouvait *le* faire à condition que ça reste un secret, que l'été que l'on vivait devait rester entre nous, que tu n'aurais qu'à raconter que tu *l'*avais fait dans les bosquets ou dans le vestiaire avec l'un des *dear boys* de la piscine, tu as acquiescé, tu comprenais et tu as dit que ça se passerait le lendemain matin très tôt, qu'à l'occasion du jour de la rentrée, tu décollerais du sommet du silo, tes paroles t'ébaudissaient, moi je me refusais à en saisir la portée, j'étais trop assoiffé de ta voix, j'étais le boudin fissuré de la roue du train qui finirait par le faire dérailler, la sueur dégoulinait de mon front, atterrissait sur le matelas, j'ai enlevé mon jean, ai pris soin de le plier, j'ai descendu mon caleçon moite et t'ai montré ma ramure de tueur turgescente, j'étais un cerf en rut, obnubilé par une seule pensée : disparaître en toi, je t'ai priée de te déshabiller à ton tour, priée de regarder la ramure de tueur, tu en avais déjà vu une en photo dans le bouquin de la mère de Jule, mais là, c'était plus impressionnant qu'un simple cliché noir et blanc, c'était différent de la nuit où tu m'avais remplacé à la barre pour déterminer le cap pendant que je pissais, tu as baissé les yeux et balbutié que tu avais envie de faire pipi, j'ai vu que c'était des bêtises, je t'ai dit de ne pas raconter des salades, que tu pouvais très bien devenir Le Crapaud sans pour autant faire pipi, tu as répondu que c'était là la seule chose à laquelle tu étais en mesure de penser, quoique au cours des semaines écoulées, ça allait plus loin, tu imaginais être le Zack de *Sauvés par le gong*, série télévisée sur un groupe d'amis qui fréquentent la Bayside High School et vivent ensemble toutes sortes d'aventures, ou encore l'un des *dear boys* de ta classe que les surveillantes, la maman de Jule ou celle d'Élia aidaient à faire pipi, elles prenaient entre leurs doigts ta ramure d'angelot et t'aidaient à viser, tu prétendais parfois que ta vessie était pleine à éclater et ces dames te secouraient au tout dernier moment, pareil sauvetage te faisait du bien, beaucoup de bien, perdue dans ces pensées, tu ne savais pas au juste ce que tu faisais, si ce n'est que tu emboutissais ton oreiller ou ton ours en peluche, une fois que c'était fini, tu ne pouvais te retenir d'aller aux toilettes, cette fois pour de bon, et c'était le plus délicieux pipi de la journée, tu as susurré, cette confidence m'a enflammé les joues, j'ai embrassé le haut de tes cuisses en remontant peu à peu, j'ai chuchoté que tu étais Le Crapaud le plus bandant que je connaissais, le *dear boy* le plus exquis, puis j'ai enfoncé ma langue en toi et ai alors perdu tout contrôle, tout contrôle sur moi-même, tu avais un goût suave, ce goût bien à toi, j'ai crapahuté jusqu'à ta bouche, t'ai embrassée et, ramure de tueur en avant, t'ai pénétrée, je t'ai assuré qu'on ne pouvait être plus proches l'un de l'autre que ça, de cela tu te souviendrais, que c'était la seule façon de se rapprocher de quelqu'un, j'étais le cerf en rut, je t'empalais sur moi, je ne me souviens pas de ta réaction, tu étais ma proie et je jouais avec toi, je te bourrais sans me rendre compte que peu à peu tu t'amollissais, au point d'être aussi molle que sur la table d'opération, je me suis seulement souvenu que ma sueur gouttait sur ton cou, formant un collier de perles, qu'après quelques minutes j'ai retiré ma ramure de toi, c'est à ce moment-là que le poster de Beatrix s'est détaché et a chuté à côté de nous, je me suis souvenu que je ne voulais pas penser à la reine, pas à elle, que je t'ai dit que je t'aimais, puis, serrant les mâchoires, je t'ai éclaboussé le ventre de mon sperme, à la peur dans ton regard a succédé l'ébahissement, cela allait faire naître en toi une deuxième fascination en plus de celle de pouvoir faire pipi debout, haletant, je me suis laissé tomber à côté de toi sur le matelas, peu à peu tu as repris vie, j'attendais que tu te mettes à parler, mais tu gardais le silence, je croyais que tes joues étaient mouillées de sueur, de rosée, ma sueur et ma rosée, mais j'en suis venu à douter, je me suis demandé si tu pleurais, le silence perdurant j'ai tiré ma sacoche vers moi, en ai sorti des lingettes pour trayons et ai essuyé amoureusement ton ventre, puis j'ai pris parmi mes gants de vétérinaire une bouteille de Coca et un sachet de chewing-gums Schtroumpf, j'ai avalé de grandes gorgées de la boisson fraîche et ai ouvert le sachet, je t'ai montré le tatouage qui accompagnait les friandises, un peu de lumière est revenue dans tes yeux absents et tristes, j'ai pressé une décalcomanie sur ton bras, je l'ai léchée le temps que l'image se détache du support et colle à ta peau, tu l'as regardée, tu as dit que c'était le Schtroumpf coquet, le plus narcissique de tous les Schtroumpfs, tu as ajouté que, tout comme lui, tu te regardais souvent dans le miroir, que ce que tu voyais te rendait parfois euphorique, mais le plus souvent morose, tu as mâché impétueusement le chewing-gum, j'avais mille questions à te poser sur ce qui venait de se passer, mais n'osais le faire, aussi t'ai-je raconté une histoire portant sur Léda et le cygne, Zeus était follement amoureux de la belle Léda au physique avenant, il voulait faire l'amour avec elle, mais elle le repoussait à chacune de ses tentatives, n'était-elle pas l'épouse du roi Tyndare ? Ne pouvant supporter plus longtemps son refus, Zeus se transforme en cygne, un cygne magnifique, sous cette forme il réussit à subjuguer Léda et elle lui fait l'amour sous le ciel étoilé, ils ont deux enfants, Pollux et Hélène, nés dans un œuf, tu m'écoutais religieusement, tu m'as demandé pourquoi Léda a accepté de copuler avec le cygne et non avec le dieu suprême, j'ai pris ta main dans la mienne, ai embrassé tes phalanges, je t'ai expliqué que les cygnes ont un sexe imposant, il s'agit de l'un des rares oiseaux à avoir un pénis, pas aussi grand que celui du rorqual bleu, mais au moins quelques centimètres de plus que celui de l'homme, voilà pourquoi Léda avait cédé, de surcroît, le cygne symbolise la séduction, le désir et la fidélité éternelle, tu m'as demandé combien de temps il te faudrait encore attendre pour devenir pour de bon une loutre ou Le Crapaud, tu as alors dirigé ton regard sur ton bas-ventre en espérant y voir quelque chose pousser, je t'ai expliqué que c'était comme pour le cygne, ça restait caché et ne sortait qu'au moment de faire l'amour, tu m'as demandé en quoi ça consistait exactement, faire l'amour, aussi je t'ai pénétrée une deuxième fois, avec plus de vigueur et de fringale que la première, je n'étais plus l'homme creux de T. S. Eliot, j'étais le cygne, j'étais le cerf, je te remplissais, j'étais en toi, mon petit poids léger, ensemble nous étions *les cigarettes esseulées*, je ne me souviens plus si j'ai oui ou non prononcé une phrase d'un poème de Rainer Maria Rilke que j'avais pris soin de dénicher pour te griser plus encore, si je t'ai, oui ou non, dit : *Ce n'est qu'alors qu'il tira plaisir de ses plumes / et fut, dans le giron de l'amante, réellement cygne.* Je t'ai vue entrouvrir la bouche, passer la pointe de ta langue sur tes lèvres, j'ai vu le chewing-gum bleu entre tes dents, je t'ai bourrée comme un malade, attirée dans les abîmes de ma rancissure, t'ai dit *c'est comme ça qu'on fait l'amour*, oh ! on faisait l'amour et j'ignorais que j'étais en train de le chasser, que j'en rejetais les derniers débris de ton corps, oh ! ahurissant comme j'effrayais l'amour !

35

J'ai bu l'apaisement crépusculaire comme de l'eau sucrée. Avide, j'en ai avalé de grandes gorgées après m'être retrouvé dans la chambre de torture, celle de mes hallucinations cauchemardesques, je m'en étais pris à ma mère à coups de boule à neige, la voyant affalée sous les flocons blancs, sous les particules de porcelaine, d'une main hésitante j'ai tâté la place du lit à côté de moi, elle était froide, non occupée, depuis le passage de ton journal intime et le baiser que toi et moi avions échangé, Camillia dormait de plus en plus souvent sur le canapé sous un léger couvre-lit tissé fin, près du petit autel sur lequel trônaient les photos de ses parents, une croix en bois ainsi qu'un portrait de Diana, Lady Di, je n'ai jamais vraiment compris ce que la princesse de Galles faisait là, en tout cas, Camillia semblait y être très attachée, je m'étais proposé pour dormir sur le canapé, mais elle tenait à fuir le lit où, elle et moi, on s'était aimés, où on avait planté la graine de nos fils, je me retrouvais là seul dans une abondance de literie, m'efforçant de contrôler ma respiration, essayant de penser à la journée de la veille, j'ignorais si j'étais au bord de la répugnance ou au bord de l'exaltation engendrée par le fait, mon élue céleste, qu'on ne faisait plus qu'un, cependant le sourire et le ravissement que cet état suscitait étaient réduits à néant par ma mère, elle est réapparue dans ma chambre à coucher, au bord de mon lit, j'avais 14 ans, elle a dit qu'elle savait ce que je fabriquais, qu'elle avait découvert les photos de Kim Carnes que je cachais sous mon matelas, que je n'étais qu'un obsédé sexuel d'ado, elle s'est glissée à côté de moi sous les draps, j'ai senti les relents de crêpe qu'elle trimbalait sur elle, elle a tripoté mon caleçon, m'a ordonné de me toucher, dit que je n'avais le droit de penser qu'à elle, moi, je cherchais de moins en moins refuge auprès de femmes comme Carnes, je me sentais en sécurité à la pensée de filles et uniquement de filles, des filles oscillant entre l'enfance et l'âge adulte, j'ai ainsi appris à devenir un observateur plutôt que de laisser mon imagination à la merci de mes fantasmes, or, en tant qu'observateur, comme je ne faisais rien, je n'aurais pu être ni un pécheur ni un gros cochon, il n'était pas rare que je voie des camarades de classe forniquer, cela me mettait en transe sans que je ne prenne jamais part à rien, de ce fait mes premières tentatives auprès des filles s'étaient soldées par des déceptions, j'étais excité mais ça en restait là, je dérivais de mon corps dès qu'une main se posait sur ma peau, j'étais un garçon de cirque pris de vertige, mon désir se portait de plus en plus sur des morphologies enfantines, sur l'insouciance de leurs propres désirs, leur merveilleuse réserve, leurs timides tâtonnements sans qu'elles n'y attachent la moindre attente, dans mon développement sexuel et physique, je n'étais pas plus mûr que ces filles, mais alors que peu à peu je prenais de l'âge, elles restaient jeunes, elles restaient à jamais âgées de 13 à 16 ans, je collectionnais des photos de la chanteuse blonde, j'écoutais sans fin le groupe The New Christy Minstrels, auquel elle a appartenu, plus tard son premier album de 1971, intitulé *Rest on Me*, en espérant que ça marcherait, que je grandirais dans l'autre sens, mais quand ma mère se glissait dans le lit et me serinait, tout en me tripotant, que j'étais un grand pécheur et un gros vicieux, je ne pouvais faire autrement qu'exécrer l'âge adulte, que de redevenir spectateur quand je sentais sa froide alliance sur ma ramure, un beau jour, j'ai balancé les photos de Carnes sur le tas de compost, au milieu des excréments de porc et des pelures de mandarines, vers l'âge de 28 ans, mon insatisfaction se faisant toujours plus criante, je me suis rendu dans les parcs et sur de petites plages où j'ai observé des jeunes filles au début de leur puberté, au début de cette vallée exaltante et impétueuse où elles découvrent leur corps, leurs mouvements oscillaient entre ceux d'une jeune femme gracieuse et ceux d'une enfant pétulante, je les contemplais avant de me soulager chez moi en redevenant spectateur, c'est à cette époque-là, alors que je n'avais rien fait avec une femme depuis des années, que j'avais fui la maison, les cochons, loin de ma mère et de ses crêpes de rabibochage, tant par désespoir que par peur de mes désirs, j'étais parti à la recherche d'une personne de mon âge, en quête de guérison, de protection, de manière à dissimuler mes véritables instincts, c'est à cette époque-là que j'ai trouvé Camillia, je l'ai rencontrée alors que je venais donner un cours pratique sur les ruminants au collège où elle enseignait, et bien qu'elle partageât sa vie avec un autre homme, ça a fait tilt, tout de suite au sens où j'ai cru que je pourrais faire ma vie avec elle et qu'elle me libérerait de mon abominable attirance pour de divines nymphettes, elle était ma Kim Carnes, elle a quitté son compagnon, nous avons eu deux enfants en or, deux fils, à mon grand soulagement, mais mon attirance ne s'est pas évanouie pour autant, dans chaque ferme où je me rendais, il y avait au moins une petite lolita qui galopait derrière moi en gloussant ou qui voulait s'asseoir sur mes genoux, moi je jouais au fortiche, au formidable vétérinaire, à mesure qu'elles grandissaient, je voyais leur intérêt décliner pour coulisser sur des collégiens ou des lycéens de leur âge, non sans tristesse je les laissais s'éloigner, je redevenais le garçon de cirque qui ne participe pas au spectacle à cause de sa peur de perdre l'équilibre, mais avec toi, mon adorable, les choses ne se sont pas passées de cette façon, au lieu de diminuer, ton intérêt n'a cessé de croître, tu étais tellement différente de toutes les autres filles que je chérissais, tellement excentrique et paumée, en même temps d'un charme qui te rendait irrésistible, à la fois incontrôlable et timide, peut-être est-ce en ta présence que j'ai eu, pour la première fois, le sentiment de participer et non plus d'être un simple spectateur, je pensais à toi et à moi sans nous regarder à travers les yeux d'autrui, cela n'a pas manqué de me troubler au début, te voir gambader dans le pré au milieu des groningues m'affolait, d'autant que ça éveillait en moi le désir de te prendre dans l'herbe, ça m'affolait quand, buvant un café chez vous dans le séjour, tu te mettais soudain à faire le singe dans l'encadrement de la porte, te hissant mains et pieds plaqués contre les montants du chambranle, et que tu restais ainsi des minutes en l'air à nous regarder de haut telle une corneille perchée sur un cerisier, j'avais tellement envie que tu descendes et viennes te réfugier sur mes genoux que j'en oubliais mon café, tu étais une petite sauvage que j'allais apprivoiser, en ta présence le gamin de 14 ans que j'avais été resurgissait, il s'extirpait vigoureusement hors de mes os, il voulait qu'on le voie, j'avais l'impression de réintégrer ma puberté, je voulais tout découvrir avec toi, je ne voulais pas t'abîmer, mon beau Putto, je n'exerçais plus aucun ascendant sur mes désirs, ils mûrissaient en moi depuis trop longtemps, quand tu es entrée dans l'adolescence sans que ton intérêt ne faiblisse, je me suis mis à t'adorer de plus en plus, cependant, la veille, tu n'étais pas apparue dans la chambre de torture, celle de mes hallucinations cauchemardesques, au contraire de l'éleveur, il se balançait au bout de sa corde, et moi j'étais planté là à côté de ma mère couverte de flocons de neige, l'éleveur râlait et murmurait que toutes ses vaches étaient en train d'y passer, mots qu'il avait prononcés alors que la crise avait éclaté et qu'il avait fallu abattre son cheptel, le jour où les bourreaux faisaient les cent pas dans la cour, chaussés de bottes aux chaussons de protection blancs, où les lakenvelders s'effondraient les unes après les autres, j'aurais aimé dire quelque chose, des paroles qui auraient éclairci le ciel devenu tout noir, saturé d'effroi, effroi que j'avais probablement inhalé cet après-midi-là, ce qui pouvait expliquer le retour récurrent de l'éleveur dans mes cauchemars, j'espérais que ce n'était rien de plus qu'un cauchemar, comme un courant sagittal sur lequel il faut se laisser flotter pour s'en sortir, car plus on nage à contre-courant, moins on a de chances de s'en tirer vivant, voilà pourquoi je m'étais laissé couler jusqu'au fond, je me voyais debout, tenant le socle de la boule à neige dans la main, il y avait du sang dessus, je murmurais, comme je le faisais gamin quand je m'adressais à ma mère, laquelle m'interdisait de l'appeler maman ou mère, je l'appelais madame, l'éleveur a dit que la dame était morte, que c'est moi qui l'avais tuée, j'ai secoué la tête de droite à gauche, rétorquant que je n'avais pas pu faire ça, que malgré sa cruauté, j'aimais la dame, cependant j'ai vu que la neige était devenue rouge, l'éleveur me disait que lorsqu'on déroule trop souvent le même fantasme dans sa tête, il peut finir par devenir réalité, or je l'avais déroulé sans cesse en me sentant après coup pathétique, encore gamin, je prenais parfois plaisir à me trouver pathétique, me faire passer pour un orphelin, et maintenant que la dame était morte, j'en étais un pour de bon, l'instant d'après, dans l'hallucination, je me tenais quelque part dans un pré bordé d'un cours d'eau qui s'accrochait au *Village*, aux terres et aux jardins potagers, je creusais un trou à la manière d'un fossoyeur, je creusais et creusais jusqu'à ce qu'une voix me dise d'arrêter, que le trou était assez profond, j'en sortais et, avec l'aide de l'éleveur, déposais ma mère dedans, on jetait des pelletées de terre sur sa dépouille, j'entendais les *pouf* qu'elle faisait en atterrissant sur son tailleur noir et alors qu'on tassait le tertre, l'éleveur annonçait qu'il avait quelque chose pour moi, une surprise, de ses doigts entre-temps bleuis il déboutonnait le haut de sa salopette et tirait de sa poche intérieure un poussin, c'était le poussin de Pâques, il ne pouvait en être autrement, la petite boule duveteuse avait retrouvé sa taille normale, le bonhomme me la tendait en disant : *Tout ce qui ne va pas s'arrange dès lors qu'on est capable de transformer un poussin en poule.* Je m'emparais de l'animal, il avait accumulé la chaleur de la poche de l'éleveur, je le pressais contre moi, me voyais allongé dans l'herbe près de la tombe, le poussin sur ma poitrine, le soleil brillait sur mon visage, j'étais hilare comme je ne l'avais plus été depuis longtemps, et quand je me suis réveillé en sursaut, la douleur dans mon corps s'était atténuée, en nage sous les draps, je ne me tortillais plus, même si j'étais encore à court d'air, en recherche d'apaisement car l'image de la boule à neige s'imposait à moi, malgré tout, j'aurais préféré rester couché et réfléchir à ce que je venais de cauchemarder, au message de l'éleveur, mais je savais que tu m'attendais, aussi j'ai enfilé mes baskets et me suis faufilé dehors, j'ai couru dans les rues désertes en sentant encore le contact du poussin sur ma poitrine, je ne pouvais me douter que tu ne serais pas sous le viaduc, que je ne te trouverais pas au milieu du lin, je ne pouvais me douter que tu avais décollé du silo, que les écrous et les boulons de tes ailes n'étaient pas bien ajustés, que tu t'étais salement écrasée.

36

Tu avais passé une demi-heure allongée sur le dos, sans bouger, à même les dalles froides de la cour. Découvrant ta présence, ton père avait laissé tomber sa fourche, t'avait soulevée comme un veau blessé et déposée dans la bétaillère attelée au vieux tracteur rouge Massey Ferguson 250 pour te conduire à vitesse grand V en ville, à l'hôpital, il avait enfreint toutes les règles du code de la route, marmottant au volant à l'adresse de Dieu, toi tu gisais dans la paille, les yeux grands ouverts d'où toute couleur bleue avait disparu, incapable de prononcer le moindre mot, les médecins ont relevé une légère fracture de la base du crâne, une clavicule cassée et quelques côtes meurtries, plus tard, tu allais raconter lors d'interviews que cela t'avait aidée à composer *Kurt12*, à l'instar de Roald Dahl qui a pu écrire des livres après son accident d'avion, en attendant, tu étais en ruine, allongée comme une loutre sur la table d'opération, ce n'est qu'au bout de deux jours que tu as pu enfin formuler quelques paroles, une première phrase, tu as dit : *On ne peut apprivoiser quiconque a des ailes.* Ensuite, tu as bien entendu réclamé ton téléphone portable, tu as promis à ton père et à ton frère de ne plus recommencer, jamais, il s'agissait, as-tu assuré, d'un acte qui ne se reproduirait plus, pas plus que l'action menée par Smith's en 1995, le fabriquant de chips et autres amuse-gueule qui avait mis des pogs dans des sachets de chips avant d'arrêter sans délai cette opération, une Belge s'étant étouffée en en avalant un, tu as avancé qu'il fallait, dans certains cas, un accident pour se rendre compte d'un danger, que tu avais dorénavant pris conscience que tes tentatives de voler étaient pure folie, moi je savais que ce ne serait pas là pour autant ta dernière tentative, du moins ton père et ton frère étaient-ils rassurés, ils étaient contents que tu aies retrouvé la parole, même s'ils ne te parlaient guère, aussi étais-tu partie dans un débagoulage sur le découvreur du pog, M. Zandvliet, devenu multimillionnaire grâce à cette invention mais qui avait ensuite perdu toute sa fortune en l'investissant dans des billes 3D contenant des figurines, le processus de fabrication s'était mal passé, sans compter que plus aucun enfant ne s'intéressait aux billes, étines, béliers, berlons, calots, boulards, mammouths, aigles, cailles ou quel que fût leur nom, la taille, la couleur qu'elles revêtaient, M. Zandvliet mangeait maintenant à la soupe populaire, il rêvait toujours de la bille idéale, tu trouvais ça beau, quelqu'un qui continue de rêver après pareils revers, ton père et ton frère d'acquiescer, puis tu t'es souvenue du premier *dear boy* auquel tu avais demandé de sortir avec toi, c'était en primaire, tu le lui avais fait savoir sur une feuille jaune d'un bloc-notes d'une compagnie d'assurance, en haut de ta question pressante tu avais collé avec du ruban adhésif une pile de pogs, à croire que tu cherchais à acheter le gamin, c'était d'ailleurs là exactement la façon dont tu pensais devoir te comporter avec les gens, leur donner quelque chose pour qu'ils deviennent tes amis ou sortent avec toi, par l'intermédiaire de mon aîné, j'ai appris ce qui s'était passé le matin en question, la nouvelle de ta chute s'est répandue dans le *Village* comme la puanteur du purin, personne toutefois ne savait que tu avais tenté de t'envoler, on racontait que tu avais grimpé sur le silo pour jouir de la vue, tous les villageois appréciant les panoramas, donc personne n'a trouvé ça bizarre, bien que le bruit ait couru qu'il s'agissait d'une tentative de suicide, tu avais sauté pour retrouver le disparu, la mort d'un membre de sa propre famille, ça laisse du poison dans les veines, au bout de trois jours tu m'as envoyé un message pour m'annoncer qu'ils avaient neutralisé l'avion, l'oiseau, bricolé dans le moteur comme des amateurs, il fallait reporter le voyage à New York de même que tes tentatives de réparer les morceaux avec Camillia, je t'ai rendu visite après le passage de ton père et ton frère qui retournaient à la ferme pour te chercher des vêtements propres et traire les vaches, je t'ai vue, semblable à un angelot cassé, bras en écharpe, dans ce lit de l'hôpital tout blanc, Jule et Élia avaient dessiné des cœurs sur le plâtre et écrit JTM et JNVPTP, ce qui, dans le langage MSN, signifie *je t'aime* et *je ne veux pas te perdre*, des mots que vous vous envoyiez à tort et à travers sans vraiment en saisir le sens, tu disposais d'une chambre attenante à une salle de bains pour toi seule, équipée d'une télévision, j'ai fait apparaître de derrière mon dos un ballon de Bugs Bunny tenant un cœur dans les mains, sur lequel on pouvait lire *Get Well Soon*, ce serait le titre de l'une des chansons de ton premier disque, ça parlerait du désir de décoller du haut du silo, derrière l'étable, et plus encore de ma visite le soir en question, des phrases auxquelles, pour certaines, je penserais souvent par la suite, à force de les écouter je finirais par me sentir un monstre, oui, chers magistrats, je me sentirais un monstre en écoutant ces paroles : *I was brave enough to fly, but was reluctant to leave you. And Bugs Bunny said : get out of here as fast as you can, but my wings didn't work, they didn't work. I crashed, and if you crash, don't think that's the end, a crash is never the end, you only land with a smack when you no longer want to fly*[1]. Des paroles que j'ai maintes fois écoutées, en attendant, à l'hôpital, tu m'as gratifié d'un sourire radieux alors que j'attachais le ballon à la main courante de ton lit, à côté de la tablette où était posée une assiette de pitance mixée pour malade, dans laquelle j'ai distingué quelques morceaux de carotte parmi la purée de pommes de terre et dont tu n'avais apparemment pas pris une bouchée, sans dire un mot, je me suis glissé sur la chaise à ton chevet, j'ai pris la cuillère, l'ai passée dans l'assiette et avancée vers toi comme un cargo,

1. J'étais assez courageuse pour voler, mais peu encline à te quitter. Puis Bugs Bunny m'a dit : tire-toi d'ici aussi vite que possible, mais mes ailes ne fonctionnaient pas, elles ne fonctionnaient pas. Je me suis écrasée, et quand on s'écrase, ne croyez pas que c'est la fin, un crash n'est jamais la fin, on atterrit dans un grand *bang !* quand on n'a plus envie de voler.

tu as pris un air dégoûté, mais quand j'ai porté la becquée à tes lèvres, tu as tout de même ouvert la bouche, j'ai fait entrer le cargo dedans, j'ai répété l'opération jusqu'à ce qu'il n'y ait plus de purée, j'ai constaté que tu aimais qu'on te donne à manger comme à un bébé, j'adorais quand tu étais vulnérable, par exemple quand la fièvre te clouait au lit et que je te lisais des passages du roman de Gerard Reve, toi blottie contre moi comme une poupée de chiffon, et cette fois aussi, je t'ai demandé de me faire de la place après avoir tiré les rideaux autour du lit, me suis lové à côté de toi, t'ai demandé si les infirmières risquaient d'entrer, tu m'as expliqué qu'elles ne commençaient pas leur deuxième tour de salle avant vingt heures, te laissant ainsi le temps de regarder une rediffusion de *Sauvés par le gong*, tu étais totalement immergée dans l'univers de cette série et particulièrement impressionnée par Zack Morris, âgé de 15 ans, joué par Mark-Paul Gosselaar, un acteur américano-néerlandais, dans un soupir tu disais qu'il était très beau, *si beau*, tu as dit que, pour leur part, Jule et Élia estimaient que A. C. Slater, joué par Mario López, en jetait plus, car il était bien plus baraqué, musclé et viril, elles trouvaient Zack trop gamin, trop puéril, à l'image de tous les garçons de votre âge, elles se sentaient plus attirées par celui qui faisait jeune homme parce qu'elles-mêmes se considéraient suffisamment grandes et matures, n'affichaient-elles pas un air d'invincibilité en évoluant dans la cour du collège et dans la vie ? Il n'empêche, toi, c'est pour Zack que tu craquais, tu le trouvais tellement beau que tu aspirais à te transformer en lui, que tu croyais cela possible, tu as dit qu'il avait probablement une jolie petite ramure, je t'ai soupçonnée de rêver tout éveillée de lui, de sans doute convoiter sa présence plutôt que la mienne, je ne sais au juste si c'est la jalousie ou la peur d'être remplacé, dans tes pensées, par les *dear boys* de ton âge, qui m'a poussé à poser la main sur ton ventre, je t'ai sentie te contracter de douleur à cause de tes côtes meurtries, j'en ai fait abstraction, ai progressé sous l'ourlet de ta chemise d'hôpital, accroché mon pouce au haut de ton slip pour le baisser un peu et te pénétrer avec mes doigts encore enduits d'un peu de purée, du bout des lèvres tu as balbutié que c'était interdit, tu as essayé de serrer les cuisses, mais au lieu de fléchir, je les ai écartées sans ménagement, tu étais trop fragile et confuse pour regimber, je t'ai dit que Zack était certes beau, mais que jamais il ne te comprendrait comme moi je te comprenais, qu'il ne t'aimerait jamais autant que moi je t'aimais, ce n'est que lorsque j'ai senti quelque chose de chaud et de poisseux couler le long de ma main que j'ai compris de quoi il retournait, pourquoi tu avais serré les cuisses, j'ai soulevé le drap et ai vu que tu étais couverte de sang, que tu étais cassée pour de bon, quand j'ai posé les yeux sur toi, tu as caché ton visage derrière ton bras indemne, un spasme a secoué tes épaules, des larmes ont atterri sur ton plâtre, pour la première fois j'ai vu que tu avais honte, une honte profonde de toi, de ton corps, de nous, de ce à quoi on s'adonnait, c'est alors seulement que j'ai constaté la présence d'une serviette hygiénique dans ton slip, bon Dieu ! je n'avais pas la moindre idée du combat que tu livrais contre les changements liés à ton passage dans l'adolescence, de l'incompréhension dans laquelle te plongeaient ces saignements que personne ne savait t'expliquer, de ton désarroi au collège le jour où tu avais eu une « fuite », les chieuses et les chieurs ayant demandé à qui voulait l'entendre, en désignant ton entrecuisse, s'il y avait des amateurs de coulis de fraise, tu avais noué ta veste autour de ta taille puis t'étais fait porter pâle chez la directrice, rentrée à la ferme, tu avais mis ton jean au linge sale, expliqué à ton père avec une gaieté feinte qu'un cours avait sauté, puis t'étais réfugiée dans ta chambre où, allongée sur le lit, abrutie, tu voyais le coulis de fraise à chaque fois que tu fermais les yeux, j'aurais aimé te dire que tu n'avais pas à avoir honte, qu'il ne s'agissait que d'un peu de liquide rouge, ce qui m'échappait c'est que, pour beaucoup de filles, ce sang-là est bien différent de celui d'une blessure, il s'agissait d'une guerre que tu livrais seule contre toi-même et dont toi seule, chaque mois, sortais blessée, comme ça m'échappait, je t'ai dit que Roald Dahl n'avait à coup sûr pas pleuré quand il s'était écrasé, ah ! quel malotru je faisais, messieurs les magistrats, cela s'explique par ma peur de te perdre, de te voir dériver peu à peu loin de mes bras, j'ai tenté de te ravigoter avec la perspective d'un voyage au musée du phallus, là où ils avaient probablement, parmi toutes les autres, une zigounette de cygne, mais tu as continué de pleurer, je n'ai jamais compris ce qui m'a alors animé, peut-être voulais-je devenir *ta* fascination, une aspiration certes puérile et naïve, je t'ai dit que j'allais te montrer ce qu'il est possible de faire outre pisser debout, tu sanglotais encore quand j'ai planté mes genoux de chaque côté de ton corps en évitant d'effleurer ton thorax, quand j'ai ouvert ma braguette et sorti ma ramure de tueur, la pressant contre tes lèvres comme peu avant la cuillère, le cargo, pour te forcer à ouvrir la bouche, j'ai essuyé les larmes de tes yeux et murmuré que c'était là ce que tu voulais, murmuré comment il te fallait bouger la bouche, j'ai constaté que tu n'avais encore rien lu à ce sujet dans *Hit-Hebdo*, plus tard tu me raconterais qu'un des *dear boys* en avait parlé à voix basse, toutes les filles avaient crié *beurk* et *putain*, même les *dear boys* estimaient que c'était là un truc dégueulasse, j'ai relevé ton trouble, vu l'océan dégoutter de tes yeux, t'ai dit que tu te débrouillais bien, tu te débrouillais de manière fantastique, mon élue céleste, j'ai eu recours aux mots de Roald Dahl, milborolante et miamifique, pour te rassurer, j'ai évacué le feu de mes reins et quitté enfin l'hôpital juste avant que les infirmières ne viennent voir comment tu te portais et ne découvrent le bain de sang, tu leur as dit que tu ne te sentais pas bien, que tu avais envie de cracher, tu as régurgité toute la pitance de l'hôpital, vomi la loutre et Le Crapaud, moi je roulais à bord de mon utilitaire en écoutant « Gypsy » de Fleetwood Mac, un de tes groupes préférés, je broyais le volant, ne cessais de voir ton visage inondé de larmes, fou de désespoir à l'idée qu'après ça, j'allais te perdre définitivement, voilà pourquoi, vers onze heures du soir, je t'ai envoyé un texto pour te dire que ça ne pouvait pas continuer comme ça, qu'il nous fallait nous dire adieu, je savais les dégâts que je causais en agissant de la sorte, d'ailleurs tu as réagi sans tarder, tu as répondu que tu étais désolée de ton comportement, que tu ne voulais pas me perdre, je n'ignorais pas que, pour te garder auprès de moi, j'usais de la douleur que te causait l'abandonnée, or c'est moi qui ne pouvais vivre sans toi, sans ta magnificence, tu étais mon petit veau préféré, je t'ai écrit dans la foulée que je t'aimais, que j'étais ton Kurt, j'ai lu et relu ta réponse, incapable de réprimer un sourire de ravissement, tu m'as envoyé une phrase de la chanson « It's a Heartache » de Bonnie Tyler de 1977 : *Love him 'till your arms break*[1]. Mais mon état de ravissement n'a pas duré, car en rentrant, je suis tombé dans le salon sur une Camillia qui tremblait sur le canapé rouge, j'ai tout de suite compris qu'un truc n'allait pas, on aurait dit que les meubles retenaient leur respiration, qu'elle était là comme une veuve noire dans sa toile, attendant sa proie, attendant de m'attraper dans ses fils visqueux, elle tenait une pile de papiers à la main, il s'agissait de nos échanges sur MSN, chamarrés de smileys, y compris toutes mes questions et réponses monstrueuses, toutes mes affligeantes tentatives de te faire mienne, par inadvertance j'avais laissé ma messagerie ouverte où je gardais, dans le dossier « Mon adorable », toutes nos conversations, elle l'avait ouvert, l'avait parcouru mot à mot, elle avait tout lu, plusieurs fois, elle avait failli vomir, à mon arrivée elle m'a regardé droit dans les yeux, m'a suivi d'un regard meurtrier alors que je me débarrassais de ma blouse verte et la pendais sur une chaise, sans bouger elle a émis une conclusion succincte, concise, avec un calme effrayant elle a dit : *Tu as baisé avec cette gamine.*

1. Aime-le jusqu'à en briser tes bras.

37

Chers magistrats, je sais très bien que lorsque les vaches n'ont pas assez de chaleurs ou en ont trop, il convient de s'interroger sur leur alimentation, leur logement, les anomalies des ovaires et les maladies infectieuses. Que le logement est l'une des principales raisons qui empêchent la détection des chaleurs, il arrive souvent que le sol glissant dissuade les vaches de sauter et que, par conséquent, les signaux nous échappent, bon sang de bon sang, le sol ou tu te trouvais, c'était une vraie patinoire, je t'avais, mon animal de luxe, fait une injection à l'hôpital sans me préoccuper des signaux, sans voir que si tu voulais sauter, ce n'était pas forcément avec moi, que le sol à la ferme n'était pas approprié, là où tout était péché et où tu n'avais personne à qui te confier sur ton envie de sauter, tu l'exprimais surtout dans ta chambre ou ailleurs que chez vous, de surcroît je n'avais pas vu que tu en étais encore au stade des vaches en tarissement, lesquelles se frottent un peu l'une contre l'autre et s'arrêtent là, tout le contraire donc, je t'avais fait une injection pour favoriser les chaleurs comme je le faisais avec certaines vaches pour accélérer leur ovulation et le moment où elles seraient grosses, non que je voulusse que tu sois grosse toi aussi, ma biche, mais voilà, je confondais tes candides chaleurs avec ma lubricité d'adulte, j'évitais de voir les signes de sorte à pouvoir te pénétrer, à pouvoir t'inséminer de mon amour, et je vous le jure, honorables magistrats, sachez qu'après cet incident, je me suis efforcé de m'amender, j'ai supprimé mon compte MSN, me suis abstenu pendant quelques jours de paraître sous le viaduc, je restais le plus possible dans les parages de Camillia pour la convaincre de me donner une dernière chance, peu importait les multiples contradictions, je ne voulais pas perdre ma famille, ni ma délivrance non plus que ma couverture, je savais par ailleurs que Camillia ne voulait pas vivre un divorce similaire à celui qui avait déchiré ses parents, elle ne voulait pas faire ça à nos fils, aussi je me montrais sous mon meilleur jour, je lui préparais son petit déjeuner à base de flocons d'avoine et de framboises, je jouais au père de famille modèle, je laissais ma femme fulminer tout son saoul quand elle hurlait : *Comment t'as pu faire ça !*, quand elle me traitait de pédophile ou de pointeur, de braqueur de peluches, oui, elle m'a traité d'écœurant braqueur de peluches, je lui ai épluché des dizaines de mandarines pendant qu'elle me mitraillait de questions dont en réalité elle ne voulait pas connaître la réponse ou n'aurait pu la supporter, elle m'a demandé comment on avait fait la chose, combien de temps ça avait pris, si j'avais éjaculé en toi, chaque hochement du menton, chaque explication de ma part étaient accueillis par des paroles humiliantes, elles-mêmes accompagnées d'éclaboussures de mandarine qui s'échappaient de sa bouche, je n'ai rien dit à Camillia du matelas à l'arrière de mon van, je lui ai dit que ça s'était passé sur la banquette arrière, ce qu'elle a répété à mon fils aîné qui avait entre-temps remarqué qu'il y avait de l'eau dans le gaz entre ses parents, il a dès lors refusé de prendre place sur cette banquette, se montrant toujours plus hargneux à mon égard à présent qu'il savait ce qui s'était passé entre sa première petite copine et son père, qu'il savait que son foutu père *l'*avait fait avec une gamine de son âge, entre autres détails, Camillia a voulu savoir ce que tu portais comme sous-vêtements, je ne lui ai rien dit de son string que je t'avais offert, rien des petits nœuds sur le devant qui me faisaient frissonner de délice, non, rien à ce sujet, je l'ai laissée pleurer et abandonner la partie, une heure plus tard, elle avançait un plan pour nous sortir de cette merde, moi, pour ne pas la désillusionner, je l'ai laissée échafauder des solutions, jeter une tasse à thé à travers le salon dont j'ai ramassé les débris, je l'approchais comme s'il s'était agi d'un cheval qui risquait à tout moment de ruer, je m'y efforçais mais chaque tentative débouchait sur une dispute, elle m'a demandé à plusieurs reprises si j'étais un braqueur de peluches, j'ai menti et assurant que c'était la première fois que je m'éprenais d'une enfant, ce qui, d'une certaine manière, était bien le cas, car ce que je ressentais pour toi, mon beau Putto, je ne l'avais jamais ressenti auparavant pour une jeune personne, par ailleurs j'étais persuadé que c'était vraiment fini entre nous, que c'était fini et que je pourrais me passer de toi, je ne voulais pas t'abîmer plus longtemps, je te souhaitais de devenir une belle phalène du sureau, une métamorphose que je me promettais de suivre à distance raisonnable, je me promettais de ne plus te suivre quand tu rentrais de la piscine à vélo en empruntant la route du Trictrac, de ne plus faire partie de ton public quand tu te produisais au café avec Hide Exception, de ne plus chercher bassement à savoir, quand je croisais Jule et Élia chez le boulanger du centre commercial, où elles achetaient chaque vendredi une part de tropézienne, si tu avais embrassé un *dear boy* pendant le week-end écoulé ; sous la douche ou couché dans mon lit, je pensais à toi, je sentais de nouveau tes lèvres sur ma ramure de tueur, par moments le désir de te posséder me faisait tellement souffrir que je blessais Camillia en me détournant sèchement d'elle, en taisant ce qui me tourmentait ou ce après quoi je languissais, en ne lui parlant ni de mon passé ni de mes cauchemars. Chaque chanson me ramenait à toi, j'en soulignais certains passages mentalement et on en resterait là, vraiment, je croyais que c'était fini, que je ne t'esquinterais pas davantage, mais voilà, ton père a décidé de passer une semaine en France, dans le Charolais, pour y acheter quelques bovins couleur crème parce qu'il aimait ces bêtes et qu'elles donnent la viande la plus goûteuse qui soit, il est parti à bord de la Toyota Avensis, la bétaillère, ton frère et toi restant pour faire tourner la ferme, ça allait être un gros bordel, du jour au lendemain un quotidien sans plus aucune structure, chaque soir la maison pleine des copains aux cheveux longs de ton frère, ça picolait, ça sniffait, ça forniquait, toi réfugiée dans ton jardin des délices après tous les films d'horreur que vous visionniez pendant la journée et encore convalescente à la suite de ta chute, dispensée de cours, tu entendais meugler les vaches qui, de n'être pas traites à l'heure, trimbalaient dans les prés leurs pis lourds, tu entendais ton frère bourrer chaque soir une fille différente, et pendant qu'il se gobergeait de pizzas hawaïennes et de sucreries, tu as commencé de ton côté à moins manger et à faire plus de jogging, dès que ses premiers copains arrivaient après l'heure de la traite dans un grand tapage en portant des casiers de bière, tu enfilais tes chaussures et courait dans le polder jusqu'à ce que la douleur provoquée par tes côtes meurtries et ta clavicule cassée te force à t'arrêter, jusqu'à ce que la nuit tombe et que les scènes d'horreur des films se mettent à bouillonner dans ta tête, tu t'attendais à voir surgir de derrière chaque bosquet Patrick Bateman, joué par Christian Bale, d'*American Psycho*, brandissant sa tronçonneuse, tu songeais à la fille disparue de la ruelle du Briolet, à la lutte qui avait certainement eu lieu dans la cuisine en cette nuit de 1984, aux éclaboussures de sang ayant été retrouvées sur le paillasson de coco, au pasteur Horreman, au voisin d'en face du n° 14, et au psychothérapeute de la région, auteur d'une chronique dans la presse, lequel évoquait souvent cette victime qui ressemblait à une jeune Suzi Quatro, ces trois hommes affirmaient que les coupables vivaient au *Village*, que ces derniers savaient où se trouvait la clé de la porte d'entrée et avaient maîtrisé Suzi cette nuit-là, tu songeais aux différents journaux du pays qui avaient publié des articles sur cette disparition et ressortaient régulièrement l'affaire, ils traitaient de la communauté fermée du *Village* au sein de laquelle personne ne voulait parler, des questionnaires distribués quelques années après les faits que pas même la moitié des 3 500 habitants avait remplis, de cette localité où on entend tout de ce qui se passe chez les voisins, mais la nuit en question, tout le monde s'était bouché les oreilles, certains avaient depuis posé des verrous sur leur porte de peur que les agresseurs ne frappent une deuxième fois, au cours de l'enquête, la police avait elle aussi laissé entendre, du bout des lèvres, qu'il y avait fort à parier que le coupable ou les coupables étaient du coin, tellement proches qu'ils pouvaient vous cambrioler sans que vos voisins n'en remarquent rien ; l'année de ta naissance, le médecin généraliste désigné pour faire office de confident auprès des personnes qui en savaient plus sur cette journée d'été, avait succombé à une chute au cours d'une ascension en montagne, le pasteur Horreman avait pris le relais, au fil des années, de plus en plus de doigts avaient pointé le psychothérapeute qui avait créé, avec le voisin d'en face, un groupe de travail pour retrouver Suzi, tous deux affirmaient connaître l'identité du coupable qu'ils ne tarderaient pas à révéler, ils allaient creuser çà et là au Vieux-Bois, dans des champs et des décharges, plusieurs voyants s'étaient déplacés au *Village*, les habitants n'osaient plus sortir leur chien, un jour le psychothérapeute avait annoncé avoir reçu une lettre du coupable contenant un passage d'un psaume pénitentiel, une phrase du psaume 6 : *Je m'épuise à gémir ; chaque nuit je baigne ma couche de pleurs, je trempe mon lit de mes larmes.* Ce praticien qui, dans ses chroniques, avait maintes fois promis de révéler dès que possible le nom ou les noms du ou des auteurs, avait fini par devenir lui-même un suspect et s'était retiré de l'enquête, voilà à quoi tu songeais ainsi qu'au père de Suzi, le concierge de l'école primaire que tu avais fréquentée, chaque vendredi après-midi tu le suivais pour relever le compteur électrique, tu te sentais exceptionnelle car il te laissait distribuer du café aux maîtres et aux maîtresses, tu l'adorais cet homme gentil et fragile qui, toujours hilare, mettait un morceau de sucre de trop dans le café des institutrices, et, en décochant un clin d'œil, t'assurait que cela les rendait moins sévères, tu courais à travers le polder, mains sur tes côtes, comme si le tueur avait été sur tes talons, encore terrifiée tu prenais une douche chez toi avant de te réfugier sous les draps tandis que de la musique franchissait le plafond du rez-de-chaussée, celle d'Audio Adrenaline, un groupe de rock chrétien américain, le groupe préféré de ton frère, un bon *beat*, même si tu te disais que le rythme du batteur ne pouvait qu'effrayer Dieu, tu te sentais plus seule que jamais, tu croyais que ton père ne rentrerait jamais, qu'il avait déguerpi comme l'abandonnée, tu entendais aussi des bruits de bris de vaisselle, sentais l'odeur de cannabis, pour te rassurer, tu plongeais dans le livre que tu préférais dans tes jeunes années, *Tales of the Wicked Witch* de Hanna Kraan, tu imaginais que tu vivais dans ces histoires, dans cette forêt en compagnie du lièvre, du hérisson, du merle et du hibou, tu lisais et relisais ces contes sans qu'ils ne t'ennuient jamais, jusqu'à endormir tes inquiétudes et t'endormir, le livre posé sur la table de nuit et la lampe de chevet éteinte, tu te perdais alors dans des conversations avec Freud et Hitler, ça avait empiré depuis que ton père était parti en France, à croire que ce duo assumait le rôle paternel, assis sur le bord de ton bureau, ils t'adressaient la parole, passaient avec toi la journée en revue pour en souligner les points noirs, avec eux tu t'entretenais de ta solitude, de ton désir de ramure de petit mec, préoccupé, Freud se penchait sur cette dernière question, il te parlait de la taupe d'Europe, du grand cobaye, de la hyène tachetée dont les femelles ont une pseudo-biroute, il semble qu'elles déploient une petite ramure qui cache en réalité, à l'intérieur, un utérus et des ovaires, leur instrument ne leur permet pas de féconder une de leurs semblables, derrière il y a une ouverture pour la fécondation et pour la mise bas, leur pseudo-biroute leur permet toutefois de pisser et de forniquer, Freud racontait que les hyènes femelles se servent surtout de la ramure pour dominer les mâles, pour manger avant eux, pour choisir la meilleure nourriture et nourrir leurs petits, autant d'avantages grâce auxquels l'espèce n'est pas en voie de disparition, il a suggéré que ça pourrait peut-être fonctionner de la même manière pour toi, que tu voulais une ramure pour te sentir forte, costaude, bien armée, pour ne pas être en voie de disparition, ayant grandi avec ton père et ton frère, tu te refusais à être la plus faible car tu les voyais entretenir un lien différent entre eux qu'avec toi, étant souvent tenue à l'écart des conversations, de celles qu'on tient entre hommes, ton père, de surcroît, ne s'amusait plus avec toi depuis que tu avais perdu du sang, à croire qu'il redoutait que les écluses ne rompent à tout moment, il ne savait plus quel comportement adopter devant toi, ne savait pas qu'une ramure aurait pu te donner l'impression d'appartenir à la famille, d'être forte, oui, c'est vrai, la fascination que tu éprouvais, ça déraillait, tu ne pensais plus à rien d'autre, quand tu voyais un étalon dans un pré, tu attendais que son membre sorte de son fourreau pour l'observer à loisir et sans honte, voilà ce que tu espérais, parallèlement tu rêvais de plus en plus que tes professeures et les mères de tes copines t'aideraient à faire pipi debout, les explications de Freud, tu n'en voulais pas, tu voulais et aurais une ramure, pour cela tu étais prête au besoin à voler ou à casser ta tirelire, tu t'en foutais au point de te fâcher avec Freud, tu lui as dit de dégager, de quitter la ferme, en conséquence de quoi tu as laissé Hitler se substituer de plus en plus souvent à tes copines dans ta tête, la veille tu t'entretenais avec lui de la guerre qui faisait rage en toi, tu lui as demandé ce qu'il avait ressenti quand il avait frôlé la mort, ceci parce que tu avais lu quelque part que, pendant la Première Guerre mondiale, sa moustache, alors plus fournie et plus épaisse que par la suite, avait failli lui coûter la vie, empêchant son masque à gaz de bien le protéger, il t'avait répondu que tu savais ce que ça fait, te renvoyant aux longues secondes que tu avais passées sous le tapis flottant dans la piscine ou couchée dans un sac en toile de jute sur la route, tu as acquiescé lentement du menton, oui, tu comprenais ce que ça fait, tu lui as aussi demandé pourquoi il aimait les animaux mais exécrait les gens, pourquoi il ne mangeait pas de viande, si sa chienne Blondi lui manquait, elle à qui, avant son suicide, il avait donné une capsule létale pour qu'elle ne tombe pas aux mains des troupes russes, il t'avait expliqué que les animaux ne rejettent pas les hommes, que les bergers allemands restent fidèles, qu'on l'avait tellement rejeté dans sa vie qu'il en était arrivé à ne plus supporter personne, Blondi était sa grande chouchoute, il avait eu d'autres bergers allemands, mais aucun comme elle, quand tu lui avais dit que quelqu'un qui aime les animaux ne peut pas ne pas avoir une part d'humanité, il avait pris un air triste, un être débordant de haine à ce point ne tient pas à ce qu'on fasse allusion à son humanité, cela le rend vulnérable, or la vulnérabilité est la pire des bombes atomiques, elle fait tout exploser de l'intérieur, malgré ton jeune âge, tu comprenais ce processus, aussi l'as-tu épargné au sujet de ta soif de célébrité, te contentant de raconter qu'il t'arrivait de progresser dans l'allée du temple entre les deux rangées de bancs en ayant l'impression que tout le monde te regardait et t'admirait, que les garçons de ferme en particulier se retournaient sur toi, que dans de tels moments tu te sentais bien armée et chantais à tue-tête les hymnes avec l'assistance, en réalité tu imaginais que tu deviendrais une chanteuse mondialement connue, de son côté Hitler s'était assoupi, avait bâillé et dit qu'il se faisait tard, qu'il était temps que tu dormes, à ton réveil tu as jeté un coup d'œil dans ta culotte pour voir si une ramure avait poussé, déçue tu as fixé ensuite le plafond et réfléchi à ce que tu *ne* mangerais *pas* ce jour-là, tu as dressé une liste en indiquant tout ce que tu aimais mais qui n'était pas bon pour toi, ça te calmait de déterminer cela par toi-même, par la suite tu m'as envoyé un message pour m'annoncer que tu voulais aller sans tarder à Stavanger, pouvais-je venir te chercher, je t'ai attendue dans mon fourgon sous le viaduc, à ton arrivée je t'ai dit que ce n'était pas possible, que nous n'irions pas en Norvège, les larmes ont gonflé dans tes beaux yeux bleu-vert, tu as crié d'une voix aiguë que je te l'avais promis, on irait rendre visite ensemble à l'abandonnée puis en Islande, au musée du phallus, tu étais folle de rage, à cause de tout le chagrin accumulé dans ton petit corps, qui s'infiltrait par les fissures de tes os, ma certitude de pouvoir me passer de toi s'est évanouie, elle s'est évanouie, chers magistrats, quoi que j'aie tenté pour nager à contre-courant de mes désirs, aussi j'ai ouvert ma portière, fait le tour du Fiat, t'ai tirée dans le champ de lin récolté où je me suis affalé sur des fibres qui traînaient sur le sol, t'ai tirée sur mes genoux, t'ai raconté qu'il faut attendre que le lin mesure 1,20 m pour l'arracher, à condition qu'il ne se soit pas couché, que t'emmener à Stavanger, ce serait te récolter trop tôt, qu'il te fallait d'abord grandir, tu m'as demandé quelle taille il te fallait atteindre, j'ai cherché une réponse dont tu pourrais te contenter, je t'ai dit qu'on pourrait partir ensemble quand tu serais majeure, la bouche en cul-de-poule tu as affiché ta déception, quatre ans, ça te semblait une éternité, j'ai murmuré que j'adorerais me coucher comme le lin, à tes côtés, et je t'ai poussée en arrière sur les dernières tiges, j'ai humé le cannabis dans tes cheveux, tu m'as dit que tu avais foutu Freud à la porte, que ce type et toutes ses théories avaient un grain, une bonne idée t'ai-je dit, et je t'ai embrassée, tu m'as demandé le nombre de calories que contenait un baiser, je t'ai assuré que des calories, on en dépense en s'embrassant, tu as alors enfoncé ta petite langue dans ma bouche, tu as un peu gémi quand je me suis aplati sur toi, ainsi que tu avais entendu les filles le faire dans la chambre de ton frère, tu pensais que ça faisait partie du jeu, en appui sur mes coudes, je t'ai demandé comment ça allait à la ferme, tu as détourné les yeux en m'assurant que ton frère et toi, vous vous amusiez beaucoup, vous vous amusiez énormément, qu'à vrai dire ton père ne te manquait pas, que tu disposais de davantage de temps pour t'entraîner à voler, que les vaches allaient bien, *oui*, tu as dit, *les vaches vont bien*.

38

Ton frère ne devait plus imiter les miaulements du chat. Pourtant, tu préférais cela, qui te figeait sur place avant que tu ne te reprennes et allumes ta lampe de chevet, te penches, fâchée, sur le bord de ton lit pour découvrir la tête hilare de ton frère qui appuyait les poings contre les lattes du sommier, tu préférais ces miaulements aux allusions à Suzi qui te foutaient une peur bleue, à l'assertion selon laquelle n'importe quel villageois pouvait être l'assassin, même le gentil bonhomme que l'on surnommait *The Shoe Pecker* car il passait une fois par mois chez tout le monde pour récupérer les chaussures en mauvais état avant de les rapporter comme neuves, oui, même lui pouvait être l'assassin, sur un ton malicieux ton frère suggérait par ailleurs qu'il se pourrait bien que Suzi réapparaisse un jour comme une pomme de terre que l'on arrache, à moins qu'elle ne soit cachée quelque part comme les gamines de l'affaire Dutroux, il savait combien ces histoires t'effrayaient et te dissuadaient d'aller chercher la moindre boîte de petits pois à la cave, tu as pris la résolution de ne plus jamais rien voler, parce que ce qu'on vole risque fort de manquer à quelqu'un, bien sûr, des pogs ou un livre pour les petits, ce n'est pas la même chose qu'un enfant, cependant tu n'ignorais pas que la plupart des voleurs commencent par de petits larcins avant de viser des trophées toujours plus coûteux, dans sa férocité et sous l'emprise du cannabis, ton frère disait parfois qu'il allait te tuer, qu'il allait te refroidir, tu n'en espérais que plus d'hériter, à l'instar de la hyène tachetée, d'une pseudo-biroute afin de te sentir plus forte, afin de ne pas être en voie d'extinction, tu observais le roulé à la cannelle que tu avais sorti du congélateur et posé sur une assiette, tu suivais le processus de décongélation, te demandant si tu allais oui ou non le manger, tu raffolais de cette pâtisserie et trouvais très sympa le camelot qui les vendait le jeudi après-midi sur la place du *Village*, il t'offrait sans manquer une patte-de-bouc, ce long biscuit meringué copieusement fourré de crème au beurre et saupoudré de copeaux de souchet, par la fenêtre de ta chambre, tu en laissais glisser de plus en plus dans la gouttière, tu n'arrivais plus à les manger, ce que tu voulais cacher à ton père, tu n'osais les refuser au marchand de peur de le décevoir en lui disant que ses pattes nappées de chocolat étaient démoniaques, que tu les sentais trottiner dans ton estomac, que tu préférais une rigole vide comme tout était vide en été quand on laisse sortir les groningues, la gouttière avait fini par se boucher, empêchant la pluie de s'écouler, croyant que des feuilles et des graines d'érable engorgeaient le chéneau, ton père est grimpé un jour sur une échelle, là il a découvert les pâtisseries, il a jeté les biscuits friables et moisis dans un seau puis sur le tas de compost, renfrogné il t'a reproché ce gâchis alors qu'il y a des enfants de ton âge qui meurent de faim en Afrique, à partir de cet épisode, il t'a surveillée, pendant la pause-café, il attendait que tu aies fini ton Sprits au beurre, les larmes aux yeux et une boule dans la gorge, tu croquais dedans du bout de tes incisives, ensuite tu enfilais tes chaussures de course en évitant de penser à tous ces petits Africains au ventre gonflé, qui fixent les mouches tournoyant autour de leur visage, eux qui seraient prêts à tuer pour obtenir les pattes-de-bouc du camelot, mais tout ça, c'était plus tard, pour le moment, ton père était encore en France, ton roulé à la cannelle une fois décongelé, tu as décidé de le remettre dans le congélateur parmi la viande de vache, un bâtonnet de glace Viennetta et des pains au lait, tu as ainsi répété le processus de congélation et de décongélation, tu oscillais entre manger et ne pas manger, pendant ce temps ton frère, à force de consommer des drogues avec ses copains, devenait imprévisible, en un rien de temps il passait de la gentillesse et d'une joie exaltée à une rage déroutante, en cette journée d'août, la cinquième sans supervision paternelle, ton frère et une poignée de copains, pour s'amuser, avaient donné à Bello, le taureau préféré de ton père, une pilule d'ecstasy, ils l'avaient glissée dans un friand à la saucisse, devenue folle, la bête avait fait des bonds échevelés et, la gueule écumeuse, traversé l'étable dans tous les sens à toute vitesse, ton frère et ses copains se poilaient, ils assistaient au spectacle après leur entraînement, des perles de sueur sur le front, une serviette autour du cou, sans se douter le moins du monde que l'instant d'après le taureau allait se retourner et, les yeux pleins de fureur, se précipiter en tonnant sur eux, encornant Joris, un proche voisin qui s'était écarté trop tard, il avait fini écrabouillé entre la masse de muscles et le mur, puis Bello s'était effondré, le corps sans vie de Joris à ses côtés, un silence de mort s'était abattu sur l'étable, aussi dense pour ainsi dire qu'à l'époque où le bétail avait été exterminé à cause de la fièvre aphteuse, pétrifiée derrière la barrière, tu as observé le silence se transformer peu à peu en désespoir, tu as vu l'air quitter les corps gonflés à bloc, tu as vu le sang s'échapper de la dépouille de Joris, puis tu m'as téléphoné, à voix basse tu m'as dit que la mort était revenue, tu as murmuré que Joris était cassé, tout aussi cassé que le petit oiseau de *La Découverte de Petit-Bond* de Max Velthuijs, j'ai fait part de ce coup de fil à Camillia, elle a apprécié ma sincérité, elle n'a pas hésité une seconde à prendre les clés de la voiture dans la coupe à fruits, on s'est rendus ensemble à la ferme après que j'avais appelé ton père pour lui faire part de la terrible nouvelle, la voix étranglée, à croire qu'il avait la bouche pleine de mouches de deuil, il m'a dit qu'il allait rentrer dès que possible, mais que cela pourrait prendre quelques jours, il m'a demandé de m'occuper de toi et de ton frère, en attendant, durant le trajet, Camillia et moi n'avons pas échangé le moindre mot sur le fait que nous nous rendions ensemble chez la gamine qui avait bouleversé sa vie, l'empêchait quasiment de dormir depuis plusieurs nuits et lui causait maintes crises de migraine, arrivés à la ferme, on a découvert d'épouvantables dégâts, ton frère ne m'a pas adressé la parole, il s'est uniquement entretenu avec Camillia, toutefois notre présence à tous deux le soulageait, de même que nos efforts pour calmer ses copains, que notre initiative de téléphoner à la police et d'aller prévenir les parents de Joris, que ma décision de porter, avec l'aide de quelques voisins, Bello au bord de la route, celles de Camillia d'aller d'abord chercher, en début de soirée, des frites à la cafétéria puisqu'il fallait bien, malgré tout, manger quelque chose, puis de t'aider, toi, à faire un grand ménage chez vous, elle t'a alors à peine regardée et s'est contentée de te donner les réponses les plus indispensables, on a mangé les frites dehors en silence, assis dans l'herbe, après que la police avait quitté la ferme de la même façon que le jour de l'accident du disparu, à quelques reprises j'ai essayé de capter ton regard, mon beau Putto, je voulais te montrer que j'étais là pour toi, je voulais voir si tout allait encore bien entre nous, mais tu fixais sans envie le contenu de ton assiette, en tout et pour tout tu n'as mangé que trois frites, ton frère, quant à lui, a englouti deux fricadelles au curry et à la mayonnaise et un *bamischijf*[1], j'ai fini par prendre la parole pour dire que ce n'était pas de votre faute, que c'était un sale tour joué par un cachet d'ecstasy, une saloperie de sale tour, que vous ne pouviez pas savoir que ça allait dégénérer, que vous n'aviez pas sur la conscience la mort de Joris ni celle de Bello, ton frère a repoussé violemment sa chaise

1. Galette de nouilles et de texturant alimentaire panée.

de jardin et s'est éloigné en direction du canal où il a fumé une cigarette, où il a peut-être pleuré, les jours suivants il n'a plus donné de fête, il n'est plus allé dans la partie de l'ancienne étable qui n'abritait plus de vaches depuis des années et où il avait inscrit en rouge sur le mur, à la bombe de peinture, POWERBASE, là où lui et ses copains s'entraînaient pendant des heures, il se promettait de ne plus inviter de filles et de se consacrer entièrement au travail à la ferme, Camillia et moi avons gardé un œil sur vous jusqu'au retour de ton père, je dois reconnaître en toute sincérité que cette situation, être près de toi, m'a plu, Camillia a semblé oublier pour un temps ses colères, douleurs et impuissances les plus extrêmes pour se dévouer aux oiseaux cassés, certes elle ne nous a pas laissés une seule seconde seuls, j'étais persuadé que je vous aidais, que vous aviez besoin de ce soutien, mais je n'ai pas vu que ton état empirait, je n'ai pas prêté attention au fait que, par moments, mince comme un fil, tu voltigeais devant la ferme en parlant à voix haute à rien ou à personne, je n'ai pas vu que, le soir, après que nous vous apportions à manger, vous regardiez les films les plus lugubres qui soient, par exemple *La colline a des yeux 2* de 1984, il montre un groupe d'Américains qui, alors qu'ils traversent le désert du Nouveau-Mexique, tombent en panne, la nuit les habitants d'un village des environs viennent les harceler, ils ont muté à la suite d'essais nucléaires réalisés dans la région par les autorités étatsuniennes, tu as suivi ces scènes en fixant l'écran entre tes cinq doigts plaqués sur ta figure, tu n'osais plus bouger et dès que tu détournais le regard, l'image de Joris embroché par les cornes de Bello se fixait sur tes rétines, tu revoyais Bello auquel ton père adressait toujours des paroles affectueuses quand il passait à côté de lui, et qui le récompensait d'une tape approbatrice sur le flanc lorsqu'il venait de grimper une groningue, comme la scène ne cessait de passer en boucle, tu gardais le regard rivé sur l'écran, sur les mutants du désert, la peur grandissait en toi, la semaine en question tu n'es pas apparue sous le viaduc, tu as prétexté que tu avais mal aux pieds, que tu avais des ampoules de la taille de l'île de Pâques, ça a réveillé ma susceptibilité et ma méfiance, je t'ai lancé *bullshit*, ouais, c'était des conneries tout ça, un *bullshit* suivi de quelques points d'exclamation, !!!, je savais que tu ne supportais pas qu'on soit en colère contre toi, que cela te ramenait à la torpeur et à la fureur de l'abandonnée, elle qui était encore à Stavanger à moins que ce ne soit à Bexleyheath, chez Kate Bush, lorsqu'elle tombait, quelque chose en toi se cassait la gueule, lorsqu'elle se blessait, tu ressentais la douleur, à l'époque de son départ, tu n'avais pas encore 3 ans, mais tu te souvenais qu'elle portait une robe, une robe de soirée bleue en pleine matinée, comme si elle tenait à emporter le soir avec elle, lequel n'avait plus jamais été le même, plus sombre qu'avant il descendait sur toi d'un seul tenant comme le costume en peau de mouton de ce spectacle scolaire où la Sainte Vierge avait été allergique à toi, voilà ce que tu éprouvais dès lors le soir, on aurait dit que tu faisais naître une allergie chez tout un chacun et devais te contenter de regarder depuis les coulisses l'arrivée sur scène de l'obscurité qui baissait le rideau sur la journée, tu redoutais le noir, même quand ton père laissait la lampe de chantier allumée dehors, une lumière qui conférait un aspect pittoresque aux saules étêtés, après mon message je t'ai envoyé d'autres textos pour te dire que j'étais désolé, qu'on se verrait à l'occasion de l'enterrement de Joris à l'issue duquel j'aurais une surprise pour toi, quelque chose qui t'égaierait, chaque soir, Camillia cuisinait deux repas supplémentaires, de temps à autre elle se disait folle de s'acharner à nourrir le petit monstre, elle balançait entre sollicitude et colère, peut-être croyait-elle, mon élue céleste, parvenir à bouillir notre amour, ainsi, à chaque fin de journée, on prenait la route de la ferme, une casserole de spaghettis ou un plat de lasagnes sur la banquette arrière, où je donnais un coup de main à ton frère pour s'occuper des vaches tandis que Camillia faisait le ménage avec toi et s'informait de tes devoirs, elle a relu ta rédaction portant sur Roald Dahl, les textes que tu écrivais pour le journal du collège, te regardant il lui arrivait de nous imaginer ensemble nus sur la banquette arrière, elle se faisait alors mauvaise, te traitait de putain, d'arsouille, elle a éreinté ta rédaction, a soutenu que Roald Dahl se retournerait dans sa tombe, à Great Missenden, s'il lisait ton torchon, qu'en réalité il n'aimait pas les enfants, il suffisait de feuilleter *Sacrées Sorcières* ou *L'Énorme Crocodile* pour s'en convaincre, tous ses personnages détestaient les petits, surtout les piafs comme toi, t'a-t-elle fait croire, au lieu de te faire briller, elle t'a brûlée au chalumeau, elle qui se sentait une grande brûlée, les mots qu'elle a griffonnés en rouge dans la marge de ta rédaction se sont gravés dans la marge de ta conscience, tu t'es encore plus décarcassée pour rattraper le coup alors même que tu ne te faisais aucune idée de la gravité de ce qui s'était passé, en effet tu croyais que tous les élèves de ta classe *l*'avaient fait, tu ignorais encore que *le* faire avec untel était tout à fait normal, mais avec tel autre passible d'une peine et, au bout du compte, dévastateur, que ton corps n'était pas une chose qui se partage comme si de rien n'était, tu voyais l'amour comme un herbier qu'on commence en primaire pour le compléter au mieux en ramassant toutes sortes de plantes et en les mettant à sécher sur la presse à bois, tu étais l'une de ces fleurs, désireuse d'être immortalisée entre les mains de quelqu'un, tu étais prête à tout donner, peu à peu j'ai exprimé tous les fluides qu'il y avait en toi, tout ton *amour*, j'ai serré les écrous et t'ai privée de ta liberté, le vendredi, veille du retour de ton père du Charolais, nous sommes allés tous les quatre à l'enterrement de Joris au temple réformé sur la digue, où le pasteur Horreman, dirigeant le culte, a parlé du destin tragique, j'étais assis à côté de toi, ma hanche brûlait au contact de la tienne, ton frère était brisé entre toi et Camillia, elle a posé la main sur son dos, une attention que ton regard a suivie non sans un soupçon de jalousie, après la cérémonie les personnes présentes ont été invitées à boire un café et manger une tranche de cake dans la salle polyvalente près du cimetière, je t'ai vue t'échapper de la foule, je t'ai suivie tout en regardant Camillia qui, en conversation avec les parents inconsolables de Joris, ne se souciait pas de moi, je me suis faufilé dehors et t'ai vue, sur la tombe du disparu, sortir de la poche de ta veste une tranche de cake et la fourrer en une seule fois dans ta bouche, puis demeurer plantée là sans mâcher mais les joues bombées, plantée là, mon adorable, jusqu'à ce que les fossoyeurs ferment le cimetière, jusqu'à ce qu'ils te convainquent de partir en avançant que tu pourrais revenir un autre jour, que les morts ne prennent pas la poudre d'escampette, tu as vidé tes joues près des conifères, du pied tu as recouvert la bouillie de gravier, tu as dit à ton frère que le mort souffre de diabète, passe par des pics d'hypoglycémie, tu es retournée à pied avec lui à la ferme De Hulst, l'un derrière l'autre en un cortège funèbre, là où vous attendaient les veaux assoiffés qui cognaient leur tête contre la barrière de leurs igloos, je t'ai vue te retourner une dernière fois, mon petit animal de luxe, j'ai attendu que vous soyez parvenus en haut de l'avenue Pencil, que Camillia me prenne la main et me traîne vers sa voiture, une Renault Twingo rouge, un modèle qui, des années plus tard, te ferait toujours frémir quand tu en verrais un, tout comme tu frémirais en voyant un utilitaire Fiat noir, d'une voix sévère Camillia a murmuré que c'était maintenant fini pour de bon, qu'il nous fallait bannir cette gosse de nos vies, j'ai hoché la tête, de haut en bas, parce que je savais que, de la sorte, il pouvait s'agir d'une belle fin, quelque chose qu'on lit dans bien des livres, qu'on voit dans bien des films, la scène finale dans un cimetière où il bruine où les parapluies sont de sortie, cependant, te laisser partir ainsi, en rester là, m'était impossible, on a pris la direction de notre maison dans nos habits de deuil, j'ai gratté une miette de cake sur mon revers noir, ne cessant de me dire : on roule dans la mauvaise direction, fais demi-tour, s'il te plaît, fais demi-tour !

39

Je jouais de façon tellement magistrale le calme du mal de vivre, la paix avant la tempête de la folie, j'étais le vétérinaire sympathique et bienveillant qui conduisait tous les animaux du *Village* dans la tombe ou les en préservait, j'arrivais à bord de mon van, transportant une sacoche remplie de traitements à la pénicilline, d'antibiotiques, d'anti-inflammatoires, de rénettes, je portais en permanence un stéthoscope autour du cou que je brûlais de poser sur ta poitrine plate pour entendre quelle manipulation faisait battre ton cœur plus fort ou en faisait sauter un battement, partout où je passais, les agriculteurs me réservaient un accueil chaleureux, il en était allé autrement pendant la crise de la fièvre aphteuse, elle était loin derrière nous même si ça ne s'oublie jamais, des images ne s'effaceraient jamais de nos rétines, au mois de mai, au parc de l'Homme-qui-s'ennuie, là où se dresse le monument aux morts où, sur le socle, une femme en pleurs est assise à côté d'une autre qui se tient debout, les mains devant le visage, et sous elles l'inscription POUR NE PAS OUBLIER, tu avais écrit, à côté des noms gravés dans la pierre des victimes du *Village* tombées pendant la Seconde Guerre mondiale, la plus jeune âgée de 9 ans, les numéros des étiquettes d'oreille des vaches exterminées, et lors de la journée nationale du Souvenir, alors que toute la communauté était réunie devant ce monument, tu as commémoré non seulement ces défunts, mais aussi le bétail, tu aurais aimé déposer une gerbe pour les bovins, mais ton père estimait que ç'aurait été dépasser les bornes, tu as chanté à tue-tête l'hymne national joué par la fanfare puis écouté, le souffle coupé, un conseiller municipal déclamer le poème « Résistance » de Remco Campert, un type que tu ne connaissais pas, ce Campert, tu n'en as pas moins trouvé ses vers magnifiques et lu par la suite tous ses livres, pendant les deux minutes de silence, tu as eu peur que ta gorge ne te gratte, tendue, tu as attendu que les trompettes retentissent, de la guerre tu ne pouvais guère te faire la moindre idée tout en étant capable de tout imaginer, ton imagination sans limites t'autorisait à te retrouver à tout moment dans les tranchées, comme tu avais vu et revu les films *La Liste de Schindler*, *La Chute*, *La vie est belle*, tu étais à même d'imiter l'angoisse des personnages et t'y perdre, à tel point que, pendant les deux minutes de silence, tu as cru voir les Allemands et les Alliés derrière les rangées de maisons, un jour une main a retiré la liste des vaches tombées au combat parce qu'on ne pouvait comparer leur souffrance à celle des victimes de la guerre, et en effet, les agriculteurs chez lesquels je me rendais se remettaient peu à peu à s'épanouir, ils étaient heureux de me voir arriver, leurs épouses me servaient un café ou une bière puis j'auscultais les bêtes, je savais de quoi je parlais quand je voyais un prolapsus dans le pré, une brebis dont le vagin, voire le col de l'utérus, est repoussé à l'extérieur du corps, je savais ce qu'il convenait de faire, mais quant au prolapsus qui me tenait le plus à cœur, j'ai merdoyé, c'était toi, mon élue céleste, tout le monde voyait à ton apparence que tu n'allais pas bien, on te voyait courir en chemise de nuit à travers le polder, perdre de plus en plus de poids, d'aucuns disaient qu'ils entendaient tes os cliqueter à plusieurs kilomètres de distance, le bruit d'un quart de granulés qu'on secoue, disaient d'autres, une main en visière, ils fixaient l'horizon où tu voletais entre gypsophile et ammi commun, secouaient parfois la tête de droite à gauche en disant que c'était pure folie que de courir ainsi dans la campagne déserte à la tombée du jour, que c'était une invitation à se faire escamoter, je ne pouvais leur dire que personne ne pourrait jamais te chiper étant donné que tu étais déjà mon bien, parce que je ne te perdais jamais de vue, je savais que j'échouais à tempérer mon amour et ma faramineuse faim de toi, à faire la part entre le monstrueux et le paternel en moi, à reconnaître le paradis et l'enfer dans mes motivations, couché dans mon lit, je ne cessais de regarder ton numéro de téléphone sur mon petit écran, surmonté de ce nom : l'oiseau. Il m'arrivait de le composer pour entendre ton message vocal, ta voix, puis je raccrochais, me remettais à fouiller dans nos messages à la recherche de quelques mots auxquels me raccrocher, un signe prouvant que tu partageais mes sentiments, même si je savais qu'à tes yeux, l'amour, c'était comme un bonbon, un plaisir auquel tu aspirais vivement avant de l'oublier dès que tu étais repue, dès que ces sucreries te soulevaient un peu le cœur, je ne voyais pas que je te mettais dans un sale état, que tu ne pensais plus aux sucreries, que tu ne te rendais plus que rarement dans la boutique de l'avenue Grimpions pour remplir un cornet de caramels, de réglisses, de guimauves et de cœur roses, que tu étais d'une maigreur telle qu'il n'y avait plus de quoi te serrer dans mes bras, plus tard, bien plus tard, en repensant à cette haute et rétive saison et à mes sales coups empoisonnés alors que les magistrats me condamnaient à une peine de prison, que l'affaire faisait les grands titres de la presse, plus tard j'ai écouté « Sweet Bello » du disque *Kurt12*, ta chanson qui évoque la mort de Joris et ses funérailles, Bello aussi qui, resté deux jours au bord de la route avant que le service chargé d'enlever les cadavres de bêtes ne passe, était entré en décomposition à cause de la chaleur, après son retour de France, ton père ne vous a plus adressé le moindre mot, hormis le strict nécessaire, par exemple *passe-moi la barquette de beurre*, *passe-moi la mélasse*, il te regardait parfois quand, dans la cuisine, tu posais des carottes sur la balance et que tu en grignotais un kilo par jour, il a vu ta peau et le blanc de tes yeux s'oranger, parfois il te saisissait par le poignet, l'entourait de ses doigts, puis, après avoir secoué la tête, disparaissait, allait s'asseoir sur la chaise dans son atelier, tête baissée tout comme lorsque tu lui avais dit que tu quittais le *Village*, que tu allais décoller, lui avait trifouillé frénétiquement dans ses écrous et boulons en quête d'une solution pour te consolider, j'écoutais donc « Sweet Bello », les notes tristes du synthétiseur, cette phrase : *Bello and the boy were dead and all I could think was : don't eat the cake, don't eat the cake, because fear would rather live in a big house than in a cave*[1]. Tu étais mon petit poids léger, ma camarade, quand j'écoutais « Sweet Bello », mes yeux se mouillaient, à cause de toi, de la mort de Bello et de celle de Joris, mais aussi en raison de l'éleveur pendu à sa balustrade que je n'avais pu secourir, ne voilà-t-il pas qu'il se trouvait tout à coup dans le lit à côté de moi, occupant la place de Camillia, mains croisées sur la poitrine, couché là il disait que le matelas était merveilleux, de bons ressorts, un oreiller souple, mais pas exagérément, oui, un lit merveilleux, il posait sur moi ses yeux injectés de sang, il se tournait sur le côté et me disait que ce n'était pas de ma faute, l'accident sur la route du Jabot, si le disparu avait tout à coup traversé la chaussée, sans regarder ni à droite ni à gauche, pour rattraper à vélo un copain, qu'en raison de la violence du choc, il était mort avant même de toucher le sol, que je n'aurais pas dû continuer de rouler, mais c'était là un réflexe s'expliquant par la peur, rien de plus, que cette route était très dangereuse, tout le monde le savait, on avait certes renforcé les bas-côtés grâce à des dalles gazon, cela n'empêchait toutefois pas les tarés du polder de rouler dessus à tout berzingue, le disparu ni ses copains n'avaient fait gaffe, et moi, j'étais là à chialer, à chialer, disant que là résidait peut-être l'intensité de

1. Bello et le garçon étaient morts, tout ce à quoi je pouvais penser, c'était : ne touche pas au gâteau, ne touche pas au gâteau, car la peur préfère vivre dans une grande maison que dans une grotte.

l'amour que je te portais, que c'était de ma faute si tu étais en dérangement, c'était à cause de moi si l'abandonnée s'était exilée à Stavanger, l'éleveur tendait alors sa main bleue, essuyait les larmes de ma joue, je lui disais que j'étais désolé, désolé de ne pas avoir pu le sauver, que le jour en question, alors que des confrères m'avaient informé que l'épidémie de fièvre aphteuse venait de pousser plusieurs agriculteurs au suicide, j'avais détourné les yeux, j'étais trop préoccupé par mes tartines au beurre de cacahuète, il m'arrivait tellement souvent de piquer un animal que j'ignorais comment j'aurais pu détourner quelqu'un de la mort, certes, venir à la rescousse de certaines personnes, c'était dans mes cordes, je voyais exactement ce dont elles avaient besoin, mais dans le cas d'un agriculteur, non, je ne savais à quel saint me vouer, et quand j'écoutais « Sweet Bello », je me revoyais en train de me vouer à Joris et à Bello, alors que c'est sur toi et ton frère que j'aurais dû me pencher, ce qui n'était pas sans rappeler l'histoire du disparu : les morts nous volent la vedette, on les applaudit à tout rompre, bon sang de bonsoir, on applaudit à se mettre les mains en compote.

40

Après le catéchisme hebdomadaire du jeudi soir chez le pasteur Horreman, ta valise-menace en main, tu as quitté pour la première fois la ferme De Hulst. Jule, Le Crapaud et toi aviez, sous une forte averse estivale, pédalé jusqu'au presbytère, à côté du temple, la femme de Horreman avait insisté pour que vous passiez quelques-uns de ses vêtements pendant que vos pantalons trempés séchaient, vous vous étiez retrouvés sur le canapé, Jule dans une jupe trop ample et Le Crapaud et toi dans des pantalons beaucoup trop larges, incapables de vous empêcher de glousser devant le ridicule de vos tenues, de surcroît, tu avais été prise d'un fou rire nerveux en lisant à haute voix cette phrase des Proverbes : *Écoutez, car je dirai des choses importantes, et j'ouvrirai mes lèvres pour enseigner ce qui est droit.* Des larmes ont alors coulé sur tes joues, le pasteur t'a demandé de relire le passage jusqu'à ce que ton rire cesse, soit au bout de quatre fois, il a expliqué qu'il faut entendre par « ce qui est droit » tout ce qui relève de l'équité, de la justice, en rire, c'était souiller ces lèvres et cette idée de droiture, ensuite, après avoir mangé une glace, le marchand ayant garé sa camionnette près du temple, tu es rentrée à la ferme, pour la première fois depuis son retour du Charolais, ton père t'a adressé la parole, il est sorti de ses gonds corrodés, toi tu es partie, pendant des heures ton père est resté sur la digue à scruter l'obscurité pour voir où tu étais, il a répété les mêmes gestes jusqu'à environ une heure du matin puis, dans son lit, le sommeil le fuyant, il s'est tourné et retourné dans ses tourments, il t'avait dit que c'était de ta faute si ton frère ne mangeait presque plus rien lui non plus, si ce n'est des tranches de concombre rehaussées d'Aromat, il évoluait à la ferme pareil à un tuteur de haricots, le jean au ras des fesses, de ta faute s'il avait imité tes facéties, après tout c'était toi qui avais commencé, ton père avait passé une charrue sur tes os, il ne voyait pas combien vous pleuriez Joris et Bello, combien vous pleuriez le disparu et l'abandonnée, cela lui échappait comme lui échappait le fait que ce qui se passait entre toi et moi te jetait dans une bagarre toujours plus intense, que je m'étais immiscé dans ton système à la manière de la grande douve du foie, il ne savait pas que ça continuait entre nous, il n'osait pas te demander ce qui s'était au juste passé et il a failli faire une attaque quand tu lui en as fait part comme si de rien n'était devant l'émission *À prendre ou à laisser*, alors qu'un candidat ouvrait la valise numéro 20, tu as dit que tu *l*'avais fait avec moi, pas pour de la rigolade, *enfin tu comprends*, pendant que le programme s'animait, ton père a éclusé cul sec son genièvre, il est allé chercher le pied-de-biche qui prenait la poussière dans le vestibule derrière les pyramides de chaussures, destiné à l'origine à chasser les braconniers, les voleurs, les Témoins de Jéhovah ou encore les voleurs de filles, tu l'as bloqué dans son élan, es parvenue, par tes mots, à calmer son ire éthylique, vous vous êtes réinstallés devant l'émission, d'une main un rien mollassonne il s'est servi dans le ravier de cacahuètes salées, les a mâchées sans même en relever le goût, cependant, l'ouverture de la valise avait entraîné celle d'une écoutille dans ta tête, tu t'es remémorée la réaction de la mère de Jule, a pensé à celle de ton père, à celle de ton frère, à celle de Camillia, tout le monde se montrait choqué à propos de toi et moi, peu à peu tu as pris conscience que ce n'était peut-être pas aussi normal que tu l'avais cru, que tu avais laissé tes camarades de classe te provoquer, que je t'avais progressivement entraînée dans cette direction, que toutes ces chansons d'amour ne parlaient peut-être pas de nous mais de l'autre personne, et c'est alors que ton père, avant même la fin d'*À prendre ou à laisser*, t'a reproché la maigreur de ton frère, il ignorait que Hitler prenait de plus en plus souvent les rênes de la mise en scène dans ta tête, que si avec Freud les choses étaient encore un peu à l'équilibre, une bataille ne faisait pas moins rage en toi et que ton vol à destination de New York se rapprochait de plus en plus, ton père a ajouté que Dieu avait créé ton corps, que c'était un temple du Saint-Esprit, ce que proclamait le psaume 139 : *Je te loue de ce que j'ai été fait d'une étrange et merveilleuse manière ; tes œuvres sont merveilleuses, et mon âme le sait très bien. Mes os ne t'étaient point cachés, lorsque j'étais formé dans le secret, œuvré comme un tissu dans les lieux bas de la terre.*

Il t'a dit d'aller à Lui chaque jour en enfant soumise, mais tu as pris toujours plus tes distances, ton père a caché le pot jaune d'Aromat de Knorr et a forcé ton frère à manger sous peine de ne plus pouvoir ni approcher une groningue, ni travailler à la ferme, le désespoir a rempli ses joues creuses, ton père t'a pointé de l'index en t'accusant d'avoir introduit la maigreur chez vous comme s'il s'était agi d'un chat de gouttière grouillant de puces, tu as filé dans ta chambre, t'es emparée de ta valise-menace, tu as claqué la porte derrière toi sans savoir que ton père passerait des heures sur la digue, fou d'inquiétude, il a laissé la lumière dans le vestibule au cas où tu rentrerais, il savait que tu avais peur quand la ferme boutonnait son manteau vespéral jusqu'au menton, il s'était relevé à plusieurs reprises, collait alors son oreille à ta porte pour vérifier si tu étais revenue, toi, pendant ce temps, tu arpentais le chemin de Boissec en direction de la rue du Sourniquet puis du quai de l'Héritage, tu aurais voulu une vie pareille au permis vélo que tu avais passé en primaire, à chaque rond-point, à chaque coin de rue, il y avait une maman assise sur une chaise de pêcheur, qui te souriait dès que tu tendais le bras du bon côté, ta nervosité et les peurs s'évanouissaient car tout allait bien quelle que fût la direction que tu prenais, ces mamans restaient quoi qu'il arrive à leur place, un chapeau de paille sur la tête et un roman sur les genoux, elles levaient les yeux à ton passage, certaines te lançaient que tu avais pris un beau virage, oui, un beau virage, ou quelques mots au sujet du vent de face persistant, mais la plupart, en guise de commentaire, se contentaient d'un sourire qui ne faisait qu'augmenter tes chances de réussite, mais cette fois, tu marchais dans la nuit noire, seule, bientôt, un garçon en mobylette t'a rattrapée, tu le surnommais Le Rat parce qu'il avait deux grandes incisives séparées par un diastème, un Rat magnifique, tu as sauté à l'arrière de sa mobylette et passé la nuit chez lui, tu t'es endormie dans des bras étrangers, après le petit déjeuner, Le Rat t'a ramenée à la ferme où, sous les yeux perçants de ton père, tu as engouffré un sachet de pains au lait, sans intervenir il t'a observée les fourrer dans ta bouche, les déchirer presque frénétiquement de tes dents, il t'a finalement empoignée quand des larmes de la taille de Smarties ont goutté de tes yeux et que tu as hurlé que tu voulais mourir, qu'un ventre plein était la pire chose qu'on puisse vivre, il t'a pressée contre son bleu crasseux, te serrant si fort que tu as bien cru que tous tes os se brisaient, en réalité tu t'en fichais, bienvenue les fractures, il a marmonné qu'il ne fallait pas que tu meures, *ne meurs pas*, s'il avait pu, il t'aurait passé autour du cou le clic du sachet de petits pains pour empêcher que la moindre bactérie ne pénètre dans ton organisme, de cette façon plus d'air parasite, avec le recul, il s'agissait de la répétition générale du 11 septembre 2005, tu t'étais absentée une nuit entière, tu savais à présent que tu pouvais t'envoler d'ici pour de bon, tu as replacé ta valise-menace près de la porte de ta chambre, tu as gagné celle de ton frère, tu lui as dit qu'il était d'une maigreur à faire peur, que les filles n'aiment pas les maigrichons, il a haussé les épaules, posé un regard vide sur l'écran de sa console, tu interprétais la situation comme un combat de sa part pour devenir plus maigre que toi, tu avais envie de le blesser, de surcroît tu ne tolérais pas que quiconque l'emporte sur toi, pas même quand il s'agissait de mourir de faim, tels des rapaces vous survoliez vos assiettes en vous épiant, faisant le compte de ce que l'autre mangeait ou ne mangeait pas, tu courais plus vite que d'habitude à travers les polders et le long du viaduc, où, dans une poussée de désir, après avoir chipé une bombe de peinture à mon aîné, j'avais tagué en blanc I LOVE YOU sur l'asphalte, l'inscription était restée visible des semaines avant que la pluie ne l'efface, tu la voyais à chaque fois que tu gagnais la ville à vélo avec Jule et Élia, vous alliez dépenser votre argent de poche en vêtements et en *Hitzone 32*, tu roulais sur mes mots en regardant droit devant toi, sans te laisser distraire, tu ramenais Le Rat dans chacune de vos conversations, romantisant tout à son propos, tu leur as dit que c'est lui qui avait tagué l'inscription sur la chaussée, *ça c'est une vraie romance* soupiraient tes copines, le lendemain de votre rencontre, tu as retrouvé Le Rat aux cheveux brillants d'un noir laqué, dans la barque amarrée sur le Maelström que tu écopais avec un seau, tu lui as demandé de sortir avec toi, vous avez ramé jusqu'au milieu du plan d'eau, parmi les nénuphars près du Zigzag, c'est là que tu le lui as demandé, il a dit *oui*, en ton for intérieur, tu as exulté comme si tu venais de repérer le spécimen le plus rare du musée du phallus, tu espérais que ça te ferait passer ton envie de ramure, mais plus encore que cela ferait fuir le cygne, que je te lâcherais, oh ! mon élue céleste, n'as-tu donc pas compris que nous étions faits l'un pour l'autre, que ce petit gars n'était qu'un passant fortuit que tu utilisais pour me bannir ? Tu goûtais le moment quand Le Rat te prenait la main alors que les garçons de ferme arrivaient chez vous, tu te délectais à t'allonger avec lui dans l'herbe et à te dire que ton corps était bien une charrue, que tu étais une charrue, que tu récoltais Le Rat, lui qui te remplissait pour l'éternité, tu m'as informé que tu avais un copain, que c'était sérieux et que tu ne pouvais plus me rencontrer, derrière ces paroles, j'ai senti le ravin de l'abandon, comme il m'était loisible de te laisser sombrer dedans ou de te garder de cette chute, je t'ai dit que je voulais te voir une dernière fois, promis, une dernière fois, tu as hésité, j'ai insisté, je t'ai dit que certains cygnes meurent quand leur compagne se volatilise tout à coup, que tu ne pouvais pas m'abandonner de cette façon, tu as accepté, bien sûr que tu as accepté, tu m'as envoyé une citation de *Ça* de Stephen King : *Qui sait, en fin de compte, si la voix qui raconte les histoires n'est pas plus importante que les histoires elles-mêmes ?*

41

Sous le viaduc, tu avais l'air d'un saïmiri. Un de ces gentils et doux petits singes dont on devine le crâne sous la fine fourrure, ta chemise de nuit tombait, informe sur ton corps, néanmoins tu étais encore d'une beauté à couper le souffle, mon délicieux Putto, oui, tu étais magnifique, je t'ai demandé ce que ça te faisait de retourner à l'école, comment allait ta clavicule, pourquoi tu recherchais la maigreur alors que tu tenais à être vue, alors que tu rêvais de gloire, je t'ai raconté l'histoire de la Genèse portant sur les sept vaches grasses et les sept vaches maigres, une métaphore à laquelle des gens recourent encore de nos jours en étant soulagés et heureux de dire que les années grasses arrivent, que personne ne compare les vaches maigres à quoi que ce soit de bon, les gens tiennent à les oublier le plus vite possible, la Genèse précise que les vaches maigres mangent les vaches grasses, oui, elles les mangent sans en laisser une miette et sans montrer aucun repentir, mais elles n'en restent pas moins maigres et moches, je t'ai demandé si tu voulais devenir aussi monstrueuse qu'elles, tu as haussé les épaules, battu des ailes un peu mollement et m'as raconté que, chaque été, pendant vos vacances en Zélande, ton père, ton frère et toi alliez dîner dans un restaurant de Grijpskerke, vous ne mangiez pas de la journée pour garder votre appétit pour le soir en question, à présent tu gardais pareillement ton appétit pour le bon moment, même si vous n'étiez pas allés en Zélande cet été-là ni d'ailleurs au restaurant, tu le gardais comme Élia, en primaire, avait mis de côté tous ses bonbons dans une boîte, avant de les manger en une fois par un soir de brouillard, un de ces soirs qu'on connaît quand, encore en primaire, on effleure les soucis comme autant d'acrochordons, alors qu'une fois au collège, ces petites excroissances restent sous la peau, par un tel soir, elle s'était bâfrée de ses sucreries, de vous trois elle avait été la première à penser au désir de mourir, une idée qu'à l'époque tu trouvais absurde, comment peut-on désirer le pire du pire, tu te disais qu'elle le voulait car elle ne savait pas de quoi il s'agissait, de la même façon elle désirait un Furby, une de ces petites peluches animées qui ressemble à une chouette, uniquement parce qu'elle n'en posséderait jamais, je t'ai redemandé pourquoi tu t'affamais, tu ne savais pas pourquoi, je n'ai pas vu que tu avais joué au *scout* avec ta propre personne, tu avais découvert que tu avais un talent pour une chose donnée, à savoir exercer un contrôle sur ce qui finissait dans ton corps, je ne voyais pas non plus que cela avait un rapport avec ma visite à l'hôpital, alors que je t'avais inséminée tandis que tu n'avais aucune échappatoire, et que par la suite Camillia m'avait raconté que tu faisais de moins en moins souvent tes devoirs, toi en principe toujours zélée, qui ambitionnais telle semaine d'être vétérinaire, la suivante archéologue ou, mieux encore, paléontologue, quelqu'un qui exhume des fossiles dont ceux de dinosaures, or tu adorais fouiller, ainsi tu déterrais pas mal de choses dans ta petite tête, les plus beaux trésors mais aussi parfois les plus tristes, il faut dire que tout était caché là-dedans, Camillia croyait que tu ne faisais plus tes devoirs dans l'espoir qu'elle te donne des cours particuliers et que tout rentre dans l'ordre entre vous, pour ma femme, c'était hors de question, elle m'a aussi rapporté que tu avais écrit une histoire bizarre pour le journal du collège, ça parlait de la dissection d'une loutre, Camillia avait refusé de la publier et t'avait conseillé d'en écrire une autre, quelque chose de plus gai, ce à quoi tu avais rétorqué qu'elle était gaie, ton histoire, ma femme ne voulait pas que ton texte paraisse au prétexte qu'il était trop sanglant, tu t'étais cassée de la salle des profs pour rejoindre une copine à la cantine où vous aviez fait frire des croquettes, ce qui t'avait rapporté à la fin de la semaine cinq euros et un sandwich, Camillia avait eu peur que tu ne déballes ce qui s'était passé entre nous, que tu ne transmettes notre secret au moment où tu servais une dosette de moutarde pour accompagner la croquette, moi, je savais que tu garderais le silence, je savais que ça suppurait au-dedans de toi, que ça suppurait et que tu garderais le silence, Camillia a répété qu'il y avait un truc qui clochait chez toi, et pas qu'un peu, à force de paroles apaisantes, je l'ai tirée du cagibi de ses affres, avançant que tu étais en plein âge ingrat, que les filles de 14 ans oscillent entre deux chaises, sous le viaduc tu m'as dit que tes ailes étaient réparées, plus résistantes que jamais, que sous peu tu t'envolerais à destination de New York, tu étais fin prête, je t'ai attirée contre ma poitrine, contre ma ramure de tueur turgescente péniblement retenue par mon short, tu as dit : *Kurt, il y a des moments où je ne sais pas si je suis encore en vie. Peut-être que je suis morte le jour où je me suis envolée du silo et que maintenant je me trouve au ciel.* Tu as raconté qu'il y avait deux étages à l'hôpital, un pour ceux qui étaient encore en vie et un pour ceux qui allaient au ciel, tout était fait pour qu'ils ne se rencontrent pas, dans le cas contraire les terrestres auraient eu la peur de leur vie, d'ailleurs, tu n'avais pas croisé âme qui vive quand l'ennui te poussait dans les couloirs où tu étais tombée sur le chariot à bonbons destiné aux enfants souffrant d'un cancer, tu avais hésité à chiper quelque chose, un muffin aux myrtilles, un Twix, des marshmallows ou une crotte en chocolat, mais n'avais pu t'y résoudre, tu ne pouvais supporter de décevoir les enfants-serpents, un surnom que tu leur attribuais en raison du tuyau en plastique qu'ils avaient dans le nez, en les privant des sucreries qu'ils avaient attendues avec impatience toute la journée, tu allais traîner plus loin, toujours sans rencontrer le moindre terrestre, le couloir menant à la salle de jeux, où l'on pouvait jouer aux Sims sur un ordinateur, était censé représenter la porte du Paradis, il y avait des poufs dans lesquels on disparaissait, un fauteuil de massage qui se mettait à vibrer et à ronronner dès qu'on s'asseyait dedans, il y avait aussi des jeux comme la bataille navale, tu as fait exploser nombre de bateaux d'enfants-serpents, oui, tu étais sûre d'être arrivée au Paradis avant de revenir ici-bas car tu estimais devoir te racheter, tu m'as raconté que tu avais lu que quand un apiculteur pyrénéen vient à mourir, il est normal de barbouiller ses abeilles d'encre noire, on les marque de la sorte une à une, à ton sens une démarche d'une déboussolante beauté, toi aussi, tu aurais voulu être ainsi barbouillée, tu voulais qu'on voie que tu étais en deuil, de Joris et de Bello bien entendu, mais plus encore du disparu et de l'abandonnée, et par moments même en deuil de toi-même parce que tu muais constamment, chaque jour une nouvelle version de ta personne dans un nouveau monde, je t'ai dit, ma biche, que je voulais te barbouiller, que tu n'étais pas au ciel, que tu avais subi une fracture du crâne qui expliquait tes égarements passagers, tu as secoué la tête, soutenu que les terrestres éprouvent des difficultés à reconnaître un ciélien, celui-ci se trimbale tout bonnement en civil jusqu'à ce qu'il ait sondé ses péchés, qu'il ait réparé ses erreurs et payé toutes ses dettes, que Dieu souffre de phobie des microbes tout comme la femme de Pierre Bonnard, qu'il faut être propre et guéri pour être admis dans Son Royaume, aussi te frottais-tu le corps tous les soirs au savon vert, malgré tout tu te sentais encore sale, souillée des débris des tours jumelles et de la peine de Camillia, de la poudre qui restait distinctement sur tes mains qui avaient manié le pistolet d'abattage, tu espérais qu'une fois que tu serais exempte de tout péché, Dieu aurait la gentillesse de créer une ramure, voilà tout ce que tu Lui demanderais, une petite ramure, ce qui serait d'ailleurs bénéfique à Son moral puisque les enfants pourvus d'une ramure courent moins de risques d'être escamotés que les autres, leur inconscience leur vaut surtout d'être victimes d'un accident de la circulation, toi, les dangers de la route, tu les connaissais, tu étais la loutre en captivité, et de toute façon, si une voiture venait à t'écraser, en tant que célienne, tu te relèverais puisque Dieu aurait désactivé la fonction GAME OVER, il le fait systématiquement avec ceux qui ont accès à Lui, tu disposais d'innombrables vies, et une fois que tu aurais rattrapé tes torts auprès de tes créanciers, tu rencontrerais le disparu, il t'attendrait au magasin de jouets du quai de l'Héritage, vous vous rendriez ensemble à la boulangerie-pâtisserie au-dessus de la porte de laquelle on peut lire : *Par la puissance de Dieu et la diligence de l'homme, voici le grain transformé en pain.* Vous y achèteriez deux gros biscuits aux œufs saupoudrés de sucre glace, les mangeriez assis devant le commerce, toi relevant avec joie que le disparu était identique à celui qui figurait sur les photos de votre séjour, que c'était cela qui était chouette quand on est des créatures célestes, on se reconnaît les uns les autres, on ne vieillit pas, inhalant un peu de sucre glace, tu serais prise d'une ou deux quintes de toux, cela vous ferait glousser, vous promenant dans les rues du *Village*, tu lui ferais part de tout ce qui s'était passé depuis son départ, vous vous arrêteriez ici ou là, parce qu'un souvenir refaisait surface, par exemple devant le seul petit immeuble de la localité que les jeunes avaient baptisé le baisodrome, tu ne savais au juste pourquoi, tu estimais que le bâtiment comptait trois étages, des chambres à coucher superposées qui pouvaient expliquer ce qualificatif, tu imaginais que les gens se couchaient en même temps les uns au-dessus des autres, comme les poules se regroupent sur leur perchoir à la même heure chaque soir, cela faisait six couples couchés les uns sur les autres multipliés par quatre, en d'autres mots un sexe-club, un jour, en compagnie de Jule, tu avais ramassé dans l'un des jardins jouxtant l'immeuble une boîte de réglisses en forme de chat, elle était encore pleine, vous l'aviez ramenée chez ta copine, montrée avec fierté à son père comme s'il s'était agi d'un trésor, mais il l'avait emportée dans son bureau en disant qu'elle contenait peut-être quelque chose de louche, de la drogue qui sait, en réalité tu étais convaincue qu'il avait fini par manger tous les chats, plus tard, on avait ouvert en face du baisodrome un foyer pour handicapés mentaux, tu les surnommais les taupes car beaucoup d'entre eux étaient malvoyants, le dimanche, les taupes prenaient place sur un banc du temple, ils bavaient, ils s'agitaient, tu en avais peur, cela explique l'attirance que tu exerçais sur eux, de la même façon que bien des chats sont attirés par les genoux de personnes qui n'aiment pas les voir approcher, c'est ainsi que, lors d'un culte, l'une des taupes s'était collée et agrippée à toi, des rires avaient fusé sur les bancs devant et derrière toi, mais tu étais restée comme pétrifiée, le point positif est que, à partir de ce moment-là, tu as eu moins peur des taupes, elles étaient sympas, tu passerais avec le disparu devant l'école primaire où tu avais vécu les meilleurs moments de ta vie, auxquels tu ne repensais pas sans nostalgie, les couloirs carrelés de brun qui sentaient le Cif, la maîtresse qui racontait avec virtuosité les aventures d'un nain de jardin, tu ne pouvais pas les lui voler puisqu'elles se trouvaient dans sa tête, on ne peut pas glisser une maîtresse dans sa poche, tu raconterais au disparu toutes tes aventures, tous tes secrets relatifs aux *dear boys* que tu avais aimés et que tu collectionnais comme des cartes de Pokémon rares, vous iriez vous allonger sur la table de ping-pong et fixer le ciel, tu lui demanderais ce qui l'avait poussé à traverser la route au niveau d'un carrefour aussi dangereux, il te demanderait comment allait son vélo, tu lui répondrais qu'il s'en était sorti sans égratignures apparentes, mais que ton père avait fini par le donner à un habitant du *Village*, qu'il avait fait plaquer argent sa première paire de chaussures de bébé qui trônait depuis sur le manteau de la cheminée, tu raconterais que le temple avait trois sortes de cloches pour annoncer un décès, une pour les hommes, une pour les femmes et une plus petite pour les enfants, cette dernière, que l'on reconnaissait à son timbre clair, n'avait cessé de sonner pendant que progressait le cortège funèbre derrière le cercueil du disparu, des années plus tard elle retentissait encore dans ta tête aux moments les plus inattendus, vous resteriez allongés là jusqu'à ce que sonne la cloche de l'école, vous conviendriez de vous voir plus souvent, oui, sans manquer, tu l'étreindrais et constaterais qu'il ne sentait même pas le renfermé, pas du tout, il sentait l'Axe et un peu le papier bulle, preuve que Dieu ne l'exposait plus à aucun danger, sous le viaduc j'écoutais ton récit, j'ai répété que tu n'étais pas une célienne, mais tu semblais faire la sourde oreille, préférer être réellement morte toi aussi, voilà pourquoi je t'ai prise par la main et emmenée jusqu'à la clôture derrière laquelle s'étendait le champ de lin, je t'ai ordonné de t'allonger sur les pierres, j'ai baissé ta culotte sur tes chevilles, tu as marmonné que tu étais désormais avec Le Rat, j'ai rétorqué que le Rat ne t'aimait pas, pas comme moi je t'aimais, j'ai écarté tes cuisses, t'ai pénétrée, et alors que j'expulsais par à-coups le feu hors de mes reins, je t'ai dit que c'était ça, vivre pour de bon, l'obscurité était telle que je ne voyais pas ton visage, je ne pouvais voir qu'il se tordait de douleur, que ton dos raclait les pierres et que j'étais en train de t'écorcher, sans l'annoncer je faisais apparaître une nouvelle version de toi-même, à la ferme, avant de te coucher, tu as contemplé dans la glace ton dos écorché, jeté ta chemise de nuit sur le tas de compost, le lendemain, tu m'as envoyé un message sans smileys, m'as fait savoir que ça ne pouvait plus durer, que tu étais un roulé à la cannelle sans cannelle, que tu étais amoureuse du Rat, même si les papillons, les lépidoptères restaient immobiles dans ta cage thoracique, une tâche urgente t'attendait qui n'autorisait aucune distraction, tu m'as écrit que l'oiseau ne voulait plus blesser personne, que depuis l'histoire de Léda et du cygne, tu avais très bien compris que le véritable oiseau, c'était moi, tu espérais que je te comprendrais, bisous et adieu de ton adorable.

42

Je n'ai pas eu vraiment le temps de m'appesantir sur ton message. De te téléphoner, hors de moi, et te dire que ce que tu m'envoyais, c'était du *bullshit*, de te faire croire que tu ne pouvais pas vivre sans moi, que tu étais un veau qui, à cause d'une rétraction tendineuse, pouvait à peine se tenir sur ses antérieurs, le temps ne m'en a pas été donné, car en cette matinée du 11 septembre, durant laquelle mon cadet m'apprenait à danser sur l'air à la mode de DJ Norman vs Darkraver, et qui semblait devoir se dérouler sans encombre, la lugubrité s'est substituée à la jovialité, Camillia, entreprenant, dans un élan de bonne humeur et après avoir nettoyé sa voiture, de passer l'aspirateur à l'arrière de mon van, a découvert ce qui l'a écœurée, le matelas deux personnes et les oreillers remplis de duvet de canard, elle s'est raccrochée à l'une des portières, les yeux rivés avec incrédulité sur le palais des amours de trois mètres sur trois, sur le poster de Beatrix et celui de Kurt Cobain, sur les petites bougies d'ambiance placées autour de la couche où son sac de couchage dézippé faisait office de couverture, elle est restée pétrifiée, le tuyau de l'aspirateur à la main, les yeux à présent fixés sur la bête qui zonzonnait à ses pieds, elle a enregistré chaque détail assassin jusqu'à ce qu'un dragon enragé se réveille en elle et qu'elle éteigne la bête haletante d'un coup de pied, j'étais assis dans mon bureau en train de regarder les étranges bonds de mon fils quand, au bruit des pas dans l'escalier, j'ai compris qu'un truc clochait, me suis demandé fébrilement si quelqu'un nous avait vus quelques jours plus tôt au viaduc ou si tu avais repris contact avec Camillia pour vider ton sac, peut-être ton corps était-il devenu trop frêle pour renfermer de si grands secrets, moins d'une demi-heure plus tard, j'étais en route vers la décharge avec, à ma droite, une Camillia qui crachait du feu, elle voulait me voir de ses propres yeux me débarrasser du matelas, me traitant une fois de plus de prédateur, de sale braqueur de peluches, je lui ai dit que je t'aimais mais que c'était fini, que j'avais voulu me débarrasser du matelas bien plus tôt, elle m'a demandé combien de fois nous *l*'avions fait là, si je savais quelle peine j'encourais si cela venait à se savoir, que tu avais 14 ans, oh mon Dieu ! 14 ans ! De rage, elle a frappé de la main le tableau de bord, a hurlé qu'elle me méprisait, et alors que nous approchions de la décharge, j'ai resongé à l'attentat du 11 septembre dont c'était le quatrième anniversaire, à la même date, en 1946, on lançait aux Pays-Bas l'Opération Black Tulip destinée à expulser tous les Allemands, couchée dans l'herbe tu as marmonné, en direction du ciel, tes excuses à l'adresse des États-Unis et laissé Hitler quitter ta tête, tu l'as reconduit à la frontière étant donné que tu n'avais plus besoin de lui, plus tard, dans « The Fall and The Black Tulip », l'un des titres de ton album *Kurt12*, tu as chanté : *I'm sorry, I'm sorry, the buildings, the planes, the people, even if everything was easy to fix, nothing would stop the evil, and now that you're out of my mind, I promise to get better in everything I do, I'm sorry, I'm sorry, the buildings, the planes, the people*[1]. Tu étais allongée là, je me figurais, tandis que retentissait sur les champs « Spirit in the Sky », chanson de 1969 de l'Américain Norman Greenbaum, qui figurait dans le Top 2000 depuis des années, je savais que le danger était écarté, sauf pour Camillia et moi, je voyais l'épée suspendue au-dessus de nos têtes, j'ai sorti du fourgon le matelas sur lequel je t'avais cassée, sur lequel je t'avais perforée brutalement, l'ai traîné dans la décharge, depuis le siège passager Camillia observait en sanglotant l'un des gardiens palper le matelas pour vérifier s'il était sec et pouvait être recyclé, quand le type a acquiescé, un grappin a soulevé la pièce de literie comme s'il s'était agi d'une vache, de l'une des charolaises couleur crème de ton père, et l'a balancé sur le tas de ses semblables qui offraient un triste apparence, certains pliés faisant penser à une bouche chagrine, il y en avait d'un brun patiné, d'autres orange striés, des matelas souillés de grosses taches de Dieu sait quoi, je m'efforçais de ne pas penser à la crise de la grippe aviaire, j'ai imaginé que des

1. Je suis désolée, je suis désolée, les gratte-ciel, les avions, les gens, même si tout était facile à réparer, rien n'arrêterait le mal, et maintenant que tu es sorti de mon esprit, je promets de m'améliorer dans tout ce que je fais, je suis désolée, je suis désolée, les gratte-ciel, les avions, les gens.

gens étaient morts sur ces matelas, que quelqu'un avait une nuit durant versé toutes ses larmes sur celui-ci, que des couples avaient fait l'amour sur ceux-là, que certains avaient été témoins de conversations animées, des gens avaient rêvé dessus, des angoisses en avaient réveillé d'autres en sursaut, des personnes avaient prié dessus, dessiné leur futur ou échafaudé des projets vagues ou à dormir debout, et voilà que tous ces matelas attendaient d'être rafraîchis, ça me faisait de la peine de me défaire ainsi de notre dernier lien, de devoir l'abandonner, mon animal de luxe, y compris le sac de couchage que Camillia ne voulait pas récupérer, elle ne voulait rien de ce dans quoi ou sous quoi tu avais été nue, une fois remonté dans le Fiat, j'ai regardé par la vitre tous les matelas et le mien dans le tas, droit comme une barre, aussi rectiligne que la bouche de Camillia, je n'ai su quoi dire, jamais encore pareil silence ne s'était établi entre elle et moi, un silence tel qu'on entendait la poupée porte-bonheur accrochée au rétroviseur tourner sur son axe, on aurait dit qu'elle ne savait pas qui assister de nous deux, à brûle-pourpoint je me suis mis à parler de façon incohérente de ma mère, de mes cauchemars, de l'éleveur pendu à la balustrade, vision qui expliquait pourquoi je ne mangeais plus de beurre de cacahuète, j'ai parlé et tout régurgité, et, bien qu'à court de souffle, je ne me suis pas arrêté, en pleurs je lui ai dit que je ne voulais pas la perdre, que certes j'aimais cette gosse, c'est sûr, j'étais amoureux de toi, c'est sûr, mais que je comprenais à présent que ce n'était pas possible, je le comprenais vraiment, j'ai tendu la main vers son genou mais elle l'a retiré, ma main a atterri sur le levier de vitesse, elle a atterri là comme une graisseuse mouche à viande qui n'est la bienvenue nulle part, néanmoins, elle m'a laissé parler, elle m'a laissé pleurer, quand je me suis tu, j'ai vu combien elle avait vieilli ces dernières semaines, combien ses yeux étaient tristes, ils étaient cernés de rides que je n'avais pas remarquées jusque-là, à croire qu'une main les avait entre-temps gravées, les paroles d'Ésaïe que j'avais prononcées à son intention lors de notre mariage m'ont alors traversé l'esprit : *Jusqu'à votre vieillesse je serai le même, et je vous soutiendrai jusqu'à la blanche vieillesse ; je l'ai fait, et je vous porterai encore ; je vous soutiendrai, et vous sauverai.* Or, ne voilà-t-il pas que je la traitais comme un matelas, j'aurais voulu la recycler et l'échanger contre toi, mais je ne me rendais pas compte que je ne pourrais jamais m'allonger confortablement à ton côté, qu'il y avait trop de creux dans le matelas, qu'il y aurait toujours des gens pour nous filer le train, des gens incapables de comprendre notre amour, des magistrats furibonds, ton père et ton frère, je ne me rendais pas compte que j'avais abusé de ton innocence et de ta naïveté pour me sentir aimé, que je considérais notre lien comme équilibré et ne pouvais croire que je ne faisais rien d'autre que te blesser, que j'avais usé et abusé de mon autorité, de ma connaissance du monde, de la protection que j'étais censé t'offrir, de mes bras qui t'avaient serrée de trop près, je te considérais comme un animal docile, comme un veau qu'il m'était possible d'éduquer ou de parfaire, et pendant tout ce temps, j'ai estimé que je ne devais renoncer à rien, que je n'avais rien à perdre, il se trouve que la perte était sous mon toit, la perte ronflait dans son lit mezzanine, la perte faisait des pas de danse dans mon bureau, je n'avais pas pris la mesure de ce qu'ils représentaient pour moi, je ne voyais que toi, mon beau Putto, et même si j'avais promis à Camillia de changer, que cela ne se reproduirait plus, que je l'aimais et que ce que je ressentais à ton égard relevait des sentiments d'un écervelé, que j'étais soulagé que le matelas soit bientôt recyclé, pourtant, ma chair restait faible, et je n'ai pas pu résister à l'envie de t'appeler un peu plus tard, de parler dans ta boîte vocale d'une voix pleurnicheuse de polystyrène pour te dire que je voulais un dernier au revoir, une dernière fois, oui vraiment, on irait faire pipi ensemble car c'est ce dont tu raffolais, ça et rien d'autre, on ferait pipi et on se dirait au revoir, voilà tout, et quand, un peu plus tard, l'oiseau m'a rappelé, j'ai répondu sans me méfier, mais c'est ton père que j'ai eu en ligne, à partir de ce moment, tout est allé très vite, car à peine avais-je raccroché que la police était devant notre porte et m'interrogeait sur ce qui s'était passé entre toi et moi, j'ai joué à celui qui garde son calme, exprimé mon dévouement à ton égard, dit que tu n'allais pas bien depuis un certain temps, que Camillia et moi avions pris soin de toi, que ton père t'avait négligée, ça en est resté à une mise en garde puisque tu ne voulais pas porter plainte, ce n'est que plus tard qu'une lettre des magistrats a atterri sur le paillasson, une convocation à comparaître devant le juge, ceci un an après la sortie de *Kurt12*, CD avancé comme l'une des principales pièces à conviction en plus de ton journal intime, j'ai prétendu que je ne me souvenais plus de rien, un pur mensonge bien entendu, ma biche, mais avais-je un autre choix que de nous protéger, moi et ma famille, j'aurais perdu mon travail, serais allé en prison pour au moins deux ans, l'endroit d'où j'écrirais toutes ces pages, je ne le voulais pas, mais n'ai pu faire autrement, pour moi, pour Camillia, pour les magistrats, et peut-être pour toi, de sorte que tu puisses lire que je t'aimais vraiment, que mes sentiments à ton égard n'étaient en rien un hit qui fait sensation durant un été avant d'être relégué dans l'ombre, oui, mon amour était réel et authentique, les journaux ont avancé des tas d'allégations sur nous deux, les titres n'étaient pas tendres, la plupart portaient sur moi, le vétérinaire qui s'était lancé dans une aventure avec une fille de 14 ans, il y était question des *monsieur Kurt* et des *vous* qui parsemaient ton journal, de nos sorties au cinéma, de *Ça*, la série adaptée du roman de Stephen King avec laquelle j'aurais perverti ton cerveau d'enfant, de notre premier baiser pendant le pique-nique, de ma façon de te savourer, toi, à travers la chantilly, toi, toi, toi, tout y est passé, moi je maintenais que je ne me souvenais de rien, mon avocat a contesté la valeur du journal intime, soutenant qu'il ne s'agissait de rien d'autre que des élucubrations lubriques d'une ado abrutie, les magistrats se sont rendus dans le magasin de literie pour retrouver la date de l'achat du matelas que tu évoquais dans tes lignes, matelas ô combien douillet et pauvres canards dont le duvet garnissait les oreillers, tu n'as pas assisté au procès, tu n'habitais plus alors au *Village*, la convocation t'avait été envoyée en ville à la mauvaise résidence estudiantine, il n'y avait personne d'autre que les magistrats pour te défendre, on a eu droit à des histoires à dormir debout sur la loutre et l'os pénien ratatiné, sur le noyau de la prune, dans ma cellule, j'entendais parfois à la radio les chansons de ton disque, elles me faisaient sourire bien que je fusse entre quatre murs, peut-être d'ailleurs que j'étais soulagé d'être détenu puisqu'il s'agissait de la seule façon de me délivrer de toi, de te laisser décoller, de feuilleter cette haute et rétive saison, chers magistrats, ça a été une corvée du diable, d'un diabolisme à me rendre parfois fou, à me priver d'appétit et de sommeil, le médecin de la prison m'a prescrit une forte dose d'aripiprazole car il paraît que j'ai passé des jours à crier pour savoir où était passée mon aimée, qu'il m'arrivait de croire que je t'avais tuée, oui, vraiment, je le croyais, je me voyais alors en fossoyeur creusant une fosse dans la terre grenue du Vieux-Bois au fond de laquelle je te déposais, le toubib m'a déconseillé de raviver toutes ces choses qui nous appartiennent, mais j'ai persévéré et voilà que vous avez tout ce que vos magistrats voulaient : des preuves. Preuves de ma faiblesse, preuves de ma frénésie à vouloir garder cette jeune et délicieuse personne entre mes griffes, preuves de mon incompétence, malgré tout, je ne veux pas tout réécrire, je ne veux rien y retrancher, c'est là ce que je devais écrire, c'est là l'histoire du vétérinaire et de son élue céleste, ceci est pour toi, pour le jour où tu regarderas en arrière et te demanderas si je t'ai aimée, parce que je t'ai aimée, jusqu'à l'indicible, je n'ai jamais voulu te casser, au contraire je voulais te garder en un seul morceau, je ne voulais pas te briser en mille morceaux comme le service Boerenbont de ma mère, mais voilà, j'étais le comble de la maladresse, le comble de l'irréflexion ! Je ne cherche pas à te demander pardon, non, je n'ai jamais joué ce jeu-là, je veux te montrer que quelqu'un peut réellement t'aimer, même si mon amour était une arracheuse de pommes de terre alors que toi, tu étais encore en fleurs, j'aurais dû voir que c'était là bien trop, et bien trop grand, pour un si petit corps, que la seule façon de t'aider à voler supposait de t'encourager et de ne pas te toucher, pas plus qu'on ne doit toucher les papillons, faute de quoi on les abîme, je t'ai abîmée toujours plus, ce que tu redoutais depuis des années est arrivé, tout comme Suzi, tu as été escamotée à cette différence près que tu ne t'en es pas rendu compte, pendant tout ce temps tu ne t'es pas rendu compte que je t'avais volée et que je te rangeais parmi mes biens, bien entendu, la situation n'était pas comparable avec la Suzi disparue, il n'empêche, par moments tu avais peur d'être détroussée d'une partie de tes affaires au point de ne plus être à même de te protéger, tous les villageois se regardaient de travers depuis que le pasteur Horreman avait appelé le coupable à se manifester, il avait dit que quiconque savait quelque chose, mais gardait le silence, jouait avec son salut éternel, que tout un chacun est appelé à répondre de ses actes devant Dieu lors du Jugement, qu'Il n'aurait pas pitié, par ces yeux de travers, ils ne voyaient plus ce qu'on leur prenait en plus de Suzi, quant à toi, même si chaparder n'avait aucun secret pour toi, tu ne remarquais rien quand quelqu'un te barbotait, or l'été en question, je t'avais escamotée, eh bien, constater la difficulté que j'ai eue à expliciter mes intentions m'a attristé, de même que m'a attristé le fait qu'elles aient suscité une telle répulsion chez les autres, une répulsion justifiée, il ne faut jamais arracher une plante avant le moment de la récolte, c'est pourtant ce que j'ai fait, je l'ai arrachée de terre avec ses racines et le reste, j'ai planté les dents dans ce qui n'était pas mûr, dès le début d'ailleurs je t'ai vue osciller entre l'enfant et la femme, entre la fille et le *dear boy*, j'avais à jamais souillé ta puérile et sémillante envie de ramure, je cherchais simplement à te montrer tout ce que je savais déjà sans voir qu'il te fallait découvrir cela par toi-même, totalement aveuglé par ta magnificence, par ta beauté angélique, je suis passé à côté du fait que tu étais une jeune personne, que tu avais deux ans de moins que mon aîné, que je n'étais plus le garçon qui n'a jamais dépassé l'âge de 14 ans, lequel languissait après la brûlante passion de l'adolescence qui lui avait été refusée, lequel à cet âge-là se couchait la peur au ventre car il ignorait vers où la main maternelle allait se diriger, en toi j'ai vu la guérison, le rétablissement, je voulais rattraper tout ce dont j'avais été privé à l'époque, n'étant jamais devenu un homme, je ne pouvais aimer une femme, je me sentais encore enfant et avec toi, j'en étais un, tu m'as fait croire que tout était possible, que j'allais pouvoir faire peau neuve, que ce renouvellement des cellules tous les sept ans s'appliquait aussi à moi, je me suis renouvelé à travers toi, mon élue céleste, sans voir ou refusant de voir que je te détruisais, j'étais pareil à un étalon dans le pré portant des œillères, non pour le protéger de la circulation ou des mouches, mais de la vérité, ce que je t'ai écrit alors que ma mère, dans son tailleur de deuil, était assise sur le bord du lit de ma cellule, elle était assise sur le bord de mon lit, et au lieu de me retrouver aspiré dans ses délires, j'ai crié à tue-tête : *Pas question, dégage d'ici !* Depuis, elle n'est plus revenue, il faut dire que la prison haute sécurité y est sans doute pour quelque chose, mais cela mis à part, elle a dégagé et, après toutes ces années, je me suis senti guéri, le poussin et l'éleveur ont eux aussi disparu, demeurant certes toujours quelque part dans ma tête, parmi les filaments de mon système moteur, mais sans plus me hanter, les magistrats diront qu'il s'agit là du chemin vers la croissance, l'amélioration, qu'il n'est pas nécessaire que j'extirpe le garçon hors de moi, qu'il suffit que je le comprenne, que je le comprenne, mon beau Putto ! C'est pourquoi je veux que tu me comprennes, afin que tu puisses un jour te comprendre toi-même, afin tu ne t'en veuilles jamais pour quoi que ce soit, jamais, *never*, tu avais attrapé la bronchiolite des veaux, moi j'avais détourné le regard, je dois le dire, il fait froid au bout de cette ligne, un froid à donner des frissons, il s'agit cependant de la seule *The End* que toi et moi allons partager, mon adorable, parce que la vache maigre a bouffé la grasse et qu'il devait en être ainsi, mais cela c'était pour plus tard, avant cela Camillia et moi étions allés à la décharge, on avait abandonné là le matelas, le petit paradis de nos amours à toi et à moi, comme de la merde, on était rentrés à la maison, vannés, Camillia s'était allongée sur le canapé après m'avoir donné à lire le poème « Liedje » de Judith Herzberg, je l'avais parcouru en diagonale, car plus on lit des vers lentement, plus ils vous anéantissent, elle s'était allongée sur le canapé, un torchon sur la figure pour tempérer la migraine naissante, j'ai vu les amants de la mort qui nous regardaient à une certaine distance, je suis allé dans mon bureau où je t'ai téléphoné, je ne savais pas encore qui j'allais avoir au bout du fil, j'ai mis mon casque et ai écouté « Romeo and Juliet » de l'album *Making Movies* de 1980 du groupe de rock britannique Dire Straits, je me suis repassé en boucle les paroles du huitième couplet : *And all I do is miss you and the way we used to be, all I do is keep the beat and bad company, all I do is kiss you through the bars of a rhyme, Juliet, I'd do the stars with you any time*[1]. Puis, je suis passé à ta nouvelle chanson favorite, « Talk to Me » de Stevie Nicks, la chanteuse de Fleetwood Mac, alors que j'en écoutais la dernière phrase, l'écran de mon téléphone portable s'est allumé, le nom L'Oiseau est apparu, ce n'est pas toi mais ton père que j'ai eu en ligne, deux heures plus tard, on sonnait à la porte, depuis le premier étage j'ai entendu des voix caverneuses d'hommes, j'ai entendu ces derniers s'essuyer les pieds sur le paillasson, j'ai remis mon casque et fermé les yeux, oui, fermé les yeux, paupières crispées, le noir s'est fait comme si je m'étais retrouvé entre chien et loup, devant un veau nouveau-né, c'était fini, les fossoyeurs portaient respectueusement en terre l'été, Stevie Nicks chantait d'une voix de plus en plus douce, *Talk to Me*, mais je t'en supplie, n'en dis pas trop, après ce coup de fil et la visite des flics, je t'ai

1. Je ne fais rien d'autre que ressentir ton manque, et la façon dont nous étions, je ne fais rien d'autre que garder le rythme et mes mauvaises fréquentations, je ne fais rien d'autre que de t'embrasser à travers la mesure et les barreaux d'une rime, Juliette, j'irai jusqu'aux étoiles avec toi dès que tu le voudras.

encore croisée deux fois en cette haute et rétive saison avant qu'on ne me fasse comparaître devant les magistrats, au C1000 entre les rayons de cornflakes et de tomates séchées puis lors de la réunion annuelle de l'association de protection des rongeurs et des animaux à plumes dans le gymnase qui jouxte l'école primaire, tu déambulais dans les allées en compagnie du Rat et de ton père, devant des canards mandarins astiqués, des pigeons ramiers, des cochons d'Inde, des bernaches cravant, et cætera, et cætera, mon cœur a tressauté, j'ai senti ton odeur parmi celles du magnésium, des excréments et du savon, oui, j'ai senti ta suavité, ma célienne, et je me suis caché au milieu des villageois, des gens de la paroisse, t'ai regardée participer au petit quiz en fin d'après-midi, il s'agissait de répondre à la question : de quel passage de la Bible provient la phrase : *Car il n'y a rien de caché qui ne doive être découvert, ni rien de secret qui ne doive être connu* ? J'ai alors entendu ta chatoyante petite voix aiguë couvrir les caquètements des poules de Padoue ourlées de jaune et de blanc, dont une, prénommée Gélinette, appartenait à ton frère, sa poule préférée, déclarée championne ce jour-là et louée pour son magnifique plumage, ses pattes robustes et son élégante houppette, avant la fin de la même semaine, Gélinette devait rendre son dernier souffle coincée sous une clôture, ta voix a alors crié le numéro de notre dossier, de notre été, le numéro de ton album, mon fougueux oisillon, mon animal de luxe, tu as répondu à la question : Luc 12, versets 1 à 3. Tu t'es approchée de l'estrade, faite de casiers de bière et de quelques palettes, tu as bondi dessus et au lieu d'accepter le prix, tu t'es couchée sur le dos, comme le petit oiseau de *La Découverte de Petit-Bond*, tu étais splendide, et morte, oui, tu jouais la raide morte.

Mes chaleureux remerciements à Jelte, Sander, Tilly, Thomas, Helga et Frans.

RÉFÉRENCES

Chansons citées :

« Smells Like Teen Spirit », Kurt Cobain, David Eric Grohl, Krist Anthony Novoselic © M.J. Twelve Music © Murky Slough Music. (p. 31)
« Zombie », Dolores Mary Eileen O'Riordan © Warner Music Group. (p. 54)
« Total Eclipse of the Heart », Steinman James Richard © Edward B. Marks Music Company. (p. 57)
« All or Nothing », Ronald Lane, Stephen Peter Marriott © Emi April Music © Notting Dale Songs © Universal Music Group. (p. 64)
« Ain't No Cure for Love », Leonard Cohen © Sony Music Publishing. (p. 75)
« Loosing my Religion », Vicky Fee, Joseph McHugh © Notting Hill Music © Kobalt Music Group. (p. 89)
« Hurt », Michael Trent Reznor © Arlovol Music © Leaving Hope Music. (p. 101)
« Wuthering Heights », Catherine Bush © Kate Bush Music Ltd © Beechwood Music. (p. 131)
« All the Small Things », Travis Landon Barker, Tom DeLonge, Mark Hoppus © Beat Poet Music © Emi April Music © HMNIM Music © Jolly Old Saint Dick. (p. 174)
« I Love You Like I Love Myself », Erik Strack © Ariola Records. (p. 201)
« Little Bitty Pretty One », Gerry Beaudoin Gerry, Robert James Byrd, John Warren Geils, Duke Robillard © Unlimited Sounds. (p. 205)

Œuvres citées :

Leonard COHEN, *Book of Longing*, Montréal, McClelland & Stewart, 2006. (p. 29)
Frank EERHART, *Een zee heeft geen zeer*, Amsterdam, DiVers, 2002. (p. 59)
Gerard REVE, *Lieve jongens*, Amsterdam, Veen, 1991. (p. 153)
Stephen KING, *Ça*, traduit de l'anglais par William Desmond, Paris, Albin Michel, tome 1, 1988. (p. 170)
Max VELTHUIJS, *La Découverte de Petit-Bond*, traduit du néerlandais par Claude Lager, Paris, l'École des loisirs, 1991. (p. 191)
Marcel PROUST, *Du côté de chez Swann*, Paris, Gallimard, 1946. (p. 259)

COMPOSITION ET MISE EN PAGES
NORD COMPO À VILLENEUVE-D'ASCQ

ACHEVÉ D'IMPRIMER PAR CPI BUSSIÈRE
EN MAI 2022

N° d'impression : 2065133
Dépôt légal : août 2022
Imprimé en France